Charlotte Printz
Im Netz der Lügen
Die Detektivinnen von Nachtigall & Co.

Charlotte Printz

Die Detektivinnen von Nachtigall & Co.

# Im Netz der Lügen

Roman

dtv

Von Charlotte Printz ist bei dtv außerdem erschienen:
Die rätselhafte Klientin

MIX
Papier aus verantwortungsvollen Quellen
FSC® C019821

Originalausgabe 2024

Umschlaggestaltung: DAS ILLUSTRAT, München
Umschlagmotive: Leonardo Baldini/Arcangel Imagenes; shutterstock.com/gyn9037, JanHetman
Satz: C.H.Beck.Media.Solution, Nördlingen
Gesetzt aus der Stempel Garamond
Druck und Bindung: Druckerei C.H.Beck, Nördlingen
Printed in Germany · ISBN 978-3-423-22063-7

Für Erol
Sonne, Inspiration, Herausforderung

»Nichts gehört der Vergangenheit an. Alles ist noch Gegenwart und kann wieder Zukunft werden.«

*Fritz Bauer*

# Kapitel 1

Sie sind meine letzte Rettung!«

Das klang nach einer vielversprechenden Klientin! Wie elektrisiert von dieser atemlosen Frauenstimme zog Carla ihren Notizblock zu sich heran und griff nach einem frisch gespitzten Bleistift.

»Die Agentur Nachtigall dankt Ihnen für Ihr Vertrauen!« Sie klemmte den schwarzen Bakelithörer erwartungsvoll zwischen Ohr und Schulter ein. »Mit wem spre…?« Es gelang ihr nicht, den Satz zu beenden, die Wortkaskaden der Unbekannten sprudelten nur so in die Leitung. Sonst waren ihre verzweifelten Klientinnen sehr viel schweigsamer. Die meisten sahen in ihrem Anliegen nur die peinliche Konsequenz ihres eigenen Versagens.

»Also die Bertha hat Sie empfohlen und mir die Zeitung gezeigt, wo drinstand, dass Sie einer Mörderin geholfen haben, also nicht, dass Sie denken, ich hätte wen umgebracht! Die Zeitung, also Berthas ›Constanze‹, die hatte ich ja nu schon an unsere Lotti abgegeben, die Lotti, die macht bei uns die Einbalsamierungen, weil da wird mir nämlich immer ein bisschen übel, vor allem jetzt. Deshalb konnte ich nicht …« Die Anruferin musste Luft holen und Carla nutzte den Moment.

»Bevor wir loslegen, wäre es wichtig …« Zu spät, die Unbekannte war schon wieder in ihrem Element, trotzdem war es Carla unmöglich, den genauen Grund ihres Anrufs herauszuhören. Was, wenn es sich doch nur um eine zu Tode gelangweilte Hausfrau handelte, die sich danach sehnte, im Mittelpunkt eines Dramas zu stehen?

»Also jedenfalls hab ich mir Sie aus der Zeitung nur gemerkt, weil die Bertha so Witze gemacht hat wegen der Nachtigall. So'n Vogel haben wir nämlich auch in unserer Weißdornhecke!« Unvermittelt stieß die Unbekannte einen spitzen Schrei aus. »Oh, nein!«

Carla zuckte zusammen, streckte den Hörer vom Ohr weg, merkte jedoch, dass sie gleichzeitig lächelte. Eine seltsame Wirkung hatte diese Frau auf sie.

»Tschuldigung, aber den Garten hatte ich ja noch gar nicht im Blick.« Die Anruferin war verstummt. Nach all dem Plappern war es geradezu unheimlich still. Angestrengt lauschte Carla – ja, die Frau atmete noch –, dabei betrachtete sie ihren Notizblock. Statt sinnvoller Stichworte hatte sie drei Welpen skizziert, die in einen Sarg hinein- und wieder heraushüpften. Einbalsamieren ... das könnte auf die Arbeit in einem Museum hinweisen, aber die Erzählweise der Unbekannten war dafür zu wirr und kein bisschen akademisch. Nein, Carla tippte auf das Bestattergewerbe und womöglich war die Übelkeit der Hinweis auf eine Schwangerschaft. Hing das irgendwie zusammen?

»Sind Sie noch dran?«, fragte Carla schließlich. »Alles in Ordnung bei Ihnen?«

»Nein«, die Unbekannte fing unvermittelt an, laut und heftig zu schluchzen. »Das ist mir soo ..., ich brauche wirklich Ihre Hilfe. Können Sie – streng vertraulich – meinen Fall übernehmen?«

»Das werden wir!«, versprach Carla. Die Neugier hatte mal wieder über ihre Vernunft gesiegt. Kaum hatte sie zugesagt, hörte sie die Stimme ihres Vaters, wie er ihr predigte, dass erst alle Eckdaten geklärt sein sollten, bevor eine seriöse Privatdetektei verbindlich zusagen durfte. Aber Vater war tot und wegen seiner höchst unseriösen Affäre musste Carla seit dem Tag des Mauerbaus vor vier Wochen nicht nur ihre versehrte Mutter, sondern auch noch ihre Halbschwester Wally mitversorgen. Also verzichtete sie liebend gern auf seine Ratschläge aus dem Jenseits.

Fünf Minuten später erinnerte sie sich wieder, warum diese Regel gar nicht so schlecht war. Irma Müller, so hieß die Klientin, hatte einen höchst erstaunlichen Auftrag für sie. Einen kurzen Moment überlegte Carla, ob das vielleicht nur ein schlechter Telefonscherz war. Irma wollte die Detektei Nachtigall damit beauftragen, ihren Ehering zu suchen, bevor ihr Mann von seinem Bestatterkongress aus West-Deutschland wieder zurück war. Wenigstens ging es weder um Versicherungsbetrug noch um eine Scheidung, redete sich Carla den Fall schön.

»Mein Mann, der Horst, das ist der Grab-Müller. Sie wissen schon«, Irma Müller senkte ihre Stimme und es raschelte leise, als würde sie Haltung annehmen. »Bestimmt kennen Sie das aus dem Radio«, Sie holte tief Luft und brüllte nun so laut »Preisknüller nur beim Grab-Müller«, dass Carla den Hörer schon wieder weghalten musste.

Mit einem leisen Ausatmen fügte Irma noch hinzu »… das ist unser Motto.«

Vom Grab-Müller hatte Carla schon gehört, als sie die Beerdigung ihres Vaters organisiert hatte. Die lag zwar schon mehr als ein Jahr zurück, aber ihr kam es immer noch so vor, als wäre das eben erst passiert. Sein plötzlicher Tod hatte zum ersten Mal für einen kurzen Moment der Einigkeit in der Familie gesorgt. Mutter, Tante Lulu und sie selbst hatten darin übereingestimmt, dass Karl-Otto Koslowsky nur das Beste vom Besten verdient hatte und wunschgemäß am Sausuhlensee begraben werden sollte. Zur Trauerfeier waren über hundert Menschen gekommen und mehr als doppelt so viele

Kondolenzbriefe. Seit der Beerdigung hatte ihre Mutter die Wohnung nicht mehr verlassen.

Carla versuchte sich wieder auf ihre Klientin zu konzentrieren. Die erklärte gerade, was für ein großartiger Geschäftsmann ihr Gatte war. Nur eben sehr eifersüchtig und temperamentvoll. Wenn er ärgerlich wurde, dann flogen schon mal die Fetzen. Es kam vor, dass er Dinge tat, die er danach zutiefst bereute.

Carla schluckte und überlegte, ob das Frau Müllers Art war zu sagen, dass ihr Mann sie misshandelte? Alma, ihre letzte Klientin, hatte das bei ihrem ersten Besuch in der Agentur auch behauptet. Das hatte sich hinterher aber nur als die Spitze von einem ganzen Eisberg aus Lügen herausgestellt. »Wollen Sie damit andeuten, dass er Sie prügelt?«, fragte Carla also alarmiert nach.

»Mein Horst würde mir niemals auch nur ein Haar krümmen!«, versicherte Irma und sagte dann, dass sie selbst schon das ganze Haus durchsucht hatte, der Ring aber nirgends zu finden war. Wenn Carla und ihre Kollegin heute noch, am besten sofort, kommen würden, wäre sie gern bereit, einen Aufpreis zu bezahlen.

Ein verlockendes Angebot, auch wenn dieser Auftrag nicht gerade nach einer echten Herausforderung klang. Seit Wochen hatte die Agentur keinen wirklich lukrativen Fall gehabt. Eigentlich seit Wallys plötzlichem Auftauchen am 13. August. Als hätte Ulbricht alle potenziellen Auftraggeber gleich mit eingemauert. Dabei hatte Almas Rettung ihnen so viele positive Zeitungsartikel beschert. Jedes Käseblatt hatte darüber berichtet, wie die blutjungen und heldenhaften Detektivinnen herausgefunden hatten, dass Alma zu Unrecht des Mordes an ihrem Mann, dem Stararchitekten Alexander Hochbrück, beschuldigt worden war. Nur durch die Agentur Nachtigall allein sei die Wahrheit ans Licht gekommen. Die Wahrheit …

Bei dem Gedanken daran schluckte Carla ein paarmal und sah unwillkürlich hinüber zu der niedrigen Kommode, wo sie die Murmeln aufbewahrte, die Almas Sohn ihr geschenkt hatte. Wirkten ein bisschen verloren zwischen dem scharfen dolchartigen Brieföffner aus geschmiedetem Damaszenerstahl und der Elfenbeindose mit Rubinintarsien und anderen nicht ganz so wertvollen Geschenken dankbarer Klienten.

»Geld ist wirklich kein Problem«, sagte Frau Müller, offensichtlich beunruhigt von Carlas Schweigen. »Und ich möchte gern, dass Sie beide für mich arbeiten. Zusammen geht es sicher schneller!«

»Ich könnte vielleicht etwas verschieben«, Carla dachte an die Miete und daran, wie hungrig Wally ständig war. »Aber das müsste ich tatsächlich extra berechnen.«

»Ich habe genug Bargeld im Haus und kann sofort eine Anzahlung leisten!«

Carla notierte die Adresse in der Nähe vom Friedhof Heerstraße auf dem Zettel mit der Skizze von den springenden Welpen, versprach in einer Stunde dort zu sein und legte mit einem sanften »Bis gleich!« mitten im Schwall von Irmas begeisterten Dankesworten auf. Sonst würde sie das zeitlich nie schaffen.

Während sie eine neue Akte vorbereitete, wurde ihr widerstrebend klar, dass es wirklich besser wäre, Wally mitzunehmen, selbst wenn die ihr gehörig auf die Nerven ging. Aber was konnte die bei einer schlichten Durchsuchung schon falsch machen? Vier Augen sahen definitiv mehr als zwei.

Wo blieb ihre Halbschwester heute eigentlich? Sonst lungerte sie tagsüber immer im Büro herum und mischte sich in alles ein, was sie nichts anging. Seit ein paar Tagen war Wallys Eifer wie erloschen, was Carla auf den neuen Mann in Wallys Leben zurückführte. Der Mann, den Wally vor allen geheim hielt, hieß Joachim und Carla hatte herausgefunden, dass Joachim ein hohes Tier bei der ›Berliner Zeitung‹ gewesen war, bevor er mit der S-Bahn am 13. August gerade noch aus dem Osten abgehauen war. Carla lächelte in sich hinein, sie war eine gute Privatermittlerin. Aber solange Wally nicht über ihn reden wollte, würde sie auch schweigen. Schnell schloss sie das Büro ab und eilte die Treppen zur Wohnung in den dritten Stock hoch.

Aus der Küche kam gedämpftes Gemurmel. Sie lief durch den Flur und wollte gerade die Tür öffnen, da drang Mutters Stimme in einem geradezu buttrig warmen Ton an ihr Ohr.

»Das tut mir sehr leid für dich, Wally!«, sagte ihre Mutter.

Deren Mitgefühl beschränkte sich sonst auf finanzielle Zuwendungen für weit entfernt lebende Erdbebenopfer oder Blinde.

»Weißt du, Tantchen Ida, an dieser schrecklichen Situation ist ganz allein Fontane schuld!« Wally krönte ihren Satz mit einem tränenerstickten Aufschluchzer.

Was für eine Schmierenkomödiantin!

Carla riss die Tür auf und traute ihren Augen kaum. Die beiden saßen eng aneinandergeschmiegt, Wally hinuntergebeugt zum Rollstuhl ihrer Mutter, die wiederum einen Arm tröstend auf Wallys breiten Rücken gelegt hatte. Beide sahen wie alarmiert hoch zu ihr und fuhren ein wenig zusammen. Mutter warf ihr einen triumphierenden Blick zu, streichelte Wally noch einmal besonders liebevoll und räumte die Kaffeetassen so schnell zur Spüle, als müsste sie verräterische Spuren vernichten.

Man könnte fast glauben, Mutter hätte Wally in ihr Herz geschlossen. Wenn sie denn eins hätte. Als Kind hatte Carla jede Nacht darum gebetet, dass es ihr endlich gelingen möge, zu dem Herz dieser Eiskönigin vorzudringen. Mit zehn war ihr dann klar geworden, dass sie damit aufhören musste, ihre Zeit an Unmögliches zu verschwenden.

Carla biss sich fest auf ihre Unterlippe, um angesichts dieser Vertrautheit nicht doch die Karten auf den Tisch zu legen. Sie und Wally hatten beschlossen, ihre Halbschwester als entfernte Cousine auszugeben. Es war ihnen zu grausam vorgekommen, Carlas immer noch trauernder Mutter zu verraten, dass ihr Ehemann im Osten eine heimliche Familie gehabt hatte. Wally war seine Tochter, die wegen des Baus der Mauer nicht mehr zurück in ihre Wohnung konnte. Ihre Halbschwester tupfte sich mit einer der bestickten Nachtigall-Servietten eine Träne von der Wange und wich Carlas Blick aus.

»Was ist denn hier los?«, fragte Carla betont forsch. »Jemand gestorben?«

»Du musst nicht so pietätlos sein!« Ihre Mutter rollte von der Spüle wieder zu Wally, tätschelte ihr noch einmal den Arm, prüfte dann, ob ihre Betonfrisur noch einwandfrei saß, und wandte sich wieder Wally zu, so als wäre Carla gar nicht da. »Ich verstehe nicht, warum die Sache mit dem Friedhof die Schuld von Fontane sein soll?«

»Tut mir leid, Mutter, Wally und ich müssen los«, sagte Carla. »Wir haben eine neue Klientin!«

Sofort trat dieses aufgeregte Glitzern in Wallys Augen, trotzdem nahm sie in aller Ruhe Mutters Hand und drückte sie fest.

»Ich habe Tantchen Ida erzählt, dass ich meine Mamuschka nicht mehr besuchen kann. Sie liegt auf dem Friedhof der Französisch-Reformierten Gemeinde in der Liesenstraße, aber da geht ja nun die Mauer mittenmang.«

»Lungenkrebs.« Ihre Mutter hob warnend den perfekt manikürten Zeigefinger der anderen Hand. »Frauen sollten eben nicht rauchen. Das ist ordinär und schadet dem Teint!«

»Und was hat das mit Fontane zu tun?«, fragte Carla, die sofort Lust bekam, sich eine Zigarette anzuzünden oder auch zwei.

»›Effi Briest‹ war der Lieblingsroman von Mamuschka, Muschkas Motto war das von Effi: ›Wir müssen verführerisch sein, sonst sind wir gar nichts!‹ Und genau so hat sie gelebt!«

Mutter nickte zustimmend und musterte ihre Tochter dann mit stummer Ablehnung. Unwillkürlich strich Carla ihren weinroten Bleistiftrock glatt und verachtete sich im gleichen Moment für ihre Unsicherheit. Als erfolgreiche Ermittlerin sollte sie mit zweiundzwanzig wissen, wie unmöglich es war, ihrer Mutter zu gefallen.

»Genau, was ich immer sage: Eine Frau darf niemals aufhören, an sich zu arbeiten. Wally, deine Mutter scheint mir – also vom Rauchen mal abgesehen – eine sehr kluge Frau gewesen zu sein.«

Ja, dachte Carla, oh ja, so klug und derart verführerisch, dass sie deinen Ehemann betört und mir eine fast gleich alte Halbschwester beschert hat.

»Jedenfalls wollte Muschka wegen Fontane nur auf diesem Friedhof begraben sein.«

»Apropos Friedhof!« Carla nickte Wally zu. »Unsere neue Klientin ist die Ehefrau vom Grab-Müller. Sie wohnt um die Ecke vom Friedhof Heerstraße. Wir sollten uns gleich auf den Weg machen!«

»Ich denke«, sagte ihre Mutter, »es hätte Vati gefallen, dass dir nun eine so tapfere und hübsche junge Frau zur Seite steht, die dich vor schweren Fehlern bewahren kann.«

Carla fühlte, wie ihr die Röte ins Gesicht schoss. Alles in ihr sehnte sich danach, mit der Wahrheit herauszuplatzen.

»Zeig Waltraud doch Vatis Grab, das ist ja ganz in der Nähe!«

»Ich warte im Büro auf dich!«, sagte Carla stattdessen und eilte aus der Küche in den Flur. »Vergiss deinen Regenschirm nicht!« Sie griff sich den leichten Sommermantel, nahm ihre Handtasche und stürmte nach unten ins Büro. Dort warf sie alles achtlos auf ihren Schreibtisch und flüchtete in das kleine Gäste-WC, wo sie sich kaltes Wasser ins Gesicht spritzte. Es war ihr bewusst, dass Wally weder an den Affären ihres Vaters schuld war noch am Bau der Mauer. Doch seit Wally oben bei ihnen eingezogen war, fand Carla die Situation unerträglich, vielleicht war es nun an der Zeit, Mutter die Wahrheit zu sagen.

Nachdem sie sich beruhigt hatte, verstaute sie den Notizblock, die Minox und das Dietrichset in der Handtasche. Sie knipste gerade den Metallbügel zu, als es an der Tür klingelte. So schnell war Wally sonst nie, allein das Bemalen ihrer Lippen nahm Ewigkeiten in Anspruch. Außerdem hämmerte sie sonst an die Tür, als wäre es ihr gutes Recht, hier zu sein. Irgendwas stimmte heute ganz und gar nicht mit ihrer Halbschwester.

Carla prüfte, ob alle Fenster geschlossen waren, dann ging sie zur Tür und öffnete.

»Hast du deinen Schirm?«, fragte sie und wäre beinahe mit Tante Lulu zusammengestoßen, die sich mit hochrotem Gesicht an ihr vorbei in die Agentur drängte. In ihrem Schlepptau befand sich Henny, eine ihrer besten Freundinnen.

»Kindchen«, stöhnte Lulu, »wir haben nicht viel Zeit, ich muss in einer Stunde beim Dreh sein. Wir zwei haben einen richtig guten Auftrag für dich. Bitte hör dir an, was Henny zu sagen hat, du wirst begeistert sein! Sie braucht deine Hilfe nämlich für ne schwierige, aber gerechte Sache, für die all dein Können und jede Menge Grips nötig ist. Mal wat anderes als untreue Ehemänner!«

Carla betrachtete Henny genauer. Was könnte das sein? Neben Lulus Kugelkörper erschien Henny so zart und zerbrechlich, als wäre sie aus altem Biskuitporzellan. Ihr silbergraues Haar war zu einem hohen Beehive aufgetürmt und gab den Blick auf teuer blitzende Ohrgehänge frei. Das Kostüm sah aus, als wäre es aus der aktuellen Kollektion von Chanel, beige mit himbeerrotem Ripsband, die kleine trapezförmige Krokohandtasche hatte Carla neulich in Mutters ›Constanze‹ an dem Arm von Grace Kelly gesehen. Hennys Hände steckten in exquisiten weißen Handschuhen aus Brüsseler Spitze.

Allerdings wirkte Lulus Freundin in all dieser Pracht wie eine Hausangestellte, die sich heimlich das Gewand ihrer Herrschaft übergezogen hat und es durch eine Laune des Schicksals für immer tragen darf, aber noch nicht weiß, ob ihr das wirklich gefällt.

Davon abgesehen verriet Hennys Garderobe, dass sie nun solvent war. Umso besser, dann hatten sie eben gleich zwei Klientinnen, das würden sie schon schaffen.

»Tut mir leid, dass wir dich so überfallen«, sagte Henny mit einer etwas heiseren Stimme. »Aber Lulu hat mich einfach hierher … Na, du kennst ja deine Tante …«

Carla lächelte Henny zu. Wenn Lulu es sich in den Kopf gesetzt hatte, Henny aus irgendeiner Misere retten zu wollen, dann war Henny verloren.

Lulu ließ sich auf den Rattansessel vor Carlas Schreibtisch sinken und stöhnte noch mal lauter. »Bei einem Kaffee redet es sich wirklich besser! Und ein paar Schokoladenplätzchen könnten auch nicht schaden.«

Henny trat neben sie und legte ihre mädchenhafte Hand auf Lulus breite Schulter, wo sie so verloren wirkte wie eine Möwenfeder auf hoher See. »Lulu, lass uns gehen, deine Nichte ist schon im Mantel.« Sie sah zu Carla hoch. »Wir können uns gern später treffen!«

»Papperlapapp, Henny, das ist mit Abstand der interessanteste Fall, den Carla jemals knacken wird! Und später bin ich beim Dreh. Ihr wisst ja, dieses fantastische Projekt mit den Filmstudenten, in dem ich …« Lulu pausierte und riss ihre Augen übertrieben weit auf, wie eine Pantomimin, die ihre Überraschung deutlich machen will.

Bevor sie noch die Pointe präsentieren konnte, wurde sie durch das Hämmern an der Tür unterbrochen.

Carla öffnete Wally. »Wir haben Besuch!«

»Schön, dass du auch da bist!«, rief Tante Lulu in Wallys Richtung.

Verblüfft sah Carla von Lulu zu Wally. Bisher war ihre Tante nicht müde geworden, Wally eine dreiste Betrügerin zu nennen, die auf gar keinen Fall die Tochter ihres Bruders sein könne. Lulu hatte anders als ihre Mutter den Braten sofort gerochen und sich nicht mit Halbwahrheiten abspeisen lassen. Und jetzt war es schön, dass die angebliche Betrügerin mit im Spiel war? Na, das schien wirklich ein bemerkenswerter Fall zu sein!

Mit Genugtuung bemerkte Carla, dass Wally genauso überrascht wirkte wie sie selbst.

»Wally, das hier ist meine alte Freundin Henriette Hirschel! Und du, Carla, Kindchen, glaub mir, das wird kompliziert, wahrscheinlich müsst ihr ähh … unkonventionelle Methoden in Betracht ziehen. Wir sollten also Wallys moralisch fragwürdige Haltung zum Wohle von Henny ausnutzen! Ihr müsst sofort damit anfangen. Es hat mit Hennys unglaublicher Erbschaft zu tun!«

»Lulu, bitte, es gibt wirklich keinen Zeitdruck, es reicht, wenn die beiden«, Henny nickte erst Carla und dann auch Wally zu, »später zu mir kommen. Zu Hause habe ich sämtliche Unterlagen und wir können in aller Ruhe sprechen. Wann würde es euch denn passen?«

»16 Uhr«, sagte Carla und ignorierte das wütende Schnauben von Lulu.

Henny zog eine cremefarbene Visitenkarte aus ihrer Handtasche und reichte sie Carla.

Die Adresse lag in einem Villenviertel in Zehlendorf.

»Bis später«, sagte Henny. »Lulu, meine Liebe, wir sollten

lieber nach Fritzi sehen, bevor dein gefräßiges Pudelmonster meine neuen Autositze komplett durchgenagt hat.«

»Fritzi würde so etwas nie tun!« Widerwillig hievte sich Lulu aus dem Stuhl und ging zu Henny hinüber.

»Ich bin sicher, die beiden werden dir eine große Hilfe sein. Zusammen mit mir hast du damit das denkbar beste Team für dein Problem!«

Carlas Mundwinkel zuckten. Lulu im Boot zu haben konnte das Boot auch schon mal zum Kentern bringen.

Lulu lief zum Fenster und öffnete es. »Schon wieder diese schweren grauen Wolken. Nimmt das denn diese Woche gar kein Ende mit dem Regen? Ich fürchte, der Dreh nachher könnte ins Wasser fallen. Für meine pikante Einstellung auf der Schaukel brauchen wir unbedingt Sonne.« Lulu zwinkerte ihr zu und hoffte ganz offensichtlich, dass Wally nachfragen würde.

Carla wusste schon, dass Lulu splitternackt auf einer Spielplatz-Schaukel sitzen sollte. Sie nickte, genau wie Henny, Wally blieb stumm.

Lulu seufzte indigniert. »So engagiert und modern, diese Filmstudenten! Ihr Blick auf Frauen wie mich ist so erfrischend anders. Aber falls mein Dreh wegen dem Regen ausfallen sollte, komme ich um 16 Uhr auch zu dir, Henny, und dann werden wir alle zusammen diese Hexe erledigen!« Sie nickte und lächelte wieder. »So oder so wird das ein sehr beglückender Tag! Bis später dann.« Lulu küsste ihre Nichte, Wally bekam immerhin ein freundliches Nicken, dann verließen die beiden das Büro.

Carla fühlte sich, als hätte ein Wirbelsturm sie in letzter Sekunde verschont.

»Ich frage mich, was diese Henny wohl für einen Fall für uns hat? Sie wirkt nicht wie jemand, der in Schwierigkeiten steckt. So eine schöne alte Frau, sie könnte die hundertjährige

Schwester von Audrey Hepburn sein«, stellte Wally fest. »Was für eine Haltung, so wunderbar gerade und dabei doch so grazil, wie eine Ballerina.«

»Das war sie auch, genau wie Tante Lulu«, sagte Carla trocken.

»Nee …«, Wally fing an zu lachen. »Unvorstellbar – Lulu auch?«

»Ja, so sind sie alle, die Zittergirls …«

»Zittergirls?«

»Die haben sich in den Zwanzigerjahren beim Vortanzen für eine Revue kennengelernt. Nach reichlich Absinth und wilden Abenteuern, über die nur hinter vorgehaltener Hand gemunkelt wird, haben sie sich zusammengetan und sich die Glittergirls genannt. Seit sie sich vor ein paar Jahren auf einer Beerdigung wiedergesehen haben, treffen sie sich einmal die Woche und nennen sich nun die Zittergirls. Dabei tanzt jede von ihnen ganz wunderbar.«

»Und zwar am liebsten anderen Leuten auf'm Kopf rum, jedenfalls Lulu!« Wally lächelte matt. »Sie hätte mich vorher mal fragen sollen, denn ich kann beim besten Willen heute Nachmittag nicht dabei sein. Ich muss früher ins Eden, der Chef will etwas mit uns besprechen, bevor es losgeht. Wir vermuten, dass unser Rolf seiner momentanen Favoritin einen Heiratsantrag machen will.«

»Verstehe.« Carla wusste aus sicherer Quelle, dass die Edenbar gerade geschlossen war, weil wegen feuerpolizeilicher Maßnahmen nachgebessert werden musste. Warum log Wally bei so leicht überprüfbaren Fakten? War irgendwas mit ihrem neuen Geliebten nicht ganz koscher oder warum wurde jedes Treffen mit dem so unbedingt geheim gehalten?

»Dann komme ich später noch mit Bruno auf einen Cocktail zu dir ins Eden und erzähl dir, was es mit Hennys Fall auf sich hat«, sagte sie und musterte Wally gespannt.

»Geht leider nicht, wir haben danach noch eine Privatveranstaltung.«

Nicht die kleinste Irritation in Wallys Gesicht, nicht mal ein Wimpernzucken.

»Ist mal wieder so ein Film-Bergfest. Du triffst den Bruno? Na dit wurde aber auch Zeit!« Wally zwinkerte ihr so entspannt zu, dass Carla beinahe angefangen hätte, an ihren Informationen zu zweifeln, dabei stammten die direkt von der Bauaufsicht.

Wo hatte Wally nur gelernt ihre Gesichtsmuskeln so gut zu beherrschen, dass sie jede Pokerrunde als Siegerin verlassen würde?

# Kapitel 2

Eine knappe Stunde später saßen Wally und Carla am Esstisch der riesigen Wohnküche von Irma Müller. Eine topmoderne SieMatic-Küche, die Carla bisher nur in Werbeanzeigen gesehen hatte. Alle Schränke ohne Griffe, hellweiß mit Alukanten und voller Geräte, von denen Carla nicht mal den Namen kannte.

Auch das Kaffeegeschirr war so modern und schnörkellos, dass der Bienenstich auf der Kuchenplatte geradezu altmodisch wirkte.

Nach einer knappen Begrüßung, bei der Carla klar geworden war, dass Irma nur wenig älter als sie selbst sein konnte, also höchstens Mitte zwanzig, war Irma zurück in die Küche geeilt, wo sie ihnen den Rücken zudrehte, weil sie an der Küchenzeile herumwuselte. Scheinbar mühelos goss sie mit der linken Hand kochendes Wasser auf den Kaffeefilter, schlug mit der rechten die Sahne steif, während sie mit den Füßen abwechselnd zwei fiepsende Dackel von ihren Waden wegschob.

»Die Bertha meinte, Sie würden sicher so ein Ding mitbringen …«, sagte Irma, ohne sich umzudrehen.

»Bertha?«, fragte Wally. »Dann ist sie eingeweiht? Meine Kollegin meinte, niemand dürfte wissen, warum wir hier sind.«

»Nein, die Bertha weiß nichts, ich habe ihr erzählt, dass das Malheur einer Freundin passiert ist, und hab sie um Rat gefragt, was man da tun kann.«

»Was denn für ein Ding?«, hakte Carla nach.

Irma Müller wandte sich ihnen jetzt wieder zu, dabei flogen ihre dicken blonden Zöpfe geradezu über ihre Schultern. Ohne mit dem Rühren aufzuhören, antwortete sie: »Na so eins, mit dem man Metall finden kann.«

»Einen Metalldetektor!« Wally wechselte mit Carla einen belustigten Blick. »Leider funktioniert das innerhalb eines Hauses nicht, weil es da viel zu viel Metall gibt.«

»Oh, schade!« Irma Müller stellte den Mixer ab, löste die beiden Quirle, leckte die Sahne so schnell und anmutig ab wie ein naschsüchtiges Kätzchen und legte sie dann ins Spülbecken.

»Ja, aber wie wollen Sie denn den Ring dann finden? Die Bertha hat Sie vorgeschlagen, weil sie meinte, Sie wären die Profis.«

Irma nahm den Filter vom Kaffee und brachte die volle Kanne zusammen mit der silbernen Sahne-Schale zum Tisch und goss ihnen ungefragt ein.

Die Dackel folgten ihr und wollten jetzt auf ihren Schoß, was Irma abwehrte. Mit sanfter Stimme drohte sie ihnen, dass sie raus in den Zwinger müssten, wenn sie keine Ruhe gäben.

Da wären diese sabbernden Plagegeister sehr gut aufgehoben, fand Carla und nahm von dem angebotenen Bienenstich, auch wenn sie keinen Hunger hatte. Zusammen was trinken, egal ob Kräutertee oder Schnaps, Brot, Kuchen oder Bockwurst essen, selbst eine gemeinsam gerauchte Zigarette war hilfreich, um eine Bindung und Vertrauen herzustellen.

Wally griff beherzt zu und gab unter freudigen Kommentaren von Frau Müller auch noch ordentlich Sahne auf ihren Kuchen. Nachdem alle versorgt waren, breitete sich einen Moment lang ein Schweigen aus, das nur noch vom Hecheln der Dackel unterbrochen wurde.

»Gut, oder?«, fragte Irma Müller schließlich mit noch vollem Mund. »Das Rezept ist von meiner Schwiegermutter, sie war eine wunderbare Köchin. Und ihre Rouladen erst! Mein Horst hat so ein Glück gehabt mit seiner Familie.« Sie hielt inne und spülte mit einer halben Tasse Kaffee nach. »Also, bis auf …« Sie biss sich auf ihre volle Unterlippe und sog sie ein.

»Bis auf?«, fragte Wally und beugte sich interessiert näher zu Irma hin.

»Bertha … seine Schwester. Meine Schwägerin mag mich nicht. Sie denkt, ich nutze den Horst aus, dabei habe ich das hier ja alles von meinem Vater geerbt und Horst konnte den Betrieb einfach so übernehmen und dann auch noch die Bertha rüberholen.«

»Ihre Schwägerin ist sich dieser Tatsache ganz sicher sehr bewusst«, sagte Carla.

»Vielleicht ist sie nur ein bisschen eifersüchtig auf das junge Glück!« Wally zwinkerte Irma vielsagend zu.

»Ja vielleicht.« Irma errötete. »Deshalb dürfen Sie Bertha auf keinen Fall sagen«, sie legte beschwörend den gestreckten Zeigefinger über ihre Lippen, »dass Sie von der Agentur Nachtigall sind, denn ich habe ja so getan, als würde ich wen für meine Freundin suchen.«

»Wohnt Bertha denn auch hier?«, fragte Wally.

»Nein, sonst ist da nur noch Peter.«

»Ist das Ihr Sohn?«, fragte Wally.

»Um Gottes willen, nein!« Irma lachte ein klitzekleines bisschen herablassend. »Das ist unser Lehrjunge, der ist im Souterrain untergebracht, der arme Peter.«

Sie beugte sich zu ihnen und flüsterte. »Er ist ein wenig …«, sie malte demonstrative Kreise in die Luft um ihren Kopf, »also nicht so der Hellste, aber man muss ja froh sein, wenn man in der Branche heutzutage noch wen kriegt.«

»Und sonst wohnt niemand mehr hier?«

»Nein, nur Peter, mein Mann und natürlich Abra und Kadabra.« Sie zeigte auf die Dackel, die das als Einladung zum Schmusen verstanden.

Wally verschluckte sich an ihrem Kaffee.

»Wer hat sich denn diese Namen ausgedacht?«

»Natürlich mein Horst!« Irmas blaue Augen strahlten geradezu. »Er braucht auch viel Humor. Diese Arbeit verlangt ihm alles ab.«

Die Küchentür ging auf und eine füllige Frau mittleren Alters mit stählernen eisblauen Locken keuchte herein, stützte sich an der Arbeitsplatte ab, als gehörte das alles ihr. Missbilligend betrachtete sie das Rührgerät, dann musterte sie Wally und Carla mit einem Blick, noch abwertender als die besonders bösen von ihrer Mutter.

»Bertha, setz dich doch zu uns!«, sagte Irma.

Das musste die Schwägerin sein, von der Irma gesprochen hatte.

»Bertha?«, flüsterte Wally, die gerade schlagartig bleich geworden war.

Kein Wunder, dachte Carla, von der Frau ging ein unangenehmer Geruch aus, wie faule Eier oder Schwefel.

Die beiden Dackel rannten auf sie zu und bellten sie an. »Abra! Kadabra! Aus jetzt!«, brüllte Bertha.

Wally presste sich ihre Serviette vor den Mund und versuchte ein unterdrücktes Auflachen mit Husten zu übertünchen. Gleichzeitig stiegen ihr Tränen in die Augen. Mit der anderen Hand schob sie den halb vollen Kuchenteller so entschieden weg, als wäre der plötzlich kontaminiert.

Merkwürdig, dachte Carla, wenn ich es nicht besser wüsste, würde ich das für einen hysterischen Lachanfall halten. Wieso gelang es Wally gerade so viel weniger gut, sich zu beherrschen, wenn sie ihr doch sonst problemlos mitten ins Gesicht lügen konnte?

»Möchtest du Kuchen? Bertha, darf ich dir …«, begann Frau Müller.

»Herr von Mallwitz muss für die Aufbahrung morgen fertig sein!«, unterbrach Bertha sie, als wären Irma und sie ganz allein im Raum.

»Das ist schon erledigt.«

»Wurde der Sarg von der Jablonsky schon versiegelt und abgeholt?«

»Ja.«

»Und warum sitzen diese Frauen in unserer Küche?«

»Schöne Frisur!«, sagte Irma und warf Carla einen flehenden Blick zu. »Der Salon Becker ist wirklich der beste in ganz Westberlin.«

Das erklärte diesen Geruch. Bertha hatte sich wohl gerade eine Dauerwelle machen lassen.

»Wir haben Ihre Werbung im Radio gehört und interessieren uns für diese neuartige Trauerversicherung«, improvisierte Carla.

»Frau Müller hat uns gerade über die Preisgestaltung ihres Gatten aufgeklärt«, sekundierte Wally, die sich endlich wieder beruhigt hatte. »Und wer sind Sie?«

»Bertha Knobsen, geborene Müller. Mein Bruder und ich betreiben dieses Institut zusammen.«

Wally zog sehr effektiv eine Augenbraue hoch, noch ganz rot vom unterdrückten Lachen. »Sie sind also die Geschäftsführerin?«

»Bertha, möchtest du nicht ein Stück Kuchen?«, grätschte Irma dazwischen. »Ich packe dir auch gern was für zu Hause ein.«

Frau Knobsen trat unwirsch nach den Dackeln, die immer noch um sie herumsprangen, und setzte sich mit einem missbilligenden Schnauben auf die schmale Seite der Eckbank. Dann tupfte sie sich die feuchte Stirn mit einem Tuch, das sie aus einer Tasche ihres schwarz-weißen Kostüms gezogen hatte. »Dein Kuchen schmeckt mir nie, du nimmst Margarine statt Butter. Aber ein Kaffee wär mir eventuell schon recht.«

Irma hatte schon eine Tasse herbeigezaubert und goss ihr Kaffee ein. Bertha gab vier Löffel Zucker hinein, was Carla an ihren Vater erinnerte. Der hatte auch nie weniger genommen.

»Bertha, ich werde die Damen jetzt herumführen, sie möchten gern die Särge anschauen und sich einen Eindruck von unseren Räumlichkeiten für die Trauerfeier verschaffen.« Irma lief schon vor zur Tür, die in den Flur führte, Wally stürzte hinter ihr her, als wäre sie auf der Flucht. Die Dackel fassten das als Einladung auf und tippelten schwanzwedelnd auf Irma und Wally zu.

»Weg mit euch, ihr dürft nicht mit runter.«

»Zu schade!«, murmelte Bertha.

»Du weißt doch, dass Horst das verboten hat.« Irma wendete sich mit einem entschuldigenden Lächeln zu Wally und Carla. »Das ist keine Schikane von ihm. Es war nur schon so, dass Abra und Kadabra dachten, die Verstorbenen im Untergeschoss wären als Leckerli für sie gedacht.«

Carlas Mundwinkel zuckten und sie vermied es, Wally anzuschauen.

»Vergiss nicht, deinen Kundinnen unsere Broschüre mitzugeben! Ich lege da noch eine ganz besondere für sie bereit.«

Wenig später liefen sie durch einen Kellergang in das Nebengebäude. Für die Kunden gab es einen direkten Eingang von der Trakehnerstraße.

Hier unten befand sich der Kühlraum und der Raum, in dem die Leichen für die Aufbahrung präpariert wurden.

»Was wird hier genau gemacht?«, fragte Wally, die nun wieder eine normale Gesichtsfarbe hatte, obwohl es hier nach Formalin stank. Nachdenklich betrachtete Carla all die Gerätschaften, die auf den Metalltischen in dem weiß gefliesten

Raum bereitlagen. Merkwürdige Apparate mit langen Schläuchen, Metallinstrumente, hautfarbene Gummibänder und Doppelringe aus Gold.

»Hier werden unsere lieben Verstorbenen zuerst mal hygienisch versorgt, wir waschen und desinfizieren die Haut – wegen den Gerüchen, Sie verstehen schon? Haare und Nägel müssen geschnitten werden, zum Verschränken der Hände fixieren wir diese mit Ringen an den Fingern.« Irma zeigte auf die Doppelringe. »Männer werden noch einmal rasiert, die Augen verschließen wir mit Plastikkappen, die wir unter den Lidern platzieren. Der Mund wird, nachdem das Gebiss eingesetzt worden ist, zugenäht, aber so, dass man es nicht sieht. Ist besser, so bleibt alles an Ort und Stelle. Das ist übrigens meine Spezialität. Manchmal sind aber auch größere thanatopraktische Arbeiten nötig. Darin bin ich nicht so gut.« Irma sah betrübt in die Runde.

»Thanatopraktisch?«, hakte Carla nach.

»So nennt man das, wenn an unseren lieben Verstorbenen Veränderungen vorgenommen werden müssen, zum Beispiel nach einem Unfall, wenn das Gesicht rekonstruiert werden muss – das ist dann so ähnlich wie eine Schönheitsoperation. Oder wenn die Leiche erst spät gefunden wird und schon Gase vorhanden sind oder Madenbefall.«

Während Irma weiterredete, glitten Carlas Gedanken zu der Beerdigung ihres Vaters. Ihr wäre es falsch vorgekommen, sein zerstörtes Gesicht nach einem Foto wiederherstellen zu lassen, es hätte ja doch nie mehr gelächelt. Es war ihr authentischer erschienen, ihren Vater lebendig in Erinnerung zu behalten. Sie versuchte sich wieder auf Irma zu konzentrieren.

Irma erklärte immer noch, weil Wally alles ganz genau wissen wollte.

»... manchmal werden unsere lieben Verstorbenen auch einbalsamiert, da muss das Blut aus den Körpern drainiert und durch eine desinfizierende Formaldehydlösung ersetzt werden. Und es ist sehr schwierig, da die richtige Farbe beizumischen, damit der liebe Verstorbene natürlich aussieht. Das macht dann unsere Lotti, aber die wohnt hier nicht. Die kommt nur bei Bedarf.«

Im Zwischengeschoss nach oben zur Trakehnerstraße hin gab es einen Raum mit ausgestellten Särgen in allen Preisklassen. Mit Liegepolstern, die allesamt aussahen, als hätte man sie aus dem cremefarbenen gesteppten Satinmorgenmantel von Carlas Mutter angefertigt. Dann weiter oben im Erdgeschoss befand sich ein kleiner Saal für Trauerfeiern, daneben war ein Besprechungszimmer, in dem Irma mit ihnen endlich über »die Sache« reden wollte.

Carla fühlte sich wie in einem viktorianischen Jagdzimmer: dunkelgrüne Tapeten, viel Mahagoni und Zimmerpalmen. An den Wänden goldgerahmte Stiche von Landschaften und Rosen. Ein ovaler Tisch mit einer voluminösen Spitzendecke, umgeben von vier samtbezogenen Stühlen. An der schmalen Wand ein Chesterfield-Sofa aus kastanienbraunem Leder. Es fehlten nur noch die Jagdtrophäen an den Wänden. Einen Moment lang schoben sich Totenköpfe mit löwenartigen Halskrausen vor Carlas inneres Auge.

»Das alles hat noch Paps eingerichtet und Horst hat mir erlaubt, es so zu lassen. Bertha mags nicht so gern, aber Paps und ich hatten hier viele schöne Nachmittage, nachdem Mama verstorben war. Setzen wir uns doch, meine Schwägerin kommt selten hierher, sie hat eigentlich nie Kundenkontakt. Sie kümmert sich mehr um die Buchhaltung und all diesen formalen Kram. Mit unseren lieben Verstorbenen fühlt sie sich nicht wirklich wohl.« Irma nahm Gläser und eine Karaffe aus der Anrichte. »Möchten Sie vielleicht was Kleines zur Stärkung?«

»Unbedingt«, sagte Wally, bevor Carla für sie beide ablehnen konnte. Sie funkelte Wally wütend an. Darüber hatten sie doch schon gesprochen! Alkohol tagsüber ging nur, wenn der Klient auch welchen trank. Und Irma trank Wasser. Wegen ihrer Übelkeit?

Wally nahm ihr Glas, schwenkte die karamellfarbene Flüssigkeit, stürzte einen unangemessen großen Schluck herunter und ließ sich mit einem befriedigten Seufzen in einen der breiten Sessel fallen. Das teure Leder gab einen knatschenden Laut von sich, als Wally ihre Beine übereinanderschlug und den Rock mit der freien Hand wieder über ihre Knie zog.

»Schmeckt wie ›Der alte Kardinal‹, sowas Feines kriegt man hier im Westen gar nicht. Ehrlich, da kann euer Asbach Uralt einfach nicht mithalten.«

Irma lächelte. »Das haben Sie gut erkannt! Der Horst und die Bertha lieben den, sie vermissen diese Leckereien aus dem Osten. Sie sind ja erst vor ein paar Jahren hierher umgezogen. Die anderen Bestatter hassen meinen Horst, weil er in so kurzer Zeit den Betrieb von Paps so gut vorangebracht hat.«

»Und Bertha?«, fragte Wally. »Warum verheimlichen Sie ihr den Verlust des Rings eigentlich?«

Irma errötete. »Sie findet, ich hätte einen schlechten Einfluss auf Horst. Es würde sie glücklich machen, wenn sie wüsste, dass ich den Ring verloren habe.« Sie wischte sich schnell über die Augen, setzte sich an den ovalen Tisch und bedeutete Carla mit einer Geste, es ihr gleichzutun. »Also, wie werden Sie vorgehen?«

Carla setzte sich und nahm ihren Notizblock aus der Tasche. Höchste Zeit, dass sie endlich zur Sache kamen! In vier Stunden sollten sie schon wieder bei Henny sein.

Plötzlich berührte etwas Warmes und Weiches ihre Fesseln. Sie zuckte zusammen, ihr Puls ging schlagartig nach oben, während sie nach Erklärungen suchte. Die Hunde konnten es nicht sein und unter dem Tisch lagen sicher keine Toten, die waren auch nicht so warm. Da hatte ihre Fantasie ihr einen Streich gespielt.

»Also, Irma, wann haben Sie …?«

Da war es wieder und ging streichelnd die Wade hoch. Sie sprang auf.

»Da ist etwas unter dem Tisch!«, sagte sie betont beherrscht, als sie die verwunderten Blicke auf sich spürte. Hastig trat sie neben den Tisch, beugte sich vor und spähte unter den Zipfeln der Tischdecke durch.

Da kniete ein Mann im schwarzen Anzug!

»Einbrecher!«, rief Carla. »Wally, versperr die Tür, Frau Müller, rufen Sie sofort die Polizei! Damit hat sich wohl alles geklärt!«

Wally blieb ungerührt sitzen. Irma ging in aller Ruhe neben dem Tisch in die Knie.

»Es tut mir leid, das ist nur unser Peter! Los, raus mit dir!«, sagte sie, erhob sich und sah entschuldigend zu Carla und Wally hin.

Es dauerte eine Ewigkeit, bis Peter endlich vor ihnen stand, zwei Köpfe größer und so schlaksig, als würden die Gliedmaßen ein unabhängiges Leben von seinem Rumpf führen.

»Wie oft habe ich dir gesagt, dass du deine Pausen an der frischen Luft verbringen sollst!« Irma klang eher amüsiert als tadelnd. »Wenn ich dich noch einmal in einem Sarg oder hier auf dem Fußboden erwische, werden wir dich entlassen müssen, Peter!«

Carla fragte sich, ob Wally dieses Missverhältnis von Inhalt und Ton auch schon aufgefallen war, doch bekam die überhaupt irgendwas mit? So unbeteiligt und abwesend, wie die in ihrem Sessel den Weinbrand wie Wasser runterkippte?

»Tut mir leid«, murmelte Peter, stolperte über seine Füße und bemerkte erst beim Aufrappeln Wally auf dem Sofa. Voller Bewunderung blieb er stehen und starrte unverblümt ihre

Oberweite an, als hätte er eines der sieben Weltwunder vor sich. Gelassen hob Wally ihr Glas in seine Richtung und trank aus.

Irma trat zu Peter, schob ihn geradezu aus dem Zimmer und bat ihn, endlich an seine Arbeit zu gehen.

Dieser junge Mann war Carla viel unheimlicher als die Leichen in dem Kühlraum. Sie konnte sich gut vorstellen, dass Peter den Ring irgendwo gefunden hatte, sich wie eine menschliche Elster an seinem Glitzern erfreut und ihn eingesteckt hatte. Vielleicht hatte er irgendwo ein Nest, wo er auch die Goldzähne von Toten bunkerte. Manchmal war ein Fall wirklich simpel. Andererseits war es auch denkbar, dass Bertha den Ring hatte verschwinden lassen, um ihre Schwägerin in Misskredit zu bringen. Selbst wenn es am wahrscheinlichsten war, dass Irma den Ring einfach nur verlegt hatte, beschlich Carla langsam das Gefühl, dass hier mehr dahintersteckte.

»Unser Peter!«, sagte Irma, nachdem die Tür endlich hinter ihm geschlossen war. »Gut, dass wir vor ihm nicht über den Ring geredet haben, der Junge kann nichts für sich behalten.«

»Wie sieht der Ring denn überhaupt aus? Haben Sie ein Foto?«, fragte Carla und nahm ihren Notizblock aus der Handtasche.

»Es gibt kein Bild. Es ist ein ganz normaler goldener Ehering.«

»Wie breit war er denn, war er nach außen gewölbt oder gerade? Weißgold, Rotgold, wie viel Karat?«

Irma beschrieb ihn als teuren gelbgoldenen Ring, etwa einen Zentimeter breit, nach außen gewölbt, innen graviert mit »Horst-Günther 30. Mai 1960« und bei ihm »Irma-Renate«. Carla skizzierte nach ihren Vorgaben und zeigte es Irma.

»Ja, genau so!«

»Und wo haben Sie ihn das letzte Mal gesehen?«, fragte Carla.

Irma fing an zu überlegen und kam dabei vom Hundertsten ins Tausendste. Während Carla noch überlegte, wie sie Irma taktvoll unterbrechen könnte, grätschte Wally mittenrein in einen Monolog darüber, wie der Ehering Irma beim Öffnen der Hundefutterdosen störte.

»Fragen wir doch mal anders – wann haben Sie denn gemerkt, dass der Ring weg war?«, fragte sie.

Irmas Antwort kam prompt. »Heute Morgen, als ich meine Nylons am Strumpfhalter festgemacht habe. Daraufhin habe ich sofort das ganze Schlafzimmer abgesucht, weil ich dachte, der Ring wäre im Schlaf vielleicht abgerutscht.«

»Sitzt der Ring denn locker?«, hakte Wally nach.

»Nein. Der Ring lässt sich gut drehen, aber er war nicht so locker, dass er einfach abgegangen wäre.«

»Zu welchen Gelegenheiten haben Sie den Ring abgenommen?«

»Beim Waschen und Putzen und Eincremen.«

»Legen Sie ihn immer an die gleiche Stelle?«, fragte Wally.

»Nein, ist ja nur für einen Moment, die meiste Zeit steckt er an meinem Finger.«

»Und wo haben Sie sonst noch gesucht?«

»Eigentlich überall, deshalb habe ich mir ja Hilfe geholt.«

»Aber ist es denn sicher, dass Sie den Ring im Haus verloren haben?«, wollte Wally wissen.

»Leider nicht, ich habe gestern, kurz bevor die Sonne untergegangen ist, noch Wäsche aufgehängt.« Irma errötete und fügte mit einem entschuldigenden Lächeln hinzu: »Ich weiß natürlich, dass eine gute Hausfrau die Wäsche nicht über Nacht draußen hängen lässt. Aber endlich hatte der Nieselregen aufgehört und außerdem hatte ich vorher auch noch die Jablonsky fertig zu machen, Bertha hat mich ständig ermahnt, weil die dringend wegmusste. Und unser Fahrer, der Walter, schon Gewehr bei Fuß stand.«

Wally stellte das leere Glas ab. »Der Ring könnte also wirklich überall sein. Und Ihr Mann kommt in vier Tagen. Ich denke, am sichersten und einfachsten wäre es, wenn Sie einen neuen Ring kaufen. Jeder andere Vorschlag wäre unseriös!«

Sie war wohl nicht ganz bei Trost! Erstens kostete das sehr viel Geld, zweitens, wo würde man genau den gleichen mit Gravur in so kurzer Zeit auftreiben, und drittens – die Agentur Nachtigall brauchte Geld. Und das klang doch nach wunderbar vielen Stunden, die sie abrechnen konnten!

»Meine Kollegin scherzt gerne mal. Wir können sofort anfangen! Wenn ich das richtig verstanden habe, brauchen wir nur noch eine Erklärung für Bertha und Peter, damit die keinen Verdacht schöpfen?«

»Genau. Bertha muss nachher sowieso noch zum Zahnarzt, da muss sie ständig hin und den Peter kann ich zum Einkaufen schicken.«

»Das reicht nicht, wir brauchen mehr als zwei, drei Stunden.«

»Könnten Sie heute Nacht kommen?«

»Das alles kostet natürlich extra!«, sagte Wally. »Bitten Sie doch lieber Ihre Freundinnen um Hilfe, dann wird es billiger …«

Carla hätte sie erwürgen können, offensichtlich war Wally nicht klar, dass sie hier waren, um Geld zu verdienen.

»Auf keinen Fall, wenn sich da jemand verplappert! Bertha und Horst sind sehr abergläubisch, die würden einen verlorenen Ring als Beweis für meine Untreue sehen.«

»Dann wäre es besser gewesen, Sie hätten uns als Kammerjägerinnen oder dergleichen ausgegeben«, sagte Wally. »Tut mir leid, aber es wäre unlauter, diesen Auftrag anzunehmen. Carla, wir sollten gehen und Sie sollten Ihren Mann anrufen und erzählen, was passiert ist. In einer Ehe muss man miteinander über alles reden können!«

Was zur Hölle war denn nur in Wally gefahren? Wenn Blicke töten könnten, hätte Wally gerade in eine Urne rieseln müssen.

»Mit ihm reden? So unmöglich wie ein Einkaufsbummel mit dem Ulbricht im KaDeWe«, sagte Irma. «Wenn Sie schon keinen Metalldetektor haben, könnten Sie dann nicht einfach mit so einer Wünschelrute rumgehen?«

»Natürlich können wir das!«, log Carla, allein schon, um Wally endlich einzubremsen.

»Rhabdomantie ...«, murmelte Wally. »Sehr umstritten, wissenschaftlich nicht haltbar. Heinrich Himmler war auch ein großer Fan.«

»Horst und Bertha schwören auf solche Sachen. Ach und der Himmler auch? Wirklich?«, fragte Irma interessiert.

»Der hat in seiner ›Forschungsgemeinschaft Deutsches Ahnenerbe‹ einen Physiker nur dafür abgestellt. Josef Wimmer, so hieß der, sollte forschen, ob man mit Wünschelruten auch Goldschätze, Sprengstoff und Bunker finden kann.« Wally drehte sich zu Carla und zwinkerte ihr zu, dann wandte sie sich wieder direkt an Irma.

»Aber verraten Sie mir, was suchen Horst und Bertha denn sonst hier mit Wünschelruten – Leichen?«

Irma Müller schüttelte den Kopf. »Nein, natürlich nicht, aber so finden sie den perfekten Ort für die lieben Verstorbenen.«

»Man kann doch sein Grab gar nicht wirklich auswählen?«, fragte Carla, die sich daran erinnerte, wie schwierig es gewesen war, den Platz am See für ihren Vater aufzutreiben. »Der Platz wird einem zugeteilt, bestenfalls kann man zwischen zwei Orten entscheiden.«

Irma Müller unterdrückte ein verschmitztes Lächeln. »Kommt auf die Beziehungen des Bestatters an. Viele unserer Kunden nutzen diesen Service.«

»Wenn alle für esoterische Methoden so aufgeschlossen sind, könnten wir gegenüber Ihrer Schwägerin behaupten, dass Sie uns als Fachfrauen engagiert haben, etwas gegen die schlechten Energien in Ihren Räumlichkeiten zu unternehmen«, schlug Wally nun vor und nickte Carla zu.

Offensichtlich hatte sie endlich verstanden, dass sie zum Geldverdienen hier waren und nicht zur Lebensberatung.

»Können Sie sowas denn?«, fragte Irma Müller.

»Selbstverständlich!« Wally war nun wieder voll bei der Sache und nickte überzeugend. Lulu hätte es nicht besser machen können, dachte Carla. Schauspielerei lag wirklich in der Familie.

»Wir sind sehr gründlich und verwenden wahlweise Salbeibüschel, Salz oder Edelsteine. Angesichts von dem, was ich hier so an Energie spüre, würde ich sagen, dass wir mit allen Mitteln arbeiten sollten, oder was meinst du, Carla?«

»Meine Mitarbeiterin will sagen«, sie versuchte Wally mit Blicken zu bremsen, »dass uns das eine gute Ausrede liefert.«

»Wir wollen doch unser Licht nicht unter den Scheffel stellen – immerhin habe ich drei Jahre bei einer echten Schamanin gelernt!«, erklärte Wally allen Ernstes.

»Das ist ja wunderbar!« Über Irmas Gesicht ging das Strahlen einer Sechsjährigen, die gerade alle Kerzen auf ihrer Geburtstagstorte gleichzeitig ausgeblasen hat.

Ungeheuerlich. Es war durchaus in Ordnung, zum Wohle der Klientin in eine Rolle zu schlüpfen, aber es ging nicht, deren Naivität zu befeuern.

»Horst wird begeistert sein! Wir haben schon oft darüber gesprochen, dass wir sowas machen sollten, die Energien bei all den lieben Verstorbenen hier sind naturgemäß nicht so gut.«

»Na dann kann es ja losgehen.« Wally klatschte enthusiastisch in die Hände. »Haben Sie Salbei?«

»Einen Riesenbusch im Garten.«

»Dann beginnen wir damit. Salz und Kristalle bringen wir dann das nächste Mal mit.«

Genau, und vorher befragen wir noch unsere Kristallkugel nach dem Ring und pendeln das Grundstück ab, dachte Carla. »Ich fange dann mit guter alter Ermittlungsarbeit schon mal an, die Küche zu durchsuchen.«

»Dann bringe ich Sie zum Salbei!«, sagte Irma und öffnete die Tür, dann hielt sie inne. »Brauchen wir ein spezielles Messer zum Abschneiden?«

»Eines aus Silber wäre perfekt!«

Dazu einen Pfahl, um ihn Wally in die Brust zu rammen, ergänzte Carla stumm.

»Gott sei Dank, Silbermesser haben wir. Gehen wir doch durch die Küche nach draußen.«

Sie trabten hinter Frau Müller zurück in die Küche, wo Bertha, wie Carla amüsiert bemerkte, offensichtlich nicht nur ein, sondern zwei Stücke von dem Bienenstich gegessen hatte, während Abra und Kadabra sich um einen Knochen zankten, der Carla verdächtig an ein Schienbein erinnerte.

Für einen Moment fragte sie sich, ob Irma ihren Mann nicht umgebracht hatte und hier mit ihnen eine Scharade aufführte, bei der alles ganz anders war, als es schien.

Doch dann erklärte Irma ihrer Schwägerin voll ehrlicher Begeisterung, dass sie Carla und Wally angeheuert hatte, als Überraschung für ihren geliebten Horst! Weil sich im Gespräch über die Särge herausgestellt hatte, dass ihre Kundinnen Expertinnen darin waren, Häuser von schlechten Energien zu reinigen.

»Mal gründlich durchputzen wäre sicher noch hilfreicher«, murmelte Bertha, dabei starrte sie aber nicht Irma, sondern Wally an, als wollte sie ein stummes Duell mit ihr ausfechten. Wally zuckte mit den Schultern und folgte Irma nach draußen.

Bertha musterte nun Carla und verzog ihren Mund zu einem spöttischen Lächeln. »Als Schwester ist es manchmal besser so zu tun, als ob man auf einem Auge blind wäre, oder?«

Was wollte sie denn damit sagen, fragte sich Carla und begann in der Nähe der Spüle nach dem Ring zu suchen. Es war logisch am Spülbecken anzufangen, da legten viele Frauen ihre Ringe ab, um empfindliche Gläser vor Kratzern zu schützen. Abra und Kadabra waren glücklicherweise noch damit beschäftigt, sich gegenseitig den Knochen abzujagen, sodass Carla sich unbehelligt bücken und den blitzsauberen Unterschrank untersuchen konnte. Der Boden war aus hellgrauem Linoleum, nirgends eine Ritze, in der Irmas Ehering hätte verschwinden können.

»Vorarbeiten!«, erklärte Carla, als sie beim Hochkommen Berthas amüsiertem Blick begegnete.

»Natürlich, irgendwo muss man mit dem Ausräuchern ja anfangen!«, sagte Bertha und griff nach einer Mappe, die neben ihr auf der Eckbank gelegen hatte. »Die Unterlagen für Sie und Ihre Schwester.«

Carla dankte ihr und fragte Bertha nach Eimer und Putzlappen. Dann machte sie sich daran, den Siphon vom Abfluss aufzuschrauben. Der Ausguss hatte große Löcher, da konnte ein Ehering schon mal durchrutschen. Doch auch im Abflussrohr war alles so sauber, als hätte jemand Natronlauge durch die Leitung gejagt. Hier war sehr gründlich geputzt worden, dachte sie und begann sich zu fragen, ob hier wirklich nur ein Ring verschwunden war.

# Kapitel 3

Im Café Kranzler drängten sich wegen des Regens die Gäste von der Terrasse nach drinnen, weshalb es so brechend voll und verraucht war, dass Wally Edgar erst nach einigen Minuten entdeckte. Er blickte ihr mit hochgezogenen Augenbrauen und zusammengepressten Lippen so ungnädig entgegen, als hätte sie ihn gezwungen, sich mit ihr zu treffen. Dabei hatte sie das Treffen auf seine Bitten hin möglich gemacht, obwohl sie dringend Zeit gebraucht hätte, um über diesen erstaunlichen Vormittag nachzudenken. Warum hatte man sich nicht an die Vorschriften gehalten? Direkter Kontakt war nicht erwünscht und sie wusste, dass für jede Art von Treffen mit ihr die absolut höchste Geheimhaltungsstufe galt.

»Du bist zu spät!« Er deutete auf den leeren Kuchenteller vor sich, stand aber dann doch auf, um ihr den Stuhl zurechtzurücken. »Du weißt, dass ich meine Pause nicht ewig ausdehnen kann! Im Kempinski zählt Pünktlichkeit noch was.«

»Wirklich? Fünf Minuten! Kaum zu glauben, der Weltuntergang steht bevor.« Wally kaschierte ihre Verärgerung mit einem halbherzigen Lächeln. Aber was war denn los? Wegen fünf Minuten hatte er sie noch nie so angeranzt.

»Sollte es auch. Das hat nämlich was mit Respekt zu tun!«

»Wäre es angemessen, wenn ich mich vor dir in den Staub werfe?«

»Ja, allerdings!« Er entspannte sich etwas. »Ich muss gleich dringend etwas mit dir besprechen. Hey, stell dir vor, wir erwarten heute Abend Conny Froboess, sie trifft sich mit wem vom Meisel Musikverlag. Man munkelt, sie soll ein Lied für den Grand Prix d'Eurovision aufnehmen.«

Das waren doch großartige Neuigkeiten. Als Chefconcierge gab er sich im Kempinski zwar puritanischer als Nonnen beim Karfreitagsgebet, drängte aber jeden Musikproduzenten zu einem Abstecher ins Eden, weil er dort nachts als rothaarig-sündig singender Lucky Angel auftrat und auf einen Plattenvertrag hoffte.

»Und deshalb wolltest du mich sehen? Um mir das zu sagen?«

»Nein, es geht um was anderes, willst du dich nicht endlich setzen?«

Nachdem sie Platz genommen hatte, rümpfte er die Nase und sah sie irritiert an.

»Was ist denn mit dir passiert? Sonst duftest du wie eine Blumenwiese, aber heute stinkst du wie eine ganze Horde Räuchermännchen aus dem Erzgebirge!«

»Frag lieber nicht, wir versuchen gerade mit allen Mitteln den Ehering einer neuen Klientin zu finden.« Natürlich ging es nicht um den Ring, sondern um ganz was anderes, dachte Wally. Die Aktion Goldfisch war anscheinend jedes Risiko wert. Offenbar hatten die keine Ahnung, wie gefährlich es war, ihre Schwester zu unterschätzen. Die würde den Braten riechen, bevor die Grab-Müllers bis drei zählen konnten.

»Wir?« Edgar winkte eines der Serviermädchen zu ihnen an den Tisch. »Es gibt neuerdings ein ›Wir‹ in der Agentur Nachtigall?«

»Von einem echten Wir sind wir natürlich noch Lichtjahre entfernt, aber es gibt Hoffnung«, sagte Wally. Genau, dachte sie, ein echtes Wir war so wahrscheinlich wie eine friedliche Wiedervereinigung.

Sie bestellte ein Kännchen Kaffee und ein Stück Schwarzwälder Kirschtorte. Essen half und Süßes gleich doppelt. Auch wenn der Kuchen hier längst nicht so gut war wie der im Café Schilling, würde er immer noch besser schmecken als dieser Matsch, den Irma ihnen als Bienenstich aufgetischt hatte. War Irma wirklich dieses ahnungslose Naivchen oder hing sie auch mit drin?

»Weißt du, was ich mache, wenn ich etwas verlegt habe?«, fragte Edgar.

»Du singst?«

»Nein, es ist ein Trick von meiner rumänischen Urgroßmutter und er funktioniert wirklich.«

»Ach ja?«

»Du klemmst deine rechte Socke unter einem Stuhl oder Tischbein ein.«

»Wieso die rechte?«

»Weil der Teufel da seinen Pferdefuß hat und empfindlich ist.«

»Und?«

»Dann sagst du ihm, dass du sein Bein erst wieder freilässt, wenn er den gesuchten Gegenstand rausrückt.«

»Du veräppelst mich.«

Edgar schüttelte den Kopf. »Dann sagst du die streng geheime Formel.«

»Und wie geht die?«

»Du rufst ihn an: Ohh Zazaell – und nun beschwörst du ihn: kcür ned gnir torfos suar tsnos etlaheb hci nenied ssuf!«

Wally stutzte einen Moment, dann musste sie zum ersten Mal an diesem Tag lachen. »Du bedrohst den Teufel mit rückwärts gesprochenen Drohungen?« Wenn doch alles so einfach sein könnte.

»Genau. Das mache ich auch im Hotel, wenn etwas verschwunden ist, aber natürlich nur, wenn keiner zuschaut.«

»Klingt nicht nur lächerlich, sondern völlig verrückt.« Wally fing an zu lächeln. »Und genau deshalb werde ich das Carla morgen vorschlagen, ich freue mich schon auf ihren Gesichtsausdruck.« Alles, was Carla von Bertha ablenkte, war nützlich.

Ein schwer atmendes Serviermädchen stellte Kaffee und Kuchen vor Wally auf den Tisch, wischte die Hände an ihrem rosa Schürzchen ab und nahm den vollen Aschenbecher mit.

Wally nickte Edgar zu. »Möchtest du probieren?«

»Nein, mein Frankfurter Kranz war sehr mächtig.«

Die Torte hatte einen seltsamen Nebengeschmack, aber vielleicht lag das an dem Salbei, der sich in Wallys Schleimhäute wie eingeätzt hatte. Sie nahm einen großen Schluck Kaffee, der auch reichlich seltsam schmeckte. Da half nur was Stärkeres! Unauffällig zog sie ihren silbernen Damenflachmann aus der Handtasche und gab einen ordentlichen Schluck Cognac in ihren Kaffee.

»Ein bisschen früh, meinst du nicht?« Edgar zog missbilligend seine linke Augenbraue hoch.

»Ehrlich gesagt siehst du so aus, als könntest du auch einen Schluck vertragen!« Ohne eine Antwort abzuwarten, goss Wally einen Schluck in Edgars leere Kaffeetasse und verstaute den Flachmann wieder in ihrer Handtasche. Er zögerte kurz, dann kippte er die Tasse runter. »Schmeckt, hilft aber nicht wirklich.«

»Nun sag schon, was ist los? Du wolltest mich doch nicht bloß sehen, um Kuchen zu essen?«

»Das stimmt, ich brauche deine Hilfe … wegen Adele.«

Seine Schwester war seine Schwachstelle, er liebte sie mehr als seinen Traum von Lucky Angel. Sie war der einzige Grund, warum er niemals im Kempinski aufhören konnte, denn er brauchte das Geld, um sie zu unterstützen. Loyalität war etwas Wunderbares, aber Wally wusste ganz genau, wie hoch der Preis war, den man manchmal dafür bezahlen musste. So war sie in den ganzen Schlamassel überhaupt erst reingerutscht. Schlamassel war das falsche Wort für diese Spirale von immer heftigeren Aufgaben und Lügen.

»Ich mache mir schreckliche Sorgen um Adele. Niemals hätte ich sie in diese Nervenheilanstalt in Brandenburg bringen dürfen, nur weil es dort billiger war. Seit sie angefangen haben, die Mauer zu bauen, habe ich nichts mehr von ihr gehört. Ich kann niemanden erreichen. Du hast doch bis vor Kurzem drüben gewohnt, kennst du nicht irgendwen, der mir helfen könnte?«

»Helfen bei was denn?«

»Ich will Adele hier im Westen haben, wo ich sie besuchen kann. Bestimmt fühlt sie sich sehr einsam. Sie sollte bei mir hier in Berlin sein.«

»Rausholen? Jetzt? Machst du Witze?«

»Du hast recht, der Gedanke ist völlig absurd. Aber vielleicht kennst du drüben jemanden, der sie besuchen und mir erzählen könnte, wie es ihr geht? Ich würde natürlich dafür bezahlen, eine Freundin, die ihrer Pflegerin ein Trinkgeld bringen könnte?«

Edgar rückte seine Drahtbrille gerade, wahrscheinlich um von seinen verdächtig feuchten Augen abzulenken.

Wally drückte seine Hand. »Ich werde es versuchen«, sagte sie, auch wenn sie momentan rein gar nichts für ihn tun konnte. »Adele geht es sicher gut, du hast immer wieder erzählt, sie wäre dort in den besten Händen. Warum hätte sich das ändern sollen? Die Menschen hinter der Mauer sind noch dieselben wie vorher, niemand ist durch die Mauer zum Monster mutiert.«

»Für Adele lauern überall Monster, sie vertraut nur mir. Was ist denn mit James, deinem Freund von der BBC – der darf doch sicher noch in den Ostteil der Stadt?«

»Der hat sich in ne andere verguckt. Bei dem bin ich abgemeldet.« Das hatte man ihr auch sehr übel genommen. Vielleicht war dieses Ringmanöver nur eine Strafaktion?

»Tut mir sehr leid.«

»Mir auch!« Es fiel ihr nicht schwer, eine improvisierte Träne abzuwischen, sie brauchte wirklich dringend einen Ersatz für James. Bruno, ja, der würde ihr gefallen, aber genau deshalb kam er nicht infrage. Und der Joachim war an die Aktion Goldfisch gekoppelt und hätte sich längst erledigt, wenn der Mann als Kind Schwimmen gelernt hätte und aufgeschlossener fürs Baden im Wannsee wäre.

Edgar legte seine Hand auf ihren Arm und drückte ihn. »Traurig, wenn man so abserviert wird«, sagte er voller Mitgefühl.

»Danke.« Sie würde Frieda bitten, wegen Adele mal in der Anstalt anzurufen, sie war die Einzige, der sie wirklich vertrauen konnte. Die Zensur interessierte sich nicht für Post einer ehemaligen Puffmutter. Frieda war nur so lange von Bedeutung gewesen, wie sie auf der Leipziger Messe West-Kunden bedient hatte.

»Ich schreibe einer Freundin, aber es wird dauern, bis ich Antwort habe.«

Edgar tätschelte nun seinerseits Wallys Arm. »Danke, ich bin dir was schuldig.«

»Da nicht für!«, murmelte Wally. »Weißt du denn schon, wann das Eden wieder aufmachen darf?«

»Die warten nur noch auf die neuen Brandschutztüren, die sind angeblich noch immer auf einem Laster, der am Grenzübergang Helmstedt/Marienborn irgendwo feststeckt.«

»Na, dit kann ja noch ewig dauern!« Wally unterdrückte ein Stöhnen.

»Wie wäre es, wenn wir, solange das Eden geschlossen ist, mal ausspionieren, was in den anderen Bars so los ist? Das würde mich auf andere Gedanken bringen.«

»Hast du Angst, dass es irgendwo eine bessere Lucky Angel gibt?«

»Auf keinen Fall, ich bin die Beste.« Endlich lächelte er wieder. »Aber ich hab gehört, die Kostüme im Chez Nous wären einzigartig, schadet nicht, sich inspirieren zu lassen, oder?«

»Sonntagabend hätte ich Zeit.« Aber nur, wenn die Sache mit Joachim bis dahin erledigt war.

»Schön. Und du schreibst wirklich deiner Freundin?«

Wally nickte und holte einen Zehnmarkschein aus ihrem Geldbeutel, den sie Edgar hinschob. »Zahlst du bitte für mich mit?« Sie erhob sich. »Ich muss dringend weg, Carla erwartet mich bei einer neuen Klientin.«

Edgar stand auf, half ihr in den noch leicht feuchten Sommermantel und rümpfte die Nase. »Eine Räucherbude ist nichts dagegen, versuch es morgen lieber damit, dem Teufel den Fuß einzuklemmen.«

»Na klar, wollte schon immer mal ›auf Teufel komm raus‹ spielen!« Wally lächelte ihm zu und versuchte nicht daran zu denken, in was für teuflische Spiele sie schon viel zu lange verstrickt war.

# Kapitel 4

Es ist unserem Führer ein großes Anliegen, dass auch wir Frauen unserem Volk dienen und den Kampf unserer Nation mit vielen erbgesunden Kindern unterstützen. Auf Befehl des Reichsgesundheitsführers habe ich zusammen mit der Reichsfachschaft Deutscher Hebammen alles Wissen zusammengetragen, das nötig ist, um starke und gesunde Kinder zu Hause im Schoß der Familie zu gebären.« Henny holte kurz Luft und ratterte weiter durch den Text, damit Carla auch wirklich nachvollziehen konnte, wie infam der ganze Fall war.

»Nicht in der keimverseuchten Luft des Krankenhauses sollen unsere Buben und Mädchen das Licht der Welt erblicken, sondern zu Hause, wo sie vom ersten Tag an am prachtvollen Mutterbusen erstarken können – fernab von allem Siechtum.

Die Geburt ist ein heroischer Akt, durch den sich jede arische Frau den Respekt verdienen kann, der der Mutter eines kräftigen Säuglings gebührt …«

Angewidert schob Henny das Buch von sich und kippte ein ganzes Glas Madeira auf einmal herunter.

Carla nippte fassungslos an ihrem Kristallglas, aber selbst dem süßen Madeira gelang es nicht, den schalen Geschmack zu vertreiben.

»Es ist unfassbar, dass so etwas möglich ist!«, sagte sie.

Henny stellte den leeren Kelch zurück auf den glänzend

schwarzen Tisch und goss sich Madeira nach. »Es ging mir genauso wie dir. Aber das sind die Tatsachen und ich muss jetzt handeln. Es fühlt sich nicht richtig an, all dieses Geld zu erben …« Sie hob die Hände und deutete vage in den riesigen Raum, in dem sie saßen und der mit dicken Perserteppichen und teuren Art-déco-Möbeln in Braun, Weiß und Schwarz eingerichtet war. Carlas Blick blieb an der goldenen Skulptur auf der elegant geschwungenen Kommode hängen, wo ein mächtiger sprungbereiter Panther stand.

»Bis vor zwei Monaten habe ich noch in einem Rattenloch am Stutti gewohnt, da kann ich doch jetzt nicht die Hände in den Schoß legen. Ich muss für Gerechtigkeit sorgen!« Henny schob die silberne Etagere, die mit exquisiten Häppchen belegt war, über den Tisch zu Carla hin. Ihr war der Appetit vergangen, trotzdem nahm sie einen Cracker mit Kaviar. Dabei versuchte sie noch einmal alles, was Henny ihr erzählt hatte, in eine sinnvolle Reihenfolge zu bringen:

Von Sara Jakob, ihrer kinderlosen Cousine, hatte Henny ein Vermögen geerbt, das Sara mit ihrem Mann in den USA verdient hatte. Bevor Sara in die USA ausgewandert war, war sie in Deutschland eine gefragte Hebamme gewesen, deren beherztes Eingreifen vielen Kindern und Müttern das Leben gerettet hatte. All ihr Wissen hatte sie in einem sehr erfolgreichen Ratgeber aufgeschrieben, in dem ›Hausschatz der natürlichen Geburt und Säuglingspflege‹.

Ihr Buch erschien 1929 im Sanaritus-Verlag in Berlin und war sofort ein Riesenerfolg, denn es wurde nicht nur von Hebammen, sondern auch von vielen Müttern gekauft, als eine Art Hausbuch für Mutter-und-Kind-Gesundheit. Sara war damals 29 Jahre alt und hatte in dem Buch auch die Erfahrungen ihrer Mutter, die ebenfalls schon als Hebamme gearbeitet hatte, verarbeitet und mit Kräuterrezepturen und Ratschlägen für das erste Jahr mit dem Säugling ergänzt.

Sara Jakob wanderte 1933 mit ihrem Verlobten nach Los Angeles aus, weil dieser überzeugt davon war, dass Juden keine Zukunft mehr in Deutschland hatten. Saras Mutter wollte in Berlin bleiben, weil sie glaubte, dass der Witwe eines mit Orden überhäuften Kriegsveteranen nichts passieren konnte.

Zwei Jahre später entdeckte sie das Buch ihrer Tochter in einer Buchhandlung. Und zwar das exakt selbe Buch, mit dem genau selben Text und Titel – aber mit dem Namen einer anderen Autorin auf dem Deckel: Johanna M. Gandermann. Die einzige Änderung am gesamten Manuskript war das Vorwort der Gandermann. Sie war die Vorsitzende im Hebammenverein Berlin-Charlottenburg und eine glühende Anhängerin von Rassenreinheit und Erbschande. Saras Mutter wagte es, den Verlag deshalb zur Rede zu stellen, doch man warf sie kurzerhand raus. Und obwohl Sara ihre Mutter inständig anflehte, auch in die USA auszuwandern, wollte sie bleiben und wurde 1941 mit einem der ersten Deportationszüge von Gleis 17 im Bahnhof Grunewald nach Auschwitz verschleppt.

1958 war Sara zu der Gedenkstätte in Auschwitz gefahren, wo ihre Mutter ermordet worden war. Danach suchte sie einige Buchhandlungen auf und musste feststellen, dass ihr Buch immer noch verlegt wurde, weiterhin unter dem Namen von Johanna M. Gandermann. Das glühende Nazivorwort hatte man mittlerweile durch ein milderes von derselben Frau ersetzt. Sara war empört und engagierte einen Anwalt, um den Verlag zu verklagen. Doch der Sanaritus-Verlag behauptete, dass man das alles nicht mehr nachvollziehen könne, es habe Brände im Archiv gegeben, die Beweislage sei mager, wirklich … so sorry.

Kurze Zeit später wurde Sara krank und da ihr Mann schon vor Jahren gestorben war und sie keine Kinder hatte, setzte sie ihre Cousine Henny als Alleinerbin ein, mit der Bitte, diese Ungerechtigkeit aus der Welt zu schaffen.

»Ich konnte mir nicht vorstellen, dass in so einem Land wie Deutschland, wo jedes Luftholen per Gesetz geregelt ist, so etwas passieren kann, aber es ist leider alles wahr.« Henny deutete auf das Buch, aus dem sie gerade das Vorwort vorgelesen hatte. »Ist es nicht ungeheuerlich, dass die Nazis sich ausgerechnet das Wissen einer jüdischen Hebamme angeeignet haben?« Henny ging zu der seitlichen Kommode und nahm ein Buch vom Stapel und wedelte damit. »Ich habe hier die Originalausgabe von 1929.« Dann griff sie nach dem nächsten Buch und hielt es hoch. »Und hier die leicht lädierte, aber bis auf den Knick identische Ausgabe von 1935 mit Johanna Gandermann als Autorin.« Sie legte das Buch ab und tippte auf das letzte. »Hier ist eine Ausgabe, die ich letzte Woche gekauft habe. Lulu und ich haben alles Seite für Seite überprüft. Bis auf das geänderte Vorwort ist alles eins zu eins identisch. Ein Skandal.«

Es klingelte Sturm an der Tür.

»Lulu!« Henny glitt geschmeidig von ihrem Stuhl. »Deine Tante findet, dass ich ein Dienstmädchen brauche, aber ich glaube nicht, dass ich mich da noch dran gewöhnen könnte.« Sie lief ein paar Schritte, dann blieb sie stehen und drehte sich zu Carla. »Nur deshalb klingelt sie Sturm, obwohl sie einen Schlüssel hat – sie wohnt nämlich gerade hier, um mir das Eingewöhnen zu erleichtern, aber in Wahrheit will sie mich nur erziehen.«

Lulu rauschte an Henny vorbei und schüttelte sich wie ein nasser Hund. »Wir haben so ein Glück gehabt. Hat eben erst angefangen zu tratschen. Meine Szene ist im Kasten!«

Henny brachte ein Handtuch und nahm ihr den triefenden Mantel ab. Lulu rubbelte ihre Haare trocken. Verblüfft bemerkte Carla, wie lang und weiß die waren. Sonst trug Lulu sie zusammengedreht und unter den höchst gruseligen Hutkreationen wirkten sie eher aschblond als weiß.

»Erfreulich!«, rang sich Carla ab, die noch ganz benommen war von dem, was Henny ihr vorgelesen hatte. Sie empfand den Auftritt ihrer Tante gerade deplatzierter denn je. Verstohlen sah sie zu Henny hinüber, aber die betrachtete Lulu und wirkte völlig zufrieden.

»Euch beiden kann ich dit ja sagen – ist wirklich sehr befreiend, mal so ganz ohne Kleider zu schaukeln. Dieses glatte Holz am Allerwertesten, die Luft an der Haut, wie dann alles so anfängt zu schwingen«, sie deutete auf ihren mächtigen Busen, »das solltet ihr auch mal versuchen!«

»Klar, am liebsten auf einem öffentlichen Spielplatz …«, murmelte Carla, die sich ihre Tante auf keinen Fall so vorstellen wollte.

»Ich habe immer noch nicht verstanden, warum du unbedingt völlig ausgezogen rumschaukeln musstest?«, sagte Henny. »Brauchst du eigentlich eine Wärmflasche?«

»Nein, Kindchen, mir ist sowas von heiß!« Lulu kicherte wie ein Backfisch. »Und ich könnte schwören, dass der Regisseur sich in mich verguckt hat.«

Henny zwinkerte Carla zu. »Deine Tante redet von einem zwanzigjährigen Jüngelchen, der Regisseur, Kameramann, Autor und Cutter, alles in einem, ist.«

»Der Mann ist Arnold Kliefers, ein junger kreativer Autorenfilmer mit dem Anspruch, die Welt zu verändern!«

»Sie will damit sagen, dass sie keinen Pfennig Honorar bekommt!«

Lulu schnaubte. »Natürlich nicht, man kriegt kein Geld, wenn man was ändern will in der Welt. Alle hassen Veränderungen wie die Pest, selbst eine zum Guten! Apropos was Gutes, ich könnte einen Kaffee vertragen!«

»Du kannst einen Mokkalikör haben!« Henny ging zu dem mächtigen Barwagen, der in einer Nische hinter Zimmerpalmen versteckt war.

»Aber wieso verändert es die Welt, wenn eine alte Frau wie du splitterfasernackt an einem öffentlichen Ort schaukelt?« Sie goss Lulu ein großes Glas ein und brachte es zu ihr. Lulu hievte sich gerade neben Carla auf einen der Samtstühle am Tisch.

»Immerhin schockiert es die Spießer«, Lulu warf Carla einen langen seitlichen Blick zu, »all die Moralapostel, die so tun, als hätten sie immer schon das Richtige getan! Aber das ist nur das, was an der Oberfläche kratzt, eigentlich geht seine Botschaft viel tiefer. Arnold veranschaulicht symbolisch, wie die Zeit vergeht ...«

»Oh ja, ganz außergewöhnlich, tick-tack, tick-tack!«, machte Henny und begleitete ihre Worte mit einem überdramatischen Hin- und Herschaukeln ihrer Hand.

»Genau, Humor hat er auch!«, sagte Lulu. »Arnold zeigt, dass wir nichts mitbringen und nichts mitnehmen aus dieser Welt und dass unser Leben auf und ab schwingt wie Licht und Tonwellen und wir über diese Wellen mit der Vergangenheit und der Zukunft eng verbunden sind. Der junge Mann ist stolz darauf, nichts zu besitzen, bis auf einen riesigen Hund mit sehr weißem und kuscheligem Fell, den hat er von wo gerettet. Ein Pyrenäenberghund oder sowas. Er nennt ihn Bismarck, was für eine wunderbar böse Idee. Aber der Name passt wirklich gut zu diesem stattlichen Vieh. Neben dem ist meine Fritzi ein Zwerg. Zuerst wollte Arnold, dass wir zusammen auf der Schaukel sitzen, aber sein Hund war einfach nicht auf die Schaukel zu kriegen. Außerdem war der so verfressen, der hat alles, was auf dem Boden rumlag, weggeputzt. Sehr gefährlich! Der hätte dringend dieses Training gebraucht, das du mit Fritzi gemacht hast, Carla, du weißt schon. Und mal ehrlich, ich nackt und allein bringe seine wichtige Botschaft dann doch sehr viel besser rüber als egal was für ein Hund!« Lulu nahm einen großen Schluck. »Prost!«

Carla tauschte mit Henny einen verstohlenen Blick und unterdrückte ein Lächeln. »Sicher ein wunderbarer Künstler. Und er hat ja recht, man kann nichts in den Tod mitnehmen. Deshalb hinterlassen manche mehr, manche weniger.« Sie deutete auf den Tisch mit den Büchern.

»Meine Nichte!« Lulu seufzte. »Ist sie nicht großartig, Henny? Wenn sich Karl-Ottos Tochter erst mal in was verbissen hat, gibt sie den Knochen nicht mehr her. Wo bleibt eigentlich Wally?«

Carla zuckte mit den Schultern. »Bin ich die Hüterin meiner Halbschwester?«

»Dir ist hoffentlich klar geworden, dass der Verlag oder Johanna Gandermann nicht über Anwälte zu einem Einsehen gebracht werden können!«

»Wie meinst du das?«

»Anwälte kommen nicht infrage, damit hat es Sara schon versucht. Das klappt auf keinen Fall. Wir brauchen kreativere Methoden.«

»Um was zu tun?«

»Als Erstes eine öffentliche Entschuldigung vom Verlag, dann muss das Buch wieder unter dem Namen von Sara erscheinen und eigentlich sollte die Frau, die für Saras Werk Tantiemen kassiert hat, ihr Schadensersatz bezahlen.«

»Ich will kein Geld!«, protestierte Henny.

»Papperlapapp, die sollen bluten!«

»Ich fürchte, am liebsten würde deine Tante den Verlag in die Luft sprengen und diese Gandermann eigenhändig erwürgen«, sagte Henny.

»Das stimmt.« Lulu seufzte. »Aber davon hätte niemand was.«

Carla konnte deutlich sehen, wie schade sie es fand, vernünftig sein zu müssen.

Lulu trank den letzten Schluck aus und hob das Glas in

Hennys Richtung. »Davon abgesehen könnten wir mit dem Geld eine Stiftung gründen …«

»Für junge Regisseure, die politisch relevante Schaukelfilme machen wollen?«, spöttelte Henny mit einem sanften Lächeln in der Stimme.

»Ganz genau. Aber darüber können wir dann reden, wenn wir die zur Kasse gebeten haben.«

»Auf welcher Rechtsgrundlage eigentlich?«, fragte Carla.

»Rechtsgrundlage?«, schnaubte Lulu. »Gesunder Menschenverstand. Universelle Gerechtigkeit?«

»Man braucht Gesetze, mit denen man drohen kann!«

Lulu stöhnte. »Karl-Otto hätte dich niemals Jura studieren lassen sollen!«

»Habt ihr mit dem Verlag oder der Gandermann schon gesprochen?«, fragte Carla.

»Wir waren dort, wurden aber nicht vorgelassen.« Henny wurde rot und senkte den Kopf. »Also haben wir dann, wie gewünscht, auch nicht mehr mit der Gandermann gesprochen.«

»Was soll das denn bedeuten?«

»Mein Gott, Henny, kein Grund, rot zu werden!« Lulu klatschte in die Hände. »Nachdem sie uns rausgeworfen hat, haben wir die Gandermann angerufen, aber nicht mit ihr gesprochen.«

»Ich verstehe nicht so ganz.« Carla sah zwischen Henny und Lulu hin und her.

»Na wir haben angerufen und schwer geatmet und geschwiegen und aufgelegt.« Lulu grinste.

»Sehr erwachsen! Was habt ihr euch denn davon versprochen?«

»Dass sie schlechter schläft wenigstens!«

»Warum habt ihr nicht mit ihr geredet?«

»Das überlassen wir dir.«

»Gut, dann möchte ich, dass ihr das ab sofort sein lasst. Gebt mir bitte die Adresse vom Verlag und von der Gandermann, ich werde mich darum kümmern.« Carla stand auf. »Dann mache ich mich am besten gleich an die Arbeit.«

»Ich habe nichts anderes von dir erwartet! Karl-Otto wäre stolz auf dich!« Lulu nickte ihr zu.

Carla beugte sich zu ihr runter, um ihr einen Abschiedskuss zu geben, Lulu griff nach ihrem Arm und hielt ihn fest. »Du weißt, was Henny durchgemacht hat, wir müssen dafür sorgen, dass das aufhört!«

»Das werde ich.« Carla erwiderte den Druck und ging in den Flur zur Garderobe, wo Henny schon auf sie wartete.

»Geld spielt keine Rolle!«, versicherte Henny und reichte ihr zusammen mit Schirm und Mantel einen Umschlag. »Anzahlung für den Anfang. Hast du denn schon eine Idee, was du tun wirst?«

»Natürlich!«, sagte Carla, um sie nicht zu enttäuschen. »Vielen Dank, ich werde mich sofort an die Arbeit machen.«

»Ich danke dir sehr!«, sagte Henny und umarmte Carla. »Du weißt, wenn deine Tante mich all die Jahre nicht versteckt hätte, wäre ich so tot wie Saras Mutter. Solche Leute wie diese Gandermann sollen nicht auch noch an dem verdienen, was sie uns angetan haben!«

Gerührt merkte Carla, wie ein Zittern durch Hennys schmalen Körper ging, bevor sie die Umarmung wieder löste und einen Schritt zurücktrat.

»Sei vorsichtig, niemand hat es gern, wenn jemand Dreck aus der Vergangenheit ans Licht bringt. Pass auf dich auf!«

»Das werde ich!« Carla nahm ihren Schirm und lief die Treppe hinunter, wo gerade endlich wieder die Sonne herauskam. Unwillkürlich fing sie an zu lächeln, ohne auch nur zu ahnen, was für tödliche Konsequenzen ihre Nachforschungen haben würden.

# Kapitel 5

Carla pfefferte den Hörer auf die Gabel. Wilhelm Scheidt! Was für ein unangenehmer Mann der Chef vom Sanaritus-Verlag doch war! Lulu hatte recht, dieser Verlag musste um jeden Preis für das Unrecht bezahlen, das er Sara Jakob angetan hatte. Wie frech, sich mit einem zerstörten Archiv rauszureden, wo sie doch die beiden Bücher hier vorliegen hatte. Sie blätterte durch den Band, der unter Saras Namen erschienen war. Deren Wissen und das ihrer Mutter war hier versammelt und erfreulich verständlich aufgeschrieben. Diese Gandermann hatte nicht nur deren geistiges Eigentum gestohlen, sondern, viel schlimmer noch, die Erfahrungen von jüdischen Hebammen dem rassistischen Gedankengut der Nazis einverleibt. Wie magisch angezogen, blieb sie an einem Bild hängen, das zeigte, wie man das Neugeborene korrekt abnabeln sollte.

Kaum vorstellbar, dass jeder mal so ein Winzling gewesen war, auch ihre Mutter und Wally und sogar dieser unfreundliche Wilhelm Scheidt vom Sanaritus-Verlag. Carla schloss die Augen und versuchte, sich so ein Wesen in ihrem Arm vorzustellen, weich, nach warmer Milch und Honig duftend und vollkommen schutzlos.

Mit einem Ruck schlug sie die Augen wieder auf, das einzige Bild, das in ihrer Vorstellung auftauchte, war sie selbst mit einer braunen Papiertüte bei ihrer Einschulung vor der Baracke, die ihre Schule gewesen war. Nur dank Tante Lulu hatte sie überhaupt eine Art Schultüte gehabt, in der immerhin zwei Äpfel und drei Birnen gewesen waren. Mutter hatte ihr an dem Morgen die Haare nur noch strenger als sonst geflochten und mitgeteilt, dass Carla allein hingehen musste, weil sie einen Tipp erhalten hatte, wo heute Kohlen zu organisieren wären. Da hatte Mutter noch beide Beine gehabt und natürlich waren sie später dankbar für die Kohlen gewesen, denn dieser Hungerwinter wurde bitterkalt. Damals in dem warmen September waren ihr die Kohlen wie eine Ausrede vorgekommen. Umso mehr hatte sie sich über Tante Lulu gefreut, die mit einem verschwörerischen Lächeln und der Tüte unten auf sie gewartet hatte.

Carla warf einen letzten Blick auf das Bild und klappte das Buch zu. Wie könnte sie je eine Mutter sein, wo sie nicht mal wusste, wie es sich anfühlte, von seiner Mutter in den Arm genommen zu werden? Auch ihr Vater hatte erst angefangen sich für sie zu interessieren, nachdem Carla am Gymnasium angenommen worden war. Sein Traum war eine Tochter, die Jura studierte, sich einen Doktortitel zulegte und es allen zeigen würde. »Wenn du Jura studiert hast, kann dir keiner«, das war sein Standardspruch. Ob er Wally damit auch immer in den Ohren gelegen hatte?

Sinnlose Zeitverschwendung, diese lächerlichen Gedankenspiele, entschlossen griff sie nach dem Telefon, um Mucki anzurufen, der im Ullsteinhaus im Archiv der ›Berliner Morgenpost‹ und der B.Z. arbeitete, und ihn zu fragen, ob sie zur Recherche vorbeikommen könnte.

Im gleichen Moment klingelte es an der Tür – freundlich, aber bestimmt, ganz sicher weder Wally noch Tante Lulu.

Noch eine Klientin? Gleich drei an einem Tag? Es ging voran mit der Agentur Nachtigall! Sie erhob sich, kontrollierte im Flurspiegel den Sitz ihres Ballerinaknotens, lächelte sich zu und öffnete.

»Bruno? Aber wir haben das doch besprochen: Ich habe heute leider keine Zeit für dich, es ist wirklich so viel zu tun!«

Er funkelte sie mit seinen dunklen Augen freundlich an und nickte mit einem breiten Lächeln, das Carla mehr zu Herzen ging, als es ihr recht war. »Ich freue mich auch, dich zu sehen!«, sagte er.

»Entschuldige«, begann Carla.

»Keene Angst nich, ich wollte nicht stören, sondern dir nur die Arbeit etwas versüßen.« Er reichte ihr mit einer angedeuteten Verbeugung eine kleine flache Schachtel mit einer Schleife drum herum.

»Aber das ist nur als kleiner Vorgeschmack gedacht, wie eine Erinnerung, ein Gutschein für einen Ausflug an den Wannsee, mit Picknick und Bootstour. Ein Kumpel von mir hat da'n Motorboot liegen, das er mir jederzeit leihen würde.«

Eine wunderbare Idee, natürlich musste sie ihn reinbitten, das Geschenk auspacken und bewundern, dabei wollte sie nichts lieber tun, als sich um Hennys Fall zu kümmern, und Details, mit denen er sie besser verstehen würde, durfte sie ihm natürlich auch nicht verraten, schließlich hatte sie einen Ehrenkodex gegenüber ihren Klientinnen.

»Klingt großartig, das machen wir, wenn ich die Fälle abgeschlossen habe, ja?«

»Denn hoff ick mal, det sich dit nich bis zum Winter zieht!«, sagte Bruno. »Na ja, Zucker hilft beim Denken!«

»Bestimmt! Na denn komm auf einen Sprung herein, wo du schon mal da bist.« Sie zeigte nach drinnen und schloss die Tür.

Kaum war sie wieder zu, klopfte jemand. Die Agentur Nachtigall war heute wirklich sehr gefragt! Neugierig öffnete Carla wieder, da schob sich Katrin schwer atmend und mit roten Backen ins Büro.

»Juut, det du da bist!«

Die Kleine von gegenüber! Ganz wunderbar, das war's dann wohl mit der Arbeit. Katrin wirkte sehr eifrig und nicht so, als würde sie sich problemlos wieder wegschicken lassen.

»Ahh, der Bobbermann!«, begrüßte Katrin Bruno voller Begeisterung. Nachdem er jedem ihrer vier Brüder erlaubt hatte, eine Fahrt mit seinem Moped, einem Bobber, zu machen, hatte er bei ihr einen dicken Stein im Brett.

Er war deutlich weniger glücklich als Katrin.

»Setzt euch doch.«

»Kann ich ein Wasser ...?«, fragte Katrin, die angesichts von Bruno ins Hochdeutsche wechselte.

»Natürlich, und Bruno, für dich?« Carla stand auf.

»Dit Gleiche wie die Gö...«, mit einem Blick auf Katrin korrigierte er sich, »das kleine Fräulein!«, sagte er.

Während sie in die kleine Teeküche am Ende des kurzen Flurs ging, hörte sie mit einem Ohr, wie Bruno Katrin verschwörerisch zuraunte. »Du weißt schon, dass Carla zwei neue Fälle und deshalb sehr viel zu arbeiten hat?«

Carla lächelte unwillkürlich. Damit würde er Katrins Neugier erst recht entfachen und genau das Gegenteil erreichen. Die Kleine betrachtete sich selbst als Fräulein Sherlock Holmes und tatsächlich hatte Carla ihr schon einige Hinweise zu verdanken.

»Denn sieht se deshalb so abgeschafft aus!«, stellte Katrin in ihrer aufrichtigen Art fest.

»Also ich finde, Carla sieht immer hinreißend aus«, erwiderte Bruno lauter, offensichtlich wollte er, dass Carla das hören konnte.

Katrin fing an zu kichern.

Carla merkte, wie ihr das Blut ins Gesicht schoss und war froh, dass sie in der Teeküche war. Sie drehte den Hahn auf und ließ das Wasser prüfend über ihre Handgelenke laufen, bis es kälter wurde.

»Findest du mein Kompliment so lächerlich?«, fragte Bruno irritiert nach.

»Nee, eigentlich nicht.« Katrin hörte auf zu kichern. »Dit Liebe wen blind macht, det ist eigentlich auch nich zum Lachen, bei meiner Mutter is et echt schlimm. Sonst müsste sie doch sehen, wat fürn hässlicher Gnom der Nathan ist.«

Carla ging zurück und stellte die Gläser mit Leitungswasser vor die beiden, die sich auf die Besucherstühle vor dem Schreibtisch gesetzt hatten und sie erwartungsvoll ansahen, als sie wieder hinter dem Schreibtisch Platz nahm.

»Na, willste nich rinsehen?«, fragte Katrin, zeigte auf die Schachtel und Bruno nickte dazu.

»Wie gesagt, ein Vorgeschmack auf unseren Ausflug!«

Carla griff nach einer Schere, durchschnitt das Band und fummelte sehr sorgfältig den Tesa ab, um das Rosenpapier nicht zu zerstören.

»Mhhmmm, Sarottipralinen, na die ess ick janz besonders gern!«, sagte Katrin und schenkte Bruno bewundernde Blicke. »Die feine Auswahl für die Dame«, las sie vom Deckel ab, auf dem ein hellblauer Blumenkorb prangte. »Darf ich mal naschen, auch wenn ich keine feine Dame bin?«, fragte sie. »Ich hab so Hunger!«

»Ich dachte«, sagte Bruno, »das versüßt Carla die Arbeit und sie wird schneller fertig, sodass wir uns früher sehen können.«

»Das wäre doch nicht nötig gewesen!«, sagte Carla zu Bruno, öffnete die Pralinenschachtel und hielt sie Bruno hin, der mit einem bedeutungsvollen Zwinkern sofort nach dem Schokoherz in der Mitte griff.

Eigentlich sollte ich gerade diese Gandermanns anrufen, dachte sie. Oder wenigstens bei den Müllers nachfragen, wie es mit der Suche nach dem Ring läuft.

»Hmm, das duftet so gut!« Begeistert musterte Katrin die Pralinen.

Carla sah zu Bruno, der kaute und nickte freundlich.

»Na denn greif schon zu!«, ermunterte Carla sie.

Katrin nahm mit der linken Hand sofort eine mit Nusssplittern und mit rechts eine große in Goldfolie gewickelte Praline.

Carla hielt die Schachtel wieder Bruno hin, der schüttelte den Kopf. »Die waren eigentlich für dich allein gedacht!« Er schielte jetzt weniger freundlich zu Katrin, der das nicht entging.

»Die Carla teilt gerne, dit is nämlich ne janz Korrekte und außerdem macht die sich nix aus Schokolade«, trumpfte Katrin auf.

Bruno sah bestürzt zu Carla. »Stimmt das?«

»Natürlich nicht, das wünscht Katrin sich nur!«

»Mir hast du gesagt, von Schokolade wird dir übel.«

»Das hast du falsch verstanden!« Carla zwinkerte Bruno zu. »Kinder! Natürlich liebe ich Pralinen. Danke, wirklich sehr aufmerksam von dir.« Sie griff sich eine und hoffte, es wäre Marzipan und kein Nugat, davon wurde ihr nämlich tatsächlich schlecht. Aber im Gegensatz zu Katrin wusste sie, wie sich eine Dame benehmen sollte.

Prompt hatte sie die Falsche erwischt, die klebrige Paste verwandelte sich in diesen viel zu süßen kleistrigen Schleim, den sie kaum runterschlucken konnte.

»Hmmm!«, murmelte sie und ärgerte sich, dass sie Katrin nicht sofort weggeschickt hatte. Dann hätte sie die Schachtel zugelassen und sie Mutter geben können, die liebte alles von Sarotti. Sie versuchte den Nugat runterzuschlucken, tatsächlich hatte sie zielsicher genau die falsche gewählt. In diesem Moment spürte sie Brunos besorgten Blick auf sich. Er war so freundlich und sie dermaßen undankbar.

Katrin stopfte sich gerade schon die dritte Praline in den Mund. Carla sollte sie loswerden. Sie setzte an, Katrin zu ermahnen, da fiel die ihr schon ins Wort.

»Bei uns gibt es nüscht Süßet, seit Muttern den Neuen hat. Sogar die Abscheulichen hassen den.«

»Die Abscheulichen?« Bruno sah zwischen Katrin und Carla hin und her.

»Meine Brüder, Sie kennen die ja schon, ham alle mehr Spucke als Hirn im Kopf.«

»Ist doch sehr gesund, wenn es nichts Süßes gibt«, sagte Bruno. »Wegen der Zähne und überhaupt!«

»Wat? Neee!« Hastig nahm Katrin die fünfte Praline. »Dem geht's doch da nicht drum, sondern bloß um Selbstbeherrschung: Denn wer zu viel isst und trinkt, wird verarmen, Schlemmer müssen hingerichtet werden, 5. Mose 21,18.«

Fragend sah Bruno zu Carla.

»Der dämliche Nathan ist Zeuge Jehovas, wie mein Vater«, erklärte Katrin.

»Ehrlich gesagt muss ich nun wirklich was arbeiten« Carla erhob sich.

»Also ich bin ja nur hier wegen der Blonden!«

»Darüber können wir gern ein anderes Mal sprechen!« Carla spreizte Zeige- und Mittelfinger und zeigte erst auf Katrins Augen, dann in ihre. »Unter vier Augen, ja?«

»Ist der Bobbermann denn nicht dein Freund?«

»Trotzdem sollten wir nicht vor Dritten über andere sprechen.« Was genau war Bruno für sie eigentlich? Katrin hatte mal wieder, ohne es zu merken, den Finger in die Wunde gelegt.

Und schon glühten Brunos braune Augen sie geradezu an, während er dieses funkensprühende Lächeln aufsetzte, mit dem er immer wieder dieses merkwürdige Rumoren in ihrem Bauch entzündete. Sie mochte das, aber jetzt gerade fühlte sie sich in die Ecke gedrängt.

»Bin ich das denn, dein Freund?«, fragte er.

»Natürlich«, sagte sie. »Aber ihr solltet jetzt alle beide gehen, weil ich wirklich so viel zu arbeiten habe.«

Bruno stand widerstrebend auf, aber Katrin blieb sitzen und schnappte sich eine weitere Praline. »Dit ist ja klar, det du so viel arbeiten musst, die Blonde hilft dir ja nüscht!«, sagte sie.

Carla legte entschlossen den Deckel auf die Schachtel. »Dir wird sonst noch schlecht!«

Bruno reichte Katrin auffordernd die Hand, die schüttelte den Kopf.

»Det die dir nüscht viel hilft, versteh ick, weil«, Katrin machte eine wirkungsvolle Pause, »ich gloob, dit die sich umbringen will.«

Verblüfft sahen sich Carla und Bruno an. Bruno setzte sich wieder.

Auf gar keinen Fall, dachte Carla, doch nicht Wally, da tanzt ja eher noch Kennedy mit Chruschtschow einen Kasatschok, bevor das passiert!

»Wie kommst du denn auf so eine Schnapsidee?«, fragte Carla.

»Weil die Blonde schleicht entweder hinter Mutterns Nathan her oder sie fährt an den Wannsee und steht da so rum. Sogar wenn's total pladdert! Steht da ewig rum und glotzt aufs Wasser. Wo sich doch der Kleist mit seiner Freundin da auch entleibt hat!«

»Entleibt?« Bruno verkniff sich ein Lachen.

»Ham wir in der Schule gelernt. Det ging dem Nathan gegen den Strich, wollte, det Muttern uns von der Schule nimmt. Er sagt: Selbstmord ist eine Blutschuld gegen die Heiligkeit des Lebens, unser Leben gehört Jehova, wer sich umbringt, dem fehlt es an moralischer Kraft, an Glauben und Gottesfurcht.«

»Wie kommst du denn auf sowas, sah die Blonde denn traurig aus?«, hakte Bruno nach.

»Und wie!« Das kam wie aus der Pistole geschossen.

»Hat sie denn geweint?« Nie im Leben stand Wally am See, Rotz und Wasser heulend.

»Nee, aber so jeseufzt.« Katrin machte es mit ihrem schokoladenverschmierten Mund voller Inbrunst vor.

»Und du bist sicher, dass du da Wally gesehen hast?«

»Ich bin doch ihr hinterher, weil die andere Frau Koslowsky det so angeschafft hat.«

»Das war vor drei Wochen und natürlich war das auch nicht ganz ernst gemeint!«, sagte Carla und sah entschuldigend zu Bruno. Der sah zunehmend frustrierter aus. Sie sollte Katrin wegschicken, aber nun war sie neugierig und wollte mehr über Wally am Wannsee erfahren.

»Also, die Frau Koslowsky hat mir erst vorgestern wieder zwei Mark gegeben und gesagt: ›Katrin, wenn du eine Nachtigall-Detektiv-Assistentin sein willst, musst du weiter ein Auge auf sie haben.‹«

Dann traute Lulu Wally also immer noch nicht über den Weg, hatte aber offensichtlich kein Problem, Wallys Fähigkeiten für Hennys Fall zu benutzen. Hennys Fall! Und sie saß hier rum und naschte Nugat.

»Die Blonde trifft sich nicht bloß mit Männern, ick hab sie auch schon mal am Lietzensee an der großen Kaskade mit so ner komischen Alten gesehen!«

»Ich glaube, die Damen haben keine weitere Verwendung für mich!« Bruno erhob sich wieder. Carla konnte deutlich sehen, dass seine Geduld am Ende war. Sie sprang auf.

»Es tut mir leid!«, sagte sie und ging auf ihn zu.

»Muss es nicht, mein Fehler. Das Gespräch mit Katrin scheint wichtiger zu sein. Mir tut es leid, dass ich dich gestört habe, Carla. Das wird nicht wieder vorkommen, melde dich gern, wenn du mal wieder Zeit für mich hast.«

Er winkte ihnen zu und ging zur Tür, nein, er rannte geradezu, dachte Carla und fühlte sich plötzlich wie verlassen, als sie sich Katrin zuwandte, um noch mehr über Wally zu erfahren.

# Kapitel 6

Was für ein erstaunlicher Tag, alles war anders als sonst, dachte Wally, als sie durch die Haustür der Grolmanstraße schritt. Sonst passte die Hausmeisterin Pallutzke sie gleich hier ab, um sie auszufragen und mit dem neuesten Tratsch zu versorgen. Keine Ahnung, warum die sie so ins Herz geschlossen hatte, aber natürlich war das gut. Sie mochte die Pallutzke auch lieber als ihre letzte, drüben in der Tucholskystraße. Die hatte sich nach Mamuschs Tod nicht mal ein Herzliches Beileid abringen können. Stattdessen hatte sie noch vor der Beerdigung eine Nichte angeschleppt, die zu ihr in die Wohnung einziehen sollte, denn die wäre ja nun viel zu groß für Wally allein. Die Tucholskystraße … Da war sie noch nicht einen Monat weg und es fühlte sich an wie aus einem anderen Leben. Von Frieda hatte sie immer noch nichts gehört. Sie hielt inne, keine Pallutzke, nur sie und dieses elegante, saubere Treppenhaus. Viel besser als in der Tucholskystraße! Während sie nach oben stieg, kreisten mit jeder Stufe mehr Fragen durch ihren Kopf.

Hatte Irma Müller keine Ahnung, was in ihrer Firma wirklich vor sich ging? Doch wer steckte da noch alles mit drin? Klar war, dass Bertha das Verschwinden des Ringes inszeniert hatte, um in direktem Kontakt mehr Druck auf Wally ausüben zu können. Ein gewaltiges Risiko, das ihre Führungsoffizierin hier einging. Bisher hatte Wally Bertha unter dem

Namen Sybille gekannt. Und wahrscheinlich war keiner der beiden Namen ihr wahrer Geburtsname. Und es gab nur einen einzigen logischen Grund für so einen Regelverstoß: Die Aktion Goldfisch war für die Staatssicherheit wichtiger, als Wally gedacht hatte. Jemand hatte Sorge, ob das am 17. September reibungslos über die Bühne gehen würde.

Erst durch Sybilles oder Berthas Auftauchen in Irmas Küche war ihr bewusst geworden, wie unzufrieden die mit ihrer Arbeit war. Tatsächlich hätte sie einen Mann wie Joachim früher schneller im Netz gehabt. Früher war sie aber auch keiner hirnzersetzenden Halbschwester ausgesetzt, die selbst einen Stein dazu bringen könnte, Schuldgefühle zu entwickeln, nur weil jemand durch ihn womöglich ins Stolpern geraten könnte.

Wally fühlte sich ertappt, denn hatte sie nicht insgeheim fast schon gehofft, Joachim würde ihr nie auf den Leim gehen? Ganz klar ein Fehler, für den Wally hoffentlich keinen zu hohen Preis würde zahlen müssen.

Auf einem anderen Blatt stand die Frage, wie Carla von Joachim erfahren hatte, Wally war äußerst diskret vorgegangen. Ihre Halbschwester war eine viel bessere Ermittlerin, als Bertha und ihre Abteilung auch nur ahnten. Wally brauchte eine Geschichte über Joachim, die Carla ihr abkaufen würde. Was Tränenreiches. Carla war anfällig für melancholische Romantik. Wally seufzte. Ihre Arbeit war einfacher, wenn sie am Ende des Tages nicht mit freundlichen Menschen, Familienmitgliedern, am Tisch saß, die ihr Fragen stellten.

Mitten auf der Stufe blieb sie stehen, Unsinn! Es war egal, mit wem man wo wohnte, es zählte allein ihre Haltung, sie rang sich ein selbstironisches Lächeln ab und wiederholte mit Nachdruck: Alles war einzig und allein eine Frage der Haltung.

Sie ging weiter. Mamusch hatte an ihrer Haltung nie gezweifelt, der Sozialismus war ihr Leben und das einzig Richtige. Sie war nicht glücklich über Wallys Zweifel am System. Sie würde vielmehr sagen: »Kindchen, die Skepsis hat deine Courage in ein Labyrinth der Feigheit geschickt.«

Und dit stimmte, ihre Courage war wirklich en bissken lau, weil sie angefangen hatte, diesen Koslowsky-Clan zu mögen, so sehr, dass ihr entgangen war, wie die Wertvorstellungen ihrer Schwester tröpfchenweise in ihr Herz gesickert waren. Verdammte Carla!

Vor den lächerlichen Usambaraveilchen am Gangfenster hielt sie inne und atmete tief durch, um sich zu sammeln. Ungebeten drängte sich die Erinnerung an ihren ersten Abend hier im Westen wieder vor ihr inneres Auge. Wie Carla ihren Koffer die Treppe runtergeworfen und zum Aufplatzen gebracht hatte und ein rotes Spitzenhöschen auf einem der Usambaraveilchen gelandet war. Sie hätte wegrennen sollen. Weit weg.

Oben wurde eine Tür ins Schloss geworfen, sie drehte sich um und sah einen Mann mit gesenktem Kopf so schnell die Treppe runterpoltern, dass er beinahe in sie reingelaufen wäre.

War det … ja, der Bruno! Oha, na der sah für seine Verhältnisse fast schon wütend aus! Wie hatte ihre Schwester denn diesen gutmütigen Kerl so auf 180 bringen können? Sie trat ihm entgegen und zwang ihn so innezuhalten. »Kann ich helfen?«, fragte sie.

Finster sah er durch sie hindurch, als wäre sie ein Geist.

»Alles in Ordnung?«, fragte Wally. Unwillkürlich lächelte sie ihn an, wahrscheinlich lächeln ihn alle immer an, dachte sie, er war auf eine sehr kantige Weise hübsch, sogar mit diesen finster zusammengezogenen Augenbrauen.

»Sag du's mir«, blaffte er.

Wally sah ihn verwundert an. »Wie meinst du denn das?«

»Man macht sich Sorgen um dich«, sagte er.

Wer und warum, überlegte Wally, während sein prüfender Blick über sie hinglitt und überall, wo er verweilte, ein leises Kribbeln in ihr auslöste. Nicht aufhören, wünschte sich Wally, ja schau mich an, sieh, wer ich bin, sorge dich um mich!

»Willst du dich umbringen?«, fragte er dann und fixierte nun ihre Augen. Dabei wurde sein Gesichtsausdruck weicher, neugieriger.

»Denkst du daran, dir was anzutun?«, wiederholte er nun deutlich weniger streng.

»Nein«, flüsterte sie, weil ihre Kehle auf einmal so rau war. »Es geht mir gut.«

»Wirklich?«

Ein Gedanke schoss durch ihren Kopf, ein übermütiger mächtiger Impuls, nicht zu bremsen, sie trat näher zu ihm. »Ich beweise es dir!«, sagte sie, reckte sich, legte ihre Arme auf seine Schultern und schob sich eng zu ihm hin, dabei sah sie ihn fragend an.

Er riss seine Augen weit auf, noch mehr dunkelbraunes Glück, dachte Wally, zog mit einer Hand blitzschnell seinen Kopf näher zu ihrem Gesicht, stellte sich auf die Zehenspitzen und küsste ihn auf den Mund.

Überwältigend voll und warm und weich, unwillkürlich schloss sie ihre Augen, nichts mehr sehen, nur noch spüren.

Bruno erstarrte.

Wallys Herz fing an zu rasen.

Er würde sie doch nicht demütigen und von sich stoßen? Schon beim nächsten Atemzug löste sich die Starre, ein Schauer durchlief ihn wie eine Welle, dann zog er sie enger an sich, hart, fast schon wütend, und schließlich erwiderte er ihren Kuss.

Ja, dachte sie, ja, so verzweifelt, so stürmisch soll ein Kuss sein und sie wünschte sich, es wäre der Anfang von etwas Echtem, ein Strudel aus Leidenschaft, in dem all ihre Lügen ertrinken würden.

Gierig saugte sie seinen Geruch ein, ein bisschen Rasierwasser, ein bisschen Sommerwiese, wie diese kleinen Blumensträuße, die er Carla immer mitbrachte, während seine Lippen bitter und süß gleichzeitig schmeckten, wie Nüsse in Karamell.

Er stöhnte leise und hielt sie so fest, dass sie seinen aufgeregten Herzschlag an ihrer Brust spürte. Etwas, von dem sie gedacht hatte, dass es mit Daniel gestorben war, überschwemmte sie heiß von ihrer Mitte aus und befeuerte ihren Atem, machte sie wach und weich und bereit. Mit ihm würde ich es hier auf der Treppe tun, wusste Wally, jetzt sofort.

»Ach neee!«, rief da jemand.

Bruno hielt inne, wie vom Blitz getroffen. Er ließ Wally so schnell los, dass sie beinahe das Gleichgewicht verloren hätte.

Ein paar Stufen über ihnen stand dieses Gör von gegenüber mit schokoladenverschmiertem Mund und starrte sie mit weit aufgerissenen Augen an.

»Na dit nenn ick jetz mal ne Überraschung!«, sagte Katrin, die ganz blass geworden war und dann an ihnen vorbei nach unten rannte, als wäre der Teufel hinter ihr her.

Bruno glühte geradezu. »Es tut mir leid!«, sagte er. »Das hätten wir nicht tun sollen! Ich weiß nicht, was in mich gefahren ist.«

»Na det nenn ick Leidenschaft!«, murmelte Wally, der gerade klar wurde, dass Katrin und Carla ein Herz und eine Seele waren. »Passiert, vergessen wir's einfach«, sagte sie und zuckte mit den Schultern, als würde ihr dieser Kuss nichts bedeuten, während sie innerlich noch um Fassung rang.

»Ein Fehler! Es tut mir wirklich leid.« Bruno biss sich auf diese schön geschwungenen Lippen. »Kann das unter uns bleiben?«

»Könnte sein, dass Katrin es Carla erzählt.« Es kostete sie all ihre Beherrschung, nicht über seine Wange zu streicheln, um ihn zu beruhigen. Er sah so wunderbar zerknirscht und betroffen aus.

»Das müssen wir verhindern.«

Es gefiel Wally, dass es nun ein Wir zwischen Bruno und ihr geben würde. »Ich rede mit Katrin, mir fällt schon was ein.«

»Das wäre schön, es tut mir wirklich leid. Und es wird nie wieder vorkommen! Aber ich muss jetzt wirklich …« Bruno verschwand noch schneller als Katrin. Wally lächelte trotzdem. Jede Wette, Carla und er hatten sich nicht ein einziges Mal so geküsst. Ihre Schwester verströmte die Leidenschaft eines Besenstiels. Immer so beherrscht. Trotzdem sollte sie eine sehr gute Erklärung für Katrin parat haben. Irgendwas Detektivisches, das würde der Kleinen imponieren. Sie könnte sagen, sie hätte testen wollen, ob Bruno Carla treu sein könnte, und nun wäre er leider durchgefallen, aber das müssten sie Carla schonend beibringen. Etwas in der Art könnte vielleicht klappen.

Sie hämmerte so beschwingt wie immer an die Tür, nicht dass Carla noch Verdacht schöpfen würde, irgendwas wäre anders als sonst.

»Ich wollte gerade los wegen den Gandermanns …«, sagte ihre Schwester und hielt dann überrascht inne. »Dein Lippenstift ist verschmiert, hast du keinen Taschenspiegel?«

Als Wally zum Flurspiegel trat, um sich zu betrachten, stellte sich Carla neben sie. Unglaublich, dass sie Schwestern waren, Carla so zierlich und dunkel wie Audrey Hepburn und sie selbst blond und füllig wie Marilyn Monroe, gerade allerdings eine reichlich zerzauste Marilyn.

»Ist dein neuer Freund so leidenschaftlich oder hattest du einen Zusammenstoß mit einem Stier?«, fragte Carla und reichte ihr einen Stielkamm und Elnett-Haarspray.

Wally griff danach, löste ein paar Haarklemmen und toupierte einzelne Strähnen an. »Mein neuer Freund geht dich nichts an. Es war die Pallutzke, die ist gerade versehentlich in mich reingerannt«, log sie, »und sie wollte wissen, wie es deiner Mutter geht. Es ärgert sie offensichtlich, dass sie seit meiner Ankunft oben nicht mehr gebraucht wird.«

Carla errötete. »Ich hab sie noch nie gebraucht. Aber ja, man könnte sagen, Mutter hat die Pallutzke durch dich ersetzt.«

Das war für Carlas Verhältnisse geradezu böse, hatte sie vielleicht etwas bemerkt? »Willst du damit andeuten, ich bin wie die Pallutzke?«

»Absolut, auch so ein Stachel im Fleisch!« Carla grinste spöttisch.

»Offensichtlich hattest du heute auch schon Besuch von den Zeugen Jehovas.« Wally schloss die Augen und nebelte ihre wieder ordentlich aufgebauschten Haare mit reichlich Spray ein.

Als sie die Augen öffnete und prüfend in den Spiegel schaute, begegnete ihr Carlas aufmerksamer Blick. Irgendetwas schien ihre Halbschwester zu beunruhigen, aber was?

»Ist noch was?«, fragte sie angriffslustig.

»Geht es dir gut?« Carla zögerte, dann fügte sie hinzu: »Ich habe mir nie viel Gedanken darüber gemacht, wie es gewesen sein muss, alles in der Tucholskystraße zurückzulassen. Vielleicht hätte ich manchmal netter zu dir sein müssen. Vater hätte das gut gefunden.«

Wally schluckte und trat unauffällig einen Schritt zurück, nicht dass Carla sie ausgerechnet jetzt auch noch umarmen wollte! »Wenn der Fall mit dem Ring durch ist, können wir ja zusammen sein Grab besuchen und uns dort feierlich versöhnen!«

»Meinst du das ernst?«, fragte Carla erstaunt.

»Natürlich nicht. Alsdann auf zu den Gandermanns!«

»Ich will nicht zu den Gandermanns, sondern vorher noch

ein bisschen was über die Familie recherchieren. Musst du denn nicht gleich ins Eden?«

An ihrem Gesichtsausdruck sollte Carla noch arbeiten. Schon klar, ihre Schwester hatte rausgefunden, dass das Eden geschlossen war. Sie hatte neulich schon so komisch reagiert, aber da hatte Wally keine Lust gehabt, Erklärungen abzugeben. »Das Eden ist ein paar Tage zu, die warten auf irgendwelche Brandschutztüren, die am Grenzübergang festhängen. Ich komme später gern mit zu den Gandermanns, ohne mich bist du doch aufgeschmissen.« Sie ging zur Tür und hoffte, dass ihnen weder Katrin noch die Pallutzke begegnen würde.

Ihre Lügen waren auch schon mal besser gewesen.

# Kapitel 7

Verblüfft sah Carla zu, wie Wally sich am nächsten Tag nach zwei Stunden altmodischer Fußarbeit den grün lackierten Pumpschwengel einer Wasserpumpe in der Trabenerstraße schnappte und eifrig lospumpte, bis Wasser hochkam. »Übernimm du weiter!«, bat sie Carla und hielt ihre Hände unter das kalte Wasser.

»Herrlich! Solltest du auch mal versuchen! Immer das Gleiche in diesen Bonzenvierteln, egal, ob Dahlem oder Grunewald, wenn denn schon mal wer aufmacht, hat er nichts über seine Nachbarn zu erzählen. Entweder kennt er die nicht oder es hat einfach jeder so viel Dreck am Stecken, dass man lieber den Mund hält, anstatt Staub aufzuwirbeln.« Wally schnickte ihre nassen Hände zu Carla hin, die einen Schritt zurücktrat und die Pumpe losließ.

»Ich habe nicht viel erwartet, aber man weiß ja nie, außerdem wollte ich damit nur die Zeit überbrücken, bis bei den Gandermanns jemand zu Hause ist.«

»Wäre wirklich einfacher, einen Termin zu vereinbaren.«

»Nein, es ist besser, die Leute direkt zu überfallen.« Carla hatte den frühen Vormittag im Ullsteinhaus bei Mucki, dem alten Freund ihres Vaters, verbracht, weil der jederzeit bereit war, einen Kaffee mit ihr zu trinken, und ihr den Zugang zum Archiv der ›Berliner Morgenpost‹ ermöglichte. Sie hatte dort alle Zeitungsartikel rund um die Gandermanns rausgesucht, die sie finden konnte. Sie hatte einige entdeckt, aber es gab teilweise kriegsbedingte Lücken. Immerhin wusste sie nun, dass Johanna Gandermann quasi eine kleine Berühmtheit in ihrem Fachbereich gewesen war. Sie war am 8. Juli in diesem Jahr 61 Jahre alt geworden. Ihren Mann, den Gynäkologen und viel älteren Uni-Professor Gandermann vom Hofe, hatte sie wohl bei ihrer Ausbildung zur Krankenschwester kennengelernt. Mit zweiundzwanzig hatte sie geheiratet, zwei Jahre später, 1924, bekam sie die Zwillinge Wotan-Wilhelm und Odin-Otto, die mit 18, also 1942, in den Krieg zogen, beide waren dann laut der Traueranzeigen 1944 an der Ostfront gefallen. Ihre Tochter Freya-Magdalena wurde 1928 geboren, Johannas Ehemann war kurz vor Kriegsende verstorben. Johanna wurde erst nach der Hochzeit mit Gandermann zur Hebamme, legte dann trotz ihrer Kinder einen rasanten Aufstieg hin und wurde erstaunlich schnell die Vorsitzende der Charlottenburger Hebammen. Ihr Mann hatte schon einige Bücher im Sanaritus-Verlag veröffentlicht und war mit den beiden jüdischen Verlegern bekannt. Ende 1938 nach den Ausschreitungen der Reichspogromnacht wurde Professor Gandermann als Verlagsinhaber geführt. Das Buch von Hennys Cousine Sara wurde von da an nur noch unter dem Namen von Johanna Gandermann herausgebracht. Außer diesem Buch hatte Johanna nichts weiter veröffentlicht. Offensichtlich konnte sie nicht schreiben, sondern Manuskripte nur stehlen. Nach dem Tod von Johannas Ehemann übernahmen seine Neffen den Verlag und führten ihn weiter. So weit die Fakten zu den Gandermanns. Carla war gespannt auf die Menschen, mit denen diese Fakten verknüpft waren.

Das Geräusch eines Autos riss sie aus ihren Gedanken. Sie blickte hoch und sah einen grauen Mercedes, der gerade in die Einfahrt zum Haus der Gandermanns fuhr.

»Es geht los!« Carla nickte zur Villa hinüber, wo sich gerade das schmiedeeiserne Tor zur Einfahrt wieder schloss. »Sie parkt vor der Garage, das heißt, sie fährt vielleicht noch mal weg. Und ich schätze, die Frau am Steuer gehört zur Familie, Hausangestellte fahren nur selten den Mercedes.«

Wally kniff die Augen zusammen. »Die Frau, die aussteigt, ist nicht mal annähernd sechzig. Kann also nicht Johanna Gandermann sein. Das dunkelblaue Kostüm sitzt wie maßgeschneidert, sieht nach Geld aus. Flache Ballerinas, nicht schön bei den stämmigen Waden.«

»Das nennst du stämmig? Muskulös, würde ich sagen. Vielleicht muss sie viel stehen.«

»Und was holt sie dann jetzt hinten raus, was ist denn das für eine Missgeburt von Hund?« Wally schüttelte den Kopf. »Oben wie'n kleiner braunblonder Schäferhund und untenrum Stummelbeinchen wie'n Dackel.«

Carla verkniff sich ein Grinsen. »Könnte ein Corgi sein, davon gibt's jede Menge Fotos in Mutters Klatschblättern, Queen Mary ist vernarrt in die, böse Zungen behaupten, mehr als in Prinz Philipp.«

»Hässlich jedenfalls, also der Hund!«

»Sollen kluge Wachhunde sein und …«, Carla warf ihr einen kurzen Seitenblick zu, »man sagt, die mögen keine Betrüger, also pass auf, dass er dich nicht beißt!«

Kurz darauf klingelten sie an der Tür der Villa, was ein hysterisches Kläffen verursachte. Das noch lauter wurde, als die Frau aus dem Auto ihnen öffnete.

»Bei dem Schuppen hätt ick'n Dienstmädchen in Uniform erwartet«, murmelte Wally. Carla brachte sie mit einem Stoß in die Rippen zum Schweigen.

»Wie schön, dass Sie so pünktlich sind«, begrüßte sie die Frau mit einem freundlichen Lächeln. Der Rest ihres Satzes war in dem sich immer noch weiter steigernden Gebell kaum zu verstehen. »Leider hat unsere Haushälterin gekündigt, bitte, kommen Sie doch herein.« Sie zeigte in den Flur und drehte sich dann nach hinten um. »Willow, aus jetzt, die beiden sind doch keine Einbrecher!«

Sie wandte sich wieder zu ihnen. »Entschuldigen Sie, Willow ist noch nicht lange bei uns. Wie wäre es mit einem leckeren Kräutertee? So spät trinke ich keinen Kaffee mehr.«

»Wunderbar!«, sagte Carla und warf Wally einen verstohlenen Blick zu. Bloß die Klappe halten! Wally nickte unmerklich.

Die Frau führte die beiden in den breiten Flur, von dessen Wänden verkniffen lächelnde Männer- und Frauenporträts in Öl auf sie herabstarrten. Auf grazilen Konsoltischchen mit Intarsien aus Elfenbein standen rechts und links Glasvasen mit einzelnen späten Rosen, die ihren süßen Duft verströmten. Zwischen den Tischchen befand sich rechts ein elegantes Eisensofa mit beigen Leinenkissen. Darauf, wie ein schriller Misston inmitten all der Eleganz, ein abgeranzter lederner Hebammenkoffer mit einem Klappbügel aus Eisen.

»Willow, auf deinen Platz jetzt! Eigentlich sollte Mutter längst hier sein und Willow übernehmen. Er muss dringend raus.«

Sie war also die Tochter. Freya.

Freya bewegte sich jedoch durch die Küche, als wäre sie noch nie dort gewesen. »Wo hat sie denn die Kräuter nur wieder hin … Wahrscheinlich dauert es mal wieder länger bei René. Er ist so eine Diva, man muss froh sein, wenn man einen Termin bekommt. Waren Sie denn schon mal …«, fing sie an, musterte die beiden und verbesserte sich gleich, »wahrscheinlich eher nicht, er nimmt einen nur auf Empfehlung.« Freya errötete, offensichtlich merkte sie, wie herablassend das war, und fügte rasch hinzu: »Übermorgen gehe ich dann, damit alles frisch ist. Hat Mutter eingefädelt, denn …«, und mit einem tiefen Seufzer sah sie zwischen Wally und Carla hin und her, »sie ist so unglücklich mit meinem Haar.«

Kenne ich, dachte Carla und nickte ihr verständnisinnig zu, ihre Mutter war allerdings nicht nur mit dem Haar, sondern mit der ganzen Tochter unglücklich.

»Bitte entschuldigen Sie, natürlich sind Sie nicht wegen der Frisur hier.«

»Ich bitte Sie, Haare können so ein Problem sein!«, sagte Carla. »Ehrlich gesagt sehen Ihre wunderbar aus, ich wüsste nicht, was ein Friseur da noch besser machen könnte.«

Wally gab ein merkwürdiges Geräusch von sich, Carla warf ihr einen warnenden Blick zu.

»Finden Sie? Wie reizend von Ihnen. Wir sollten anfangen, ich muss zurück in meine Apotheke, mein Assistent ist zwar zuverlässig, aber man darf ihn mit Elsa und den anderen jungen Dingern nicht zu lange alleine lassen, die lenken ihn ab.« Sie sah die beiden Beifall heischend an. Carla hoffte, es würde ihr entgehen, dass sie auch eher junge Dinger waren.

»Können wir uns vielleicht nützlich machen?«, fragte Wally.

»Nein, nein, einen Tee kriege ich hin, aber ich bin schon sehr gespannt auf Ihre Ideen. Für fünfundzwanzig Gäste, also das könnte ich niemals.« Sie hatte endlich den Schrank mit dem Tee gefunden – dunkle Glasbehälter ohne Etikett, aber mit geschliffenen Kristallstopfen – und nahm den Stopfen ab und schnupperte daran. »Salbei-Brennnessel, nein.« Sie schüttelte den Kopf, stellte ihn zurück und nahm den nächsten raus. »Thymian-Ackerwindenkraut, nein.« Erst nach dem fünften Versuch war sie zufrieden und gab einige Löffel Rosenblüten-Ginkgo-Tee in eine Teekanne. Dann erst füllte sie Wasser in den Kessel und schenkte ihnen wieder ihre Aufmerksamkeit. »Wir sind so gespannt auf Ihre Ideen!«

Ideen für was? Ein runder Geburtstag der Mutter? Eine Taufe? Ein Jubiläum? Bei einer Hochzeit würden doch sicher mehr Gäste eingeladen … Hmm, der Mutter war es wichtig, dass ihre Tochter gut aussah. Freya trug keinen Ehering, aber einen schmalen Ring aus Weißgold, mit einem Diamanten, den sie immer wieder unauffällig betrachtete.

Es ging bestimmt um die Verlobungsfeier.

»Es freut uns sehr, dass wir Ihre Verlobung gestalten dürfen!«, sagte Wally, die offensichtlich zum gleichen Schluss gekommen war.

»Ich bin schon seit Januar verlobt.« Freya sah sie irritiert an, dann lächelte sie. »Ach ich verstehe, Sie wollen mich verkohlen, weil wir schon so lange verlobt sind!«

»Meine Kollegin hat einen seltsamen Humor«, beeilte sich Carla Wallys Scharte auszuwetzen. »Sie wollte sagen, wie sehr wir uns freuen, dass wir die Blumendekoration für die Hochzeit mit Ihnen planen dürfen!«

»Aber das haben wir doch schon am Telefon ausführlich besprochen. Hopfen und Rosen, und zwar nur die Sorte Gloria Dei, also die Lieblingssorte von Konrad Adenauer. Keine andere! Sind Sie eigentlich schon verlobt?«, fragte Fräulein Gandermann.

»Leider nicht!«, sagte Wally. »Sie sind zu beneiden, eine so gute Partie macht nicht jede von uns.«

Vor allem nicht mehr in diesem Alter. Ein spätes Mädchen würde ihre Mutter jemanden mit Mitte dreißig ohne Ehemann nennen, dachte Carla. Die Wahrscheinlichkeit, dann noch wen zu finden, war wirklich gering. Männer waren Mangelware, fünf Millionen allein im Krieg gefallen.

»Das stimmt, mein Willy ist ein ganz besonderer Mann!« Die Augen der Langzeitverlobten begannen zu glänzen. Sie ignorierte den pfeifenden Wasserkocher.

»Wie der nach dem Krieg in die Hände gespuckt hat, aus dem Nichts hat der alles wieder aufgebaut. Natürlich hat er sich nicht immer Freunde gemacht. Aber er ist ein so starker und aufrechter Mann! Und er hat so gute Kontakte. Den Willow hat er aus der Zucht des britischen Königshauses!« Sie schien immun gegen das Pfeifen hinter ihrem Rücken zu sein, setzte sich wieder zu ihnen, beugte sich näher und raunte, als wäre es ein Staatsgeheimnis: »Und seit einer Woche gehört er zu den Duzfreunden von Adenauer. Mein Willy wird es weit bringen! Mutter war erst gegen ihn, aber jetzt freut sie sich für uns. Unsere Flitterwochen verbringen wir dann in Venedig.«

Carla musste an sich halten, nicht aufzustehen und den immer lauter werdenden Wasserkessel vom Herd zu nehmen. Wie konnte man diesen Lärm einfach ausblenden? Was für ein Mensch war diese Frau?

»Das Wasser …«, sagte sie dann doch. Im gleichen Moment kam jemand durch die Tür in die Küche und der Corgi sprang wie von der Tarantel gestochen aus seiner Ecke hoch und kläffte die rüstige ältere Dame schwanzwedelnd an.

»Platz!«, sagte die Dame eindringlich, aber ohne laut zu werden, und zeigte auf das Hundekörbchen. Willow gab sofort Ruhe und trottete wieder auf seinen Platz.

Die Dame lächelte die Gäste an. Ihr etwas altmodisch beiges Kostüm mit Schluppenbluse saß eng um die Hüften, aber die Frau wirkte nicht dick, sondern verströmte neben dem Duft von Elnett-Haarspray auch eine solche Energie, dass Carla sich sofort alt und müde fühlte. Willys Verlobte stand hastig auf und küsste die ältere Dame.

»Mutter, du siehst reizend aus!«, sagte sie dabei.

»Freya, wir haben Gäste!«, wehrte Johanna Gandermann die Zärtlichkeiten ab. »Was ist denn mit dir los heute? Das Wasser kocht!«, sagte Frau Gandermann dann mit einem Kopfschütteln und nahm schwungvoll den Kessel vom Gas.

»Die beiden Fräuleins sind wegen der Hochzeit hier.«

Johanna Gandermann trat zu ihnen, Carla und Wally standen auf. Sie reichten sich die Hände.

Die Frau musterte Carla wie eine Landesfürstin, dic sich mit feindlichen Botschaftern konfrontiert sieht.

Wir sollten die Katze aus dem Sack lassen, überlegte Carla. Es hatte wenig Sinn, Johanna etwas vorzumachen.

Sie wechselte einen fragenden Blick mit Wally, die mit den Schultern zuckte und unmerklich nickte. Offensichtlich ging ihrer Schwester ausnahmsweise mal das Gleiche durch den Kopf.

Carla zog ihre Visitenkarte aus der Handtasche und gab sich als Detektivin der Agentur Nachtigall zu erkennen, was bei Johanna nicht die geringste Reaktion auslöste.

Freya wirkte völlig konsterniert. »Wie denn das?«, fragte sie, während Johanna von Carla zu Wally sah und stumm blieb.

Normalerweise reagierten die meisten Menschen wie Freya. Das Auftauchen der Agentur Nachtigall war fast so, als würde die Polizei plötzlich vor der Tür stehen. Die meisten fragten sich dann, ob sie sich etwas zuschulden hatten kommen lassen. Doch Johanna hatte sich gut unter Kontrolle und das blieb auch so, als Carla ihr erklärte, dass sie wegen ihr im Auftrag einer Mandantin hier seien. Sie seien beauftragt worden, mit Johanna über die Verletzung von Urheberrechten im Zusammenhang mit dem Verbreiten von antisemitischem Gedankengut zu reden.

»Mein liebes törichtes Kind, warum hast du die beiden ins Haus gelassen?«, war der ganze Kommentar von Johanna Gandermann. Sie lächelte ihre Tochter freundlich an, aber sie klang so stählern, dass sich Carla alle Härchen im Nacken aufstellten. Sie sah förmlich vor sich, wie Johanna mit genau dieser Stimme einer Frau nach sechzehn Stunden Horrorwehen erklärte, wie wichtig es sei, für den Führer und fürs Vaterland, keine große Sache aus so einem bisschen privaten Schmerz zu machen.

»Ich möchte Sie bitten zu gehen, andernfalls rufe ich die Polizei!«

»Mutter, es ist natürlich nicht in Ordnung, wie die beiden sich hier hereingedrängt haben, aber sollten wir uns nicht trotzdem lieber anhören, was sie zu sagen haben?«, sagte Freya und warf Carla einen flehenden Blick zu. »Es wird sicher einen Grund geben, warum sie sich so benommen haben!«

»Deine Bitte ist eine Beleidigung. Wir Gandermanns haben uns nie das Geringste zuschulden kommen lassen und das weißt du sehr wohl!«

Sie zeigte mit ausgestrecktem Arm zur Tür, die in den Flur führte. Carla nickte Freya entschuldigend zu und reichte auch ihr eine Visitenkarte. »Sie können uns jederzeit anrufen!«

Es überraschte sie nicht, dass Johanna völlig gelassen blieb, als ihre Tochter die Karte an sich nahm – diese Frau würde sich niemals die Blöße geben, die hatte immer die Kontrolle über jeden in ihrer Umgebung. Von der konnte sogar ihre Mutter noch was lernen.

# Kapitel 8

Na, das war ja wohl nüscht«, sagte Wally auf dem Weg zur S-Bahn Grunewald, was sich in Carlas Ohren geradezu schadenfroh anhörte. Sie hatte eben keine Ahnung.

»Dann hast du nicht aufgepasst. Wir wissen ne Menge: Die Mutter scheint nicht wieder geheiratet zu haben und tatsächlich noch als Hebamme zu arbeiten, immerhin stand der Hebammenkoffer im Flur. Die Gandermanns sind wohlhabend, haben Probleme mit ihren Dienstboten, die Tochter ist zwar klug genug eine Apotheke zu führen, kann aber keinen Hund erziehen. Wir haben insgesamt mehr Einblick in die Familienstruktur bekommen, als ich gedacht hätte. Die Mutter regiert und dieser Willy ist Freyas letzter Ausweg aus diesem Regime. Du glaubst doch nicht, dass ein Duzfreund von Adenauer, der in die Politik will, sich mit einer Frau verloben möchte, deren Mutter Dreck am Stecken hat?«

»Wieso denn nicht?« Wally tippte sich vielsagend an die Stirn. »Man wird überhaupt nur Politiker, wenn man jede Menge Dreck am Stecken hat.«

»Was für ein dämliches Klischee!«

»Und sowas von wahr!«

»Eine Tatsache ist weiterhin, dass die beiden Gandermanns zu einem Schickeria-Friseur gehen, der René heißt, und ich bin sicher …«

Wally unterbrach Carla. »Sicher ist, jeder Friseur in Westberlin, der etwas auf sich hält, nennt sich René, Raphael oder Remy, weil die Kundinnen nun mal lieber zu einem französischen Coiffeur rennen als zu einem Horst, Eckhardt oder Detlef.«

»Dein glatzköpfiger Freund, der im Eden beim Strippen von der Bar gefallen ist, arbeitet der noch tagsüber im Kempinski?«

»Edgar – wie kommst du denn jetzt auf den? Von Friseur auf Glatze?«

»Ich wette mit dir, die Rede war von René Waltz, der seinen Salon im Kempinski hat, wo er auch Filmstars frisiert. Vielleicht verschafft uns Edgar einen Zugang zu ihm? Ein Gespräch mit dem erspart uns viel Laufarbeit. Friseure wissen oft mehr als Verwandte.«

»Also das ist ja nun wirklich ein blödes Klischee!« Wally stöhnte demonstrativ.

»Aber das ist sowas von wahr.«

Wally fing an zu glucksen und Carla konnte nicht anders, als mitzulachen. Vielleicht könnte sie sich doch daran gewöhnen, mit Wally zusammen zu ermitteln.

»Ich rufe Edgar vom nächsten Fernsprecher aus an, vielleicht können wir gleich zum Hotel. Du redest dann mit dem Friseur und ich übernehme die Nachtschicht bei Irma«, schlug Wally vor.

»Warum denn das?«, wunderte sich Carla. »Edgar ist doch dein Freund?«

»Ich habe einen guten Draht zu Irma und Peter, Irma hat behauptet, dass ihr das Ausräuchern seelisch gutgetan hat.« Wally grinste ein bisschen schief.

»Da ist nicht nur seelisch was nicht in Ordnung bei den Grab-Müllers«, sagte Carla, »und ich rede nicht von dem seltsamen Lehrling unter dem Tisch.«

»Vielleicht hast du dich wegen der Leichen nicht wohlgefühlt.«

»Unsinn, das kenne ich doch von Achim, mit dem ich sonntagvormittags immer in die Pathologie gehe. Die lieben Verstorbenen …« Carla zwinkerte Wally zu.

Wally lachte.

»… machen mir keine Angst. Nein … glaubst du, dass der Ehemann wiederkommt?«

»Du denkst, der ist abgehauen? Was bringt dich denn auf den Gedanken?« Wally klang ehrlich verblüfft.

»Als ich die Abflüsse überprüft habe, war alles wie geleckt, das erschien mir merkwürdig. Was, wenn Peter und Irma den umgebracht haben?«

Wally lachte schallend. »Blödsinn, Irma ist schwanger, die würde doch ihren geliebten Horst nicht umbringen. Die vermisst den wirklich. Wenn ich sie wäre, würde ich mir viel eher diese Bertha vom Hals schaffen.«

»Die hätte ich auch nicht gern als Schwägerin«, stimmte Carla zu. »Bertha will die Kontrolle über alles haben.« Genau wie Johanna Gandermann und ihre eigene Mutter, vielleicht war das auch typisch für Frauen aus dieser Generation, überlegte Carla.

»Wie kommst du denn darauf?« Wally musterte sie, als hätte Carla sie gerade überrascht.

»Hat man doch gesehen, wie Irma und Peter bemüht waren, ihr nur ja alles recht zu machen. Aber …«, Carla fing an zu lächeln, »jemand wie Bertha wird es niemals schaffen, so eine unbedarfte Plapperliese wie Irma zu beherrschen, dazu agiert die viel zu unberechenbar. Muss hart gewesen sein, als ihr Bruder sich mit ihr verlobt hat.« Sie blieb stehen und zeigte auf die andere Straßenseite. »Schau mal, da drüben ist ein Fernsprechhäuschen. Hast du Kleingeld?«

»Bin ich Ermittlerin?« Wally verschwand, während Carla auf sie wartete.

Als Wally zurückkam, berichtete sie, dass Edgar nicht sehr

hilfsbereit gewesen sei und auf keinen Fall einen Kontakt herstellen würde. Sie vermutete, es läge daran, dass er und René mal was miteinander gehabt hatten.

Carla wollte es trotzdem versuchen, dann würde sie sich eben direkt an Herrn Waltz wenden, ohne Edgars Hilfe.

»Ich muss wieder zu den Grab-Müllers, Irma erwartet mich«, sagte Wally. »Rede du mit dem Friseur und wir sehen uns dann später zu Hause.«

Wessen Zuhause?, dachte Carla, während sie nickte. Ganz sicher nicht unser Zuhause. Und was wollte Wally wirklich bei den Grab-Müllers?

»Warte, noch eine Sache, was ist eigentlich mit der kleinen Katrin los?«, fragte Wally. »Sie geht mir sowas von auf die Nerven. Ständig schleicht sie um mich rum und neulich wirkte sie geradezu … ähh … nicht ganz bei sich. Ich glaube, sie hat sich verliebt.«

Verblüfft musterte sie ihre Schwester. Ganz offensichtlich war mit dem Verhältnis der beiden etwas im Argen: Während Katrin Wally kurz vorm Freitod sah, behauptete Wally, die Kleine wäre verliebt.

»Du solltest deine detektivischen Fähigkeiten einsetzen, um mehr herauszufinden. Ich kann ihr aber gerne sagen, sie soll dich in Ruhe lassen, okay?«

»Ist nicht nötig«, ruderte Wally zurück. »Ich rede besser selbst mit ihr.«

Gemeinsam stiegen sie in die S-Bahn, an der Station Charlottenburg trennten sie sich und Carla machte sich auf den Weg zum Kempinski, wo sie Edgar fast nicht wiedererkannt hätte. Ohne Make-up und Perücke hätte der glatzköpfige bebrillte Mann auf seinem Chefconcierge-Posten auch Finanzbuchhalter beim Vatikan sein können.

Er hingegen schien sie sofort zu erkennen, denn er lächelte und winkte sie quer durch die Eingangshalle zu sich. Irritiert lief Carla zu ihm hinüber. Wally hatte doch gesagt, er wolle nicht mit ihnen reden? Doch er begrüßte sie geradezu überschwänglich und erkundigte sich nach dem starken Mann, der ihn neulich nach seinem schlimmen Sturz so heldenhaft zum Auto getragen hatte. »Das war Bruno, dem geht es gut.« Carla musterte Edgar und suchte nach einer Narbe auf seiner Stirn, aber offensichtlich hatte der Arzt, zu dem Wally ihn damals gebracht hatte, ganze Arbeit geleistet, auch ohne eine Approbation.

Das alles hatte Carla vergessen, weil sie seitdem völlig vom Mordfall Hochbrück absorbiert gewesen war. Was für ein Glück, dass Edgar sich nicht nur sehr gut an seinen Sturz vom Tresen erinnerte, sondern offensichtlich auch dachte, er würde ihr einen Gefallen schulden. Sie fragte ihn nach René. Edgar erzählte ihr, dass sie eine kurze Affäre gehabt hatten und man aber noch befreundet wäre. Natürlich würde er sie gern mit René bekannt machen, doch René redete nie über seine Kundinnen, nicht mal im Vollrausch. Das sei ein Grundsatz von ihm, weshalb ihm auch so viele Filmstars ihr Haar anvertrauten, während der Berlinale, wie er Carla hinter vorgehaltener Hand zuraunte, auch Jane Mansfield.

»Darf ich fragen, über wen du dich bei René erkundigen wolltest?«

»Johanna Gandermann.«

»Gandermann«, wiederholte Edgar, »Gandermann, hmm, den Namen kenne ich. Warte mal.« Er kniff die Augen zusammen, als würde ihm das beim Konzentrieren helfen, dann nickte er. »Vielleicht kannst du dich mit der Baronin von Rodenheim über Johanna Gandermann unterhalten.«

Auf Carlas Nachfragen hin erklärte er ihr, dass Frau Gandermann nach jedem Termin bei René die Baronin besuchte, die in einer Suite ganz oben im Kempinski wohnte. All ihre Gäste mussten sich beim Concierge anmelden. Die Baronin verließ ihre Suite nur sehr selten, empfing aber viele einflussreiche Persönlichkeiten von Westberlin in ihren Räumen.

Carla hatte noch nie von dieser Frau gehört und wollte mehr von Edgar erfahren, doch der musste zugeben, dass die Dame dem Hotel ein Rätsel war. Niemand wusste Genaueres über ihren Hintergrund, sicher war nur, dass sie reich und verwitwet war und eine Vorliebe für Orchideen und ihr Patenkind hatte, das als einzige Person ohne Anmeldung zu ihr durfte.

Natürlich wäre es klüger, sich erst Informationen über die Frau zu beschaffen und dann mit ihr zu reden, aber Carlas Neugier war geweckt und sie traute sich zu, auch ohne Hintergrundcheck etwas aus dieser Baronin rauszukriegen. »Melde mich doch als Reporterin der ›Constanze‹ an.«

Eine halbe Stunde später begleitete Edgar sie nach oben zu Frau von Rodenheim, die ihnen selbst öffnete, Edgar freundlich zunickte und Carla mit einer einladenden Geste hereinbat.

Verblüfft merkte Carla, dass sie sich die Unbekannte groß und stämmig vorgestellt hatte, ähnlich wie die Gandermann. Doch Frau von Rodenheim sah aus wie eine geschrumpfte Version von Marika Rökk. Sie war klein und dünn und auf ihrem Kopf klebten viele weißblonde Löckchen, als wäre man noch in den Vierzigerjahren. Die Augenbrauen waren reduziert auf einen dünnen Strich und das dunkle Seidenkostüm betonte ihr stark weißgrundiges Make-up. Mitternachtsblaue Augen, die mit ihren Juwelen um die Wette funkelten, blickten Carla neugierig und hellwach an. Unmöglich, deren Alter zu schätzen, sie konnte alles sein zwischen sechzig und hundert.

»Von welchem Magazin kommen Sie, von der ›Constanze‹?«, fragte Frau von Rodenheim, und als Carla nickte, zeigte sie auf die beiden bequemen Polstersessel, die um ein rundes Tischchen arrangiert waren.

Rechts an der Wand befand sich ein ordentlich aufgeräumter viktorianischer Schreibtisch, der Carla an den von Mucki im Ullsteinhaus erinnerte. Auf der Stirnseite war eine Schale mit Stiften, Radiergummis, Spitzer und Uhu. Rechts ein Stapel Magazine und links ein Stapel Tageszeitungen. Dazwischen Archivmappen.

Auf der anderen Seite, zur langen Fensterfront hin, stand auf einem weißen Flügel eine Vase mit leuchtend rosafarbenen Orchideen, daneben eine golden schimmernde, reich verzierte siebenarmige Menora. Keine Fotografien, kein Nippes. Carla dachte an Sara Jakob und fragte sich, ob die Menora nur Dekoration war oder sie Frau von Rodenheim etwas bedeutete.

»Tee?«, fragte die.

»Gerne!«

Frau von Rodenheim bestellte umgehend Englischen Hightea über das Haustelefon, setzte sich dann ihr gegenüber auf die Vorderkante des Sessels. »Und was führt Sie zu mir?«, wollte sie wissen.

»Wir planen eine Sonderausgabe über Frauen, die ähh …«, improvisierte Carla, zog ihr Notizbuch aus der Handtasche und schraubte die Kappe ihres Füllfederhalters ab.

»Jüdische Frauen, die rechtzeitig in österreichische Adelsfamilien eingeheiratet haben?«

Carla fing an zu schwitzen. Wenn Frau von Rodenheim jüdischer Abstammung war, warum empfing sie dann jemanden wie die Gandermann?

»Es geht vor allem um Frauen, die sich für das Wohl anderer Frauen engagieren.«

»Wenn Sie Heuchlerinnen suchen, sind Sie bei mir falsch. Ich engagiere mich für gar nichts und lege keinen Wert auf die Bekanntschaft von Märtyrerinnen …«

»Soweit ich informiert bin, sind Sie mit Johanna Gandermann … bekannt?«, fragte Carla.

Frau von Rodenheim wirkte jetzt noch wacher. »Und?«

»Wir versuchen uns ein Bild von Frau Gandermann zu machen und haben gehört, dass Sie sich nahestehen.« Carla steckte die Kappe wieder auf den Füller.

»Ist das so?« Es schien ihr Spaß zu machen, Carla zu verunsichern.

Carla wünschte, sie hätte sich besser informiert, jetzt blieb ihr nur der Angriff nach vorn.

»Ja!«

»Wen befragen Sie denn noch außer mir?« Missbilligend schüttelte die Baronin ihren Kopf, was die tropfenförmigen Saphire an ihren Ohren aufblitzen ließ.

»Nur vertrauenswürdige Menschen, so wie Sie.«

»Woher wissen Sie, dass ich vertrauenswürdig bin?«

»Zum Beispiel von Helmut Grieser, dem stellvertretenden Polizeipräsidenten«, pokerte Carla und hoffte, dass der zu ihren Bekannten zählte.

Frau von Rodenheim zog eine der dünnen Augenbrauenlinien hoch, neigte dann aber kaum merklich zustimmend den Kopf.

Lautlos rollten zwei Kellner einen gut bestückten Teewagen herein. Zwei silberne Etageren voll hübsch verzierter Gurken-, Ei- und Lachssandwiches, Scones mit Clotted Cream, Marmelade und Schokokuchen in Puppenhausgröße.

Die Kellner verteilten Tassen und Servietten und gossen Frau von Rodenheim mit geradezu heiligem Ernst erst die Milch, dann den Tee aus der silbernen Kanne ein. Offensichtlich gehörte die Baronin zu den Milk-first-Fanatikern. Wie Carla von ihrem Vater wusste, gab es darüber bei Hightea-Anhängern erbitterte Meinungsverschiedenheiten. Herausfordernd bestand Carla darauf, sich zuerst den Tee einschenken zu lassen, was Frau von Rodenheim mit einem ironischen Lächeln quittierte.

»Ganz offensichtlich mögen Sie keinen Tee.«

»Doch.«

»Dann versuchen Sie die nächste Tasse Earl Grey einmal zuerst mit Milch. Sie werden es nicht bereuen.«

»Einverstanden.« Das ging sehr viel zäher als erwartet. Die meisten Menschen liebten es, ausgefragt zu werden.

»Wie trinkt denn Johanna Gandermann ihren Tee?«, fragte sie.

Die Mundwinkel der Baronin zuckten leicht. »Ich kenne die Reporterinnen der ›Constanze‹. Sie gehören – jedenfalls bisher – nicht zum Team. Sind Sie neu? Oder nur eine Schwindlerin, die eine reichlich dreiste und leicht zu durchschauende Lüge verwendet, um mit mir zu sprechen? Also, warum sind Sie wirklich hier?«

Carla hätte sich fast an ihrem Gurkensandwich verschluckt. »Sie haben recht«, sagte sie und gab sich dann als Detektivin zu erkennen, die das Umfeld von Willy Wissmuth durchleuchten und den Leumund seiner Schwiegermutter überprüfen sollte.

Obwohl die Baronin ihr mit undurchdringlicher Miene lauschte, entging es Carla nicht, dass die Erwähnung von Wissmuth die Baronin dazu brachte, sich ein wenig interessierter zu ihr hinzubeugen, was sie aber sofort wieder korrigierte. Zu spät. Wissmuth könnte hier also der Türöffner sein.

Frau von Rodenheim sah Carla durchdringend an und goss sich dann Tee nach.

»Wer hat Sie auf die Idee gebracht, ich würde die Geheimnisse von anderen ausplaudern?«

»Es geht nicht um Geheimnisse«, log Carla, »wir tragen nur die verschiedenen Facetten zusammen, um uns ein umfassendes Bild zu machen.«

»Dann sagen Sie mir doch, was Sie schon wissen, und ich

ergänze dann.« Die Baronin strich so konzentriert Cream auf ein Scone, als hinge das Leben einer Generation davon ab.

»Das würde Sie ganz sicher langweilen. Warum erzählen Sie mir nicht, was Sie mit Frau Gandermann und Wissmuth verbindet, dann erlöse ich Sie von meiner Gegenwart.« Carla griff zur Teekanne, besann sich und gab dann erst Milch in ihre Tasse, was Frau von Rodenheim mit einem wohlwollenden Lächeln zur Kenntnis nahm.

»Und?«, fragte sie, nachdem Carla einen Schluck genommen hatte.

Verblüfft sah Carla zu ihr hin. »Viel besser, nicht so bitter.«

»Deshalb immer zuerst die Milch. Das Leben ist bitter genug. Das müssten Sie doch eigentlich am besten wissen, soweit ich weiß, ist Ihr Vater bei einem Unfall verstorben, Sie haben das Jurastudium abgebrochen, führen die Agentur Nachtigall selbst weiter und kümmern sich um Ihre versehrte Mutter. Sehr lobenswert.«

Carla erstarrte. Deshalb hatte die Baronin sie eine halbe Stunde warten lassen. Sie musste über sehr effiziente Quellen und Kontakte verfügen.

»Ich verzeihe Ihnen die kleine Notlüge. Ihre Hartnäckigkeit gefällt mir.«

Eine Entschuldigung lag Carla schon auf der Zunge, aber ihr Instinkt sagte ihr, dass sie das den Respekt der Baronin kosten würde.

»Danke!«, sagte sie daher nur.

»Tatsächlich war es auch bei einem Tee, damals …«, begann Frau von Rodenheim.

Halleluja, dachte Carla und nickte ihr ermutigend zu.

»Wir haben ihn bei einem Tee bei den Schwarzkopfs kennengelernt, damals in der Passauerstraße von ›Charlottengrad‹. Johanna und ich, wir waren einmal in den gleichen jungen Mann verliebt. Chaim Lieberwitz. Er war als Chemiker bei den Schwarzkopfs angestellt. Ich kannte ihn zuerst, aber Chaim hat sich dann mit Johanna verlobt. Ich habe ihr das nie verziehen. Sie war jünger und katholisch, aber aus Liebe zu ihm war sie bereit zum Judentum überzutreten.«

Carla hätte sich beinahe an dem Schokoladenkuchen verschluckt. Redeten sie wirklich von der gleichen Frau, die dieses fanatische Nazivorwort für den Geburtshilfe-Ratgeber geschrieben hatte?

»Wie erstaunlich!«, sagte Carla.

Die Baronin erlaubte sich ein ironisches Lächeln. »In der Tat! Johanna hatte schon viele Stunden beim Rabbi genommen, doch kurz vor der Hochzeit hat Chaim sie sitzenlassen und ist mit einer anderen noch jüngeren, aber großbusigen Schickse nach Amerika durchgebrannt, wo er als reicher Baptistenpriester zu einem neuen Gott fand.« Die Baronin lachte erstaunlich tief aus ihrem schmächtigen Körper heraus. »Jede von uns hat sich auf andere Weise darüber hinweggerettet. Ich habe mich mit Friedrich Baron von Rodenheim getröstet, der im ehemaligen Deutsch-Südwestafrika mehrere Diamantminen besaß. Die hat er dann später an de Beers verkauft. Waren Sie schon mal in einer Wüste? Das vergisst man nie. Natürlich bekommt man dort keinen so guten Schokoladenkuchen, Sie sollten ihn probieren!«

»Sie scheinen ihr vergeben zu haben oder warum trinken Sie Tee mit ihr?«

Sie seufzte. »Es ist immer besser, seine Feinde im Auge zu behalten.«

Aha. Feinde.

»Und definitiv sehr viel amüsanter!« Die Baronin lächelte in sich hinein.

»Glauben Sie, Johanna Gandermann ist eine Belastung für die Karriere von Willy Wissmuth?«

»Ich glaube schon lange nichts mehr. Wussten Sie, dass die

Firma Schwarzkopf als kriegswichtig eingestuft war?«, fragte die Baronin zurück.

»Shampoo und Kaltwellen?« Carla schüttelte den Kopf. Was hatte das denn nun mit Johanna Gandermann zu tun? Es musste einen Grund geben, warum die Baronin nur in Rätseln redete. Hatte Johanna sie womöglich irgendwie in der Hand?

»Nun ja, momentan wollen alle nach vorn schauen.« Die Sphinx mit den angeklebten Löckchen erhob sich, das Gespräch war für sie offensichtlich beendet. »Niemand interessiert sich mehr für Vergangenes, man gewinnt keine Wahl mit Rückschauen!«

»Das halte ich für kurzsichtig, wenn nicht sogar dumm – irgendwann wird jeder mit den Fehlern seiner Vergangenheit konfrontiert.« Carla dachte an das fehlende Bein ihrer Mutter und an Wally. »Man entkommt ihr nie.«

Die Baronin reichte ihr die Hand zum Abschied und wackelte kaum merklich mit dem Kopf. »Manche schon.«

# Kapitel 9

Joachim stöhnte nun sehr laut und sein abgehacktes Ahhahh steigerte sich hinter ihr zu einem furiosen Crescendo. Gut, dachte Wally, wir sind auf der Zielgeraden. Im gleichen Moment gab er ihr auch schon den abschließenden Klaps auf den Hintern, zog sich aus ihr raus und ließ sich mit einem letzten Aufseufzen neben sie auf die feuchten Laken fallen.

Wally wäre gern sofort im Bad verschwunden, auch weil er seine Klamotten zum ersten Mal dort vergessen hatte, aber sie wusste, dass er seine Frau angeblich deshalb allein in Ostberlin zurückgelassen hatte, weil »die sich die janze Pracht seiner Lenden immer sofort abjewaschn hatte, als wär et'n Pilz«. Und Wally brauchte sein Wohlwollen für den Plan, der sie final von ihren Verpflichtungen gegenüber der Stasi befreien würde.

»Zigarette?«, fragte sie also gut gelaunt und griff zu ihrer Handtasche.

»Immer doch!« Joachim klang entspannter als sonst.

»Du bist echt ne harte Nummer!«, sagte Wally und grinste ihn an, während sie zwei Zigaretten anzündete und ihm eine davon reichte.

»Dit liegt an deim jottjesechnten Hintern.« Er strich freundlich eine Haarsträhne aus Wallys Gesicht und suchte ihren Blick. »Dit war'n blöder Spruch, nich falsch vastehn.«

Lächelnd blies sie ihm Rauch ins Gesicht. Das war das Problem mit Joachim, er war ein netter Kerl mit sehr viel Grips, was die Aktion Goldfisch schwieriger machte. Er wusch und rasierte sich, hatte passable Zähne und war nur 'n bissken zu klapprig für ihren Geschmack. Dumm nur, dass bei der Stasi keiner gewusst hatte, dass Joachim Nichtschwimmer und deshalb nicht besonders scharf auf einen Ausflug an den Wannsee war.

Ihr Problem! Sie musste ihn weiterbearbeiten, ihm das Gefühl geben, es wäre an der Zeit, zusammen mit ihr diese Angst zu überwinden. Ein gutes Omen für den Neubeginn im Westen. Feige war er ja nicht, immerhin hatte er es bis fast zum Chefredakteur der ›Berliner Zeitung‹ geschafft, bevor er in den Westen geflüchtet war. Die Risiken seiner Flucht hatten ihm offensichtlich keine Angst gemacht, da war es geradezu lächerlich, so einem bisschen Wasser aus dem Weg zu gehen.

Gerade nickte er ihr zu und blies kunstvolle Ringe aus Rauch zu ihr hin. Wally zog die zerknitterte Decke bis zu ihrem Bauchnabel hoch und strich dabei mit ihrem Fuß zärtlich über seine Wade.

Glücklicherweise war er kein Romantiker, der sich verpflichtet fühlte, Sex mit lyrischen Versprechungen einzuleiten. Er kam immer direkt zur Sache, war aber nie grob und auch danach blieb er freundlich und eher schweigsam.

Schwer vorstellbar, dass Joachim ein Verräter sein sollte. Er wirkte sehr diskret auf sie, nie wäre man auf die Idee gekommen, er hätte Zugang zu streng geheimen Daten gehabt. Aber Joachim Klotzeck war auf dem Weg zum stellvertretenden Chefredakteur der ›Berliner Zeitung‹ in Ostberlin gewesen und wusste definitiv Dinge, von denen er besser keine Ahnung gehabt hätte, denn sonst hätte man Wally nicht mit der Aktion Goldfisch beauftragt, die ihn zurückbringen sollte.

Es war nicht leicht gewesen, sein Vertrauen zu gewinnen. Er wohnte bei einem Freund in der Nähe vom Fehrbelliner Platz und verließ das Haus nur selten. Sie hatte ihm dreimal beim Bäcker »zufällig« auflauern müssen, um von ihm beachtet zu werden. Sie gefiel ihm, aber sie hatte ihn erst zum Helden machen müssen, bevor er ihr einen Tee bei sich zu Hause anbot. Bertha hatte einen Mitarbeiter organisiert, der sich als Ex-Freund von Wally ausgab und sie belästigte. Joachim hatte sie aus seinen Klauen gerettet und seither trafen sie sich. Sie gab sich ihm gegenüber als Zimmermädchen vom Kempinski aus, damit sie sich dort treffen konnten.

Bertha hatte eine Pension in der Kantstraße vorgeschlagen, weil sie dort die Zimmer verwanzt hatte, aber der Gedanke, dass Bertha ihr auch noch beim Stöhnen zuhörte, war Wally zuwider. Deshalb hatte sie behauptet, Joachim hätte eine Bettwanzenphobie und daher nur Vertrauen ins Kempinski.

Er streichelte mit der freien Hand ihre Brust, wirkte aber nicht so ganz bei der Sache. Etwas beschäftigte ihn. Sie sollte besser herausfinden, was es war, um diesen Fall endlich abzuschließen.

Vor allem damit Bertha wieder aus ihrem Leben verschwand. Bisher hatte es nur sehr selten und unter höchster Geheimhaltungsstufe ein Treffen im KaDeWe oder am Lietzensee gegeben. Doch die Rückführung von Joachim schien so hohe Priorität zu haben, dass Bertha es für nötig gehalten hatte, ein Sicherheitsrisiko einzugehen und aus ihrer Deckung zu kommen. Und Wally glaubte auch nicht, dass Sybille oder Bertha wirklich mit Horst verwandt war, die beiden waren sicher nur Kooperationspartner. Mühsam aufgebaute Identitäten waren ein kostbares Gut, das Bertha aufs Spiel gesetzt hatte.

Allein schon deshalb juckte es Wally, unbedingt herauszukitzeln, was Joachim wusste, auch wenn es nicht ihre Aufgabe war, Fragen zu stellen, sondern Aufträge zu erledigen.

Joachim ging davon aus, dass ihm sein Wissen in Westdeutschland eine Arbeit verschaffen würde. Denn selbstverständlich unterstellte ihm die BRD, dass sich ein linientreuer Genosse wie er hier nur einnisten wollte, um für die DDR zu spionieren. Also brauchte er etwas, von dem weder der MAD noch der BND Kenntnis hatten. All das war ihm natürlich klar gewesen, bevor er bei den Zeugen Jehovas untergetaucht war. Doch bisher hatte Wally erst einmal einen Blick in seine Aktentasche werfen können, wo sie nur ein paar Unterlagen zum Thema Zersetzung gefunden hatte, also Material darüber, wie die DDR plante, CSU-Politiker in der Presse zu diffamieren. Das waren zumindest keine atomaren Geheimnisse, falls er was Brisanteres hatte, dann war es nicht in der Aktentasche.

Deshalb konnte sie es kaum erwarten, ins Bad zu kommen, denn sie war sicher, dass er wichtiges Material niemals irgendwo deponieren oder aus der Hand geben würde. Das hatte er bei sich, immerhin hing sein Leben davon ab.

Durch Wally würde man ihn zurück nach Ostberlin bringen und ihm wegen Geheimnisverrats kurzen Prozess machen. Und es war klar, was das für ein Urteil werden wird, meldete sich da eine ungebetene Stimme, die verdächtig an Carlas erinnerte. Ein Todesurteil! Denk doch an all die anderen, die nur wegen dem heimlichen Hören von RIAS als Spione verurteilt worden waren, wie der arme Dekorateur, der hatte auch Joachim geheißen, Joachim Wiebach. Und wenn schon, widersprach Wally diesen lästigen Gedanken, dieser Joachim war klüger und würde sich schon zu helfen wissen!

Sie lächelte ihn ermutigend und voller Bewunderung an. Schneid hatte er. »Ich muss mal …«, sagte sie und hoffte, in seinen Augen war genug Zeit für einen Badbesuch vergangen.

»Mach hinne!«, sagte er und zwinkerte ihr zu. »Überraschung!«

Wally gab sich begeistert, stieg aus dem Bett, ohne sich was umzuhängen, und genoss trotz allem seine bewundernden Blicke auf ihrem nackten Körper.

Sie verschloss die Badezimmertür und nahm sich sofort seine Kleider vor, viel Zeit hatte sie nicht: Brusttaschen, Geldbeutel, Hosen und Westentaschen – nichts, außer einer Visitenkarte und einer leeren Kondomhülle. Sie tastete nach im Futter eingenähten Dokumenten oder Filmspulen, nichts.

Sie ließ Wasser laufen und widmete sich seinen Schuhen, er trug die immer gleichen, was sie an den Schnürsenkeln erkannte, der linke hatte keine Kappe mehr. Vielleicht hatte er ja auch andere Schuhe und zog aus Eitelkeit zu den Treffen mit ihr gern diese Schuhe an, denn die machten ihn größer, angezogen war er genauso groß wie sie, barfuß deutlich kleiner.

Sie bückte sich und betrachtete die Innensohlen, da war nichts. Sie klopfte an den Holzabsätzen entlang. Hmm, eener klang anders, etwas dumpfer als der andere. Sie tastete um den Keil herum nach einer geheimen Federvorrichtung. Nichts.

Sie klopfte wieder, es klang definitiv unterschiedlich, was bedeutete, dass Joachim keine Ahnung von Spionagearbeit hatte, denn das war sträflich leichtsinnig. Wenn man was im Schuh hatte, musste das gleich klingen, um niemanden auf dumme Gedanken zu bringen!

Leichtsinnig war es leider auch, nackt ins Bad zu gehen, ohne ihre Handtasche, in der sich ihre Minox befand und ihr Miniatur-Werkzeugset. Da musste sie später noch mal ran!

Sie betätigte die Spülung.

»Wally!«, rief Joachim da auch schon. »Lebste noch? Is wat?«

»Allet juut«, gab sie zurück, stellte die Schuhe zurück, wusch sich die Hände und ging wieder zu ihm ins Bett.

»Sach mal, Schätzeken …« Er drückte seine Zigarette im Aschenbecher auf seinem Nachttisch aus und räusperte sich.

Oh, was war das denn? Sonst zog er sich zuverlässig nach nur einer Zigarette an und verließ das Hotelzimmer, das Edgar für sie im Kempinski reservierte. Heute schien alles anders. Entwickelte er etwa Gefühle?

»Ja …?«

»Na, wejen deim Jeburtstach …« Er griff unter das Bett und zog eine Tüte hervor – Wann hatte er die denn dort deponiert?

Sie hielt innerlich die Luft an, seit Wochen hatte sie darauf hingearbeitet und immer hatte er sich rausgeredet, dass er Geburtstage nicht feiern würde, dabei war er gar kein Zeuge Jehovas, die feierten ja wirklich nie Geburtstag. Flüchtig tauchte Katrin vor ihrem inneren Auge auf. Armes Ding, trotzdem musste sie die auch weiter im Blick haben.

Er reichte ihr die Tüte. Sie wollte kein Geschenk, das war nicht der Plan. Aber sie gab sich begeistert. »Oh, das wäre doch nicht nötig gewesen!«

Er brummelte irgendwas, während sie das Geschenk herauszog. Es fühlte sich weich an. Ein Seidennachthemd? Ihre Stimmung hellte sich etwas auf, nein, dafür war es zu schwer. Sie löste die Schleife von dem knisternden Seidenpapier und hielt einen bonbonrosa Kaschmirpullover in den Händen, der ihr mindestens zwei Nummern zu klein war.

»Ohh«, jubelte sie, während sie mit dem weichen Pullover neckend über seine nackte Brust fuhr. »Was für eine wundervolle Farbe und sooo weich!«

»Wie dein Haar!«, sagte Joachim.

Mann, Mann, Mann, der wurde ja geradezu poetisch. Vielleicht brauchte er nur noch einen kleinen Schubs. »Ich weiß gar nicht, was ich sagen soll!«, hauchte sie.

»Denn sach ebendt nix!« Lächelnd küsste er sie auf den Mund. »Und da is noch wat, Schätzeken, ick hab's mir überlegt, wir machen dit!« Joachim klatschte in die Hände, als müsste er sich zu seinem Mut applaudieren, und sah sie dabei an, als würde er ihr damit die Welt zu Füßen legen.

Ja!, dachte Wally. Übermütig warf sie den Pullover in die Luft und schmiegte sich fest an ihn. Sie überhäufte sein Gesicht mit Küssen. »Na«, Küsschen, »dit is jetzt«, Küsschen, »aber ne dufte«, Küsschen, »Überraschung!«, finaler Kuss auf die nikotinwarmen Lippen. Gott sei Dank, es war geschafft! Damit wäre sie raus aus allem. Bertha hatte durchblicken lassen, dass die Aktion Goldfisch ihre letzte Aktion sein könnte, wenn alles glattging.

»Tut mir leid, dit ick so jemauert habe, so'n bissken Bootfahren wird mir schon nich umbringen.«

Wally schluckte, nein, das Bootfahren nicht. »Wir machen's uns schön, ich kenn da'n Plätzchen auf der Pfaueninsel, da kommt uns keener und da …« Sie legte mit einem vielsagenden Grinsen ihre Hand auf seinen Nabel und strich sachte immer tiefer. »Wirst schon sehen!«

»Es ist nur so, direkt an deim Jeburtstach, da geht's nicht, da treff ich jemanden, der mir helfen wird, eine Arbeit in Westdeutschland zu finden.«

»Oh …« Sie zog ihre Hand zurück. Verdammt, wann denn dann?

»Gleich einen Tag später, wenn du willst. Der Ausflug läuft uns doch nicht weg und am Dienstag sind viel weniger Leute, von wejen …« Er legte seinen Arm um sie, zog sie zu sich heran und küsste sie nun innig auf den Mund.

Wally erwiderte seinen Kuss voller Leidenschaft, während sie darüber nachdachte, ob Bertha genug Leute an der Hand hatte, um diese Verschiebung organisieren zu können. Sie musste ihn final festlegen, dazu rückte sie ein Stückchen von ihm ab, aber nicht zu weit.

»Nächste Woche geht es denn bei mir nur am Dienstagmorgen«, sagte sie. »Und wenn de nicht willst, jo, denn lassen wir det Janze, denn such ich mir wen anders, der Lust hat, mich zu beglücken!« Sie zog einen Schmollmund und sah ihn fragend an.

»Nicht nötig!« Er drückte sie an sich und suchte ihre Lippen, während er ihre Hand auf seine Erektion presste. »Dienstag geht's auf die Pfaueninsel, versprochen!«

Offensichtlich törnten ihn sein Mut und seine Selbstlosigkeit sogar zu einer zweiten Runde an, bisher hatte ihn immer schon eine schnelle vollkommen erledigt.

Wally gab sich entzückt, nahm Joachims Lieblingsstellung ein und drückte lasziv ihren Rücken in ein tiefes Hohlkreuz, weil sie wusste, wie sexy er diesen Anblick fand. Dabei überlegte sie, wie sie am schnellsten mit ihrer Ausrüstung an seine Schuhe rankäme.

Sie kreiste mit ihren Hüften, doch es fiel ihr schwer, ihm etwas vorzuspielen.

Erst als sie sich vorstellte, der Mann hinter ihr wäre Bruno, kam sie in Schwung und das beunruhigte sie mehr als alles andere. Nicht, weil der mit Carla verbandelt war, sondern weil es unter gar keinen Umständen eine gute Idee war, die Lügen, so lustvoll sie auch waren, mit dem zu vermischen, was noch echt in ihr war.

# Kapitel 10

Komm rein«, sagte Henny schweißüberströmt, aber offensichtlich hocherfreut, als Carla am nächsten Tag vor ihrer Tür stand. Zuvor hatte Carla Mucki im Ullsteinhaus im Archiv schon wieder einen Besuch abgestattet. Die Erwähnung der Baronin hatte ihr keine Ruhe gelassen. Warum hätte eine Fabrik, die Shampoos verkaufte, als kriegswichtig eingestuft werden sollen? Und was konnte das mit der Gandermann zu tun haben? Sie hatte nicht auf alle Fragen eine Antwort gefunden, aber genug, um einen Plan auszuhecken.

»Schön, dich zu sehen!«, sagte Henny. »Ich habe gerade trainiert, aber ich bin schon fertig. Wir könnten zusammen Mittag essen.« Sie lächelte entschuldigend. »Ich habe jetzt einen Tanzsaal, hast du den schon gesehen?«

Als Carla den Kopf schüttelte, ging Henny mit dem seltsamen breitbeinigen Entengang voran, den Ballerinen haben, wenn sie Spitzenschuhe tragen, aber nicht tanzen. Dabei rubbelte sie die nassen weißen Haare in ihrem Nacken trocken.

Sie öffnete die Tür zu einem verspiegelten Saal mit Parkett, an dessen Wand eine Ballettstange montiert war. »Schau!«

»Sehr schön!«

Hennys knochige Schultern zuckten. »Früher musste ich ins Studio, das war umständlich, aber ich habe Menschen getroffen. Freundinnen. Versprich mir, dass du Lulu nichts davon sagst, aber gerade kommt es mir so vor, als ob reich sein eine eher langweilige Angelegenheit wäre. Wenn es früher passiert wäre, denn hätte ich vielleicht … Egal, ich brauch was zu trinken, gehen wir in die Küche.«

Sie watschelte in die Küche, goss sich Leitungswasser in ein Glas, das am Beckenrand stand. »Ich trinke nur lauwarmes, bin dit so gewohnt.« Sie lachte und hob Carla einen mit Hirschen gravierten, schon etwas trüben Kristallbecher entgegen, trank alles mit einem Satz aus, wischte sich mit einem zufriedenen »Hmmm« über den Mund und stellte es wieder zurück. »Entschuldige, dit iss'n Ritual von mir. Die Zugehfrau, die Lulu mir zweimal die Woche uffjezwungen hat, kapiert dit endlich auch, det dit Jlas immer hier stehn muss und och keener sonst draus trinken darf, dit hat mir mal wer jeschenkt, nach dem ick verrückt war.« Henny lächelte so glücklich versonnen in sich hinein, dass Carla eine Spur von Neid aufsteigen fühlte. Ja, an der Uni war sie in diesen Richard verliebt gewesen, aber das war bloß eine Backfischschwärmerei gewesen. Bruno fiel ihr ein und wie er gerochen hatte, diese Mischung aus zitronigem Rasierwasser, frischem Heu und Appretur auf dieser Moped-Fahrt, wo sie dicht an dicht auf dem winzigen Sattel gesessen und sie seine starken Rückenmuskeln an ihrer Brust gespürt hatte. Sie musste ihn unbedingt anrufen.

»Pass bloß uff mit den Kerls«, sagte Henny da gerade, »die machen dich kurz mal glücklich und denn stehlen se dir det Herz. Aber der war anders, wat Besonderes. Lange war der Hirsch et einzig Schöne, was ich hatte. Sonst gab's in meiner Bude am Stutti immer nur ausjewaschene Senfgläser, na ja, jetzt hab ich nur noch so edle. Fühlt sich immer noch'n bissken daneben an. Für dich hätt ich auch kalten Sprudel, hab ja jetzt'n Eisschrank.« Sie nahm eine Flasche Wasser aus dem riesigen Kühlschrank und holte einen ziselierten Kristallbecher aus dem Schrank über der Spüle.

»Zum Glück kommt die Zugehfrau erst wieder nächste Woche, ich kenn dit ja nich, mit so Personal. Macht mich janz kirre. Auf der faulen Haut liegen, dit is nüscht für mich.« Henny setzte sich mit an den großen Küchentisch und goss für Carla Wasser ein. Das Glas beschlug sofort, Perlen rollten am Außenrand herab und versickerten im polierten Holztisch. »Na denn prost! Oder willst du was Stärkeres, hab auch ’n gut bestückten Barwagen!«

Carla lehnte ab und trank einen Schluck.

Von irgendwoher klingelte ein Telefon. Leichtfüßig sprang Henny auf.

»Dit is det in der Bibliothek, komm mit!« Sie trippelte leichtfüßig auf ihren Spitzen aus der Küche, als wäre sie im Corps von Schwanensee und winkte Carla auffordernd über die Schulter zu, dass sie ihr folgen sollte.

»Dr. Schwaiger, wat solln dit?«, sagte sie in den Hörer und verdrehte die Augen in Carlas Richtung. »Da gibt es nüscht zum Überlegen, dit Testament bleibt genau so, wie ick et damals unterschrieben habe. Ich verdanke der Frau Koslowsky mein Leben und ich hab nu mal keine Kinder nich. Und nein, wie oft denn noch. Meine Stiftung soll auf gar keinen Fall wie ich heißen, also nicht Henriette Hirschel, sondern Ricarda Lohr. Nein, nicht mit zwei o, sondern mit h, wie die Stadt am Main! Jaaahaa. Bis Freitag dann.« Henny warf den schweren Bakelithörer auf die Gabel. »Anwälte! Solang du ’n armes Würstchen bist, haben die nie für dich Zeit, aber jetzt ruft der ständig an, bestimmt kann der das abrechnen. Aber ich werde Saras Geld für Besseres verwenden als für unerhörte Anwaltshonorare.« Henny zwinkerte Carla zu. »Ich gründe ein Wohnheim oder wie man das nennt, für Tänzerinnen, deren Knochen nicht mehr mitmachen oder die wegen einem Unfall nicht mehr tanzen können. Und ich hab schon alles für eine Stiftung in die Wege geleitet. Die soll Tänzerinnen unterstützen, die ein Kind kriegen und nicht wissen, wie es dann weitergehen soll. Nicht alle schaffen das.« Sie seufzte schwer. »Weißt du, Carla, manche sind so verzweifelt, dass die ihr Kind sogar wegmachen lassen und dit nich verkraften, so wie die Ricky. Wenn man so jung ist wie du oder jünger, da weeste nich … Oh entschuldige, was rede ich denn die ganze Zeit«, unterbrach sie sich und deutete auf das Wasserglas. »Möchtest du vielleicht lieber einen Kaffee?«

»Nein, danke, eigentlich wollte ich nur Fritzi holen. Lulu hat gesagt, der Pudel wäre hier, weil sie wieder mit diesem Jungfilmer unterwegs ist.«

Verblüfft legte Henny ihren Kopf in den Nacken und musterte Carla, als wäre sie übergeschnappt. »Seit wann gehst du denn freiwillig Gassi mit Lulus Pudel?«

»Seit ich dieses Giftködertraining mit ihr machen musste, verstehen wir uns besser. Aber heute hilft sie mir in geheimer Mission!« Carla legte ironisch den Zeigefinger über ihre Lippen. »Mit einem Hund komme ich leichter an die Tochter von der Gandermann ran.«

»Ich war vorhin schon mit ihr draußen, aber ehrlich, ich bin froh, wenn das Monster weg ist, sie hat heute schon den neuen Badvorleger zerkaut. Wenn ich trainiere, muss ich sie immer einsperren, damit ich nicht weich werde. Sie jault sonst so lange vor der Tür, bis ich sie reinlasse, und das ist dann das Ende vom Training, weil sie nur noch um mich rumspringt. Ich hole sie.« Henny stand auf und kam kurz darauf mit Fritzi an der Leine zurück, wobei es eher so aussah, als würde der Königspudel die schmächtige Henny über das Parkett zu Carla hin zerren.

Nachdem Fritzi Carla stürmisch begrüßt hatte, klopfte ihr Carla beruhigend auf die Flanke und übernahm die schmucksteinbesetzte Leine.

Henny schüttete ein paar Hundekuchen in eine Schale und

stellte sie vor Fritzi. »Damit die dich nicht anknabbert und rumbettelt. Kaum zu glauben, dass dieses temperamentvolle Riesenvieh schon uralt ist. Ich erinnere mich genau, wie winzig sie war, als wir sie vor zwölf Jahren unter einem Schuttberg rausgezogen haben.« Henny zeigte mit den Händen ein winziges Bündel in die Luft. »Es wird Lulu das Herz brechen, wenn Fritzi mal eingeschläfert werden muss oder von alleine stirbt. Weißt du, Lulu tut immer so, als könnte sie nichts umhauen, aber in Wahrheit ist ihr Inneres so süß und zart wie Lindenblütenhonig. Sie braucht jemand, der auf sie aufpasst. Manchmal habe ich Angst, dass ihre unglaubliche Hilfsbereitschaft sie eines Tages noch umbringen wird.«

»Du übertreibst.« Carla lachte. »Das Einzige, was Lulu umbringen wird, ist wahlweise ihre Neugier oder ihre Vorliebe für Buttercremetörtchen und Buletten.« Sie griff nach der Leine. »Bis nachher.«

»Sei bloß vorsichtig. Wenn das stimmt, was Sara für mich aufgeschrieben hat, dann geht diese Familie, ohne auch nur mit einer Wimper zu zucken, über Leichen.«

Eine halbe Stunde später verließ Freya mit dem Corgi ihre Apotheke an der Ecke von Kant- und Wielandstraße und steuerte den nächstgelegenen Grünstreifen an.

Carla ließ Fritzis Leine los und wie gehofft stürmte die Pudeldame sofort auf den Corgi zu. Schwanzwedelnd beschnupperten sich die beiden. Flüchtig erinnerte der Anblick der beiden Hunde Carla an Abra und Kadabra und sie fragte sich, wie viele Stunden Wally schon abrechnen konnte und ob sie den Ring gefunden hatte.

Freya kam auf sie zu. »Ich kenne Sie doch, Sie waren gestern bei uns. Verfolgen Sie mich?«

»Nein!«, beteuerte Carla. »Meine Tante ist bettlägerig …«, sie ließ eine strategische Pause für mitfühlende Gesten, »deshalb führe ich hin und wieder ihren Hund aus, Königspudel brauchen viel Bewegung. Oh Gott, was macht Ihr Hund denn da? Das ist lebensgefährlich!« Carla deutete mit einem, wie sie hoffte, entsetzten Gesichtsausdruck auf Willow, der gerade irgendeinen Abfall verschlang, der unter dem Mülleimer an der Laterne auf der Erde lag.

»Was meinen Sie?« Freya musterte sie misstrauisch.

»Hunde sollten lernen nicht alles zu fressen, was sie am Boden finden. Mit Fritzi war ich in einer Hundeschule, zu einem Giftködertraining. Wir waren dazu gezwungen, weil der Nachbar meiner Tante Hunde hasst und ständig vergiftete Buletten über den Zaun wirft.«

»Wirklich? Schrecklich. An so etwas habe ich noch gar nicht gedacht!«

»Ja, kaum zu glauben, zu was Menschen fähig sind. Zum Glück hat das Training geholfen, Fritzi frisst jetzt nur noch, was ihr von einem vertrauenswürdigen Menschen hingestellt wird. Eigentlich wollte meine Tante ja mit ihr hingehen, aber sie war verhindert, wie schon gesagt, sie ist so krank, dass ich immer wieder einspringen muss«, sagte Carla. Natürlich hatte Lulu nur wegen einer lächerlichen Minisprechrolle keine Zeit gehabt und Carla hatte sie dafür gehasst. Allerdings hatte sie dann sehr viel über Hunde gelernt, was sich als sehr nützlich für ihre Arbeit erwies. Sie wusste jetzt, wie man einen Hund beruhigt und wie man ihm etwas wegnehmen kann, das er schon im Maul hat, und vor allem, wie man klarstellt, wer hier die Chefin ist.

»Wenn Sie möchten, gebe ich Ihnen gern die Adresse von dieser Hundeschule. Und wie laufen die Vorbereitungen zu Ihrer Hochzeit?«

»Darüber werde ich nicht mit Ihnen sprechen!« Freya zerrte den Corgi von Fritzi weg, doch die Hunde dachten nicht daran, sich trennen zu lassen.

»Meine Mutter hat mich vor Ihnen gewarnt. Willow, wir gehen jetzt!«

»Ich verstehe, wissen Sie, meine Mutter ist auch nicht einfach …«, sagte Carla leise, aber mit Nachdruck.

Freya sah ihr forschend ins Gesicht. »Was erlauben Sie sich, meine Mutter ist eine Heldin! Sie hat schon Babys gerettet, als Sie noch nicht geboren waren.«

»Bestimmt ist sie eine sehr starke Frau und genau die Schwiegermutter, um die sich jeder angehende Politiker reißen würde …« Carla gestattete sich einen ironischen Unterton und zog eine Augenbraue hoch.

»Mein Willy und Mutter verstehen sich blendend.«

»Da habe ich anderes gehört. Und die Partei macht sich auch Sorgen …«

»Was wollen Sie denn damit sagen?«

»Ihre Mutter wird zu einem Mühlstein um seinen Hals, wenn Sie nicht aktiv werden. Es gibt Kräfte in der Partei, die sich freuen würden, Ihrem Verlobten eins auszuwischen!«

»Unsinn!«, sagte Freya, wurde dabei aber deutlich blasser. »Alle lieben ihn.«

»Eine Partei ist kein Kindergarten, in dem sich alle lieb haben.« Carla schüttelte dezent den Kopf. »Ganz egal, wie viele Spenden er auch tätigt, eine solche Schwiegermutter ist eine Belastung!«

Freya hatte sich jetzt wieder gefasst. »Sie hat nichts Schlimmes getan.«

Carla zog wieder eine Augenbraue hoch und betrachtete Freya nun mit äußerster Missbilligung und wagte einen bösen Schuss ins Blaue. »Man munkelt, Ihr Verlobter heiratet Sie nur zum Dank dafür, dass Ihre Mutter ihm mit den Schwangerschaften seiner zahlreichen Geliebten geholfen hat.«

Freya schwankte. Volltreffer?

Der Corgi schien zu merken, dass sein Frauchen ihn brauchte, und rieb sein Fell an Freyas Knöcheln.

»Es gehen auch Gerüchte um, dass Adenauer angesichts des Eichmannprozesses seine Wiedergutmachungspolitik und die letzten Abkommen zur Globalen Entschädigung auf keinen Fall durch eine unkluge Personalpolitik gefährden wird.«

Carla war nicht sicher, ob Freya verstanden hatte, was sie gesagt hatte. Sie musste es persönlicher machen.

»Ihr Verlobter kann auf keinen Fall eine Frau heiraten, deren Mutter sich wie Eichmann damit rausredet, dass sie nur ihre Pflicht getan hat, während sie in Wahrheit voll hinter Hitlers rassistischen Ideen stand und nicht davor zurückschreckt, sich selbst nach dem Krieg noch daran zu bereichern. Einer solchen Frau ist wahrlich alles zuzutrauen und was für ein Mensch sind dann Sie, Ihre Tochter?« Carla sah Freya eindringlich an. »Man wird sagen, wo Rauch ist, muss auch Feuer sein … und ich kann Ihnen versichern, unsere Klientin brennt geradezu darauf, ein richtig großes Feuer zu entfachen!«

Freya zog die Hundeleine des Corgis straff und trat ganz nah zu Carla.

»Haben Sie schon mal einen Menschen so geliebt, dass Sie bereit waren, alles für ihn zu tun?« Sie musterte Carla. »Und wenn ich sage alles, dann meine ich alles, ohne Ausnahme. Was also wollen Sie?«

# Kapitel 11

Jetzt beruhigen wir uns alle mal wieder!«, sagte Lulu und schob den Dinett-Barwagen quer vor die Tür, auf die Johanna Gandermann gerade losstolziert war.

Carla reichte Freya eine Schachtel Tempo-Taschentücher. Bis hierher war das Treffen mehr oder weniger so verlaufen, wie sie es geplant hatte. Nur Wally war immer noch nicht aufgetaucht, obwohl sie es versprochen hatte.

Wie verabredet war Freya um 19 Uhr mit ihrer höflichen, aber eisig wirkenden Mutter bei Henny aufgekreuzt, um sich anzuhören, was Carla ihnen zu sagen hatte.

Henny hatte die beiden interessiert gemustert, ihr Blick blieb dann aber an Johanna kleben, als wäre etwas an ihr sehr irritierend, als erinnerte die sie an jemanden oder etwas, sie käme aber nicht mehr darauf, an was.

Johanna ihrerseits hatte nach einem flüchtigen Blick auf Henny und Lulu gleich wieder gehen wollen. Als ihre Tochter sich weigerte mitzukommen, hatte sie Freya so scharf zurechtgewiesen, dass der die Tränen in die Augen schossen. Keine Spur mehr von der gestandenen Apothekerin.

»Mutter, es geht hier um meine Zukunft!«, insistierte Freya.

Finster sah Johanna eine nach der anderen an und ganz besonders Lulu schien ihr ein Dorn im Auge zu sein. Das konnte allerdings auch an deren Hut liegen, ein türkis-silbernes Wunder aus Federn, Perlen, Tüll und Glitzer, den akkurat zu beschreiben eine gewiefte Modejournalistin eine Woche gebraucht hätte.

Lulu sah auf ihre Armbanduhr und warf Carla dann einen ungeduldigen Blick zu, woraufhin Carla es aufgab, noch länger auf Wally zu warten. Sie deutete auf den Barwagen, der mit allen erdenklichen Alkoholika, Gläsern und Eis ausgestattet war.

»Wir sollten unsere erhitzten Gemüter etwas beruhigen. Sie sehen, auch wir schätzen die Produkte von Ihrem Schwiegersohn. « Carla wedelte mit einer Flasche Wissmuth-Schnaps.

»Willy!« Freyas Stimme klang brüchig. »Mutter, ich bitte dich, lass uns einen Schlussstrich ziehen.«

Henny starrte die Flasche in Carlas Hand an. »Willy Wissmuth?«, murmelte sie und wirkte reichlich fassungslos.

»Bitte, Mutter, lass uns diesen ganzen elenden Schlamassel ein für alle Mal beenden«, sagte Freya.

»Schlamassel, ausgerechnet, sehr treffende Wortwahl!« Lulu verdrehte die Augen. »Jiddisch für Unglück.«

»Bedauerlich, mein Kind, wie wenig Haltung du zeigst. Wie willst du die Gattin eines Mannes werden, der wichtige politische Ämter anstrebt, wenn du jeder lächerlichen Anschuldigung Glauben schenkst?«, fragte Johanna in einem derart beherrscht kalten Ton, dass sich Carla alle Härchen aufstellten. »Ein Mann der Tat wird sich immer Feinde machen und alle werden ständig versuchen, ihn mit völlig aus der Luft gegriffenem Schmutz zu vernichten.«

Henny trat näher zu Johanna und schien geradezu fasziniert von ihr. »Ihr Schwiegersohn ist also Willy Wissmuth, ein Mann der Tat, und Sie sind dann was … eine Täterin?«

Was redete Henny denn da, wollte sie für Wally einspringen?

»Hier ist gar nichts aus der Luft gegriffen!«, sagte Henny weiter und erinnerte Carla geradezu an Jeanne d'Arc. Sara Jakob wäre sicher sehr stolz auf sie.

Freya senkte den Kopf und betupfte ihre Augen mit einem Taschentuch. Johanna trat zu ihr und legte ihr die Hand auf die Schulter, aber es lag nichts Tröstendes in der Berührung, eher der Befehl, sich zusammenzureißen.

»Frei erfundene, haltlose Behauptungen von der Art charakterschwacher Menschen, die immer schon ihre Taschen nicht voll genug kriegen konnten!«

Carla ging zu Lulu und ließ sich einen Sherry einschenken. »Frau Gandermann, womöglich hat Ihr Gedächtnis ein wenig gelitten, verständlich, denn Sie sind doch schon etwas älter.«

Johanna gab sich desinteressiert, aber sie zog ihre Schulterblätter zusammen, als stünde sie beim Appell. Gut, dachte Carla, sie ärgert sich.

»Seien Sie versichert«, sagte Henny glühend rot im Gesicht, »dass wir jede Menge stichhaltige Beweise für Ihre schändlichen Taten haben. Außerdem hat die Agentur Nachtigall ausgezeichnete Kontakte zur Presse.«

Johanna Gandermann musterte Henny erstaunt, als würde sie zum ersten Mal erkennen, mit wem sie es zu tun hatte, ging dann aber zu einem maliziösen Lächeln über, ohne ihre stramme Haltung aufzugeben. »Tun Sie sich keinen Zwang an. Es interessiert niemanden. Kein Mensch wird irgendetwas, was auch immer das sein sollte, über mich veröffentlichen. Deutschland möchte weiter nach vorne sehen und vergessen, was war.«

»Da täuschen Sie sich!«, sagte Lulu, die nicht bemerkt hatte, dass Henny schon Luft zu einer Antwort geholt hatte. »Der Eichmannprozess hat endlich alle Ungeheuerlichkeiten wieder ins Bewusstsein gebracht! Jedenfalls bei den jungen Leuten, die wollen nicht länger alles unter den Teppich kehren, da braut sich was zusammen. Ich arbeite gerade mit einem jungen Dokumentarfilmer, der nur einen kleinen Tipp von mir braucht, um einen Film über Nazihebammen und ihre Verbrechen zu drehen.«

»Bedauerliche Geldverschwendung«, sagte Johanna. »Dieses Geld sollte man lieber in Waisenhausprojekte stecken!«

»Bei der Arbeit, der Sie nachgehen, brauchen wir in Berlin bald keine Waisenhäuser mehr!«, sagte Henny.

Carla war nicht ganz klar, was Henny damit sagen wollte, fand ihre Improvisation aber sehr gelungen. Zeit, alles auf eine Karte zu setzen. »Wir reden hier nicht mehr nur über den Diebstahl von geistigem Eigentum, sondern auch über das, was Sie als Hebamme den Zwangsarbeiterinnen in der Schwarzkopf-Fabrik angetan haben.«

»Das Sie vielen jungen Frauen angetan haben!«, unterstrich Henny mit einem Nicken Carlas Worte. »Menschen!«

Alle starrten Johanna mit neu erwachtem Interesse an. Johannas Wangenmuskeln mussten hart arbeiten, um weiter Gelassenheit vorzutäuschen.

Lulu nickte Carla zu. »Sie waren damals die Vorsitzende des Hebammenvereins von Charlottenburg, da gab es sicher viel Arbeit ...«

»Was soll denn das wieder bedeuten?«, fragte Freya, während sie ihr Taschentuch in ihre Handtasche stopfte.

»Liebes, das ist alles nur heiße Luft. Lass dich nicht so ins Bockshorn jagen.«

»Der Agentur Nachtigall«, begann Carla und hoffte, niemand würde ihr diese dreiste Lüge ansehen, »liegen dazu jede Menge Beweise vor. Auch eidesstattliche Erklärungen von Zwangsarbeiterinnen, die von Frau Gandermann zu Abtreibungen und Sterilisationen gezwungen wurden, damit der Produktionsbetrieb von kriegswichtigem Soltit nicht gestört wurde.«

»Soltit?«, wiederholte Freya und sah ihre Mutter irritiert an.

»Denk daran bei jedem Schritt: Deine Sohlen schützt Soltit!«, sagte Carla. »Die Schuhcreme sollte die Stiefel der Wehrmachtssoldaten angeblich wasserfest machen. Die Creme wurde damals auf dem Gelände von Schwarzkopf produziert, mithilfe von Zwangsarbeiterinnen, die Sie betreut haben. Aber unsere Auftraggeberin«, sie deutete auf Henny, der ihre Abscheu deutlich ins Gesicht geschrieben stand, »würde das alles nicht weiterverfolgen, wenn Sie die Rechte an dem Buch zurückgeben und sich offiziell bei Sara Jakob für Ihren Diebstahl entschuldigen und dafür sorgen, dass der Sanaritus-Verlag das Buch von nun an unter Saras Namen verlegt.«

»Tut mir leid, nachdem ich Frau Gandermann nun persönlich kennengelernt habe, sehe ich das völlig anders!«, widersprach Henny und torpedierte damit Carlas Plan. »Ich werde bis auf den letzten Pfennig alles ausgeben, um Johanna Gandermann für das, was sie getan hat, zu vernichten, Auge um Auge …«

»Das wird immer absurder! Freya, du kannst gern bleiben und weiterheulen, aber ich bezweifle, dass dein Verlobter erfreut wäre, dich in einem so unattraktiven Zustand zu sehen. Der Krieg«, Johanna nickte in die Runde, »meine Damen, ist vorbei. Deutschland ist wieder auf dem Weg nach oben, das ist kein einfacher Weg …« Johanna trat zu ihrer Tochter und schlug ihr leicht zwischen die Schulterblätter. »Bitte reiß dich zusammen! Willy hat keine Verwendung für eine Heulsuse an seiner Seite. Und ich verlange von Ihnen etwas mehr Respekt! Dieser Krieg hat mich meinen Mann und zwei Söhne gekostet!« Sie funkelte eine nach der anderen im Raum an. »Ich weiß nicht, welche Opfer Sie gebracht haben? Ich vermute mal, Sie haben sich in irgendwelchen Löchern verkrochen und nie Verantwortung für irgendwas übernommen. Für Sie steht Schuld immer auf der Stirn von jemand anderem. Sie widern mich an. Freya, mach dich nicht gemein mit solchen Leuten, verlassen wir diesen Abschaum!« Johanna griff nach Freyas

Unterarm und zerrte sie Richtung Barwagen, der noch immer die Tür blockierte.

Direkt vor Lulu blieb Johanna stehen, doch dann drehte sie sich abrupt zu Henny um, lief zurück und baute sich bedrohlich dicht vor ihr auf. Carla hielt unwillkürlich die Luft an.

»Sie scheinen mir die Quelle allen Übels zu sein. Anstatt dass Sie den Reichtum genießen, den Ihre unreine Sippe, Gott allein weiß wie, angehäuft hat, stiften Sie andere an, im Dreck nach irgendwelchen Brosamen zu suchen, Sie sollten sich schämen!«

Hennys Wangen waren flammend rot, doch ihre Haltung blieb königlich, als sie ihr voller Leidenschaft antwortete. »Wenn es um Gerechtigkeit geht, bin ich gern die Quelle allen Übels. Bis zu meinem letzten Atemzug werde ich dafür sorgen, dass Sie zur Rechenschaft gezogen werden, für alles, was Sie unschuldigen Frauen angetan haben, ganz egal, wie lange es dauert und was es kostet. Ich habe alle Zeit der Welt und viel Geld!«

»Sie sollten sich wirklich gut überlegen, was Sie damit anrichten!« Johanna sah auf ihre goldene Armbanduhr, hob den Kopf und verzog ihre Lippen zu einem seltsamen Lächeln, als hätte sie sich gerade erinnert, dass sie noch einen Trumpf im Ärmel hatte. »Meine Pressekontakte werden mit Begeisterung über diese völlig unfähige Detektivagentur schreiben. Immer wieder. Ihre Aufträge werden ausbleiben. Aktuell sind in der Presse nämlich Themen gesucht, die beweisen, dass Frauen nur als Ehefrauen ein Existenzrecht haben. Aktuell braucht niemand Frauen, die Männern die Arbeit stehlen, aktuell will niemand mehr den Blick zurück in die Erstarrung, wir brauchen kein Land voller Salzsäulen, sondern lebendige Mütter und Väter!«

Lulu klatschte laut und langsam in ihre Hände. »Bravo! Tusch!« Sie schlug einen kleinen Trommelwirbel mit einer

Cocktailgabel gegen den silbernen Sektkübel und verneigte sich mit einem ironischen Lächeln, bevor sie den Barwagen wegschob und die Tür freigab. »Freya, passen Sie auf, nachher führt Ihr Willy vielleicht noch die Schwiegermutter zum Altar!«

Johanna und Freya verließen Hennys Wohnung ohne ein weiteres Wort.

Carla trat zu Lulu und ließ sich ebenfalls einen Cognac einschenken, einen Asbach Uralt. Henny stellte ihr Sherryglas ab, griff sich den Whisky, goss sich einen großen Schluck ein und kippte ihn in einem Zug runter. Niemand trank von dem Champagner, den Henny kalt gestellt hatte, in der Hoffnung, man würde sich einigen.

»Die ist mit allen Wassern gewaschen«, sagte Henny. »Das wird nicht leicht.«

»Nein, das wird sehr schwer *für sie,* denn sie hat dich bedroht«, sagte Lulu. »Wir sind also im Krieg!«

# Kapitel 12

Mit einem Ruck setzte sich Carla in ihrem Bett auf, wie elektrisiert sah sie zum Wecker: kurz nach drei Uhr nachts. Ein merkwürdiges Geräusch hatte sie aus dem komatösen Schlaf geweckt, in den sie nach einem sehr unergiebigen Recherchetag gefallen war. Nach dem Abend gestern bei Henny hatte sie alles darangesetzt, Beweise für ihre Behauptungen zu finden, aber bisher nichts Stichhaltiges gefunden. Noch nicht …

Sie lauschte, aber nun blieb es still, fast als ob sie das nur geträumt hätte. Trotzdem stand sie auf, um nachzusehen, denn so ähnlich hatte es damals geklungen, als Mutter zum ersten und bisher einzigen Mal aus dem Bett gefallen war.

Letztes Jahr, beim ersten Weihnachten ohne Vater, an dem sie viel zu viel Berliner Luft getrunken hatten. Nicht nur aus Trauer, sondern weil der Heizkessel explodiert war und es bei den Minusgraden irgendwann nicht mehr ausgereicht hatte, vier Lagen Wollpullover anzuziehen und eine Decke umzulegen. Alle im Haus hatten dann angefangen, sich von innen zu wärmen, und sich über ihre Schnapsvorräte hergemacht. Erst hatte Mutter sich dem Alkohol verweigert, doch schließlich kapitulierte auch sie vor der Kälte und Carla hatte sie zum ersten Mal betrunken erlebt. Beunruhigend.

Mutter hatte den Rollstuhl zum völlig verstimmten Piano gerollt und wie eine Furie darauf das immer gleiche Schubertstück gespielt, dann war sie in Tränen ausgebrochen und ohne ein weiteres Wort in ihrem Schlafzimmer verschwunden. Carla war ihr gefolgt, um ihr beim Umziehen zu helfen, und weggeschickt worden.

Die Pallutzke hatte sich ausnahmsweise mal nützlich gemacht und es geschafft, am zweiten Weihnachtsfeiertag Handwerker aufzutreiben, die den Kessel reparieren konnten. Aber es hatte drei Tage gedauert, bis die Kälte aus den alten Mauern wieder vertrieben war.

Leises Knarzen im Flur riss Carla aus den Erinnerungen. Sie stand auf, zog den Morgenmantel über ihren Pyjama und schlich aus ihrem Zimmer zur dunklen Küche, aus der gedämpfte Geräusche drangen.

Sie riss die Tür auf, nur die glühende Spitze einer Zigarette war zu sehen. Wally saß ohne Licht am Tisch und rauchte.

»Die Zeiten der Verdunklung sind doch lange vorbei!« Carla knipste den Schalter an und musste heftig blinzeln, bis sich ihre Augen an die Helligkeit gewöhnt hatten. Dann erkannte sie, dass Wally, anders als sie, nicht im Morgenmantel hier saß, sondern offensichtlich immer noch die gleichen Kleider trug wie heute Morgen, ihr Haar war ziemlich wirr und ihr Make-up so verschmiert, als ob sie geweint hätte.

Ungebeten schoss Katrins Vermutung, dass Wally sich umbringen wollte, durch Carlas Kopf, doch da fing ihre Halbschwester auch schon an zu lächeln. Ein bisschen gequält, aber keinesfalls so, als würde sie innerlich schon an ihrem Abschiedsbrief arbeiten.

»Was ist denn los?«, fragte Carla. »Hast du dieses komische Geräusch auch gehört?«

»Ja, das kam vom Treppenhaus. Kannst du das Licht wieder ausmachen?« Wallys Stimme klang rau.

»Ist das nicht ein bisschen trostlos, so im Dunkeln zu sitzen?«

»Mir gefällt's, geh du ruhig wieder ins Bett.«

Carla sah sich nach dem silbernen Kerzenleuchter um, eins der wenigen Geschenke von Lulu, das Gnade vor den Augen ihrer Mutter gefunden hatte.

Sie zündete alle fünf Kerzen an, stellte sie auf den Tisch, löschte das Deckenlicht und betrachtete Wally durch die flackernden Flammen. Selbst in diesem Schummerlicht war nicht zu übersehen, wie hübsch Wally mit ihren großen Augen und diesem Schmollmund war, auch wenn sie gerade reichlich unsanft auf ihrer Unterlippe herumkaute. Wally wirkte verängstigt und das fühlte sich beklemmend an. Carla war es lieber, wenn ihre Halbschwester laut und rücksichtslos war, es war dann einfacher, sie nicht zu mögen.

»Also, was ist denn los?«

»Bring mir einen Schnaps, vielleicht sag ich's dir dann.«

Der Ton klang ganz nach der normalen Wally, also sparte Carla es sich, ihr zu sagen, dass sie nicht ihr Dienstmädchen war, stand auf und holte zwei Schnapsgläser, Berliner Luft und Kristall-Wodka aus dem Büfettschrank im Wohnzimmer.

»Welchen willst du?«, fragte sie.

»Den Blauen Würger!«, sagte Wally, deutete auf den Wodka und rang sich ein Grinsen ab. »Den hab ick der Ida jeschenkt, die kannte dit janicht.«

»Mutter trinkt nie Schnaps.« Fast nie, erinnerte sich Carla. Und Wally fiel auch kaum noch ins Berlinerische.

»Mit mir schon.« Wally wartete nicht, bis Carla sich eingeschenkt hatte, sondern stürzte den Wodka in einem Zug runter.

»Na denn prost!«, murmelte Carla, die sich nicht entscheiden konnte, was sie trinken wollte. Eigentlich wollte sie nichts, aber vielleicht konnte sie so rauskriegen, was mit Wally los war. Hatte dieser Joachim sie verlassen? War sie schwanger? Hatte das Eden ihr gekündigt?

Wally goss sich nach. »Geh ruhig, allet juut.« Sie lächelte spöttisch. »Du brauchst sicher deinen Schönheitsschlaf.«

Ah, Wally wurde immer mehr sie selbst, Carla entschied sich für den Wodka.

»Wir haben dich gestern Abend bei Henny vermisst! Und dann habe ich dich heute den ganzen Tag nicht gesehen!«

»Musste bei den Grab-Müllers was regeln.«

»Hast du den Ring gefunden?«

Wally schüttelte den Kopf, dabei fielen die letzten Haarnadeln aus ihrer Frisur, aber sie schien es nicht zu bemerken. Carla nippte an ihrem Glas.

»Nur noch ein paar Tage, bis ihr Mann zurück nach Hause kommt, oder?«

»Hmm.« Wally trank aus und goss sich nach.

»Vielleicht haben Abra und Kadabra den Ring gefressen!«, sagte Carla.

»Gut möglich.« Wally machte eine Geste, als wäre sie eine Magierin auf der Bühne, flüsterte dazu »Abra-Kadabra!«, dann prustete sie los.

So ansteckend, dass Carla auch grinsen musste. »Nur die Irma tut mir leid«, sagte sie.

»Muss nicht, sie ist schwanger, der Horst tut ihr schon nix und kauft einen neuen.«

»Und warum sitzt du dann hier im Dunkeln rum?«

»Nachdenken kann ich am besten so.«

»Über was denn nachdenken?«

»Übers Leben natürlich …« Wally goss erst sich nach, dann Carla.

»Hat es mit diesem Joachim zu tun?«

Wally zuckte mit den Schultern. »Es ist kompliziert.«

»Ist er verheiratet?«

Wally lachte wieder. »Du bist so ein …«

»Was?«

»Ach nichts.«

»Du denkst, ich bin naiv, aber da irrst du dich. Du kannst mit mir über alles reden, ich werde es niemandem erzählen.«

»Natürlich, du hast ja diesen Ehrenkodex!«

Das letzte Wort spuckte Wally aus wie eine Beleidigung und kippte den nächsten Wodka runter.

»Was ist schlecht daran?«

»Wenn man nicht aufpasst, kann man daran ersticken!«

Carla legte ihre Hand auf Wallys Arm. »Ich bin ganz sicher, dass du mir eigentlich irgendwas sagen willst ...«

»Bist du jetzt auch noch Psychiaterin, oder wat?«

Es klingelte an der Tür.

Sie sahen sich an.

»Was zur Hölle?«, fragte Wally, die, soweit Carla das im Kerzenlicht sehen konnte, gerade noch bleicher geworden war.

Es klingelte heftiger, dann wurde an die Tür gehämmert und die helle Stimme der Pallutzke drang durch die Wände.

»Fräulein Koslowsky, kommen Sie schnell!«

Carla rannte zur Tür, öffnete sie und sah sich der Pallutzke gegenüber, die im hellblauen Steppmorgenmantel kämpferisch in einer Hand einen Mopp hielt und in der anderen einen Hammer schwang.

»Da hat wer versucht in Ihr Büro einzubrechen, ruft die Polizei, ick hab ja immer noch keen Telefon nich.«

Wally trat hinter Carla. »Was genau ist denn passiert?«, fragte sie.

»Na, ick bin uffjewacht, von som Klirren ausm Treppenhaus, und dachte, ich schau lieba ma, wat da los is, na und dann jeh ick ins Treppenhaus und da isset dunkler als wie in nem Kohlenkeller bei Nacht! Jemand hat unsere schönen Lampen jeschreddert. Ick renn los, hol mir'n Hammer und ne Taschenlampe und jeh wieder raus und renn hoch, damit Se die Polizei rufen und da seh ick, dit die Bürotür von Ihrer

Agentur offen ist und es drinnen rumrumpelt. Ick hämmer an die Tür und hab jeschrien, Polizei und Hilfe und sowat, hat keener nich jehört, aber es is eener rausrejannt, hat mich jeschubst, denn bin ick jestürzt und weg war der.« Sie zog ihr Nachthemd hoch und zeigte anklagend auf ihre Beine, wo sich jetzt schon blaue Flecken ausbreiteten.

Carla bat sie in die Küche, schaltete nun überall das Licht an, verabreichte der Pallutzke einen Schnaps auf den Schreck und ging ins Wohnzimmer, um die Polizei anzurufen und sich anzuziehen. Natürlich war Mutter von all dem Lärm wach geworden und übernahm sofort das Regiment. Als Carla wieder in die Küche kam, duftete es schon nach Kaffee. Wally hatte ihre Schnapsgläser bereits abgespült und weggeräumt. Nur die Pallutzke hatte noch eins vor sich stehen.

Wenige Minuten später klingelten schon die beiden Streifenpolizisten, nahmen die Aussage der Hausmeisterin auf und gratulierten den Damen, dass sie den Tatort nicht mit Spuren verunreinigt hatten.

Carla und die Pallutzke liefen mit ihnen nach unten, Wally sagte, sie würde sich um Carlas Mutter kümmern.

Nachdem im Büro alle Spuren gesichert und Fingerabdrücke von den Türen genommen worden waren, baten sie Carla nachzusehen, was der Einbrecher gestohlen hatte.

Alle Wertgegenstände – die goldene Uhr und das volle Glas mit den Pfennigstücken – waren unversehrt, genauso unberührt waren die wertvollen Klientengeschenke, wie der Dolch-Brieföffner aus Damaszenerstahl und die Elfenbeindose mit den Rubinintarsien auf dem Sideboard. Das Schloss der Schreibtischschubladen war zwar geknackt, aber die Geldkassette mit den Quittungen und der Vorrat an Zigaretten war noch da. Doch Tonbandgerät und Minox fehlten. Der Aktenschrank war beschädigt, das Schloss geknackt, aber die Akten waren vollständig.

Sie überprüfte noch den großen Einbauschrank im Flur, in dem die Koffer und Taschen verstaut waren. Die waren zwar geöffnet worden und komplett durcheinander, das Geheimversteck dahinter war aber unangetastet. Dort bewahrte sie Vaters Waffe, Munition und diverse, auch illegale Verkleidungsstücke auf. Den Druckmechanismus der Holzplatte vor dem Safe sicherte sie immer mit einem Faden, nicht erst seit Wally aufgetaucht war, nur um zu wissen, ob jemand herumschnüffelte. Der Faden war unversehrt.

Nachdem alles protokolliert und Fingerabdrücke genommen worden waren, erlaubten die Polizisten Carla, das Büro zu reinigen und wieder zu benutzen. Sie machten ihr nicht viel Hoffnung, dass man die Täter erwischen würde. Westberlin würde gerade von einer rumänischen Diebesbande heimgesucht, die überall in Charlottenburg ihr Unwesen triebe. Carla sei geradezu glimpflich davongekommen.

Carla glaubte keine Sekunde, dass irgendeine Einbrecherbande dafür verantwortlich war. Gestern Abend hatte sie vollmundig behauptet, Beweise für Johanna Gandermanns Taten zu besitzen, das konnte kein Zufall sein.

Die Fallakten bewahrte sie aber nach ihrem ausgeklügelten Code auf, um sie so wirklich sicher zu verwahren, denn es reichte nicht, Schubladen und Aktenschränke immer abzuschließen und die Schlüssel an ihrem Schlüsselbund bei sich zu tragen. Nur deshalb hatte der Einbrecher offensichtlich nicht gewusst, welche Akten er mitnehmen sollte, und alles mitzunehmen, war keine Option gewesen.

Die Versicherung würde für den Sachschaden bezahlen, aber Carla fühlte sich trotzdem beschmutzt, jemand war in ihre privaten Räume eingedrungen. Sie sollten ihre Sicherheitsmaßnahmen dringend verstärken!

Müde sah sie zur Uhr, mittlerweile schon fast halb acht. Den Schlüsseldienst und den Schreiner konnte sie erst ab acht anrufen, aber bis die kamen, würde sie das Büro keine Sekunde mehr unbewacht lassen.

Es klopfte an der Tür, Carla erhob sich, doch da kam Wally herein, in den Händen balancierte sie vorsichtig ein beladenes Tablett. »Es war offen!«, sagte sie mit einem schiefen Lächeln. »Kaffee und Käsebrot mit Grüßen von deiner Mutter.« Wally stellte das Tablett auf dem Schreibtisch vor Carla ab und sah sich neugierig um.

Carla nahm einen großen Schluck Kaffee. Auf dem Käsebrot war Harzer Roller, den sie hasste. Mutter wusste das ganz genau, aber vielleicht war sie einfach nur durcheinander.

Wally trug noch dasselbe wie heute Nacht, war nur notdürftig frisiert und unter ihren Augen lagen tiefblaue Schatten.

»Fehlen Akten? Was glaubst du denn, was die hier gesucht haben?« Ihre Halbschwester ging zum Aktenschrank hinüber und begutachtete das Schloss. Sogar von hinten sah sie gerade irgendwie verletzlich aus.

Noch nie hatte Carla den Wunsch verspürt, sie in den Arm nehmen zu wollen.

»Kann ich, willst du vielleicht ...?«, fing sie an. Wally drehte sich zu ihr um und Carla legte noch eine Frage nach: »Bist du schwanger?« Gott, sie klang wie eine Betschwester auf der Suche nach einem Skandal.

Entgeistert weiteten sich Wallys Augen, dann fing sie an zu lachen, immer lauter, es schüttelte sie und schließlich liefen ihr Tränen über die Wangen

Hysterisch, dachte Carla. Sooo abwegig war ihre Frage nun auch wieder nicht. Was zum Teufel war nur los mit Wally?

Sie stellte die Kaffeetasse ab, um zu ihr zugehen und sie zu beruhigen.

Das Telefon schrillte so unerwartet, dass sie zusammenzuckte, auch Wally wirkte erschrocken, sie verstummte jäh und starrte das Telefon an, als würde gleich ihr Todesurteil verkündet. »Worauf wartest du, nimm schon ab!«, sagte sie, holte sich eine Zigarette von Carlas Schreibtisch und zündete sie an.

Carla nahm den Hörer ab.

»Detektivagentur Nachtigall, Carla Koslowsky am Apparat«, sagte sie, sah zu Wally, legte kurz den Zeigefinger an ihre Lippen und warf ihr einen beschwörenden Blick zu, denn am anderen Ende schluchzte jemand so stark, dass sie kein Wort verstehen konnte. Carla konzentrierte sich auf die Geräusche aus dem Hörer und als sie im Hintergrund heftiges Bellen hörte, erkannte sie Fritzi.

»Lulu?«

Das Schniefen könnte ein Ja bedeuten.

»Lulu, ich verstehe nicht, bitte, was ist denn los?«

»Henny …«

»Was denn, ist sie gestürzt?« Carla sah Fritzi vor sich, wie er die zarte Henny in Ballettschuhen übers Parkett zog – und womöglich eine Treppe runterschubste.

»Meine Schuld, ganz allein meine Schuld!«, schluchzte Lulu.

Wally setzte sich gegenüber von Carla auf einen der Rattanstühle, ohne den Blick von ihr und dem Telefon zu wenden, sie deutete auf den Lautsprecher. Nach kurzem Zögern schaltete Carla Lulu auf laut. Sie würde es Wally so oder so erzählen müssen.

»Lulu, bitte reiß dich zusammen, was ist denn passiert?«

»Sie ist tot.«

Carla schnürte es die Kehle zu. Henny tot?

»Wer ist tot?«, fragte Wally.

»Henny.« Lulu schien sich die Nase zu putzen. »Henny ist tot.«

»Henny«, wiederholte Wally und wirkte fast schon erleichtert. »Wie traurig, aber sie war ja auch schon alt.«

Carla funkelte sie voller Empörung an.

»Ich komme sofort!«, sagte Carla. »Hast du schon einen Arzt gerufen?«

Als Lulu nicht antwortete, versprach Carla in zehn Minuten dort zu sein. Dann legte sie auf und rief die Taxizentrale an.

»Kannst du hier alles bewachen und gleich um acht Uhr einen Schlosser und den Schreiner anrufen, die Nummern liegen hier auf dem Schreibtisch?«

»Geht klar.« Wally seufzte. »Henny also«, murmelte sie und schüttelte den Kopf, als wäre es seltsam, dass ausgerechnet Henny tot war und nicht jemand anderes.

Carla schnappte sich Handschuhe, klemmte ihre Tasche unter die Achseln und eilte zur Tür.

»Warte!« Wally kam ihr nach, klappte das Käsebrot zusammen und reichte es ihr. »Du solltest was essen, damit du klar denken kannst. Ruf mich an, wenn du mehr weißt.« Sie holte tief Luft. »Alte Menschen sterben, natürlich ist das trotzdem traurig, ich mochte Henny.«

Carla nahm das Brot, auch wenn sie sicher war, keinen Bissen runterzukriegen. Sie rannte die Stufen hinunter und wollte gerade das Brot in eine der grauen Blechtonnen werfen, da stürmte ihr Katrin entgegen und sie verkniff es sich. Vorbild sein.

»Wat is'n los? Die Abscheulichen behaupten, sie hättn heut Nacht jesehn, dit wer einbrechen wollte, aber wat bei denen aus'm Mund kommt, is et Jleiche wie die heisse Luft aus ihrm Ar... Allerwertesten«, verbesserte sie sich, als Carla warnend die Augenbrauen hochzog.

Carla biss in das Käsebrot, hoffte, das Taxi würde schnell vorfahren und sie erlösen.

»Blaulicht und Sirenen und denn so'n Uffriss von Schupos ... Ist jemand tot?«, fragte Katrin.

»Wie kommst du denn darauf?«

»Du isst 'n Harzer Roller, dit stinkt bis hierher und dit magste ja noch wenijer als den Nugat.«

Diese reichlich absurde Logik hätte Carla beinahe zum Lächeln gebracht. Schnell steckte sie sich den Rest in den Mund. So musste sie nicht reden.

»Isset die Blonde?«, hakte Katrin nach und klang geradezu hoffungsvoll. »Wär keen bissken nich schade um die«, fügte sie hinzu. Doch bevor Carla nachfragen konnte, warum Wally denn derart in Katrins Gunst gesunken war, fuhr das Taxi vor und sie musste einsteigen.

# Kapitel 13

In so einem Zustand hatte Carla ihre Tante noch nie erlebt, nicht mal beim Tod ihres Vaters. Sie kniete wie katatonisch neben Henny, die auf dem Sofa im Wohnzimmer lag, noch im gleichen eleganten Nachmittagskleid wie bei der Besprechung gestern. Lulu hielt Hennys Hand und weinte. Fritzi sprang um die beiden herum und bellte, als wollte sie damit alle wieder zum Leben erwecken. Carla lockte sie mit Leckerlis in den Ballettsaal, um das Gebell nicht länger anhören zu müssen.

Ganz offensichtlich hatte ihre sonst so patente Tante weder einen Arzt noch einen Bestatter gerufen. Wie in Trance murmelte Lulu ständig vor sich hin, alles wäre ihre Schuld, sie hätte für ihre Freundin da sein müssen, um sie zu retten. Sie hätte mit ihr über etwas reden wollen, aber sie hätte ja Besseres zu tun gehabt und das sei nun die Strafe für ihre Hybris.

Henny wiederum lag so unschuldig und friedlich, als ob sie bei einem Nickerchen auf dem Sofa gestorben wäre, was Lulus Vermutung, jemand hätte Henny umgebracht, reichlich absurd wirken ließ.

Carla öffnete die Fenster und atmete tief ein. Was für ein Tag! Sie ging zurück zu Lulu, berührte sie an der Schulter, um sie in die Küche zu bugsieren, aber die schüttelte sie unwirsch ab und umklammerte Hennys Hand noch fester.

Carla wusste, dass Henny keinen Hausarzt hatte, weil sie stolz auf ihre Gesundheit gewesen war. Sie könne es sich eben nicht leisten, krank rumzuliegen, war ihr Credo, so als ob andere absichtsvoll krank würden. Jeder Mensch sei allein verantwortlich für seinen Körper, dem hätte Lulu natürlich zugestimmt, aber anders als Lulu hatte Henny ihren Körper tatsächlich wie einen Tempel behandelt, ihn vegetarisch ernährt, täglich trainiert und nie geraucht.

Schließlich rief Carla ihre Hausärztin an, die Einzige in ganz Charlottenburg, die bereit war, Mutter zu Hause zu untersuchen. Aber wie sich herausstellte, war die gerade auf einer Fortbildung in Westdeutschland, weshalb ihre Vertretung geschickt wurde. Dr. Jürgen Wirz, ein junger, offensichtlich aus Nervosität etwas harscher Arzt, der nach einem kurzen Blick auf die Leiche einen Herzstillstand diagnostizierte und ankündigte, in ein paar Stunden wiederzukommen, um Hennys Tod final zu bestätigen. Danach dürfte sie dann der Bestatter mitnehmen.

Lulu war außer sich. »Anfänger!« war noch die harmloseste Beleidigung, die sie dem Arzt an den Kopf warf. Dr. Wirz versicherte ihr, dass es völlig normal sei, wenn jemand mit knapp achtzig Jahren im Schlaf stürbe, dass es geradezu eine Gnade wäre und selbst tägliches Ballett-Training niemanden vor dem Erlahmen seiner Kräfte schützen würde.

Dabei sah er immer wieder hilfesuchend zu Carla und wenn er dachte, Lulu würde es nicht sehen, verdrehte er die Augen. Offensichtlich hielt er Lulu für eine alte Schachtel, die nicht ganz richtig im Kopf war. Er bot Carla an, für Lulu ein Rezept mit Beruhigungstabletten auszustellen, woraufhin ihm Lulu empört deutlich machte, wo er sich das hinstecken könne.

Dr. Wirz ignorierte das und schlug vor, dass Carla sich schon mal mit dem Bestatter in Verbindung setzen solle, damit dann später alles ordnungsgemäß vonstattengehen könne.

Spontan dachte Carla an die Grab-Müllers, sah Irma und

die Dackel vor sich, entschied sich dann aber dagegen, keine gute Idee, Privates und Berufliches miteinander zu vermischen. Nachdem sie den Arzt zur Tür gebracht hatte, rief sie den Bestatter an, der sich um die Beerdigung ihres Vaters gekümmert hatte.

Danach redete sie mit Engelszungen auf Lulu ein, mit ihr in die Küche zu kommen, wo sie ihr einen Kaffee mit Schuss verabreichte und sich ein Wasser aus dem Kühlschrank nahm. Irgendwas in der Küche irritierte Carla, aber sie kam nicht drauf, was es war.

Ihre Tante sah aus, als wäre sie in dieser Nacht um dreißig Jahre gealtert. Die Linien in ihrem Gesicht wirkten nun wie tiefe Falten, ihr Haar war nur mehr ein lädiertes Vogelnest, wie von einem Wirbelsturm auf ihren Kopf geweht. Unter ihren geröteten Augen lagen dunkelviolette Schatten und Lulus Hände zitterten, als sie nach der Kaffeetasse griff und einen großen Schluck davon nahm. Der chanelrote Nagellack an ihren Händen blinkte schäbig wie gealterte Mini-Stoppzeichen. Halt. Aus. Ende.

Lulu setzte die Tasse ab, seufzte tief und nickte Carla zu.

»Danke, das war nötig.« Ihre Tante versuchte, sich das Haar glatt zu streichen und hinter ihre Ohren zu stecken, was alles nur schlimmer machte, aber das konnte sie ja nicht sehen. Sie gab sich einen Ruck, richtete sich auf und holte tief Luft.

»Henny wurde ermordet!«, stellte sie fest, als wäre das eine unabänderliche Wahrheit.

»Ich weiß, wie sehr du um sie trauerst« Carla nahm jetzt auch einen Kaffee mit Schuss. »Ich kann das noch gar nicht glauben, dass sie eingeschlafen ist.«

»Eingeschlafen? Komm mir nicht so, ich weiß, du denkst, dass ich nicht ganz bei Trost bin, aber ich sage dir, sie wurde ermordet!«

In der Tat, dachte Carla und musste trotz allem ein Lächeln

unterdrücken, denn natürlich war Lulu verrückt, nur dann war sie normal. Und in dieser zuverlässigen Verrücktheit war ihre Tante immer für sie da gewesen. Sie stellte ihren Kaffee ab und nickte Lulu zu.

»Ich nehme dich sehr ernst. Deshalb sehe ich mir Henny noch genauer an, aber nur, wenn du mich das allein und in aller Ruhe tun lässt.«

»Nur zu!« Lulu ließ sich auf einen Stuhl sinken. »Da steckt diese Teufelin dahinter!«

»Warum hast du Henny erst jetzt gefunden? Warst du heute Nacht gar nicht hier?«

»Nein. Schau, dass du Beweise findest!«

Carla ging wieder ins Wohnzimmer. Sie war nie mit Lulu in Hennys Wohnung am Stuttgarter Platz gewesen, weil Henny »dieses Loch« so peinlich gewesen war. Und jetzt lag sie winzig wie eine hindrapierte Puppe in diesem Saal mit Wänden voller Blumentapeten aus Satin. Carla holte eine der Stehlampen, um sie besser ansehen zu können.

Henny lag auf dem Rücken, unwillkürlich hielt Carla Ausschau nach dem dünnen Kissen, auf dem sie sonst immer schlief. Henny schleppte es immer mit, auch wenn Lulu sich deshalb über sie lustig machte. Von wegen macht weniger Falten am Hals und bringt schöne Träume. Lulu fand, die Hauptsache wäre doch, man würde mit jemandem schlafen, nur dann könnte etwas Traumhaftes daran sein.

Es wunderte Carla, wie Henny geradezu königlich auf dem Rücken lag. Sie hätte vermutet, dass Henny sich im Schlaf wie ein Embryo zusammenrollen würde. Ihr ganzes Leben hatte sie so wenig Platz wie möglich einnehmen wollen, so als stünde ihr mehr nicht zu. Vielleicht war es auch die Folge von den Jahren, in denen Lulu sie auf dem Dachboden versteckt hatte – leise sein, nicht auffallen, nichts beanspruchen. Hennys Gesicht verschwamm plötzlich vor Carlas Augen. Da war endlich ein Goldregen über Henny ausgeschüttet worden und nun hatte sie nichts mehr davon. So verdammt unfair! Natürlich war das noch lange kein Beweis dafür, dass man sie ermordet hatte.

Sie wischte mit dem Unterarm über ihre Augen, atmete tief durch und berührte Hennys Finger, um zu fühlen, wie weit die Leichenstarre schon fortgeschritten war. Ihre Haut fühlte sich seidenweich an, wie zerknitterte Seide, sehr kalte Seide.

»Es tut mir soo leid«, flüsterte Carla. »Wo auch immer du bist, ich hoffe, es ist ein Ort, an dem man dich schätzt und du nicht mehr auf Zehenspitzen auftreten musst.«

Sie versuchte ein Fingergelenk abzuknicken, doch es war bereits starr. Henny war also schon länger als zwei, drei Stunden tot, bei Zimmertemperatur begann die Leichenstarre nach zwei bis drei Stunden und erfasste nach sechs bis acht Stunden den Körper vollständig.

Carla legte die Hand wieder ab, trat ans Fußende und betastete Hennys vom Spitzentanz geschundene Zehen, die in Nylonstrümpfen steckten. Sie waren noch nicht vollständig starr. Dann war sie vielleicht vier bis fünf Stunden tot, aber natürlich war sie keine Gerichtsmedizinerin. Wenn Lulu recht hätte und Henny wirklich ermordet worden wäre, dann hätte das zwischen drei und vier Uhr heute Nacht passiert sein müssen. Also vor dem Einbruch bei uns, schoss es Carla durch den Kopf.

Doch es gab keinerlei Anzeichen von Gewalt. Weder an Hennys Hals noch an den Armen waren Abschürfungen oder blaue Flecke zu sehen. Sie war also nicht erdrosselt worden, und wenn man sie mit einem Kissen erstickt hätte, wäre sie aufgewacht und hätte sich ganz sicher gewehrt. So klein und zart Henny auch war, durch das ständige Trainieren waren ihre Muskeln noch stark. Allerdings hätte man sie nach ihrem

Tod natürlich auch leicht so friedlich auf dem Sofa hindrapieren können.

Von Achim wusste sie, dass viele Ärzte bei älteren Verstorbenen geneigt waren, nicht so genau hinzuschauen. Zum einen waren viele überlastet, zum anderen – und wenn Achim das sagte, sah er ihr mit einem Kopfschütteln tief in die Augen – konnten sich junge Menschen oft nicht vorstellen, dass Achtzigjährige durchaus noch Freude am Leben hatten. Wie auch Dr. Wirz dachten viele, es wäre eine Gnade, ohne Krankheit im Schlaf zu sterben.

Wäre Henny erstickt worden, würden sich Petechien im Auge und den Lidern finden. Kleine punktförmige rote Einblutungen, die deutlich zu erkennen waren. Sie beugte sich über Henny und versuchte eines ihrer Lider nach oben zu ziehen, doch die Totenstarre begann im Gesicht und war bereits zu weit fortgeschritten und sie wollte Henny selbst jetzt auf keinen Fall verletzen. Es fühlte sich ganz anders an, sie zu berühren, als eine der Leichen in Achims Obduktionssälen. »Es tut mir leid«, murmelte Carla, während sie gleichzeitig bedauerte, dass sie sich keine Gewissheit verschaffen konnte.

Sie schob die Kamelhaardecke zur Seite und betrachtete Hennys mageren Balletteusenkörper in dem nagelneuen schwarz-weiß gepunkteten Seidenkleid. Es war kurzärmelig und hatte einen karreeförmigen Ausschnitt. Carla musterte Hennys Armbeugen: unverletzt. Auch der Hals unverletzt. Nicht der kleinste Kratzer.

Man hätte sie natürlich vergiften können. Bei einem schnell wirkenden Gift hätte jemand hierbleiben und warten können, bis sie bewusstlos war, um sie dann auf dem Sofa zu drapieren. Das würde dann eher auf einen Mann hindeuten, denn Bewusstlose waren sehr schwer. Selbst jemand so Zartes wie Henny. Oder aber jemand hatte ein Gift irgendwo reingemischt, das zeitversetzt wirkte. Sie breitete die Decke wieder über Henny.

Lulu hatte recht, sie konnte sich auch nicht vorstellen, dass Henny an Herzversagen gestorben war. Sie waren es ihr schuldig, jeden Verdacht auszuräumen.

Nachdenklich ging sie zurück in die Küche, wo Lulu den Kopf auf dem Tisch in ihre verschränkten Arme gelegt hatte. Immerhin schluchzte sie nicht mehr. Als Carla näher kam, hob sie ihren Kopf. »Und?«

»Ich kann keine Hinweise auf Mord finden, aber natürlich bin ich keine Expertin. Wir müssen Achim bitten, einen Blick auf sie zu werfen. Hatte Henny denn gestern Abend Besuch? Ich dachte, du würdest zurzeit hier wohnen, um ihr die Eingewöhnung in diese riesige Wohnung zu erleichtern? Und wolltet ihr gestern Abend nicht darüber nachdenken, wie die besondere Ausgabe des Ratgebers aussehen soll, den ihr zum Andenken an Sara herausbringen wolltet?«

Lulus Gesicht verzerrte sich, als ob sie schlimme Schmerzen hätte. »Ich war nicht da! Das Buch!« Sie schlug sich mit der flachen Hand auf die Stirn, sprang auf und rannte geradezu in die Bibliothek. »Da hätten wir zuallererst nachsehen sollen!«

Carla folgte ihr.

»Weg!«, rief Lulu triumphierend und zeigte auf den Tisch, auf dem gestern noch die verschiedenen Ausgaben von Sara Jakobs Geburts- und Säuglingspflegebuch gelegen hatten, zusammen mit den Korrespondenzordnern, in denen Sara die Briefe vom Sanaritus-Verlag abgeheftet hatte. »Ich sage dir, das war diese Gandermann, eine richtige Hexe, diese Frau!«

»Vielleicht hat Henny das alles nur an einen sicheren Ort getan«, schlug Carla vor.

Lulu lachte grimmig. »Stell dir vor, es gibt keinen Safe in dieser Luxusbude.«

»Wo hat Henny denn früher wichtige Dinge versteckt?«

»Sie hatte ja nie was und brauchte nichts, das Wichtigste war für sie das Mützchen von Wölfchen.«

»Was denn für ein Mützchen?«

»Am Heiligen Abend 32 hat Henny von ihrem verheirateten Verehrer ein Kind zur Welt gebracht, Wolfgang. Sie hat das Baby vergöttert, es war ihr Gottesgeschenk, und als es im Februar 33 starb, war sie am Boden zerstört. Sie fand ihn morgens tot in seinem Bettchen, ich denke, es war diese elende Grippe, die im Winter 32/33 rumging. Henny hat das nie verwunden. Sie konnte und wollte monatelang nicht tanzen, saß nur da mit seinem Mützchen in der Hand und machte sich Vorwürfe.«

Carla schuckte, sie dachte an die Stiftung, die Henny hatte gründen wollen. »Und wo hat sie das Mützchen aufbewahrt?«

»Wahrscheinlich liegt sie darauf, es war immer in dem Bezug von dem Kissen, das sie überallhin mitgeschleppt hat, ist schon völlig zerschlissen, eher ein Läppchen als eine Babymütze.« Lulu brachte kein Wort mehr heraus, schnappte nach Luft, Tränen rollten über ihre Wangen. »Das ist alles meine Schuld! Ich hätte gestern Abend hier bei ihr sein sollen. Ich hätte heute Nacht für sie da sein müssen.«

Carla legte einen Arm um Lulu, die anders als sonst, geradezu miefig roch. »Jetzt beruhige dich. Ich verspreche, wir werden alles klären. Achim wird herausfinden, woran Henny gestorben ist. Dann kannst du anfangen, nach Schuldigen zu suchen. Aber vielleicht freundest du dich schon mal mit dem Gedanken an, dass es keine Schuldigen gibt!«

»Unsinn, du siehst doch, dass die Bücher weg sind.«

»Vielleicht hat Henny die in eines der Regale gestellt?«

»Dann suchen wir sie!«

Carla nickte. »Das machen wir, du fängst schon mal an, während ich Achim anrufe.«

Doch Achim stellte sich quer. Wenn sie wirklich dachten, dass Henny ermordet worden war, sollten sie die Polizei rufen, damit die den Tatort anschauen und Beweismittel sicherstellen konnten. Erst danach wäre er überhaupt bereit, sich die Leiche anzuschauen. Und wenn das offiziell irgendeine Art von Beweiskraft haben sollte, dürfte er sich Henny nur in Gegenwart eines Kollegen anschauen, denn dazu waren sie nach § 87 StPO verpflichtet. Außerdem wäre er dann gezwungen, alle drei Körperhöhlen zu öffnen – ob Lulu sich das wirklich für ihre Freundin wünschte?

Carla redete mit Engelszungen auf ihn ein, erinnerte ihn daran, dass ihr Vater sein bester Freund gewesen war und Tante Lulu ihn liebte wie einen Bruder, aber er blieb eisenhart, immerhin hatte er einen Ruf zu verlieren und er musste sich an die richtigen Befehlsketten halten.

Wenn die eingehalten würden und es schnell ginge, könne er heute gegen Abend noch einen Blick auf Henny werfen, denn morgen hätte er endlich das Treffen mit Professor Prokop von der Charité. Ein Treffen, das für Mitte August geplant gewesen war und durch den Bau der Mauer zuerst unmöglich schien, aber dank Prokops Kontakten jetzt doch machbar geworden war.

Wenn sie also mehr wissen wollten, musste Carla die ganze Maschinerie sofort in Bewegung setzen und gleich ganz oben ansetzen, bei Helmut Grieser, dem stellvertretenden Polizeichef. Sie wusste, dass er sie attraktiv fand, wegen der Mordsache Hochbrück war er aber immer noch schlecht auf die Agentur Nachtigall zu sprechen. Reichlich unsportlich von ihm, denn hätte er ihren Hinweisen damals mehr Glauben geschenkt, hätte sich die Polizei nicht so verrannt. Vielleicht würde er ihr dieses Mal zuhören und reagieren, allein deshalb, um sie dieses Mal bei einem Irrtum zu erwischen. Grieser ließ Carla so lange zappeln, bis sie ihn zum Essen ins Riccis einlud, was sie eigentlich hatte vermeiden wollen, weil sie den Druck seiner schwitzigen Hände auf ihrem Oberschenkel noch deutlich in Erinnerung hatte. Aber auch dafür würde sie eine Lösung finden.

Sie erzählte Lulu, wie Achim reagiert hatte, und die war entgegen Carlas Befürchtungen begeistert, dass die Kriminaler kamen. Henny hatte es verdient, ernst genommen zu werden. Achim hatte recht, alles sollte korrekt verlaufen, sie mussten dafür sorgen, dass jeder Beweis, der gefunden wurde, auch vor Gericht Bestand hatte. Lulu verschwand im Bad, um sich frisch zu machen.

Eine halbe Stunde später schwirrte ein ganzer Trupp von Kriminalbeamten durch Hennys Wohnung. Zwei nahmen die Aussagen von Carla und Lulu auf, die anderen untersuchten das Wohnzimmer. Schon nach einer knappen Stunde trat der Kommissariatsleiter Fritz Hameister mit einem süffisanten Lächeln zu Carla und musterte sie lüstern von oben bis unten, als wären an ihrem Körper Hinweise versteckt, die ihm eine Erklärung dafür liefern könnten, warum sein Chef ihn hergeschickt hatte.

Er teilte ihr mit, dass er und die Kollegen nichts Verdächtiges entdeckt hätten und er diese Aktion – im Gegensatz zu seinem verehrten Chef – für eine Verschwendung von Steuermitteln hielt. Für die verschwundenen Bücher und die ganzen Räuberpistolen aus dem Dritten Reich gäbe es weiter keine Beweise. Lediglich die Aussagen der beiden Damen, die wohl zu viel Zeit und Geld hätten, was es ihnen erlaubte, an der Vergangenheit zu kleben, anstatt den Blick nach vorn zu richten! Wider besseres Wissen würde er die Leiche in die Gerichtsmedizin schaffen lassen und einen schönen Tag noch, die Damen.

»Idiot!«, sagte Lulu, die sich offensichtlich wieder gefasst hatte. »Trotzdem gut gemacht, Kindchen. Aber warum siehst du eigentlich wie vom Winde verweht aus? So läufst du doch sonst nicht rum?«

Carla musste lächeln, obwohl ihr kein bisschen danach war. »Bei uns wurde heute Nacht eingebrochen.«

»Und das sagst du erst jetzt?« Lulu blühte geradezu auf. »Glasklar gibt es da einen Zusammenhang! Das hätten wir dem Kommissar sagen müssen.«

»Die Pallutzke hat den Einbrecher überrascht, es wurde nichts gestohlen.« Im gleichen Moment fiel Carla die verschwundene Minox und das Tonbandgerät ein. Aber das behielt sie lieber für sich, denn das wäre nur Wasser auf Lulus Mühlen.

Lulu wirkte enttäuscht. »Ist die Pallutzke denn sicher, dass es ein Mann war?«

Carla nickte.

»Der Frau kann man nicht trauen, ich werde ihr selbst auf den Zahn fühlen!«

»Apropos diese Nacht ... Wo warst du eigentlich?«, fragte Carla, aber Lulu blieb ihr die Antwort schuldig.

# Kapitel 14

Jemand ist hinter mir her!«, sagte Wally, während sie Salbeiblätter von dem gewaltigen Strauch im Garten der Grab-Müllers abschnitt. »Heute Nacht wurde in die Agentur Nachtigall eingebrochen.«

»Unsinn!« Berthas Falten erschienen Wally ausgeprägter als sonst. Sie unterdrückte ein Gähnen und reichte ihr ein Körbchen für den Salbei.

»Wer sollte das denn gewesen sein, nicht mal der BND würde sich dermaßen stümperhaft anstellen! Der Bundesnachrichtendienst ist zwar nicht mal annähernd so gut wie die von uns, aber einen Einbruch könnten sogar die so durchziehen, dass es niemand merkt. Natürlich …«, Bertha runzelte ihre faltige Stirn, »wollten die genau das. Vielleicht haben sie bemerkt, dass was zwischen dir und Joachim läuft, und waren neugierig. Es wird wirklich Zeit, dass das Eden endlich wieder öffnet, damit deine Tarnung als Barfrau nicht in Gefahr gerät.«

»Apropos Tarnung … Bertha, es war, äh, unklug, die Agentur Nachtigall in das hier reinzuziehen!« Wally deutete auf das Haus der Grab-Müllers.

»Unklug?« Bertha betrachtete Wally, als wäre sie eine Kakerlake, die sich erdreistet einer Göttin Vorschriften zu machen. »Nun, reden wir doch mal Tacheles: Dumm ist es, dass dein Engagement so bedauerlich nachgelassen hat. Man könnte auf den Gedanken kommen, dass du deinen klaren Klassenstandpunkt verloren hast.«

Plötzlich fing Bertha an zu lächeln, so breit und starr, dass Wally an eine Marionette erinnert wurde. Die hatten ihr als Kind große Angst gemacht. Von den Holzköpfen mit ihrem eingeritzten unnatürlichen Dauergrinsen an ihren zitternden Fäden hatte sie Albträume gehabt. Muschka hatte das als mimosenhafte Attitüde abgetan und sie in immer andere Marionettentheaterstücke gezwungen.

Glücklicherweise lag das lange hinter ihr.

Plötzlich winkte Bertha zum Haus hin, wo Peter gerade aus der Tür trat. Hob zum starren Grinsen auch noch betont fröhlich wackelnd ihre Hand, so als hinge auch die an einem Faden.

»Wenn du mir nicht bald gute Nachrichten wegen Joachim bringst, bin ich zu härteren Maßnahmen verpflichtet!«, zischte sie ihr zu, während sie weiter zu Peter hin lachte. »Zwing mich nicht, aufräumen und Gott spielen zu müssen. Auch wenn ich das verabscheue, ich bin bereit für mein Land das zu tun, was nötig ist, ohne jedes Zögern.«

Gott spielen und aufräumen, das waren Berthas Ausdrücke fürs Liquidieren. Drohte sie ihr?

»Die Aktion Goldfisch ist beileibe nicht die einzige Baustelle, um die ich mich gerade kümmern muss, also reiz mich besser nicht. «

»Ich …«, Wally nickte und holte tief Luft, »ich habe gute Nachrichten, aber …«

»Ja – aber?« Bertha gab ein missbilligendes Schnalzen von sich. »So, meine Liebe, redet eine geschwätzige Kapitalistin. Die verkaufen ihre moralische Schwachheit als Reflexion. Bei uns gibt es nur das Bekenntnis zu einem klaren Ja oder Nein. Muss ich mir jetzt auch noch Sorgen um deine Gesinnung machen?«

»Natürlich nicht! Also es ist unbedingt ein Ja *und* dieses Ja findet zwei Tage später statt als geplant.«

»Nicht dein Ernst!« Unter Berthas vernichtendem Blick spürte Wally, wie die Gegend rund um ihren Bauchnabel eiskalt wurde. Und dieser Frost stieg hoch bis in ihren Hals, wo er sich mit dem dicken Kloß aus Angst vereinte, der da seit heute Nacht schon saß und partout nicht weggehen wollte.

Nichts anmerken lassen. Niemals. Sie lächelte. »Nur zwei Tage!«

»Das Team ist für den Wahlsonntag gebucht, nicht für den 19. September. Joachim sollte ein Geschenk sein für Ulbricht, anlässlich unserer Volkswahlen!«

Peter war bei ihnen angelangt. »Die Irma hat 'n Käffchen gekocht, wollt ihr nicht reinkommen?«

»Sehr freundlich!«, sagte Wally, nickte ihm zu. Joachim war doch kein Geschenk? Was Hübsches zum Spielen? Sie wischte sich die Hände an der karierten Halbschürze ab, die Irma ihr geliehen hatte, und folgte dem langen Lulatsch Richtung Haus.

Bertha schloss sich ihnen an und überholte sie. Als die sich der Küche näherte, hechelten Abra und Kadabra auf sie zu und rieben ihre Dackelkörper an Berthas Waden. Sie trat nach ihnen, aber das tat deren Liebe keinen Abbruch. Sobald sie in der Küche verschwunden war, zupfte Peter Wally am Ärmel.

»Könn'n wa ma redn?«, flüsterte er, dabei blieb sein Blick an Wallys Busen hängen, für ihn offensichtlich die natürliche Schranke auf dem Weg zu ihren Augen.

Wally spürte jedes Mal den Wunsch, sein Kinn zu packen und hochzuziehen, aber sie beherrschte sich.

»Ja, mach schnell, der Kaffee wird kalt.«

»Also wegen dem Ring.«

Gott, der elende Ring! Jede Wette, den hatte Sybille im Klo runtergespült, bevor sie ihre Schwägerin mit manipulativen

Tricks dazu gebracht hatte, bei der Agentur Nachtigall anzurufen. Alles nur, um Wally noch besser unter Druck setzen zu können. Ganz sicher wusste auch ihr angeblicher Bruder Horst Bescheid über diese Ringscharade und natürlich würde der seine schwangere Frau deshalb auch nie zur Rede stellen oder verlassen. Mittlerweile war Wally sicher, dass Peter und Irma nicht eingeweiht waren, und deren echte Harmlosigkeit wiederum war für Sybille und Horst die perfekte Tarnung.

Genau deshalb durfte sie vor Peter nicht aus der Rolle fallen. Bertha, die Frau heißt Bertha, ermahnte sie sich. »Ja?«, sagte sie also knapp.

»Wegen dem Ring von der Chefin, also den hab ick der Frau Jablonsky anjelegt.«

»Aha.«

»Die Schwester vom Chef hat mir dit jejebn und jesacht, det der von der Jablonsky wär.«

Erstaunlich kurzsichtig von Bertha oder gehörte das zu einem Plan? Bertha tat nichts Unbedachtes. Nie. Wie eine Schachspielerin plante sie mindestens zehn Züge im Voraus.

»Ja, dann zieh der den Ring doch einfach wieder aus!«

»Nee, die is ja schon rüber.«

»Ich verstehe nicht ganz …«

»Na, die sollte ins Famillijenjrab jeschickt werdn, also in'n Westn, an'n Rhein da irgendwo.«

»Dann können wir also nichts tun.«

Jetzt hob er seinen Blick und sah ihr aus ungewöhnlich tiefblauen Augen endlich ins Gesicht. Geradezu flehend. »Die Leiche war ja nich verheiratet. Dit hätt ick wissn müssen. Der Chef mag dit nich, wenn ick Fehler mache.«

»Das passiert den Besten!« Wally legte ihm tröstend die Hand auf den Arm. »Und war ja auch nicht dein Fehler!«

»Dit gloobt der mir nich, die Bertha macht keene Fehler, nur icke.«

Die Küchentür klappte auf und Irma steckte ihren Kopf raus. »Kommt ihr?«

»Sofort!«, sagte Wally.

Peter griff nach ihrer Hand wie nach einem Rettungsanker. »Dit muss ick aber doch nu der Chefin ..., die is schon janz irre deshalb, oder?«

»Nein, auf keinen Fall«, sagte Wally, weil sie immerhin darin sicher war, dass genau das nicht zu Berthas Plan gehörte. »An welchem Grenzübergang sollte Frau Jablonsky denn rüber?«

»Der Kaffee wird kalt!«, rief Irma jetzt durch die geschlossene Tür.

»Unsere lieben Verstorbenen fährt immer unser Walter und immer über Drewitz.«

»Ich sehe mal, was ich tun kann.« Den Teufel würde sie tun, aber es schadete sicher nicht, Peter auf ihrer Seite zu haben.

Misstrauisch sah Bertha auf, als sie in die Küche kamen und sich an den Tisch setzten. Schon wieder dieser schreckliche Bienenstich und dazu die plappernde Irma, die erzählte, wie schwer es sei, eine vertrauenswürdige Hebamme zu finden. Sie war bei einem Abend für Schwangere gewesen in Charlottenburg und da wären ihr alle, unwillkürlich sah sie zu Bertha, so, ähh, alt vorgekommen und freudlos. Gar nicht so, als ob das der schönste Beruf der Welt wäre. Dabei könnte es doch nichts Schöneres geben, als Babys auf die Welt zu bringen, oder?

Wally dachte an das Hebammenbuch, Hennys Tod und Johanna Gandermann und merkte, wie ihr Zorn heiß durch ihren Bauch wallte, nach oben drängte und ihre innere Erstarrung verflüssigte. Wut war so viel besser als diese Angst. Wut auf die Gandermann, Wut auf Bertha, Wut auf sich selbst. Das musste an der ständigen Gehirnwäsche durch Fräulein Sauertopf liegen. Bisher hatte es sie nie gestört, dass am Ende immer die davonkamen, die den meisten Dreck am Stecken hatten.

Im Gegenteil, alle anderen Einschätzungen zur menschlichen Gesellschaft hatte sie für reichlich naiv gehalten und genau wie Frieda beschlossen, trotzdem aus diesem beschissenen Leben so viel rauszupressen, wie es nur ging. Und jetzt fühlte sie sich, als müsste sie an ihren Lügen ersticken. Als wäre es tatsächlich besser ›aufrichtig‹ zu sein.

Gott, dann geh doch zur Heilsarmee!

Sie umklammerte die Tasse in ihrer Hand und zwang sich, sie nicht als Geschoss zu verwenden, sie nicht an die Wand zu schmettern, sondern sanft auf der Untertasse abzustellen. Tief durchatmen, ermahnte sie sich, auf keinen Fall aufspringen, alles rausbrüllen und Bertha erdrosseln.

Während sie den Kuchen mit reichlich Kaffee runterspülte, überlegte sie, ob es eine Lösung war, Joachim zu verraten, was ihm bevorstand. Allerdings könnte Bertha sich womöglich gezwungen sehen »Gott spielen« zu müssen und am Leben hing sie nun mal.

Mittlerweile redete Irma über die Wahl vom Sonntag und wie seltsam es ihre Tante in Westdeutschland fand, dass die Berliner nicht zur Bundestagswahl gehen durften, obwohl doch unser Willy jetzt zum ersten Mal als Kanzlerkandidat für die SPD antrat. Sie fragte Wally, was für ein Kleid sie denn zum Wahlgang tragen würde, wenn Berlin mitwählen dürfte.

Bertha verzog ihren Mund zu einem spöttischen Grinsen und zwinkerte Wally zu. »Angesichts von solchem Käse verstehe ich manchmal, warum die Schweizer Bedenken haben, was das Wählen angeht …«

»Warum redest du denn jetzt über Käse?« Irma sah irritiert zu Bertha.

Wally verschluckte sich am letzten Bienenstichstückchen und musste gegen ihren Willen lachen.

»Hat jemand einen Witz gemacht?«, fragte Irma, die rot geworden war.

»Nein, Bertha hat einfach nur Käse erzählt!«, erklärte Wally. »Sie wollte damit sagen, dass sie nachvollziehen kann, warum die Schweizer Frauen immer noch nicht in jedem Kanton wählen dürfen.«

»Ach, und warum nicht?« Neugierig sah Irma von Wally zu Bertha.

»Wegen den Löchern im Käse?«, fragte Peter gespannt.

Nun gab sogar Bertha ein echtes Lachen von sich.

»Na ja, es ist in jedem Fall Käse, dass allein die Männer in der Schweiz darüber abstimmen, ob Frauen das dürfen«, sagte Wally.

»Frauen sollten unbedingt wählen!« Irma wurde ganz eifrig. »Ich interessiere mich sehr für Politik.«

Alle starrten sie voller Verblüffung an.

»Ach ja?«, fragte Bertha ungläubig.

»Natürlich, vor allem jetzt, wo ich doch Mutter werde. Deshalb habe ich mich gefragt, wen ich wählen würde, wenn ich im Westen wäre, und dabei kam die DRP raus.«

»Die Deutsche Reichspartei?« Bertha donnerte ihre Tasse so heftig auf den Tisch, dass der Kaffee herausspritzte. Irma und Peter zuckten zusammen. »Na, dit lass den Horst lieber nicht hören. Eine Schande, dass solche Verbrecher in der BRD überhaupt antreten dürfen!« Sie hatte Abra und Kadabra aufgeschreckt, die jetzt bellend durch die Küche rannten.

Verdattert sah Irma von Bertha zu Wally.

»Platz! Sofort!« Berthas Kommandoton war so scharf, dass sich die Dackel augenblicklich mit eingezogenem Schwanz auf ihre Decke verzogen.

»Irma, wir möchten gerne verstehen, warum?«, fragte Wally dann etwas mitfühlender in die eintretende Stille. »Ist es der Vorsitzende, dieser schnieke Adolf von Thadden, der dir so gut gefällt?«

»Dieser Adolf kann doch niemanden über das täuschen,

was die DRP will.« Bertha stöhnte laut. »Frauen als Gebärmaschinen zurück an den Herd und Deutschland mindestens in den Grenzen von 1937!«

»Oh und das sind schlechte Grenzen?« Irmas Augen waren weit aufgerissen. »Das wusste ich nicht.«

»Aber warum dann diese Partei?«, fragte Wally.

»Na weil … Also ich hab alle Parteien sehr gründlich ausgependelt und mein Pendel lügt nie!«

Natürlich, dachte Wally, wie auch, zum Lügen gehörten Menschen. Sie sah zu Bertha, die sie böse anfunkelte.

»Zwei Tage nach der Wahl also!«, sagte Bertha, dann verzog sie ihren Mund zu einem spöttischen Grinsen. »Und ganz ohne Auspendeln weiß ich, dass es tödlich endet, wenn man seine Versprechen nicht hält.«

# Kapitel 15

An vielen Sonntagvormittagen hatte Carla mit Achim schon in dem Sektionssaal gestanden und sich von ihm in die Grundlagen der gerichtlichen Medizin einführen lassen. Zuerst war sie einfach nur wissbegierig gewesen, weil sie alles verstehen wollte, was im weitesten Sinn mit der Arbeit in der Detektei zu tun hatte. Nachdem sie angefangen hatte, Jura zu studieren, war ihr schnell klar geworden, dass sie zwar sehr gut darin war, Paragrafen auswendig zu lernen, ihr Herz aber viel stärker für die Rechtsmedizin schlug. Sie hatte schon genau geplant, wie sie ihrem Vater den Wechsel von Jura zu Medizin schmackhaft machen würde, doch der Unfall und Vaters Tod hatten allen Studienplänen ein jähes Ende gesetzt. Sie musste Geld verdienen, um Mutter zu versorgen.

Trotzdem hatte Achim ihr weiterhin jeden Sonntag gut gelaunt Einblicke ihn seine Arbeit als Gerichtsmediziner gewährt. Sie gehörte zu seiner Sonntagsroutine, genau wie sein traditionelles Tennismatch mit dem Polizeipräsidenten um 8 Uhr morgens.

Heute jedoch kam ihr Achim ungewöhnlich kurz angebunden vor. Oder fühlte sich alles nur anders an, weil es Henny war, die hier nackt vor ihnen auf dem stählernen Sektionstisch lag, und so noch sehr viel zarter und verletzlicher wirkte als heute Morgen auf dem Sofa?

»Bist du sicher, dass du dir das antun willst?«, fragte Achim und begann deutlich schneller als sonst mit der äußeren Untersuchung der Leiche. »Ich kann wirklich nur kurz einen Blick auf sie werfen, denn wenn irgendetwas nicht ganz koscher sein sollte, muss ich das offiziell mit einem Kollegen dokumentieren, damit es vor Gericht Bestand hat, aber das weißt du ja.«

»Natürlich. Lulu und ich sind froh, dass du dir für uns die Zeit aus den Rippen geschnitten hast!«

»Oh, das ist ungewöhnlich!«, sagte Achim und deutete begeistert auf zwei kleine blaue Flecke unterhalb von Hennys Nabel.

Carla schöpfte Hoffnung. »Ein Hinweis auf Gewalteinwirkung?«, fragte sie.

Achim zog eine Augenbraue hoch und lächelte milde. »Das schon, aber eine, die freiwillig und vor vielen Jahren stattgefunden hat. Eine Tätowierung, so etwas sieht man bei Frauen ihres Alters fast nie.«

»Eine Tätowierung?«

»Dazu musst du näher kommen.« Er winkte sie zu sich.

Carla trat zu ihm, dann erst erkannte sie, dass die vermeintlichen blauen Flecke zwei winzige, schon etwas verwaschen wirkende Umrisse von Babyfüßchen waren.

Carla dachte an die Stiftung, die Henny hatte gründen wollen, und an das Mützchen, von dem Lulu erzählt hatte. Ihre Augen wurden unwillkürlich feucht, sie biss sich auf die Zunge, um die Beherrschung nicht zu verlieren. Achim hasste nichts mehr als Gefühlsausbrüche beim Obduzieren. Sie hatte lange daran gearbeitet, von ihm ernst genommen zu werden, und wollte sein Wohlwollen nicht gerade jetzt aufs Spiel setzen. »Sie hatte einen Sohn, Wölfchen, der am plötzlichen Kindstod gestorben ist, in dem Winter 32/33.«

»Verstehe«, murmelte Achim. »Ein übler Grippewinter, nicht gerade wie die Spanische Grippe, aber schlimm genug. Trotzdem ist diese Tätowierung sehr ungewöhnlich. Bitte mach doch nachher ein Foto für meine Sammlung von Besonderheiten«, sagte Achim, während er zügig weiter zu den unteren Gliedmaßen schritt.

»Ein sehr guter muskulärer Zustand!«, geradezu schwärmerisch deutete er auf Hennys Oberschenkel, »um den würden sie viele Dreißigjährige beneiden. Jeder Mensch verliert spätestens ab dem fünfzigsten Lebensjahr an Muskelmasse, pro Jahr zwei bis drei Prozent! Die meisten Achtzigjährigen haben mehr als vierzig Prozent ihrer Muskelmasse verloren. Bei ihr kann ich keinerlei Anzeichen für Sarkopenie feststellen, und natürlich trainiert man so auch das Herz – ist ja letztlich auch nur ein Muskel.«

»Dein Kollege hat bei Henny einen Herzstillstand diagnostiziert.«

»Das würde mich bei ihrem Allgemeinzustand wundern, andererseits werde ich mich hüten, vom äußeren Anschein auf den Zustand ihrer Organe zu schließen. Auch Balletttänzerinnen können Ablagerungen in ihren Adern haben, die einen Infarkt bewirken können. Womöglich hatte sie auch einen Herzfehler, Genaueres wissen wir, nachdem wir die Organe entnommen haben.«

Der Gedanke, dass er Henny dazu aufschneiden musste, machte es nicht besser. Carla starrte weiter auf die Füßchen und erinnerte sich daran, dass sie es Henny schuldig waren, herauszufinden, was passiert war. Trotzdem verschwamm die Tätowierung vor ihren Augen. Was war heute nur mit ihr los? Sicher auch der Schlafmangel, der machte jeden melancholisch. Entschlossen wischte sie mit dem Handrücken über ihre Augen. Reiß dich zusammen, ermahnte sie sich. Verdammte Füßchen! Sie lenkte ihren Blick voller Konzentration wieder hoch zu Hennys Gesicht, doch sie blieb oberhalb von Hennys Nabel hängen, dort, wo ihre Haut sich zu wellenförmigen Falten kräuselte.

Sie stutzte.

Da war etwas.

Nein, nein, das war nur Einbildung, weil sie so unbedingt etwas finden wollte.

Sie beugte sich tiefer.

Tatsächlich, fast vollständig von einer Hautfalte verdeckt lag dort ein Haar. Carla unterdrückte den Drang, danach zu greifen und musterte es genauer. Dieses Haar gehörte ganz sicher nicht Henny, deren Haare waren silbergrau, nicht hellbraun.

Aufgeregt wies sie Achim auf ihre Entdeckung hin. Er lobte ihre Gründlichkeit, entfernte das Haar mit einer Pinzette und legte es in eine Beweismitteltüte. Er hob den Beutel gegen das Licht und betrachtete Carlas Fundstück eingehend.

»Das wird interessant«, er warf ihr einen seltsam amüsierten Blick zu, »mal sehen, was uns dieses Haar erzählen kann. Von dir kann es nicht sein, du bist zu dunkel, Lulu ist schon lange weißhaarig und ich bin kahlköpfig. Was glaubst du denn, von wem es stammt?«

»Ich weiß es nicht, aber ich bin sicher, es hat mit ihrem Tod zu tun!«

Achim lächelte maliziös. »Das werden wir gleich sehen, ich habe da so eine Vermutung.«

Er trat mit dem Beutel an eins seiner riesigen Mikroskope, die auf den Tischen unter der langen Fensterfront standen. Dort entnahm er das Haar und legte es zwischen zwei Glasträgerplatten, schaltete das Gerät ein und sah hindurch.

»Dachte ich's mir doch!«, sagte er befriedigt.

»Komm her und schau es dir an.« Er winkte sie zu sich.

Carla blickte durch das Mikroskop.

»Und was siehst du?«

»Äh, ein Haar.«

»Was weißt du über Haare?«

Bevor Carla antworten konnte, fuhr er schon fort. »Ein Haar besteht aus der Haarwurzel und dem Haarschaft. Der Haarschaft ist aus Mark, Rinde und Kutikula aufgebaut. Die Kutikula ist die äußere aus verhornten, abgestorbenen Zellen gebildete Schuppenschicht. Die Rinde ist nichts anderes als der Faserstamm des Haares, der sich aus Faserbündeln zusammensetzt, die wiederum aus feinsten Unterfasern, den Fibrillen, aufgebaut sind. Das Mark, die Medulla, bezeichnet den inneren Bereich, der auch Hohlräume bilden kann. Und jetzt zu den interessanten Fakten! Die Medulla von Tieren ist durchgehend strukturiert und dicker als die von Menschen. Die Medulla von Menschen ist hingegen amorph und sehr viel dünner. Ich würde sagen, das ist ein Tierhaar. Da kommen natürlich alle möglichen Säugetierarten infrage, aber meine Erfahrung lässt mich einen Hund oder eine Katze vermuten, am besten wäre es natürlich, man hätte ein Vergleichshaar.«

»Ich würde wetten, das stammt von dem kläffenden Corgi unserer Klientin, denn Lulus Königspudel ist rabenschwarz und auch viel welliger.« Geradezu begeistert über diesen Fund trat Carla vom Mikroskop weg. »Und ich frage mich, wie konnte dieses Haar unter Hennys Kleid und ihre Unterwäsche ausgerechnet dorthin gelangen?«

»Du hast recht, das wirft einige Fragen auf! Aber freu dich nicht zu früh, womöglich gibt es eine harmlose Erklärung dafür. Um auf der sicheren Seite zu sein, werde ich meinen Kollegen Walter Balthasar dazubitten. Er wird angesichts unserer Überlastung nicht gerade begeistert sein, aber er schuldet mir noch was. Fotografier du bitte in der Zwischenzeit diese Tätowierung für mich!« Er zog seine Handschuhe aus, wusch seine Hände und lief in sein Büro, das hinter den Sektionsräumen lag.

Beschwingt griff Carla sich die Pentagon FM-Mittelformat-

Kamera, die Achim sich über Freunde aus der DDR besorgt hatte. Wie ihr Vater war er davon überzeugt, dass die Präzision der Zeiss-Objektive besser war als die aller vergleichbaren Westprodukte.

Sie holte sich außerdem noch einen Scheinwerfer, um das Tattoo optimal auszuleuchten. Achim hatte ihr beigebracht, dass es besser war, den Blitz im Sektionssaal nicht zu verwenden. Es kam zwar viel Tageslicht durch die breite Fensterfront, doch bei Weitem nicht genug, um solche Details fotografieren zu können. Außerdem wurde es gerade schon dämmrig draußen.

Als sie das Tattoo durch das Objektiv scharf stellte, musste sie beim Anblick der Füßchen immer noch schlucken. Sie justierte ein paarmal nach, fokussierte noch besser und … was war das? Sie legte den Fotoapparat wieder zur Seite und holte sich eine der Lupen, mit denen Achim sonst Stichverletzungen genauer untersuchte.

Die blaue Linie des oberen Füßchens berührte den unteren Rand des Nabels und genau dort war ein winziger roter Punkt zu erkennen, als wäre Henny gestochen worden, aber es fehlten die typischen Randschwellungen, die Insektenstiche verursachten. Carla holte tief Luft, Konzentration. Schloss die Augen und öffnete sie wieder. Ja, das war keine Einbildung oder Sehstörung.

Sie richtete sich wieder auf, ihr war ein bisschen schwindelig, sie musste sich am Metallrahmen des Tisches festhalten. Das war ein Einstich. Das war noch besser als das Haar! Lulu hatte recht behalten. Henny war ermordet worden!

»Fertig?«, fragte Achim und stellte sich etwas außer Atem wieder neben sie.

Carla deutete auf Hennys Bauch und zeigte ihm ihre Entdeckung.

»Gut beobachtet. Das sieht tatsächlich aus wie der Einstichkanal einer Kanüle. Sehr interessant! Hatte sie Diabetes? Brauchte sie Thrombosespritzen? Nahm sie Drogen?«

Carla verneinte jedes Mal mit mehr Nachdruck.

»Sehr schade, dass Walter keine Zeit hat, wir müssen mit Gottlieb, meinem Assistenten, vorliebnehmen.«

»Was, denkst du, wurde Henny da gespritzt?«, fragte Carla.

»Das ist ein weites Feld, dazu müssen wir die Untersuchung der Organe und des Blutes abwarten. Oder hast du konkrete Hinweise auf etwas?«

Johanna Gandermann, dachte Carla und schlagartig wurde ihr bewusst, dass auch die Mutter durch Freyas Apotheke Zugang zu unzähligen Giften und Medikamenten hatten. »Nein, leider nicht«, sagte sie und von dieser Erkenntnis wurde ihr nun vollends flau. Wir finden es trotzdem heraus, schwor sie sich.

Achim legte seine Hand auf ihren Unterarm und musterte sie forschend. »Du bist sehr blass, das macht dir mehr zu schaffen, als dir bewusst ich, fürchte ich. Deshalb wäre es dieses Mal sicher besser, nicht mitanzusehen, wie wir Kopf, Lunge und Bauchraum öffnen, denke ich.«

Carla nickte. »Dann gehe ich solange raus, kann ich dein Telefon benutzen? Ich sollte Lulu Bescheid geben und mit Mutter sprechen, immerhin wurde heute Nacht bei uns eingebrochen. Das hat sie bestimmt sehr aufgewühlt und ich war den ganzen Tag unterwegs.«

»Trink etwas und setz dich einen Moment an meinen Schreibtisch, ruh dich aus und grüß mir die beiden.«

Carla verließ den Sektionsraum und versuchte den Schwindel wegzuatmen. Nach dem Unfall damals, bei dem ihr Vater gestorben war, war ihr ständig schwindelig gewesen, jetzt überfiel sie der Schwindel nur noch selten, aber wenn, dann natürlich nur in den richtig unpassenden Momenten.

Sie lief durch den grau gefliesten Flur in Achims Büro und

war froh, dass seine Sekretärin schon gegangen war. Fräulein Bauer betrachtete Achim als ihren Privatbesitz und war eifersüchtig darauf, dass er Carla so viel von seiner kostbaren Zeit opferte.

Sein Büro war nie abgeschlossen, was Fräulein Bauer ihm sehr übel nahm. Aber er hielt seinen Schreibtisch immer in Ordnung und schloss alle Akten akribisch weg. Es war ihm unmöglich, effektiv zu arbeiten, wenn seine Konzentration von Aktenbergen abgelenkt wurde. Erstaunlicherweise arbeitete er am liebsten zu dem Takt eines Metronoms und er behauptete, dass die Pflanzen auf seinem Fensterbrett nur deshalb so gut wüchsen. Fräulein Bauer verriet ihm nie, dass sie den Bogenhanf, den Gummibaum und die Alpenveilchen düngte und mit Wasser besprühte.

Der Kontrast von Achims Büro zum Rest der Gerichtsmedizinischen Abteilung brachte Carla normalerweise zum Lächeln. Aber heute kam es ihr so vor, als würden die sonnengelben Wände und die Grünpflanzen auf der langen Fensterbank Hennys Unglück noch schlimmer machen. Sich mit Toten zu befassen war leichter zu ertragen, wenn sie anonym waren. Irma Grab-Müller fiel ihr ein und sie fragte sich, was mit der Seele von Menschen geschah, die den ganzen Tag von Toten umgeben waren. Womöglich hatte das sogar den positiven Effekt, dass man sich mehr auf das Jetzt konzentrierte und weniger beschäftigte mit »Hätte ich …«, »Wäre doch nur …« oder »Wenn ich doch …« – genau diese Art von unverdaulichen Gedanken, die gerade durch ihren Kopf schwirrten. Hätte sie verhindern können, dass Henny ermordet worden war? War das nur geschehen, weil sie den Gandermanns mit schlagkräftigen Beweisen gedroht hatte, die es gar nicht gab, und war Henny tot, weil die nächtliche Suche in ihrem Büro nach diesen Beweisen erfolglos geblieben war?

Sie setzte sich an den Schreibtisch von Achim, starrte durch die Blätter des Gummibaums nach draußen, wo gerade die Laternen aufflackerten.

Erschreckend, wie alles immer weiterging. Mach dich nicht lächerlich, ermahnte sie sich. Leben und Sterben, das war der natürliche Ablauf von allem und das Einzige, was sie tun konnte, um Hennys Tod erträglicher zu machen, war herauszufinden, wer das getan hatte und warum.

Sie setzte sich aufrechter hin und wählte die Nummer von Lulu, aber dort nahm niemand ab, genauso wenig wie in Hennys Wohnung.

Dann versuchte sie es zu Hause. Die Wählscheibe hatte sich noch nicht ganz wieder zurückgedreht, da erklang auch schon die Stimme ihrer Mutter, wie immer betont heiter, in ihrem »Ich werde niemals jemandem ein Klotz am Bein sein«-Modus. Sie wäre ganz allein, Wally sei heute Morgen verschwunden und nicht wieder aufgetaucht. Als sie bei Lulu angerufen hatte, um nach Carlas Verbleib zu fragen, hatte ihr die mitgeteilt, dass Henny tot war, aber keiner hatte ihr Bescheid gesagt, was denn nun los war, keiner war zum Mittagessen erschienen, was sie trotz des Einbruchs selbstverständlich für alle gekocht hatte. Auch zum Abendessen war niemand da gewesen.

Carla versprach, bald nach Hause zu kommen.

»Wann ist bald?«, fragte ihre Mutter. »Und wo bist du überhaupt?«

»Unterwegs«, sagte Carla und verschwieg, dass sie in Achims Büro war, denn Achim war ein rotes Tuch für ihre Mutter, weil er ihr so gern ein künstliches Bein angepasst hätte. Orthoprothesen waren neben seiner Fotosammlung sein privates Steckenpferd und auf keinen Fall würde sie ihr die Grüße von ihm ausrichten. Allein dass er es gewagt hatte, eine Prothese auch nur zu erwähnen, empfand ihre Mutter als Demütigung. »Unterwegs wohin denn? Was ist denn eigentlich los?«, fragte ihre Mutter.

Carla erzählte, sie würde Hinweisen nachgehen, weil Lulu vermutet hatte, Henny wäre keines natürlichen Todes gestorben.

»Ermordet?« Ihre Mutter wurde mit jedem Wort lauter. »Typisch für Menschen, denen es zu gut geht! Natürlich stirbt in Lulus Welt niemand einfach so. Deine Tante braucht das Drama wie andere Menschen Luft zum Atmen.« Sie schnaufte deutlich hörbar, wie um zu unterstreichen, dass sie selbst sehr wohl wusste, was ein echtes Drama war.

»Ihre beste Freundin ist gestorben«, erinnerte Carla sie sanft.

»Und wo steckt deine Cousine?«, wechselte ihre Mutter das Thema.

Carla brauchte einen Moment, bis ihr klar wurde, dass von Wally die Rede war.

»Denn heute Nachmittag war ein sehr attraktiver junger Mann hier, der sich nach Wally erkundigt hat. Du solltest zusehen, dass du auch jemanden findest, bevor du völlig verblüht bist.«

»Hieß der Mann Joachim?«

»Nein, warte, es war was mit B, hab ich mir gemerkt, B wie Bräutigam … Bernd? Benno? Ach, jetzt weiß ich's wieder, sein Name war Bruno Eisenberg. Ein Medizinstudent.«

Typisch Mutter! Nicht mal in ihren Träumen konnte die sich vorstellen, dass ein Mann nach ihrer ach so unansehnlichen Tochter fragte! Selbstverständlich hatte Bruno zu ihr gewollt!

»Der Mann hat deiner Cousine ein Geschenk dagelassen.«

»Für Wally, wirklich? Warum bist du da so sicher?«

»Ich bin zwar behindert, aber ich kann lesen! Auf der sehr geschmackvollen Schachtel liegt ein Umschlag, auf dem steht: *Für Wally.*«

Für Wally? Carla schluckte. Sie erinnerte sich an das Pralinen-Fiasko. Ein bitterer Geschmack breitete sich in ihrem Mund aus. Seitdem hatte er sich nicht mehr bei ihr gemeldet. Wollte er ihr eins auswischen, indem er nun Wally anflirtete? Derart billige Spielchen passten nicht zu Bruno, es gab sicher einen guten Grund für sein Verhalten. Wer wusste schon, was sich in der Schachtel mit der Karte befand. Trotzdem fiel es ihr schwer zu schlucken, so als würde ein ganzes Pfund klebriger Nugat in ihrem Hals stecken.

»Hat man den Einbrecher gefasst?«, fragte ihre Mutter auf einmal sehr viel leiser. Carla dämmerte, dass ihre Mutter vielleicht nur so harsch war, um ihre Verunsicherung zu überspielen.

»Noch nicht, aber die Polizei sagt, dass die Diebe sicher nicht noch einmal kommen werden.«

»Was wissen denn die schon! Ich lasse die Gemüsesuppe für dich auf dem Herd stehen.«

Mit diesen Worten legte ihre Mutter abrupt auf.

Was hatte Bruno für Wally gebracht? War da etwas zwischen den beiden, von dem sie nichts wusste? Nein, so etwas auch nur zu vermuten beleidigte Bruno. Und wenn Wally deshalb letzte Nacht so verstört im Dunklen in der Küche gesessen hatte? Nein, das konnte Carla sich auch nicht vorstellen. Männer waren doch für Wally nur bessere Spielzeuge.

Nachdenklich ging Carla zurück zu Achim, der gerade schon angefangen hatte, seinem Assistenten die Befunde der entnommenen Organe zu diktieren.

»Lulus Freundin hatte eine Zystenleber, wahrscheinlich angeboren und ohne Funktionseinschränkungen. Wie es aussieht, hatte der junge Kollege völlig recht mit seiner Einschätzung: Henny ist an einem Herzstillstand gestorben, ungewöhnlich, da ich keine Anzeichen für einen Infarkt finden kann.«

»Kann man das durch eine Injektion auslösen?« Carla sah

die schweißüberströmte Henny vor sich, als sie Fritzi hatte abholen wollen. So voller Energie! Wie sie zusammen in die Küche gegangen waren, um etwas zu trinken. Lauwarmes Wasser aus dem Hahn. Aus diesem Hirsch-Glas, das Henny immer am Beckenrand stehen gelassen hatte.

Das Glas.

Das war es, was sie heute Morgen irritiert hatte. Sie würde schwören, dass es nicht am Beckenrand gestanden hatte.

Natürlich konnte es dafür auch harmlose Erklärungen geben, beispielsweise war es vielleicht kaputtgegangen und im Müll gelandet. Aber einleuchtender schien es ihr, dass jemand geklingelt hatte, Henny, die Gutmütige, war allein, hatte denjenigen hereingebeten, etwas zu trinken angeboten und war dann betäubt und ermordet worden.

Unruhe strömte durch Carlas Beine, kribbelte und drängte zum Aufbruch. Sie spürte, dass es wichtig war, zu überprüfen, wo das Glas geblieben war. Sie wollte auch ein Bild von der Küche und dem Wohnzimmer zeichnen. Es hatte sie schon oft weitergebracht, Tatorte auf dem Papier zu skizzieren, weil ihre malende Intuition manchmal Dinge zum Vorschein brachte, die ihr Verstand so nicht beachtet oder falsch einsortiert hatte.

»Wenn es die Injektion nicht war, hätte man ihr auch oral etwas verabreicht haben können, wodurch ihr Herz aufhörte zu schlagen?«

»Natürlich, es gibt viele kardiotoxische Stoffe. Ich habe Blut, Urin und die Gallenflüssigkeit schon zur Untersuchung fürs Labor fertig gemacht, allerdings lassen sich viele Chemikalien nur ein paar Stunden lang nachweisen. Wir werden natürlich auch das Gewebe von Niere, Herz und Leber noch im Labor untersuchen. Und die Haut um die Einstichstelle. Aber ich verstehe deine Frage nicht, wenn man sie schon oral zu Tode gebracht hätte, wozu dann noch die Einstichstelle?«

»Das stimmt«, sagte Carla. »Und genau das verstehe ich nicht. Eine der Verdächtigen ist Apothekerin, die hätte doch alles Gift der Welt zur Verfügung, warum dann Henny erst betäuben und ihr dann noch eine Spritze verabreichen, sie hätte ihr doch gleich ein tödliches Gift geben können?«

»Das klingt logisch, aber weißt du denn sicher, ob es die Apothekerin war? Falls nicht, dann macht es schon Sinn, Henny erst zu betäuben und ihr dann die tödliche Injektion zu verabreichen. Hast du einen Verdacht, wonach ich suchen sollte?«

»Leider nicht. Die eine Verdächtige hat eine Apotheke, die andere ist Hebamme.«

»Dann werde ich dem Labor sagen, sie sollen mit Barbituraten anfangen.«

»Und ich werde in der Zwischenzeit Alibis überprüfen, vielleicht können wir ja den Täterkreis einengen«, sagte Carla. »Kannst du schon ungefähr sagen, wann Henny gestorben ist?«

»Ich denke, der Todeszeitpunkt liegt zwischen zwei und fünf Uhr heute Nacht, besser lässt es sich leider nicht eingrenzen. Wenigstens hast du nicht meine Zeit und die der Steuerzahler verschwendet, meiner Meinung nach gibt es genügend verdächtige Hinweise, ich werde gleich nachher die Staatsanwaltschaft informieren oder willst du das übernehmen?«

»Nein«, sagte Carla, bedankte sich bei ihm und verabschiedete sich, denn sie hatte jetzt eine lange Liste, die sie abarbeiten musste: Lulu sagen, dass sie richtiggelegen hatte, Hundehaare für eine Gegenprobe organisieren, die Alibis der Gandermanns checken und nachschauen, wo das Glas geblieben war, und dann war da noch die Sache mit Bruno, die ihr quer im Magen lag.

# Kapitel 16

»Wally ist schon vor einer Stunde zu der Klientin mit dem Bestattungsunternehmen gefahren, es gab einen dringenden Notfall«, sagte ihre Mutter am nächsten Morgen, nahm die weiße Porzellankanne, zupfte den Tropfschutz unter dem schwanenhalsförmigen Ausguss zurecht und goss Carla dann endlich den Kaffee ein. »Du bist spät dran!«

Wie ein frostiger Nebel legte sich die Missbilligung ihrer Mutter über Carlas Körper.

Carla nahm einen Schluck. Kalt natürlich, aber sie hütete sich, das anzumerken. Einen Notfall bei den Grab-Müllers?

»Weißt du Näheres, hat sie eine Nachricht für mich hinterlassen?«

»Sie hat nur gesagt, du sollst dir keine Sorgen machen, sie hätte alles im Griff.«

Das klang kein bisschen nach Wally, der war es doch völlig egal, was in Carla vor sich ging, und genau das war beunruhigend. Genauso beunruhigend wie der bonbonrosa Wollpullover, den ihre Mutter heute zu ihrem Glockenrock trug und der wie immer sorgfältig über ihr fehlendes Bein drapiert war. Ein Pullover? Bisher war ihre Mutter der Meinung, das wäre ein Kleidungsstück für Holzfäller und Skifahrer. Und dann so eine Farbe, wo Mutter doch der Überzeugung war, dass Damen in ihrem Alter dezent farbige Twinsets in Beige bevorzugen sollten.

»Interessanter Pullover …«, sagte Carla.

Ihre Mutter strich über den feinen Strick und lächelte in sich hinein. »Den hat mir deine Cousine gestern geschenkt. Zum Trost wegen dem Einbrecher und weil sie glaubt, dass sie mir zur Last fällt. Ich habe ihr gesagt, dass das wirklich nicht nötig ist, aber sie ließ sich nicht davon abbringen. Sie meinte, ich könnte das gut tragen, weil das Rosa meine blonden Haare zum Leuchten bringt.«

Typisch, dachte Carla, während sie vor lauter Arbeit nicht wusste, wo ihr der Kopf stand, hatte Wally nichts Besseres zu tun, als sich bei ihrer Mutter lieb Kind zu machen.

Carla war gestern Abend dann noch in Hennys Wohnung gewesen, wo sie herausgefunden hatte, dass das Glas mit der Hirschgravur im Schrank stand. Sie hatte gegen Lulus Rat den Kommissar angerufen, der tagsüber schon da gewesen war, doch der war bereits auf dem Weg nach Hause und fand ihre Geschichte nicht relevant, weil die Beweismittelkette zerstört war. Das Glas hätte Carla selbst oder Tante Lulu nach dem Besuch der Polizei in den Schrank stellen und entsprechend präparieren können. Und im Übrigen wüsste er, wie er seine Arbeit zu erledigen hätte, und die letzte Frau, die ihm gesagt hätte, was zu tun sei, wäre seine Mutter gewesen, als sie ihn aufs Töpfchen gesetzt hätte.

Zähneknirschend hatte Carla aufgelegt, natürlich hatte der Kommissar recht, doch das änderte nichts daran, dass sie hier auf der richtigen Fährte waren. Sie hatte Lulu aus der Küche verbannt und dann mit ihrem Fingerabdruckset überprüft, ob Abdrücke an dem Glas waren. Nichts. Daraufhin hatte sie auch die restlichen Gläser im Schrank kontrolliert. Womöglich trug die Zugehfrau immer Handschuhe, wenn sie die Gläser ins Regal zurückstellte. Tatsächlich hatten dann aber vier von den sechs Gläsern am unteren Rand je einen schwachen Daumen- und Zeigefingerabdruck, völlig normal, wenn man ein gespültes Glas mit bloßen Händen zurück in den Schrank räumt. Nur ein weiteres Glas hatte ebenfalls gar keine Abdrücke.

Tante Lulu versicherte ihr, dass sie niemals Geschirr spülte, und die Putzfrau war nicht da gewesen. Damit war eindeutig bewiesen, dass Henny Besuch gehabt haben musste, der es für nötig gefunden hatte, hinter sich aufzuräumen.

Missbilligendes Räuspern mischte sich in Carlas Gedanken.

»Kann ich abräumen oder isst du heute noch mal was?«, fragte ihre Mutter.

Carla stand auf. »Ich habe zu viel zu tun, ich muss los.«

»Wally weiß mein Frühstück zu schätzen.«

Wally stopfte ständig Essen in sich rein, als gäbe es morgen nichts mehr.

»Obwohl, heute hat sie nur ein halbes Marmeladenbrot gegessen. Hoffentlich hat sie sich nichts eingefangen. Die Pallutzke sagt, es geht Magen-Darm um.«

Carla, die schon in der Tür war, blieb stehen. »Hat die Pallutzke noch was wegen dem Einbrecher gesagt?«

»Natürlich, sie hat von nichts anderem geredet, als hätte sie den persönlich unter Einsatz ihres Lebens vertrieben.«

»Ist sie denn sicher, dass es ein Mann war?«

»Mit jeder Stunde, die vergangen ist, wird der Mann noch männlicher, größer, muskelbepackter, bis morgen ist er zu einem unbezwingbaren Riesen geworden, den sie, ein armes zartes Frauenzimmer, allein mit ihrem Mopp vertrieben hat.« Ihre Mutter lachte spöttisch. »Dabei ist ja wohl klar, dass es nur ihre blecherne Stimme war, die würde schließlich sogar einen Taubstummen in die Flucht treiben.«

Carla musste lächeln, auch wenn es schade war, dass die Pallutzke nicht von einem weiblichen Dieb gesprochen hatte. Dann war es wohl doch keine der Gandermanns, die auf der Suche nach dem Material gewesen war, von dem Carla geredet hatte. Das hätte den Einbruch eher mit Hennys Tod zusammengebracht, aber womöglich hing das alles doch nicht zusammen. Was, wenn Henny wirklich einfach nur eingeschlafen war? Aber nein, dann hätte niemand die Gläser weggeräumt und die Bücher entfernt.

Sie verabschiedete sich von ihrer Mutter, nahm Mantel und Handtasche und lief runter in den ersten Stock in ihr Büro, wo sie schon im Treppenhaus das Telefon durch die notdürftig reparierte Tür klingeln hörte.

Sie beeilte sich den Hörer abzunehmen und war überrascht, als sie die Stimme von Irma Grab-Müller erkannte, die im Gebell von Abra und Kadabra unterzugehen drohte.

»Als so lange niemand ans Telefon gegangen ist, hab ich schon gedacht, Sie hätten sich bei der armen Wally mit den Windpocken angesteckt«, keuchte Irma so, als wäre sie gerannt, sie legte ihre Hand über die Muschel. »Aus jetzt!«, hörte Carla trotzdem noch ihr Kommando, wobei Irma ungewöhnlich streng klang, mit dem Erfolg, dass die Dackel Ruhe gaben.

Carlas Hirn arbeitete auf Hochtouren. Windpocken? Wally hatte ganz sicher keine, denn darin war ihre Mutter Expertin, das hätte sie bemerkt. Mit Schaudern erinnerte sich Carla an diesen schrecklichen Juckreiz, den sie als Kind hatte aushalten müssen, weil Mutter ihr die Hände am Gitterbettchen festgebunden hatte, damit sie sich nicht im Gesicht kratzen konnte, was – zugegeben – wirklich hässliche Narben verursachen konnte.

»Was für ein Glück, dass Sie gesund sind.« Irma atmete immer noch sehr schnell und flach, offensichtlich regte sie das alles sehr auf. »Dann kommen Sie nachher, oder?«

»Hatten Sie denn noch keine Windpocken?«, fragte Carla, um Zeit zu gewinnen.

»Ich weiß es nicht genau, meine Eltern sind auf der Flucht

gestorben, ich habe kaum Erinnerungen an meine Kindheit«, sagte Irma.

Beschämt wurde Carla klar, wie wenig sie von Irma eigentlich wusste, nur weil die immer so fröhlich und ein bisschen unbedarft auf sie gewirkt hatte, war sie davon ausgegangen, dass Irmas Leben vor ihrer Hochzeit eine Art Bullerbü gewesen war.

»Aber Bertha hat mir gesagt, wie gefährlich Windpocken für das Baby sein können. Bertha war ja mal Krankenschwester, und wenn sie sagt, dass man da aufpassen muss, dann nehme ich das sehr ernst.« Sie gähnte jetzt. »Ich weiß nicht, was heute mit mir los ist, mir ist so komisch.«

»Dann setzen Sie sich am besten hin und legen die Füße hoch.«

»Das geht nicht, das Telefon steht ja im Flur.« Sie rang nach Luft. »Kommen Sie denn dann nachher?« Irma stöhnte leise. »Ihre Partnerin meinte gestern, sie hätte beim Salbeischneiden eine Eingebung gehabt und wüsste, wo wir noch suchen könnten.«

Wenn Wally nicht bei Irma war, wohin war sie dann heute Morgen so früh gegangen?

»Ich glaube …«, flüsterte Irma, stockte unvermittelt und alles, was Carla dann noch hörte, war ein leises Stöhnen, dann Gepolter, gefolgt von wie verrückt bellenden Dackeln.

# Kapitel 17

Eine knappe Stunde später klingelte Carla Sturm bei den Grab-Müllers. Als niemand öffnete, stieg sie über den Gartenzaun und lief zur Eingangstür, die nicht verschlossen war, sodass sie ihren Dietrich gar nicht erst benutzen musste.

Das Jaulen der Dackel verriet ihr, wo sie Irma finden würde.

Ihre Klientin lag im Flur neben dem Telefontischchen auf den orangebraunen Bodenfliesen. Carla stürmte zu ihr, verscheuchte die Dackel, die rechts und links von ihr kauerten, und kniete sich neben sie. Irma blinzelte und stöhnte leise. Ihre Gesichtsfarbe erinnerte Carla an die Sargpolsterungen in Elfenbein. Prüfend betrachtete sie Irma genauer, glücklicherweise waren keine Platzwunden zu sehen.

»Es tut mir leid!«, murmelte Irma, während sie vorsichtig ihren Kopf betastete.

»Muss es nicht, alles wird wieder gut.«

»Ich bin noch nie einfach so umgekippt.« Irma richtete sich auf und versuchte ihre Haare zu glätten.

»Wir sollten einen Arzt rufen oder Sie ins Krankenhaus bringen.«

»Nein, das ist nicht nötig, es geht schon wieder.« Irma versuchte sich aufzurichten.

»Ganz langsam!«, mahnte Carla und half ihr dabei, auf die Beine zu kommen. »Sie sollten wirklich zu einem Arzt!«

»Alles, was ich brauche, ist ein starker Kaffee, das war bloß mein Kreislauf, der sackt manchmal weg, aber normalerweise merke ich das rechtzeitig. Lassen Sie uns das bitte einfach vergessen, die Bertha würde sich nur wieder lustig über mich machen, wenn ich zum Arzt renne. Hinter meinem Rücken nennt sie mich ›dit Mimöschen‹.«

»Aber vor den Windpocken hat sie Sie gewarnt?« Bertha war Carla ein Rätsel.

»Hat mich auch gewundert, sonst betont sie immer nur, dass schwanger sein keine Krankheit ist.«

»Sie sollten sich ein wenig hinlegen und dann zu einem Arzt, um zu überprüfen, ob mit Ihrem Kopf und dem Baby alles in Ordnung ist.«

»Ich will mich nicht hinlegen, ich brauche nur einen Kaffee, gehen wir in die Küche.«

»Nur wenn ich den Kaffee kochen darf.«

»Na gut.«

In der Küche ließ sich Irma auf die Eckbank fallen, legte eine Hand auf ihren noch völlig glatten Bauch und zeigte mit der anderen zur Anrichte. »Da steht alles. Vielleicht haben Sie doch recht, wir trinken einen Kaffee und wenn Peter vom Friedhof zurück ist, bringt er mich zu meinem Hausarzt. Wo er nur wieder bleibt? Er müsste längst schon wieder hier sein.« Sie setzte sich aufrechter hin. »Ah!« Sie hielt mitten in der Bewegung inne und verzog das Gesicht. »Geht schon!«, sagte sie schnell, als sie Carlas Blick bemerkte, und nickte ihr zu. »Sicher nur geprellt.«

»Wo ist Ihre Schwägerin heute eigentlich?«, fragte Carla.

»Sie hat einen Termin bei der Stadt, es geht um ein Gebäude, was der Horst kaufen möchte.« Irmas Wangen wurden wieder rosiger. »Wir wollen uns noch weiter vergrößern! Er ist ein so guter Geschäftsmann.«

Als Carla den fertigen Kaffee in ihre Tassen goss, wurden die Dackel plötzlich unruhig und rannten zur Tür, durch die

Peter eintrat, der geduckt durch die Tür gehen musste, um sich nicht den Kopf zu stoßen.

»Auch einen Kaffee?«, fragte Carla, froh über sein Auftauchen. Es brannte ihr unter den Nägeln, sich Wally vorzuknöpfen und dann wollte sie sich endlich wieder Hennys Fall widmen.

»Wo ist denn die Wally?«, fragte Peter, den Carlas Anblick sehr zu enttäuschen schien.

»Die hat die Windpocken«, erklärte Irma und wies Carla an, ordentlich Kondensmilch und drei Löffel Zucker in Peters Kaffee zu geben. Dann dankte sie Carla nochmals für ihr Kommen und bat Peter, Carla rauszubringen, und Carla war froh, dass Irma die Ringsache gerade vergessen zu haben schien.

Auf dem Weg zur Haustür druckste Peter seltsam herum, aber erst als Carla dann direkt nachfragte, was er denn auf dem Herzen habe, fragte er, ob Wally es denn geschafft hatte.

Was denn geschafft?, hätte Carla am liebsten gebrüllt, erst die Windpocken und was jetzt noch?

Aber sie hütete sich, ihn zu verschrecken, gab vor, das alles zu wissen, nickte wohlwollend und entlockte ihm schließlich die Information, dass Wally versprochen hatte – versprochen!!! – den Sarg von Frau Jablonsky, der auf dem Weg in die BRD war, zu stoppen und zu öffnen, weil Peter aus Versehen der falschen Frau den Ehering der Chefin angesteckt hatte.

Carla behauptete, sie wären an der Sache dran. Dann fragte sie, warum Peter das nicht einfach der Chefin gesagt hatte, die hätte doch den Sarg wieder zurückrufen können? Peter kam sichtlich ins Schwitzen und erklärte ihr dann, dass der Chef angeordnet hatte, dass wegen der Grenze *niemals* ein verplombter Sarg geöffnet oder zurückgeholt werden durfte, und falls es Peter jemals einfallen sollte, gegen diese Regeln zu handeln, wäre er fristlos gefeuert. Persönlich würde der Chef dann dafür sorgen, dass er nie wieder Arbeit in Westberlin fände, und das könne er seiner Mutter nicht antun, denn die war Witwe und hatte nur noch ihn.

Aber Ihre Chefin war doch sehr nett, hatte Carla erwidert, die hätte ihm da doch sicher gern geholfen?

Daraufhin war Peter in sich zusammengefallen, als wäre seine Wirbelsäule geschrumpft. »Isse! Aber zum Sagn hat die hier nüschts, bloß die Bertha und der Horst!«, murmelte er.

Das musste sich Carla erst mal auf der Zunge zergehen lassen. Ziemlich bitter, wie Menschen wie Irma und sie von Lügnern dominiert und vorgeführt wurden. Jetzt erst recht, beschloss Carla, nun werde ich persönlich dafür sorgen, dass Irma ihren Ring zurückbekommt!

Sie erlaubte sich den Luxus eines Taxis, um schneller im Büro zu sein, und während der Fahrt malte sie sich genüsslich aus, wie sie sich Wally vorknöpfen würde, wie sie deren Zimmer auseinandernehmen und dann den neuen Freund aushorchen würde. Und Mutter war auch reif für die Wahrheit. Ihr reichte es jetzt!

# Kapitel 18

Zwei Stufen auf einmal nehmend eilte Carla an der verdutzten Pallutzke vorbei die Treppen hoch. Kurz vor dem Büro kam ihr Wally von oben entgegen, aufreizend langsam, mordsaufgetakelt in einem knallengen schwarzen Kleid und Stöckelschuhen.

Direkt vor Carla blieb sie stehen und lächelte, als wäre alles bestens.

»Windpocken?« Carla schüttelte den Kopf und betrachtete Wally eingehend. »Scheint ja ne ganz seltene Variante zu sein!«

Wallys Lächeln erstarb, sie versuchte sich an ihr vorbeizuschieben, aber Carla versperrte ihr den Weg. »Wir müssen reden.«

»Schwesterchen, du siehst doch«, Wally legte eine Hand auf ihre Hüfte und schwenkte sie dann lasziv von links nach rechts, »ich bin verabredet.«

Bruno, sie trifft sich mit Bruno, war sich Carla plötzlich sicher, nur deshalb genoss sie ihren Auftritt so. Sie musste dieses Miststück loswerden, bevor ihr ganzes Leben nur noch ein Trümmerhaufen war.

»Verabredet? Henny wurde ermordet und du bist ... ›verabredet‹? Du sagst Mutter, du müsstest dringend zu Irma, aber der erzählst du was von Windpocken? Aber natürlich, du bist ›verabredet‹! Und du versprichst dem armen Peter, du würdest dich um den Sarg an der Grenze kümmern, aber oh ja, du bist ›verabredet‹.«

»Ausgezeichnet auf den Punkt gebracht! Meine Verabredung duldet keinen Aufschub. Was den Sarg betrifft, der hat Drewitz schon passiert und ist auf dem Weg in die BRD. Als DDR-Flüchtling sollte ich nicht an der Grenze rumlungern, oder? Was die Windpocken angeht, mit denen plagt sich mein neuer Freund und die Bertha hat gesagt, es wäre unklar, ob Irma die schon mal hatte. Von Ida weiß ich, dass ihr zwei immun seid. Und Hennys Ermordung ... Das tut mir wirklich sehr leid, doch da verstehe ich diese Dringlichkeit nicht, sie ist schon tot, darüber können wir später noch reden. Ich hingegen muss jetzt los.«

»Wohin denn in diesem Aufzug? Deinen Windpocken-Joachim pflegen?«

»Schätzeken, et jibt noch'n paar mehr Männer in Berlin.«

»Natürlich« Carla schlug sich mit der flachen Hand an die Stirn. »Ja, klar, wenn der eine krank ist, dann schläfst du eben mit dem Nächstbesten, der dich aushält!«

Wallys Augen blitzten wütend, Carla fühlte die Genugtuung warm durch ihre Adern strömen, im gleichen Moment trat Wally näher und holte plötzlich weit aus. Carla zuckte unwillkürlich zurück.

Daraufhin lächelte Wally maliziös, hielt mitten in der Bewegung inne, dann senkte sie den Arm und nahm die Schultern zurück. »Du bist so unerträglich naiv, dass du mir einfach nur leidtust.« Sie schubste Carla hart zur Seite, raffte ihren Stiftrock bis zum Oberschenkel und eilte die Treppen nach unten, wo sie im Rausgehen noch herzhaft mit der Pallutzke über irgendeinen Schwachsinn lachte.

Carla unterdrückte den Wunsch, gegen irgendwas zu treten, die Tür zur Detektei war ja eh schon kaputt. Sie schloss die Tür auf.

Naiv? War es naiv, Hennys Mörderin überführen zu wollen? War es naiv, die Aufträge der Klientinnen gut zu erledigen? Wally hatte keine Ehre im Leib, so einfach war das!

Fünf Minuten später, nachdem sie sich kaltes Wasser ins Gesicht geklatscht und eine Zigarette geradezu inhaliert hatte, klingelte das Telefon.

Überraschung! Am anderen Ende war Grieser, der stellvertretende Polizeichef. Sicher wollte er seine Schulden einfordern und einen Termin für das Abendessen bei Riccis vereinbaren, Carla schlug den Kalender auf und überlegte sich glaubwürdige Gründe für Verschiebungen.

»Ich muss mich bedanken«, sagte er außergewöhnlich gut gelaunt gleich nach den Begrüßungsfloskeln.

»Ja?« Carla war nicht sicher, ob sie sich gerade verhört hatte. Er dankte ihr?

»Ohne Sie wäre eine schwere Straftat unentdeckt geblieben und wir hätten niemals so schnell eine Verhaftung vornehmen können.«

»Das ist ja sehr erfreulich.« Wen?, fragte sie sich.

»Freitag nach der Wahl, abends im Riccis würde mir passen.«

»Natürlich.« Carla kämpfte immer noch mit sich. »Ich werde einen Platz reservieren. Darf ich fragen, welche der Gandermanns Sie überführen konnten?«

Grieser gab sein schnarrendes Lachen von sich. »Natürlich dürfen Sie, ich werde auch gleich eine Pressekonferenz dazu abhalten. Wir haben Laura-Luise Koslowsky verhaftet.«

Tante Lulu? Carla schnappte nach Luft, versuchte aber so gelassen wie möglich zu klingen, die Genugtuung gönnte sie ihm nicht. »Warum denn das?«

»Sie ist die Alleinerbin eines Riesenvermögens, sie hat nicht nur ein Motiv, wir haben auch Indizien! In der Leiche wurden Spuren von Veronal nachgewiesen und genau dieses Schlafmittel haben wir auch in einer der Handtaschen Ihrer Tante gefunden, versteckt in einem Seitenfach! Und im Unterschied zu Johanna und Freya Gandermann hat Ihre Tante kein Alibi. Die beiden Damen waren auf einer Spendengala zugunsten der Hebammenschule von Charlottenburg. Zwanzig Uhr am Freitag im Riccis würde mir sehr gut passen. Einen schönen Tag noch.« Er legte auf.

# Kapitel 19

Der Carla hätt ich vorhin doch eine scheuern sollen, dachte Wally, während sie von der Rolltreppe zur Damenabteilung im KaDeWe stöckelte. Das selbstgerechte Benehmen dieser Unschuld vom Lande nervte sie jeden Tag mehr.

Doch der zarte Duft von Zitronen und Rosen, der hier überall die Luft schwängerte, heiterte Wally wieder auf. Sie liebte die helle Sauberkeit, die lächelnden Verkäuferinnen mit den eleganten Frisuren und ihren schönen Kleidern, die ein Sortiment zur Schau stellten, von dem sie im Osten nur hatte träumen können. Wally hatte noch nie verstanden, warum es Ausdruck einer besseren Gesinnung sein sollte, wenn man in grauen, schlecht sitzenden Kostümen zur Arbeit gehen musste. In Italien wurde jedenfalls niemand aus der kommunistischen Partei ausgeschlossen, nur weil er in Balenciaga-Schuhen zur Sitzung erschien, und selbst eine Feministin wie Simone de Beauvoir sah man immer nur mit einem knallroten Lippenstift. Natürlich hatte sie diese ketzerischen Ansichten stets für sich behalten.

Wie verabredet, schlenderte Wally zum Treffpunkt in die Abteilung für Nachtwäsche, weil die chronisch unterbesetzt war. Tatsächlich war bisher keine Verkäuferin aufgetaucht, obwohl man denen im KaDeWe sonst kaum entkommen konnte.

Sie ging von den Ständern mit bodenlangen Seidennachthemden im Stil griechischer Göttinnen zu denen mit knappen Babydoll-Kleidchen aus durchsichtigem bestickten Perlon, wählte scheinbar unschlüssig fünf verschiedene Modelle aus und lief zu den Umkleidekabinen.

Als sie leise klirrend den schweren goldbraunen Samtvorhang hinter sich zuzog, erinnerte das warme Gold sie plötzlich an Henny, die ihre neue luxuriöse Wohnung nun nie mehr genießen konnte.

Sie ließ sich auf den weich gepolsterten Hocker fallen, der auf einem dicken Teppich stand. Diese Umkleidekabine war größer als ihr Schlafzimmer in der Tucholskystraße und das war schon der reinste Luxus gewesen. Ihre mütterliche Freundin Frieda hatte in einer Einzimmerwohnung unterm Dach hausen müssen, die nur wenig größer gewesen war als Wallys Schlafzimmer. Seit dem 13. August hatte sie nichts mehr von ihr gehört, ihr aber immer wieder geschrieben, auch wegen Adele. Schließlich hatte sie sich solche Sorgen gemacht, dass sie wider besseres Wissen Bertha um Informationen bat. Ein Fehler, denn Bertha nutzte die persönlichen Bedürfnisse von Menschen nur als Hebel zum Wohl der Staatssicherheit. Deshalb durfte Wally sie auf keinen Fall ein weiteres Mal befragen. Sie hoffte inständig, dass sich der Tod noch nicht an Frieda rangetraut hatte, obwohl die so viel älter war als Henny. Andererseits war ihre Mutter auf ihre Art auch zäh gewesen und das hatte den Tod kein bisschen davon abgehalten, sie ihr wegzunehmen.

Noch ein Grund mehr, nicht so ein sauertöpfisches Leben zu führen wie Carla. Was die wohl zu Brunos Geschenk sagen würde? Wally klappte die Bügel ihrer Handtasche auf, zog den Schildpattkamm heraus, in dessen Stiel eine Rose aus Perlmutt eingearbeitet war. Auf der beiliegenden Karte hatte er sich für den Vorfall auf der Treppe entschuldigt. Wenig überraschend, dass er von einem »Vorfall« redete, das klang harmloser als

Kuss. Ein so leidenschaftlicher Kuss … Allein bei der Erinnerung daran wurden ihre Lippen plötzlich sehr warm, sie musste schlucken, ihre Kehle wurde eng. Während es in ihrem Bauch kribbelte, floss schwere Hitze zwischen ihre Schenkel.

Schluss damit, sie hatte Wichtigeres zu tun.

Außerdem schrieb Bruno auf der Karte, dass der Kamm Ausdruck seiner rein platonischen Bewunderung war – und gedacht sei für den Fall, dass ihr Haar mal wieder in Unordnung geriete. Nicht nur ihr Haar, dachte Wally, ihr ganzes Leben war sowas von in Unordnung. Platonisch … Sie starrte auf den Kamm. War das von Bruno nun feige oder einfach nur dumm?

Lautlos schlüpfte Bertha mit einem Arm voller Pyjamas in die Kabine.

»Na endlich«, sagte sie, um von ihrer Unaufmerksamkeit abzulenken, versenkte den Kamm in ihrer Tasche und stellte sie auf den Boden.

»Du solltest nicht nur hier rumsitzen und tagträumen, sondern so tun, als würdest du wirklich etwas anprobieren!«, erwiderte Bertha statt einer Begrüßung, während sie die Schlafanzüge neben die Haken mit den fünf Nachthemden hängte.

»Wozu denn das?«

»Glaub mir, man spürt es im Vorbeigehen, wenn hinter einem Vorhang jemand atmet, aber nichts passiert.«

»Ich verstehe nicht, warum wir hier sind, jetzt, nachdem du deine Tarnung aufgegeben hast, hätten wir doch problemlos in Irmas Garten reden können!«, sagte Wally und schlüpfte aus ihrer Bluse. Natürlich wusste sie genau, warum sie hier waren. Bertha schlug die Treffen in diesem Tempel kapitalistischer Luxuswaren nur deshalb vor, um Wally die teuflischen Schattenseiten imperialistischer Kultur vor Augen zu führen.

»Meine Tarnung ist besser denn je, trotzdem sollten wir ab jetzt auf gar keinen Fall mehr zusammen gesehen werden!«, sagte Bertha. »Warum hast du eigentlich den Sanaritus-Fall nie erwähnt?«

Wie kam sie denn jetzt auf Henny? »Wegen was wäre der denn von Interesse für die Staatssicherheit?«

»Nicht du entscheidest, ob eine Information wichtig ist. Du sammelst lediglich die Informationen für uns.«

Wally brach der Schweiß aus. Bertha tat nichts ohne Hintergedanken, was hatte die Staatssicherheit denn mit Hennys Fall zu tun? Nazivergangenheit, falsche Persilscheine waren natürlich immer ein gefundenes Fressen für zersetzende Presseartikel, aber Johanna Gandermann war ja nicht in der Politik. Sie beschloss sich dumm zu stellen.

»Ein Geburtsratgeber? Wirklich?«

»Du musst dir darüber im Klaren sein, dass jemand wie du nie das große Ganze überblicken wird!« Mit einem missbilligenden Kopfschütteln reichte Bertha ihr eine weiße Göttinnen-Robe aus Seide. »Diese faschistischen Kapitalistenschweine schrecken wirklich vor gar nichts zurück. Weißt du, dass Millionen Seidenraupen bei lebendigem Leibe gekocht werden müssen, nur damit eine reiche dumme Frau dann in sowas schlafen geht, wo sie eh keiner sieht?«

Wally zog sich das Nachthemd über den Kopf und murmelte ein »Hm … hm«. Seidenraupen waren ihr gerade egal, sie dachte an Henny und den Verlag. Was kümmerte Bertha das, was war ihr da nur entgangen?

»Wegen deiner Unfähigkeit brummt mir der Schädel«, sagte Bertha. »Die ganze Aktion muss umgeplant werden, es darf jetzt keine Abweichungen mehr geben, hast du das verstanden?«

Nachdem Wally das Nachthemd übergestreift hatte, zog Bertha ein kleines braunes Fläschchen aus ihrer klobigen Handtasche.

»Das verabreichst du ihm mit dem Sekt, den ihr bei eurem Bootspicknick trinken werdet.«

»Was ist das?«

Bertha zögerte kurz. »GHB, damit kennst du dich ja aus. Zwanzig Tropfen auf 500 Milliliter sind genug, wenn du zu viel reinkippst, wird er es schmecken, ist es zu wenig, dreht er richtig auf und verliert das Bewusstsein nicht. Also sei vorsichtig! Der Bootsverleiher ist geschmiert und wird euch das präparierte Boot geben.«

Mit einem klirrenden Ruck wurde der Vorhang aufgerissen. Wally schrak zusammen, Bertha ließ das Fläschchen in Wallys Schoß fallen und stellte sich geistesgegenwärtig vor sie.

Der dickliche Mann im dunkelbraunen Anzug betrachtete sie beide mit einem triumphierenden Stirnrunzeln. »Wir dulden keine unmoralischen Handlungen in unseren Damenkabinen!«

»Was erlauben Sie sich! Meine Tochter heiratet und ich berate sie bei der Auswahl ihrer Wäsche!« Bertha griff nach der Hand von Wally und tätschelte sie. Routiniert ertrug sie die unerwartete und sehr unangenehme Berührung.

»Mein Liebes, reg dich nicht auf, alles wird gut. Dieser Mann wird sich sofort bei uns für seine Beleidigungen entschuldigen!«

»Das Theater können Sie sich sparen, ich bin hier der Hausdetektiv und Sie beide sind mir schon mehrfach aufgefallen.«

Bertha zuckte nicht mal mit der Wimper. »Selbstverständlich, wir kaufen hier die komplette Aussteuer meiner Tochter, jedenfalls wollten wir das bis eben gerade noch!« Bertha musterte ihn abschätzig von oben bis unten. »Eine verantwortungsbewusste Ehefrau, die das Geld ihres Gatten nicht zum Fenster hinauswerfen will, handelt überlegt und kauft eine Aussteuer mit Bedacht. Doch ganz offensichtlich wissen Sie nichts über Frauen, denn Sie leben allein.« Ihr Ton wurde beleidigend. »Ihre Schuhe sind nicht geputzt, Ihre Hose ist ungebügelt, der Hemdkragen ist nicht frisch, das Jackett ist mit Schuppen übersät, Abfall, passend zu Ihren schmutzigen Gedanken! Ein Skandal ist das! Wie ist Ihr Name? Ich werde mich augenblicklich bei der Geschäftsleitung über Sie beschweren.«

Niemals entschuldigen, in schwierigen Situationen sofort zum Angriff übergehen, das hatte Wally auch alles gelernt, aber noch nie hatte sie Bertha dabei beobachten können. Der Hausdetektiv zog den Kopf tief zwischen die Schultern wie eine Schildkröte, über der ein Geier kreist. Doch dann gab er sich einen Ruck und richtete sich wieder auf.

»Ich bedaure Sie inkommodiert zu haben und entschuldige mich in aller Form.«

»Trotzdem will ich mit Ihrem Vorgesetzten sprechen, mit einer so schmutzigen Fantasie sollte man Sie in die Metzgereiabteilung versetzen, wo Sie junge Damen nicht zu Tode erschrecken können.« Bertha tätschelte noch einmal liebevoll Wallys Arm und küsste sie dann auf die Wange, wo sie einen Hauch von Eukalyptus und Kaffee zurückließ. Sie sah Wally eindringlich in die Augen und nickte unmerklich.

»Zieh das bitte aus, wir werden hier nichts mehr kaufen. Geh du ruhig schon vor, dein Verlobter erwartet dich pünktlich zum Tee!« Sie drehte sich zu dem Detektiv um. »Wohin?«, fragte sie.

»Hier entlang«, er verbeugte sich leicht und deutete Richtung Aufzug. »Wir müssen in den siebten Stock.«

Wally sah den beiden nach, zog den Vorhang wieder vor und merkte dann erst, dass sie tatsächlich grinste, dabei gab es dafür nicht den geringsten Grund. Berthas Darbietung hatte ihr nur wieder klar gemacht, dass sie ihr auf keinen Fall trauen konnte. Was, wenn die nicht nur Joachim mitnahmen, sondern Wally gleich mit einkassierten? Wie würde sie denn überhaupt aus dem Boot raus- und zurückkommen? War es wirklich vorgesehen, sie zurückzulassen, oder musste sie schwimmen? Und Wally wusste, wie sehr es Bertha missfiel, dass sie ihre Arbeit im Eden nicht fortsetzen wollte, denn all die Fitzel von Informationen, die besoffene GIs und Journalisten von sich gaben, waren offensichtlich von »unschätzbarem Wert« für die Staatssicherheit. Es hatte ihr eingeleuchtet, wie nützlich es war, zu wissen, dass der persönliche Assistent vom Kommandeur des britischen Sektors mit seiner Zugehfrau schlief. Aber worin lag der Wert von Berichten darüber, dass man das Kaugummi-Sortiment in den PX-Stores der Amerikaner um eine neue Sorte erweitert hatte? Erst durch die vielen Nachfragen von Bertha war ihr klar geworden, dass wirklich alles von Interesse war. Besonders dankbar war man, wenn sie Witze anschleppte. Pure anarchistische Sprengkraft: »Was sagt die Sonne, wenn sie am Abend untergeht? Gott sei Dank bin ich wieder im Westen.« Oder: »Was ist die Lieblingssportart in der DDR? Bobfahren, links ne Mauer, rechts ne Mauer und es geht immer nur steil bergab …«

Deshalb war es nur logisch, dass man sie nach der Aktion Goldfisch mitnichten aus ihren Klauen entlassen würde. Es gab also nur zwei Möglichkeiten: Entweder sie kassierten Wally gleich zusammen mit Joachim in der DDR ein oder aber es gelang Wally, Bertha glaubhaft zu versichern, dass sie doch gern weiter freudig im Eden für sie arbeiten würde. Dann war sie hier im Westen sicher und musste Carla und Ida einfach nur noch bis ans Ende ihres Lebens anlügen.

Es gab also keinen einzigen Grund, grinsend hier herumzusitzen, stattdessen sollte sie sich lieber beeilen, Joachim wollte sich heute mit ihr im Café Kranzler treffen und sie musste ihn dringend davor abfangen und in ihr Hotelzimmer locken. Es war sehr viel besser, wenn sie wie bisher nicht zusammen mit ihm in der Öffentlichkeit gesehen wurde. Sein Verschwinden würde Fragen aufwerfen, daher war es klüger, nur im Geheimen zu agieren. Während sie zum Ausgang ging, fragte sie sich, warum Bertha den Sanaritus-Verlag erwähnt hatte. Was hatten die mit dem zu tun und wenn es da etwas Interessantes gab, warum hatte Carla das bei ihren Recherchen nicht herausgefunden?

# Kapitel 20

Carla wartete nun schon eine Stunde am Eingang zum Untersuchungsgefängnis in der Lehrter Straße und konnte es immer noch nicht fassen, dass man sie nicht zu Tante Lulu lassen wollte. Endlich kam ihr Dr. Lotz in seinem dunkelgrauen Zweireiher entgegen. Er lüftete mit einer galanten Bewegung seinen Hut und deutete eine kleine Verbeugung an, während er ein wenig außer Atem schon zu reden begann.

»Sie will nicht mit Ihnen sprechen, es tut mir wirklich leid. Ich fürchte, die Ärmste ist ein wenig durch den Wind.« Lulus Anwalt hob beide Arme zu einer bedauernden Geste, dabei fiel die unter seinem Arm eingeklemmte Aktentasche zu Boden. Carla bückte sich und hob sie auf. Dr. Lotz wirkte geradezu aufgewühlt, beinahe als hätte man ihn selbst des Mordes beschuldigt. Sie reichte ihm die Tasche.

»Danke, Ihre Tante will außerdem nicht, dass ich ihr einen Anwalt besorge, der auf Kapitalverbrechen spezialisiert ist. Doch es wäre geradezu unethisch von mir, wenn ich das zuließe, mein Fachgebiet ist Vermögensrecht. Ich kann, ehrlich gesagt, nicht einmal viel mit den reichlich zwiespältigen Untersuchungsergebnissen aus der gerichtlichen Medizin anfangen, dabei könnte genau hier ein Hebel sein, um Ihre Tante reinzuwaschen.«

»Sie kann sehr dickköpfig sein …«, sagte Carla, der gerade ziemlich flau in der Magengrube wurde. Tante Lulu reagierte nie so, wie man es erwartete, aber nun schien sie völlig den Verstand verloren haben. Sie brauchte einen gewieften Anwalt und sie sollte endlich mit ihr reden!

»Vielleicht hilft es, sie ein bisschen schmoren zu lassen, die Zustände hier in der Lehrter Straße sind fürchterlich, das wird Lulu hoffentlich bald zur Besinnung bringen.« Mit Schaudern erinnerte sie sich daran, wie sehr Alma Hochbrück, ihre letzte Klientin, in der Haftanstalt gelitten hatte.

»Aber das ist es ja gerade, Lulu wirkt kein bisschen starrköpfig, so habe ich Ihre Tante noch nie erlebt. Nicht mal nach dem Tod ihres zweiten Ehemannes war sie derart in sich gekehrt. Es hat den Anschein …« Dr. Lotz rückte die Brille auf seiner Nase gerade und räusperte sich. »Verzeihen Sie, wenn ich … Natürlich bin ich kein Fachmann auf diesem Gebiet, aber es kommt mir so vor und es ist natürlich ungeheuerlich, weil Ihre Tante niemals … aber sie benimmt sich, als wäre diese Haft nur eine geringe Strafe für ihre schändlichen Vergehen.« Er sah fragend zu Carla. »Wissen Sie denn mehr? Gab es einen Streit zwischen Henny und Lulu?«

Dr. Lotz hatte es auf den Punkt gebracht, Lulu verhielt sich äußerst seltsam. Der Knoten in Carlas Magen löste sich kreisend auf und wie ein Echo begann sich nun hinter ihren Augen alles leicht zu drehen, als hätte sie sich stundenlang gebückt und dann zu schnell wieder aufgerichtet.

Normalerweise hätte Lulu doch Himmel und Hölle in Bewegung gesetzt, um sich aus der Untersuchungshaft rauszuboxen und den wahren Täter zu finden. Was war passiert, dass Hennys Tod sie so verändert hatte?

»Sie sehen blass aus, kann ich Sie irgendwohin mitnehmen?«, fragte Dr. Lotz und seine Freundlichkeit rührte Carla so, dass sie ein paarmal schlucken musste. Offensichtlich hatte sie die Kontrolle über ihr Leben verloren: Tante Lulu verhaftet! Henny tot! Der Einbruch in die Detektei, Wally und

Bruno vielleicht eine Affäre ... Natürlich wusste sie schon seit der Sache mit Mutters Bein, dass man über rein gar nichts die Kontrolle hatte. Das Einzige, was man in der Hand hatte, war, wie man auf das reagierte, was einem passierte.

Dr. Lotz musterte sie aufmerksam, dann reichte er ihr seinen Arm. »Hängen Sie sich ein, gehen wir zusammen zu meinem Wagen.«

Sie nickte, und obwohl er einen Kopf kleiner war als Carla, fühlte sie sich an seinem Arm gerade gut aufgehoben. Der Schwindel beruhigte sich langsam.

»Ich weiß, was Ihnen Lulu bedeutet, bestimmt kommt sie bald wieder zur Vernunft und in der Zwischenzeit werden wir ihr trotzdem schon mal einen fachkundigen Anwalt besorgen. Aber wenn Sie mich fragen, wäre es gut, wenn eine so exzellente Detektivin wie Sie ...«, er blieb stehen, wendete sich Carla zu und suchte ihren Blick, »... sich an die Arbeit macht und schleunigst herausfindet, was hinter alldem steckt. Sie sind eine außergewöhnlich kluge junge Frau und ich bin sicher, genau darauf vertraut Lulu in ihrem Innersten, auch wenn Sie sich gerade so merkwürdig benimmt. Womöglich will Ihre Tante Sie auch nur deshalb nicht sehen, um Sie nicht von der Arbeit abzulenken!«

Carla schluckte ein paarmal, der Mann hatte recht. »Danke«, sagte sie und dann fügte sie mit deutlich festerer Stimme hinzu: »Könnten Sie mich beim Ullsteinhaus absetzen?«

»Es wäre mir eine Ehre!«, versicherte Dr. Lotz und öffnete mit Schwung die Beifahrertür zu dem weinroten Mercedes, in dem Carla schon als Kind mitgefahren war und dessen weiche Ledersitze seither eine beruhigende Wirkung auf sie gehabt hatten.

Eine knappe Stunde später saß sie im Ullsteinhaus bei Nepomuk.

»Kiek an! Schon wieder isse da! Kannste auch gleich hier

einziehn! Aber heut hab ick mir schon jedacht, ditt de kommst!«, sagte Mucki und ließ sein viertes Stück Zucker in den Kaffee fallen.

»Kannst du neuerdings hellsehen?«, fragte Carla überrascht.

»Dit wär schön ..., von wegen Nachtigall ick hör dir trapsen ...« Mucki grinste, dann schwang er sich elegant auf das verbliebene Bein hoch, humpelte mit seinen Krücken um den Schreibtisch, bückte sich und holte etwas aus dem Papierkorb, strich es glatt und legte es vor sie hin. »Die Andrucke von morgen ...« Er setzte sich wieder.

*»Die nackte Spielplatzmörderin«* stand da in Riesenlettern auf der Titelseite, daneben ein uraltes Foto von Lulu in einem Paillettenbikini und mit einem Kopfputz voller Schwanenfedern. Untertitelt mit *»Prominente Schauspielerin ermordet Geliebte aus Habgier«*. Angewidert knüllte Carla das Papier zusammen. So absurd! Unter anderen Umständen würde Lulu es lieben, auf der Titelseite der ›Berliner Zeitung‹ zu stehen und auch noch als prominente Schauspielerin bezeichnet zu werden. Hauptsache, der Name ist richtig geschrieben, sagte sie sonst immer, piepegal, wat drinsteht, die Leute merken sich eh nur den Namen.

»Ein Fest für die Presse«, sagte Mucki grinsend, »alle richtig scharfen Schlüsselworte in eeenem Titel: nackt, prominent, Habgier, Mord, Geliebte und das in Kombination mit einem Kinderspielplatz. Dit hat weder die Bardot noch die Monroe je so geschafft.« Er wurde jäh wieder ernst. »Und is da was dran?«, fragte er leise.

»Hast du sie noch alle?«

»Nuja, man hat schon Pferde vor der Apotheke ...«

Die Apotheke!

»Danke Mucki, da erinnerst du mich an was. Ich sollte hier nicht länger mit dir hocken und plaudern, sondern arbeiten.

Kannst du mir bitte die Zeitung mit dem Lokalteil Charlottenburg von gestern geben, und falls es Bilder von der Gala für die Hebammenschule gibt, bring mir gern alle, die eure neue Fotografin gemacht hat, nicht nur die gedruckten, ja? Außerdem brauche ich alles, was du über den Sanaritus-Verlag und Wilhelm Scheidt, diesen unsympathischen Verleger, im Archiv hast.«

Carla war bei ihrem Gespräch mit Dr. Lotz im Auto klar geworden, dass es ein Fehler gewesen war, nicht nach weiteren Tatverdächtigen zu suchen. Viel zu früh waren sie alle von den Gandermanns ausgegangen, dabei musste man jeden im Umfeld in Betracht ziehen. Womöglich hatte Wilhelm Scheidt viel mehr zu verlieren, als es den Anschein hatte. »Und schau doch mal, ob du was über die Baronin von Rodenheim finden kannst. Und noch was – ganz was anderes –, kennst du vielleicht jemanden, der am Kontrollpunkt Drewitz/Dreilinden arbeitet?«

»Na dit sind aber ne Menge Fragen auf einmal, also wenn ick zwei Beine hätte, würd ick ja glatt im Zirkus ufftreten!« Nepomuk klatschte in die Hände. »Also dit Letzte zuerst, wat Drewitz angeht, da kenn ick wen, aber keen Grenzer nich.«

»Solange der nicht blind ist, hilft mir jeder!«

»Der ist dort Elektriker. Wat brauchste denn?«

Carla erklärte ihm, dass sie wissen wollte, ob der Leichenwagen der Grab-Müllers wirklich schon den Kontrollpunkt durchlaufen hatte und falls nicht, wann es denn so weit wäre. Ihr Gefühl sagte ihr nicht nur, dass Wally in dieser Sache auch gelogen hatte, sondern dass da mehr dahinterstecken musste. Die ganze Ringaffäre stank zum Himmel.

»Dit kann länger dauern, aber ich versuch's.« Nepomuk rief seinen Freund Heinz an, der heute Spätdienst hatte. Er versprach ihm, früher zur Schicht zu gehen und nach dem Leichenwagen der Grab-Müllers Ausschau zu halten.

In der Zwischenzeit fand Carla heraus, dass Gabriele Vogt, die zweite Vorsitzende des Hebammenvereins, am Savignyplatz wohnte, und ein Anruf bei ihr brachte die begeisterte Zusage, dass Frau Vogt einer spendierfreudigen reichen Erbin wie Carla jederzeit gern Auskünfte zum Verein geben würde. Sie verabredeten sich in zwei Stunden. Nach Carlas Erfahrung waren die Vorstandsvorsitzenden von solchen Vereinen meistens schon in Rente, hatten viel Zeit und waren untereinander oft nicht ganz grün, weshalb Frau Vogt die Gandermanns vielleicht sehr genau beobachtet hatte.

In dem Artikel über die Hebammengala hatte die Journalistin von der ›Berliner Morgenpost‹ ein wenig enttäuscht angemerkt, dass es dieses Mal kein leckeres Büfett gegeben hatte. Sparmaßnahmen waren schuld daran, dass man sich an einem Cateringwagen vom Film Pommes rot-weiß hatte holen müssen. Obwohl die Pommes nicht übel gewesen waren, bezweifelte die Journalistin, dass ein so ärmliches Angebot die Spendierfreudigkeit der Leute in Schwung brachte.

Müde rieb Carla ihre Augen, griff dann nach der Akte der Baronin und schlug sie auf. Doch bis auf deren Lebensdaten war sie leer. »Mehr habt ihr nicht über eine Frau, bei der die Hautevolee von Berlin ein und aus geht, ist das nicht sehr ungewöhnlich?«, fragte sie Mucki.

Nepomuk blickte über ihre Schulter in die leere Akte. »Stimmt, über jedes Schlagersternchen gibt es mehr. Vermutlich steht die Baronin auf der Liste.«

»Was denn für eine Liste?«

»Na die Bonadea-Liste.«

»Bonadea? Was ist das denn? Ein Geheimbund?«

Mucki grinste. »Bonadea war eine Göttin und ihr zu Ehren wurden im alten Rom tatsächlich geheime Kulte von Frauen abgehalten, zu denen kein Mann Zutritt hatte.«

»Jetzt verstehe ich noch weniger.«

»62 vor Christus gab es den Bonadea-Skandal um Pompeja, das war die damalige Frau von Julius Cäsar. Ein Mann hatte sich heimlich eingeschlichen und man verdächtigte ihn, der Geliebte von Cäsars Frau zu sein. Und obwohl es keine Beweise gab, ließ sich Cäsar scheiden, denn seine Frau sollte über jeden Verdacht erhaben sein.«

»Interessant …« Sie sah Nepomuk fragend an.

»Na, manche Leute sind sehr wichtige Strippenzieher mit Kohle und Macht und unser Land kann es sich nicht leisten, dass im Zusammenhang mit denen auch nur der Hauch eines Zweifels auftaucht. Wenn so'n Journalist also was entdeckt, dit jemand en fantasievollen Persilschein hat oder 'n Katholischer im Umfeld vom Adenauer bei der Befriedigung von unappetitlichen Jelüsten erwischt wird, denn kannst du dit gleich in die Tonne treten, wenn die auf der Liste stehn. Aber dit haste nicht von mir.«

»Und was ist mit guten Nachrichten über so jemanden? Warum finde ich da auch nichts?«

»Weißte doch selbst, en Böswilliger kann aus allem wat stricken. Besser man bleibt im Hintergrund oder die Frau ist ebendt wirklich nur ne Nullnummer.«

»Nicht diese Frau!«, sagte Carla, klappte die Akte zu, griff sich die von den Scheidts und schlug sie auf. Erfreut stellte sie fest, dass es hier jede Menge Artikel und Meldungen gab. Sie vertiefte sich in die Unterlagen. »Die Scheidts stehen offensichtlich nicht auf so einer Liste. Unglaublich, die haben ernsthaft überlegt, ob sie mit dem Dürer-Verlag kooperieren, aber den Artikel dazu hat die B.Z. dann doch nie gedruckt …« Sie hatte gehofft, diesem Verlag nie wieder zu begegnen.

»Hör mir uff mit dem Dürer, so alte Maler, dit interessiert doch keen niemand nich. Die Jungen stehen auf Andy Warhol und sowas.«

Carla sah von der Akte hoch zu Nepomuk. Er hatte keine

Ahnung, Vater hatte ihn offensichtlich damals nicht eingeweiht, sie musste sich ein paarmal räuspern.

»Dieser Dürer-Verlag hat seinen Sitz in Buenos Aires, wo er die Zeitung ›Der Weg‹ herausgibt, eine Zeitung für und von Nazis auf der Flucht. Da veröffentlichen sogar Menschen wie Josef Mengele Artikel, natürlich unter Pseudonym.« Sie schüttelte angewidert den Kopf.

»Trink mal wat, du bist janz blass! Woher kennt jemand wie du so'n Verlag?«

Carla nahm einen Schluck von dem mittlerweile kalten Kaffee. Seit Vaters Tod war ihr der Verlag nicht mehr untergekommen. »Wir sind auf den Verlag im Zusammenhang mit dem Fall gestoßen, an dem wir gearbeitet haben, als wir den Unfall hatten, bei dem Vati dann ...«

Mucki legte seine Hand auf ihre. »Verstehe, komm, überlass das hier mir, ich räume das wieder weg.«

»Auf keinen Fall!« Carla blätterte weiter. »Schau dir das an, sie hatten im Verlagsprogramm schon angekündigt, dass sie die Memoiren von Werner Naumann veröffentlichen.«

»Na dit sacht mir wat. War der nich dem Goebbels sein Assistent? Es hieß damals, die Magda, die Frau vom Goebbels, die wär in den verknallt. Sie hat ihm Gedichte geschrieben. Ob der was mit der hatte? Wär doch interessant, wat der so schreibt. «

»Aber das Buch wurde nie im Sanaritus-Verlag veröffentlich, vorher wurde Naumann verhaftet.«

»Wegen der Nazivergangenheit?«

»Nein, er gehörte zum Düsseldorfer Kreis, das waren doch die Verschwörer, die die FDP unterwandert haben.«

»Aber dit ist ja allet nun schon ne Weile her, Kindchen, du bist immer noch ganz blass. Und ehrlich, was nutzen dir denn diese Informationen hier und jetzt für Lulu?«

»Das kann ich noch nicht sagen, aber ich spüre, dass es

wichtig ist, zu wissen, dass der Sanaritus-Verlag nicht nur rechts ist, sondern stramm hakenkreuzbraun, immer noch! Kein Wunder, dass Sara Jakob sich die Zähne an denen ausgebissen hat.«

Nepomuks Telefon klingelte, er nahm ab und nickte Carla mit erhobenem Daumen zu.

»Heinz, ja, nee, nee, warte ma, ick, Moomentchen, hier isse direktemang, die Kleene vom Karl-Otto.« Mucki wedelte auffordernd mit dem Hörer in Carlas Richtung.

Dankbar ergriff Carla den Hörer und musste dann einen minutenlangen atemlosen Sermon über sich ergehen lassen, bei dem es ihr unmöglich war einzuhaken. Erst erzählte er ausführlich, wer er war, woher er Nepomuk kannte, zusammengefasst vom 414. Bau-Pionier-Bataillon der Heerestruppe II, damals vor Weschki, was in der Nähe von Stalingrad war, also dort, wo Nepomuk ihm das Leben gerettet hatte, was den armen Mucki sein Bein gekostet hatte, und was genau er beim Grenzübergang zu tun hatte, zusammengefasst, er sorgte dafür, dass die Lichter nie ausgingen, und dann endlich kam er zur Sache: Der Wagen stand tatsächlich in einer kilometerlangen Schlange auf der Westseite eingeklemmt zwischen einem Kühllaster und einem Kohlenbrummi und würde da, solange die Ostgrenzer weiter Dienst nach Vorschrift machten, auch noch bis in die frühen Morgenstunden ausharren müssen.

»Verglichen mit den Grenzern hier«, sagte Heinz, »sind sogar Schnecken bei uns aufm Postamt in Moabit schnell wie der Blitz. Allet bloß, um den Westberlinern dit Leben schwer zu machen. Andererseits«, fügte er dann noch lachend hinzu, »soner Leiche isset ja denn auch egal!«

Sie bedankte sich bei Heinz und bei Mucki. Dann hatte Wally sogar in dieser Sache gelogen, aber das musste warten, bis sie mit Gabriele Vogt und Trudi geredet hatte. Um den Ring würde sie sich dann heute Nacht kümmern.

# Kapitel 21

Ich habe mehr als eine halbe Stunde auf Sie gewartet.« Die junge schlanke Frau trug ein kurzes weißes Tenniskleid im Stil der Zwanzigerjahre mit einem plissierten Rockteil und wedelte freundlich, aber bedauernd mit einem Federballschläger herum. »Aber jetzt muss ich trainieren.«

Carla entschuldigte sich wortreich, während sie innerlich grinsen musste. Da hatte sie ja wirklich voll ins Schwarze getroffen mit ihren Vermutungen! Gabriele Vogt vibrierte vor lauter Energie, war definitiv nicht in Rente und womöglich brannte sie auch gar nicht darauf, den Gandermanns eins auszuwischen.

»Schon gut!«, unterbrach Frau Vogt Carlas Entschuldigungen. »Wenn Sie sich nützlich machen, reden wir! Sie werfen mir die Bälle zu.« Sie kam aus der Tür, trat auf Carla zu und sperrte ab. »Nennen Sie mich Gaby – und Sie sind?«

»Carla.«

»Carla, folgen Sie mir ins Trainingslager.« Sie deutete auf die Doppelgarage im hinteren Hof, die von spät blühenden rosa Rosen überwuchert war.

Verblüfft folgte Carla ihr und bevor sie noch bis drei zählen konnte, hatte sie einen Schläger in der Hand und drei Federbälle in der anderen. Die Garage war in eine Badmintontrainingshalle umgebaut worden, in einer Ecke lagen Gewichte und Springseile, in der anderen lagerten Schläger, Bälle, Mineralwasser und Handtücher. Gaby Vogt war nicht nur eine fanatische Spielerin, sie arbeitete auch in einem Komitee, das Badminton als Olympische Disziplin anerkannt haben wollte.

»Wussten Sie, dass die Bälle mit bis zu 400 km/h um unsere Köpfe zischen? Dieses Racketspiel ist so viel anspruchsvoller als Tennis, man steht weniger rum, man muss viel wendiger sein … aber gut. Stellen Sie sich dorthin und schlagen Sie den Ball einfach übers Netz. Dann verraten Sie mir, warum Sie wirklich hier sind.«

Carla schlug den ersten Ball übers Netz.

Gaby schüttelte den Kopf.

»Ist das alles, was Sie draufhaben? Stellen Sie sich vor, dass Sie wütend sind, und dreschen Sie auf den Ball, ja?«

Kein Problem, dachte Carla, die mit ihren hochhackigen Schuhen und dem engen Rock zu kämpfen hatte, wirklich kein Problem! Sie stellte sich Wally vor und Lulu und dann Griesers Genugtuung und hatte deutlich mehr Schwung.

»Während ich auf Sie gewartet habe, hab ich meine Hausaufgaben gemacht, Sie sind keine Großindustrielle, sondern Privatdetektivin, also warum sind Sie hier?«

Carla lief jetzt schon der Schweiß über die Stirn, sie erklärte Gaby, die wie eine rasende Gazelle hin und her rannte, um ihre Bälle zu kriegen, was passiert war.

»Wenn Sie das eine Viertelstunde durchhalten, kriegen Sie einen detaillierten Bericht von mir!«, sagte Gaby, ohne auch nur schneller zu atmen. »Aber nur, wenn Sie die Bälle noch schneller rüberballern!«

Carla schleuderte ihre Schuhe von sich, pfiff auf ihre Nylons, zog die Bluse aus ihrem Rockbund und nickte.

Nach einer Viertelstunde, in der man nur das Ploppen der Bälle und das Quietschen von Gabys Tennisschuhen hatte hören können, war Carla bis auf die Unterwäsche durchgeschwitzt, gleichzeitig fühlte sie sich seit Tagen zum ersten Mal nicht mehr so müde, gelähmt und zerrissen, sondern agil und voller Kraft.

Gaby griff sich ein Handtuch und warf Carla auch eins zu.

»Johanna Gandermann ist eine faschistische Ratte, anfangs habe ich sie unterschätzt, dachte, sie wäre halt noch so ein Relikt von früher, und glaubte, alle würden so fühlen wie ich.« Sie tupfte sich die Stirn trocken. »Ein Irrtum, viele im Hebammenverein teilen ihre Ansichten und unterstützen sie, egal, was sie tut und was sie vorhat. Ja, man kann das mit dem Tod ihrer Söhne erklären, der hat sie verbittert. Sie muss einfach weiter an ein Großdeutschland glauben, damit deren Tod ein sinnvolles Opfer war. Gleichzeitig ist sie klug genug zu erkennen, dass man derartige Gedanken – vor allem seit der Eichmann-Prozess läuft – nicht laut aussprechen kann. Meiner Meinung nach hat sie deshalb ihre Tochter an den Wissmuth verschachert. Um Einfluss in der Politik zu gewinnen.«

»Ich hatte den Eindruck, dass Freya ihrem Verlobten aufrichtig zugetan ist?«

Gaby schürzte ihre Lippen zu einer verächtlichen Grimasse. »Natürlich! Die arme Freya vergöttert ihren Willy, sie ist dankbar, dass jemand sie noch haben will.«

Entschieden strich Gaby mit der freien Hand ihre kurzen Locken zurück. »Warum sollte eine Frau nur durch einen Mann eine Daseinsberechtigung haben? Solange die keine Kinder auf die Welt bringen können, müssen wir uns nicht kleinmachen vor denen.« Sie lächelte ironisch. »Ich bin keine Männerhasserin, aber ich würde mich niemals so abhängig machen. Vermutlich ist Wissmuth Freyas einzige Möglichkeit, ihrer despotischen Mutter zu entkommen.«

»Verstehe«, sagte Carla und lenkte das Gespräch wieder auf die Gandermanns. »Stimmt es, dass dieser Willy hinter jeder Frau her ist, die bei drei nicht aufm Baum ist?«

»Dann kennen Sie den wohl noch nicht? Er hat sogar versucht, mich während eines Wohltätigkeitsturnieres zugunsten der Hebammenschule zu befummeln.« Jetzt lachte Gaby aus vollem Hals. »Der Ärmste hat meine Reflexe unterschätzt.« Sie zog ruckartig ihr Knie an, dann wurde sie schlagartig wieder ernst.

»Er hat es mit Humor genommen und sich sofort sehr charmant entschuldigt. Aber ich hatte danach trotzdem das subtile Gefühl, ihn beleidigt zu haben. Den wollte ich nicht zum Feind haben. Warum interessieren Sie sich eigentlich so für ihn und die Gandermanns?«

Carla überlegte, ob es jemandem schaden würde, wenn sie Gaby von Sara Jakob und Hennys Tod erzählte, und kam zu dem Schluss, dass es das einzig Richtige war.

Gaby nickte mitfühlend, behauptete dazu noch mehr auf Lager zu haben, zwang Carla aber eine weitere Viertelstunde Training auf, nach der sie sich gut gelaunt die Stirn abtupfte, Carla eine Flasche Wasser reichte und sich auch eine öffnete.

»Das alles wundert mich nicht, das passt zu den Gandermanns.« Sie zögerte einen Moment, dann nickte sie, als hätte sie sich gerade erst noch die Erlaubnis für ihre nächsten Sätze geben müssen. »Wir haben im Hebammenvereinshaus auch zwei kleine Behandlungszimmer, dazwischen ist nur eine Schiebetür, durch die man mehr hören kann, als man sollte. Als ich vor einiger Zeit Unterlagen in meinem Spind vergessen hatte, waren die beiden in einem der Zimmer und ich habe mitbekommen«, sie hielt inne und grinste breit, »na, sagen wir mal, ich war neugierig und hätte nichts dagegen, diese rechte Bazille von ihrem Thron zu stoßen … also jedenfalls hat Johanna mit Willy Tacheles geredet. Wenn er noch einziges Mal den Hochzeitstermin verschiebe, dann würde sie das mit Elsa publik machen und seinem Duzfreund Adenauer verraten, wie Willy seine schwangere Geliebte behandelt hat. Und wenn ich das richtig verstanden habe, musste er die junge Frau wohl zu der Abtreibung zwingen. Die hätte das Kind lieber ausgetragen und zur Adoption freigegeben, aber Willy wollte kein Risiko eingehen. Komisch eigentlich, ich hätte gedacht, ein machtgieriger Mann wie der würde es wie Papst Alexander VI. lieben, seine Spermien in der Welt zu verteilen.«

»Konnten Sie den Namen der Geliebten hören?«

»Die Rede war immer nur von der Nummer fünf.« Gaby streckte sich und ihre Arme nach oben. »Offensichtlich hat er sie bei den Vorwahlen zur Miss Berlin kennengelernt. Die wird ja auch von dem Wissmuth unterstützt … klar, dass der sein Geld lieber in sowas steckt.« Gaby ließ ihren Oberkörper nach vorn fallen. Nachdem sie sich wieder aufgerichtet hatte, zuckte sie mit den Schultern. »Falls der Wissmuth sich doch noch überreden lässt, meine Idee von der Badminton-Olympiamannschaft zu unterstützen, werde ich abstreiten, Ihnen das erzählt zu haben.« Sie lächelte zynisch.

»Konnten Sie bei der Gala etwas Interessantes beobachten, waren die Gandermanns die ganze Zeit anwesend?«

Gaby richtete sich Wirbel für Wirbel wieder auf, griff sich ein Springseil und fing locker an, das Seil zu schwingen, hüpfte federnd drüber und wurde ständig schneller. »Mal sehen … Johanna hat ihre gähnend langweilige Begrüßungsrede gehalten, aber ich kann mich nicht entsinnen, dass Freya in ihrem Dunstkreis gewesen wäre, ungewöhnlich, sonst folgt die ihrer Mutter wie ein Schatten. Erst viel später bei der großen Tombola habe ich Freya und auch den Wissmuth gesehen, aber Johanna, die normalerweise die drei Hauptpreise überreicht, war nicht dabei. Womöglich musste sie zur Toilette, an dem Abend schien ein Magen-Darm-Virus umzugehen. Einige Besucher haben das auf die Pommes geschoben, was natürlich Blödsinn ist, denn angesichts der Symptome, von denen ich gehört habe, waren das eher Rotaviren und die vermehren sich nicht in Lebensmitteln und überstehen keine Fritteuse. Viel wahrscheinlicher ist es, dass eine der Hebammen sich das bei einer Nachsorge eingefangen hat. Alle Säuglinge kriegen das mal.« Sie stoppte das Seilspringen und sah Carla forschend ins Gesicht. »Und geht's wieder? Sie schulden mir noch ne Runde!«

# Kapitel 22

Eine Stunde später lag Carla vor Freyas Apotheke auf der Lauer. Was für verstörende Informationen Gaby preisgegeben hatte. Die Zeugin wirkte vertrauenswürdig, nicht wie jemand, der sich Geschichten ausdachte, um sich wichtigzumachen.

Freya war offensichtlich wie blind vor Liebe. Wie war es möglich, nicht zu erkennen, dass ihr zukünftiger Ehemann bis zu seinem letzten Atemzug ein Casanova bleiben würde? Natürlich hatte er Charme und er war offensichtlich so clever, dass er sogar einen siebenfachen Vater und Erzkatholiken wie Adenauer hinters Licht führen konnte.

Sie hatte schon wieder Mucki angerufen und ihn gebeten, ihm Fotos und Artikel über die Berliner Misswahlen vom letzten und von diesem Jahr rauszusuchen.

Und jetzt wartete sie vor Freyas Apotheke, dass die mit dem Hund herauskäme.

Doch es war nicht Freya, die mit dem Corgi aus der Apotheke trat. Die Leine hielt ein Mädchen, das ihren Schal so hoch um das Gesicht geschlungen hatte, als litte es an Ohrenschmerzen. Sie bückte sich ständig zu dem Hund runter, redete mit ihm, gab ihm Leckerlis und der sonst so hysterische Corgi wedelte still und freundlich mit dem Schwanz.

Und der Hund blieb auch entspannt, als Carla zu den beiden trat, neben dem Tier in die Knie ging und vorgab, noch nie so ein schönes Kerlchen gesehen zu haben.

»Es heißt, die Feen würden auf Corgis reiten«, sagte sie. »Ist das deiner?«

Das Mädchen wurde schwallartig rot und erklärte, dass der Hund leider nicht ihr, sondern ihrer Chefin gehöre.

Carla streichelte den Hund und bemerkte voller Genugtuung, dass ohne ihr Zutun einige Haare in ihrer Hand gelandet waren. Vergleichshaare für Achim. Sie erhob sich, blickte dem Mädchen nun voll ins Gesicht und erkannte jetzt, warum es seinen Schal so um sein Gesicht gelegt hatte. Es war von schwerer Akne mit dicken Pusteln und Kratern verunstaltet.

»Deine Chefin scheint sehr auf dich zu zählen, wenn sie dir so einen kostbaren Hund anvertraut!«, sagte Carla.

Das Mädchen wurde noch röter. »Willow mag mich jedenfalls!«, sagte es mit einer etwas heiseren Stimme.

»Das merkt man!«, sagte Carla. »Manche Menschen haben ihren Hund nicht verdient!«, wagte sie einen Vorstoß.

»Hmm …«, sagte das Mädchen etwas unschlüssig. »Aber ich bin froh, dass ich ihn ausführen darf. Viele Hunde sind netter als Menschen.«

Hunde sind netter als Menschen … das könnte ein Spruch von Lulu sein … Lulu? Oh mein Gott, sie hatte vollkommen vergessen, dass jemand Fritzi versorgen musste. Einfach unglaublich, dass Lulu Dr. Lutz nicht mal Anweisungen für ihren Pudel gegeben hatte.

»Hättest du vielleicht Lust, dich um noch einen weiteren Hund zu kümmern? Ich suche dringend jemanden, der so ein Händchen für Tiere hat wie du!«

»Ich arbeite gerade auf Probe in der Apotheke, ich soll Apothekenfacharbeiterin werden, nein, hier im Westen heißt das ja anders: Apothekerassistent.«

»Aha …«, sagte Carla. Das Mädchen wirkte nicht gerade begeistert.

»Ja, mein Onkel will, dass ich was Ordentliches lerne.«

Der Onkel … Dann hatte der mehr Einfluss als ihre Eltern? Onkel … konnte es sein, dass sie die Geliebte von Wissmuth war, die Nummer fünf – eine Minderjährige? Aber mit der Akne hätte man sie bestimmt nicht an der Miss-Berlin-Wahl teilnehmen lassen.

»Und du willst auch Apotheken-äh-dings werden?«

»Eigentlich wollte ich immer zum Ballett wie meine Mama … Aber da war Onkel Willy total dagegen, er sagt, das wäre nichts für mich, die Bühne wäre ein roher unsittlicher Ort. Na denn wollt ich Tierarztassistentin werden, weil ich Tiere lieber mag als Leute, aber, sagt Onkel Willy, man vadient da nüscht, und denn hat er mir hier die Ausbildungsstelle besorgt. Die Apothekerin ist seine Verlobte.«

»Und wie denken deine Eltern darüber?«

»Wes ick nich. Hab sie nie kennengelernt. Ich hab ja nur zwei Fotos von meiner Mutter und auf beiden tanzt sie auf der Bühne in ›Schwanensee‹. Sind alle beide beim letzten Bombenangriff der Amerikaner auf Berlin verschüttet worden. Da war ich noch ein Baby.«

»Das tut mir sehr leid!«

»Och, ich hab sie ja nie gekannt, mir ging's ganz gut bei Oma Grete in Wismar, bis sie vor einem halben Jahr gestorben ist, da war's dann schlimm. Ich sollte in eine Einrichtung …«

Das Wort Einrichtung sagte sie so, als wäre damit eine Zweigstelle von Hohenschönhausen gemeint.

»Aber davor hat mich Onkel Willy gerettet. Hat nich bloß 'n Paket geschickt, wie alle im Dorf jegloobt ham. Se ham alle jesacht, dit der sich im Leben nich um mich kümmert. Aber denn kam die Bille und hat den Papierkram für uns erledigt und denn durfte ick ebendt zu ihm rüber in den Westen.«

Jedes Mal, wenn sie Onkel Willy sagte, ging ein Leuchten über ihr Gesicht.

»Hätte er gar nicht müssen, wir sind nicht mal blutsverwandt, er ist einfach soo …« Sie rang nach Worten. »Klasse.« Sie nickte, zufrieden mit ihrer Wortwahl.

»Ja, das ist nicht selbstverständlich in diesen Zeiten.« Carla tastete sich langsam vor. »Hast du schon ein paar Freunde finden können?«

Das Mädchen schwieg, während ihr die Röte wieder steil ins Gesicht stieg.

Carla bedauerte ihre Frage und schob schnell nach: »Seine Verlobte ist sicher genauso nett?«

»Er hat ihr diesen Hund geschenkt!«

»Dein Onkel scheint wirklich ein sehr guter Kerl zu sein!«

»Keine ist gut genug für ihn!« Das Mädchen glühte geradezu.

»Und hättest du nach der Arbeit Zeit, dich um den Hund meiner Tante zu kümmern? Ich würde dich sehr gut bezahlen!«

»Dit würde Onkel Willy gefallen! Wat fürn Hund isset denn?«

»Ein schwarzer Königspudel, sehr lebhaft und schwer zu bändigen, aber herzensgut!«

Das Mädchen lächelte. »Ja, das würde ich gern. Wie heißt er denn?«

»Fritzi und es ist eine Sie. Und wie heißt du?«

»Elsa.«

Elsa, den Namen hatte sie doch heute schon gehört. Gaby hatte ihn im Zusammenhang mit Wissmuth und Johanna erwähnt. Aber »die Sache« mit Elsa war etwas anderes als das mit der Nummer fünf.

»Musst du jemanden um Erlaubnis fragen?«

»Onkel Willy findet es gut, wenn ich Initiative zeige. Er

sagt, man darf nicht warten, dass was passiert, man muss selbst was tun. Ich könnte sofort mitkommen, eigentlich hab ich nämlich frei heute. Fräulein Gandermann wollte nur, dass ich mit Willow ums Eck gehe, weil sie so viel zu tun hat. Den bringe ich zurück und bin gleich wieder da!«

Während des Gesprächs war sie immer eifriger und zutraulicher geworden, der Schal hatte sich gelockert und Carla konnte ihr nun voll ins Gesicht sehen. Elsa erinnerte sie an Elizabeth Taylor in ›Cleopatra‹, mit genauso schwungvollen dunklen Augenbrauen über hell und dunkelgrün changierenden Augen. Schneewittchenweiß lag ihre Haut auf den markanten Wangenknochen, ohne die Akne wäre sie eine Schönheit.

Carla stellte sich ihr nun auch vor, sagte, sie würde sich um ein Taxi kümmern und Elsa in zehn Minuten abholen.

Es dauerte länger als zehn Minuten, bis Elsa mit etwas bedröppeltem Gesichtsausdruck endlich aus der Apotheke kam, in der Hand ein Einkaufsnetz mit einer Schachtel Pralinen. »Tut mir leid, Fräulein Gandermann hatte schon einen Kakao für mich vorbereitet und wollte den noch schnell mit mir trinken, als Dankeschön. Es ist nämlich unser kleines Geheimnis, dass ich an meinem freien Tag ihren Hund ausführe. Onkel Willy ist da sehr streng, denn in der Zeit soll ich mich denn weiterbilden.«

Eine halbe Stunde später waren sie bei Hennys Wohnung, wo sie von Fritzi stürmisch begrüßt wurden. Sie bat Elsa, einen langen Spaziergang mit ihm zu machen und ihn danach in die Grolmanstraße zu bringen. Carla fuhr mit dem Taxi sofort weiter zu Achim in die gerichtliche Medizin, in der Hoffnung, dass Willows Haar identisch mit dem auf Hennys Bauch war.

# Kapitel 23

Es ist viel zu spät für Abendbrot!« Anklagend wies ihre Mutter auf die Uhr über der Anrichte in der Küche. Kurz vor sieben. Fritzi saß müde vom Spaziergang mit Elsa neben Mutter und ließ sich hinter den Ohren kraulen.

Carla unterdrückte den Wunsch, pampig zu antworten, während sie hastig eines der neumodischen bunt gemusterten Kunststoff-Brettchen rausholte, die ihr Vater gern für eine nächtliche Stulle verwendet hatte. Sie hatte überhaupt keinen Hunger, wie immer, wenn ein Fall sie halb um den Verstand brachte. Aber sie wusste, dass sie sich für ihren Besuch am Grenzübergang stärken musste, auch wenn ihre Gedanken unentwegt um das kreisten, was sie bei Achim erfahren hatte: Leider war das Haar auf Hennys Bauch definitiv nicht von Freyas Corgi. Immerhin hatte Achim ihr versichert, dass der Besitz von Veronal kein echter Beweis gegen Lulu wäre. Niemand könnte zweifelsfrei beweisen, dass die Veronaltabletten, die Lulu in ihrer Handtasche hatte, identisch mit dem waren, was man reichlich in Hennys Gallenflüssigkeit gefunden hatte.

Viel wichtiger waren in seinen Augen die Entdeckungen, die er an dem Einstich im Nabel oberhalb der Tätowierung gemacht hatte. Weil Carla erwähnt hatte, dass Hebammen in den Fall verwickelt waren, hatte er im Einstichkanal nach Lidocain suchen lassen, denn das war ein Mittel, zu dem Hebammen jederzeit Zugang hatten. Und er hatte winzige Spuren davon entdeckt. Seiner Meinung nach hatte man Henny mit Veronal betäubt und dann mit einer Überdosis Lidocain den Herzstillstand herbeigeführt. Aber wären die Gandermanns so dumm, so ein Risiko einzugehen?

Ihre Mutter starrte sie immer noch anklagend an. »Ich habe noch nichts gegessen«, sagte Carla. »Aber ich muss bei Kräften bleiben, denn wir sollten Lulu doch so schnell wie möglich aus der Untersuchungshaft rausholen!«

»Natürlich, wenn es um Lulu geht, da tust du alles! Lass mal, ich mach das schon!« Ihre Mutter scheuchte Fritzi in den Flur, rollte mit einem wortlosen Seufzen zur Anrichte, räumte das ihr verhasste Brettchen weg, nahm Porzellanteller aus dem Schrank, brachte sie zusammen mit Messer, Butter, Brot, Käse und Wurst zu dem kleinen Esstisch der Küche und deckte aufwendig den Tisch. Carla unterdrückte ein Stöhnen. Sie hatte keine Zeit, sich jetzt hinzusetzen.

In diesem Moment wurde der Schlüssel in der Haustür umgedreht.

»Wally!«, stellte ihre Mutter geradezu überschwänglich fest. »Hast du Hunger, Liebes?«, rief sie in den Flur.

Gut, dachte Carla, egal wie sehr Wally mich angelogen hat, wir müssen an Lulu denken und Achims Ergebnisse zusammen durchgehen, auch wenn sie eine Nervensäge ist, hat sie hin und wieder brauchbare Ideen.

»Ich sterbe vor Hunger!«, sagte Wally und dann war sie auch schon in der Küche. Immer noch in dem schwarzen eng anliegenden, nun etwas zerknitterten Kleid, sie wirkte erschöpft und roch irgendwie animalisch. Komischerweise reagierte Fritzi, die sich sonst auf jeden stürzte, kein bisschen auf Wally, ja sie hielt sogar Abstand.

Ihre Mutter räumte ein weiteres Gedeck für Wally auf den Tisch und ergänzte nun sogar auf drei. Aha. Carla war die

Lust auf ein Gespräch vergangen, sie beschloss einfach so weiterzumachen, als wäre Wally gar nicht da.

»Soll ich Rühreier machen oder Omelette?«, fragte Mutter.

»Was du willst, alles schmeckt gut bei dir!«, sagte Wally. »Ich weiß gar nicht, warum ich solchen Hunger habe!« Sie zwinkerte Carla zu. »Hast du noch was von deinen eingelegten Gurken? Die knacken so schön, wenn man reinbeißt!«

Die blassen Wangen ihrer Mutter färbten sich bei dem Kompliment zartrosa, während sie sich eifrig am Herd zu schaffen machte, aber so tat, als hätte sie das nicht gehört.

Carla verkniff es sich, Wally vor ihrer Mutter zu fragen, warum sie wegen des Leichenwagens gelogen hatte. »Ich muss nachher im Büro mit dir reden!«, sagte sie stattdessen und war erstaunt, dass Wally nur stumm nickte und nicht weiter nachhakte.

»Um mal etwas Erfreuliches zu sagen – ich habe jemanden gefunden, der sich um Fritzi kümmert«, sagte Carla, als alle am Tisch saßen. »Und sie wird auch die nächsten Tage mit Fritzi Gassi gehen.«

»Katrin?«, fragte Wally und sah Carla mit hochgezogenen Brauen an.

»Nein, sie heißt Elsa«, mischte sich ihre Mutter ein. »Als sie mir vorhin Lulus Hund gebracht hat, war sie zwar irgendwie ein bisschen überdreht, aber im Großen und Ganzen machte sie doch einen ganz netten Eindruck, zusammen mit ihr werden wir uns gut um das arme Tier kümmern, es kann schließlich nichts für sein Frauchen!«

Wally fiel ihr ins Wort, was sie noch nie getan hatte.

»Wäre es nicht einfacher, den Hund solange ins Tierheim zu geben?«, fragte Wally, was ihre Mutter immerhin zu einem erstaunten Hochziehen ihrer dünnen Augenbrauen brachte. Carla wusste auch, warum ihre Mutter Tiere liebte, die konnten sich ihr nicht widersetzen.

»Ich verstehe nicht«, fuhr Wally fort, »was ihr im Westen mit diesen Tölen am Hut habt. Ein Wachhund auf einem Bauernhof, dit macht ja Sinn, aber wozu denn in der Stadt, und denn überall die Hundekacke! Apropos, ist euch schon mal aufgefallen, dass die Menschen im amerikanischen Sektor Boxer, im englischen Dackel und im französischen Sektor Pudel bevorzugen?«

»Ach, und du erzählst uns das, weil die Hundekacke dann auch so unterschiedlich ist?«, fragte Carla.

»Nicht in diesem Ton an meinem Tisch!«, befahl ihre Mutter und schlug dazu mit der flachen Hand auf den Tisch.

»Und die Russen, die lieben Deutsche Schäferhunde!«, sagte Wally. »Ich hab gehört, dass ihr sogar während der Berlinblockade von euren Tölen nicht abgelassen habt, obwohl det mit dem Fressen ja für alle nicht einfach war.«

»Wir Berliner haben eben ein großes Herz!« Ihre Mutter öffnete ein frisches Gurkenglas für Wally und hielt es vor sie hin.

»Verstehe ick nich, wie man sein Herz an so'n Tier hängen kann, die bleiben doch immer Wilde und reden kann man auch nicht mit denen.« Wally schnappte sich mit den Fingern direkt aus dem Glas eine Gurke.

Carla zuckte zusammen, doch der Aufschrei ihrer Mutter blieb aus, sie lächelte nur milde und legte Wally eine Gabel hin. »Nächstes Mal benutzt du die, ja?«

Es klingelte.

Carla sprang zeitgleich mit Fritzi auf und lief zur Tür. Selbst ein Plausch mit der Pallutzke wäre angenehmer als das Essen mit den beiden. Sie ermahnte Fritzi, Ruhe zu geben und öffnete die Wohnungstür.

Überrascht trat sie einen Schritt zurück, um hoch zu dem Mann schauen zu können, der vor ihr stand. Er lächelte gewinnend, griff sich an die hohe Krempe seines dunkelgrauen Homburgs und deutete mit einem Kopfnicken eine knappe

Verbeugung an, bei der Zigarrenrauch und ein Hauch von Haarwasser an Carlas Nase drangen. Sein Anzug war zerknittert, aber offensichtlich perfekt maßgeschneidert, denn sie bemerkte seinen mächtigen Schmerbauch erst auf den zweiten Blick.

»Willy Wissmuth, ich möchte gern mit Fräulein Koslowsky reden, sind Sie das?«

Carla nickte und bugsierte den Mann sofort einen Stock tiefer in die Agentur, ohne ihrer Mutter und Wally Erklärungen abzugeben. Was konnte der Wissmuth von ihr wollen?

Nachdem sie ihn mit Kaffee und Zigaretten versorgt hatte, richtete er ihr im charmanten Plauderton recht herzliche Grüße der Baronin von Rodenheim aus.

Dann erkundigte er sich, ob er der Agentur Nachtigall zu einer Tante im Gefängnis gratulieren oder sie bemitleiden solle? Verbrecher in der Familie wären ja vermutlich nur in Mafiakreisen ein Gewinn. Apropos Familie, hier schaltete er sein joviales Lächeln ab, er fände es unethisch, seine minderjährige und unschuldige Nichte zu verhören. Da wäre es ihm dann doch lieber, wenn sie gleich zu ihm käme, wenn sie denn Fragen hätte. Es missfiele ihm auch, wie sie den Damen Gandermann zusetzte, und er würde nicht zögern, all seine Kontakte zu aktivieren, um die Agentur Nachtigall zu vernichten.

Seine charmanten Unverschämtheiten versetzten Carlas Magen in Alarmbereitschaft, aber sie blieb ruhig und griff nach einer Zigarette, die er – ganz Gentleman alter Schule – anzündete, bevor sie es tun konnte.

Danach sah er sich suchend im Büro um und erkundigte sich mit geheuchelter Anteilnahme, wie sie denn den Einbruch überstanden hätte und ob es sie sehr beunruhigen würde, dass die Einbrecher noch nicht gefasst waren. Ob sie Angst hätte, dass sich das wiederholen könnte.

Wally betrat das Büro. Verblüfft bemerkte Carla, wie sich

Wallys träge animalische Gelassenheit bei dem Anblick von Wissmuth in alarmierte Spannung verwandelte. Ein ehemaliger Liebhaber?

»Arbeiten Sie nicht im Eden an der Bar?«, fragte er, während er Wally mit seinen Blicken verschlang und in sich hineinnickte, als hätte sie seinen Qualitätstest bestanden.

Wally ignorierte diese Unverschämtheit mit einer Eleganz, die Carla widerwillig bewunderte. Klar, im Eden saßen sicher viele von Willys Sorte rum.

»Das stimmt und Sie sind einer der ganz wenigen im Eden, der Dirty Martini mit Wodka trinkt.«

»Dann kennt ihr euch also?«

»Bis heute wusste ich nicht, dass sein Name Willy Wissmuth ist!«, sagte Wally und zündete sich auch eine Zigarette an. »Willy, sind Sie beunruhigt wegen Ihrer Verlobten?«, fragte Wally. »Sollen wir für Sie überprüfen, ob sie sich mit einem jungen Liebhaber vergnügt?«

Carla biss sich auf die Lippen, um nicht zu lachen. Wally beliebte zu scherzen! Ein Mann wie Willy wäre niemals auf die Idee gekommen, dass eine Frau ihn betrügen könnte. Denn sie würde ja das große Glück, von ihm auserwählt zu sein, niemals aufs Spiel setzen.

»Es geht um seine Nichte Elsa«, erklärte sie Wally. »Er findet es unverschämt, dass ich sie damit beauftragt habe, sich um Lulus Hund zu kümmern.«

Unvermittelt fing Wally an zu husten, sie hatte sich am Zigarettenrauch verschluckt, dann lächelte sie. »Und wegen einer solchen Lappalie, die Sie auch telefonisch hätten klären können, beehren Sie uns gleich persönlich?«

»Ich weiß gern, wer meine Gegner sind.«

»Sie glauben, wir wären Gegner?«, hauchte Wally mit einem übertrieben naiv verführerischen Blick, fast schon eine Parodie von Marilyn Monroe in ›Manche mögen's heiß‹.

Gebauchpinselt saugte Wissmuth an seiner Zigarette, aber dann schien er sich innerlich zu ermahnen. »Nachdem ich mir nun ein Bild machen konnte, bin ich geneigt, von einem Irrtum auszugehen. Ihnen sollte aber klar sein, dass ich jeden, der meiner Hochzeit mit Freya entgegensteht, aus dem Weg räumen lassen werde.«

»Es geht hier nicht darum, Ihre Hochzeit zu torpedieren, sondern nur um Gerechtigkeit«, sagte Carla.

»Gerechtigkeit«, er knipste mit einem breiten Lächeln sein Charisma wieder an und Carla sah ihn schon erfolgreich im Parlament, »ist ein hohes Gut in einer Demokratie wie der unseren. Ebendeshalb möchte ich Sie darauf hinweisen, dass Freya eine wunderbare Frau ist, die nichts mit ihrer Mutter gemein hat, daher sollte sie also nicht für deren Fehler in journalistische Sippenhaft genommen werden.«

»Interessante Wortwahl!«, sagte Carla. »Was das Verhältnis zur Sippe angeht, die Dienste der Mutter nehmen Sie ja auch gerne an …«

Wally warf Carla einen fragenden Blick zu. Carla nickte.

»Sie sollten sich vor Verleumdungen in Acht nehmen!«, sagte Wissmuth.

»Aber Johannas Aktivitäten während des Krieges sind Ihnen bekannt?«, fragte Wally, die ja nicht wissen konnte, was Carla herausgefunden hatte.

Wissmuth zuckte mit den Schultern. »Und wenn schon, jeder halbwegs normale Mensch arrangiert sich mit den tatsächlichen Verhältnissen. Nur Tagträumer und todessüchtige Narren hätten damals anders gehandelt. Denken Sie lieber an die vielen Frauen und Kinder, die Johanna als Hebamme in diesen Zeiten gerettet hat.«

Jemand hämmerte an die Bürotür.

Wally reagierte schneller als Carla und kam mit Katrin im

Schlepptau zurück. Eine Hand lag auf Katrins Schulter, doch Katrin tauchte unter Wallys Hand weg zu Carla hin.

»Oh!«, sagte sie, als sie bemerkte, dass noch jemand da war, und blieb wie erstarrt stehen. »Ick hab hier noch Licht jesehn und denn dacht ick ...«

Willy Wissmuth drückte seine Zigarette aus, erhob sich und musterte Katrin so dreist, dass die rot wurde und den Kopf senkte.

»Sind all Ihre Klientinnen so jung?«

»Danke für Ihren Besuch, ich bringe Sie gern raus!« Wally deutete zur Tür, schob den verdutzten Wissmuth geradezu aus der Tür und war sekundenschnell wieder zurück, stellte sich neben Katrin und legte ihr wieder die Hand auf die Schulter, und diesmal schaffte die Kleine es nicht, wieder wegzutauchen.

»Den kenn ick«, sagte Katrin, »den hab ick hier schon jesehn.«

»Wirklich?«, fragte Carla und nahm den letzten Zug ihrer Zigarette.

Katrin nickte so heftig, dass ihre dicken Zöpfe ihre Schultern peitschten, und damit befreite sie sich nun doch aus Wallys Klammergriff. »Aba ...«

»Aber deshalb biste nicht hier?«, fiel ihr Wally ins Wort. »Was willste denn überhaupt zu dieser Stunde bei uns? Musste nicht langsam ins Bett?«

Was war denn zwischen den beiden los?

»Nee. Wegen dem.« Katrin fummelte die zerknitterte Titelseite der B.Z. aus der Tasche ihrer rotweiß karierten Kittelschürze. Wally griff danach, bevor Katrin das Blatt glatt streichen konnte. »Die nackte Spielplatzmörderin!« Wally fing an zu lachen. »Nee, oder?« Sie konnte gar nicht mehr aufhören. »Wenn Lulu das sehen könnte!«

Katrin tippte sich an die Stirn. »Die spinnt doch?! Dit is ja ne total Katas-Trophäe«, sagte sie leise zu Carla. »Hammse deine Tante wirklich verhaftet?«

Carla nickte. »Und woher kennst du den Mann, der hier war?«

»Der fährt so ein Auto mit einem silbernen Panther vorne drauf, dit stand ums Eck vom Zwiebelfisch, da warn die Abscheulichen ganz wild drauf. Und denn wollten die den Panther abbrechen und ich musste denn Schmiere stehn und pfeifen, falls der Mann aus'm Zwiebelfisch zu früh zurückkommt.« Katrin grinste verschmitzt. »Na, da hab ick ständig jepfiffen, damit die keen Blödsinn machen.«

»Im Zwiebelfisch?«, sagte Wally und wechselte einen Blick mit Carla. »An sich nicht sehr verdächtig, aber mal ehrlich, so einer geht doch eher ins Riccis ... wann war denn das?«

Katrin presste die Lippen zusammen, wie immer, wenn sie nachdachte. »Wes ick nich, jedenfalls nach ...« Sie schielte zu Wally, die ihr augenblicklich ins Wort fiel.

»Nach dem Einbruch?«, fragte sie.

»Hmm, jloob eher vorher, aba Sherlock Holmes würde sagen, dit is ja nich wirklich stichhaft!«

»Tatsache bleibt, dass der Kerl hier rumgeschlichen ist!« Wally drehte sich zu Carla. »Ich bin sicher, der Wissmuth steckt hinter dem Einbruch, bestimmt wollte er den Gandermanns und sich einen Gefallen tun.«

»Nie im Leben wäre der so dumm!«, widersprach Carla.

»Natürlich nicht selbst, der kennt sicher genug Leute mit Dreck am Stecken. Du glaubst doch nicht, dass in seinen Spirituosenwerken nur Heilige arbeiten, oder?«

»Ick muss jleich wieder rüber, ist ja schon spät, Carla, kann ick mal mit dir reden, ohne die da?« Katrin deutete auf Wally.

»Klar. Wally wollte eh gerade wieder raufgehen. Noch 'n paar mehr Gürkchen essen!«

»Nein!« Wally funkelte Katrin wütend an. »Tut mir leid,

aber zuerst müssen Carla und ich uns besprechen! Wichtigen Erwachsenenkram!« Sie machte ein paar wegwedelnde Bewegungen zu Katrin hin.

Was war da nur los? Unschlüssig sah Carla zwischen Wally und Katrin hin und her.

»Carla, wir müssen über Kunden reden, die uns bezahlen!«

»Vastehe, denn geh ick jetz, denn komm ick ebendt morgen vor der Schule!«

»Gute Idee, da schläft Wally bestimmt noch!«, sagte Carla und winkte ihr nach.

Nachdem die Tür hinter Katrin wieder geschlossen war, fragte Carla, was Wally denn so Wichtiges mit ihr bereden wolle, und als Wally stumm blieb, behielt sie die Ergebnisse von Achim und die Aussage von Gaby für sich und konfrontierte sie mit all ihren Lügen rund um die Grab-Müllers und welchen Plan sie dazu ausgeheckt hatte.

# Kapitel 24

Du bist ja völlig verrückt!« Wally griff sich eine Zigarette und zündete sie an. Ihr ging immer noch der Wissmuth im Kopf rum, was hatte der wirklich hier gewollt? Wusste Bertha dann, dass sie an den Gandermanns dran waren, interessierte sie das und wenn ja warum?

Ihre Schwester sah sie triumphierend an, wie ein hinterhältiger Kobold, der seinen viel zu großen Plan tatsächlich für gut und richtig hält. Dabei war das nicht nur ne Schnapsidee, das konnte schwer nach hinten losgehen. Sie musste Carla dringend davon abhalten und ihre Energien wieder auf Lulu umlenken. »Das kannste nich machen!«

»Kein bisschen verrückt, nur kundenorientiert! Ich werde den Ring zurückholen, der Leichenwagen steht noch im Westteil.«

»Ach ja.« Wally setzte alles daran, es so richtig lächerlich klingen zu lassen. »Wie hast du dir das vorgestellt? Du fährst mit nem Taxi an die Grenze, steigst aus, stöckelst zum Leichenwagen und fummelst unter den Augen all der Grenzer an der Plombe rum, kletterst rinn, machst den Sarg auf und ziehst der Jablonsky dann janz jemächlich den Ring vom toten Finger?« Sie verdrehte außerdem noch die Augen, falls Carla immer noch nicht kapiert haben sollte, wie schwachsinnig der Plan war.

»Ganz genau!«

So winzig und doch so zäh, dieser Dreikäsehoch von Schwester! Sie musste nachlegen. »Dir ist schon klar, dass der Fahrer mit kaputter Plombe nicht durch die Zone fahren kann, er wird zurückgeschickt werden! Wie ich von Irma weiß, ist der Walter ’n Familienvater, der pro abgelieferter Fuhre bezahlt wird, weil er nicht fest angestellt ist. Der arme Walter muss zurück, verliert also seinen Lebensunterhalt! Der Wagen hat keinen Kühlraum, die Leiche wird bei der Hin-und-her-Fahrerei auch nicht leckerer und all das, obwohl wir keine Ahnung haben, ob sich dieser Peter das vielleicht alles nur ausgedacht hat, um zu vertuschen, dass er den Ring ins Pfandhaus gebracht hat.« Sie blies einen letzten perfekten Rauchring in die Luft und musterte Carla, die leider so gelassen blieb, dass Wally Mühe hatte, ihren Zorn beim Ausdrücken des Zigarettenstummels zu verbergen.

»Zugegeben, in deiner Version klingt mein Plan ein bisschen dämlich, aber warum strengst du dich so an, mich davon abzuhalten? Vielleicht verrätst du mir endlich, was bei den Grab-Müllers wirklich los ist. Ich würde den Fall gern abschließen, eine Rechnung stellen und mich dann darauf konzentrieren, Lulu aus dem Gefängnis zu kriegen«, sagte Carla.

»Versteh ich sowieso nicht, warum das nicht oberste Priorität hat, sie ist immerhin deine Tante!« Und meine, dachte Wally, aber gerade wäre es kontraproduktiv, das Carla unter die Nase zu reiben, besser, sie auf Lulu anzusetzen, das war ungefährlich.

»Lulu steht natürlich an erster Stelle, aber wir haben hier Miete zu bezahlen!« Carla seufzte. »Außerdem ist sie verdammt stur!«

»Vielleicht erinnerst du Lulu mal daran, dass junge Filmemacher meistens keine Versicherung haben und es für sie eine Katastrophe darstellt, wenn die Hauptdarstellerin einzig und allein wegen ihrer Sturheit ausfällt! Sowas spricht sich in Filmkreisen rum. Was, wenn sie nie wieder eine Rolle kriegt?«

»Hätte nicht gedacht, dass ich das mal zu dir sage, aber ich glaube, das ist eine gute Idee, das könnte funktionieren.« Carla musterte sie neugierig. »Wundert mich, dass dir Lulu plötzlich am Herzen zu liegen scheint.«

»Ich sehe doch, wie dir das zu schaffen macht!«, log Wally. Hauptsache, Carla kam erst nach Drewitz/Dreilinden, wenn das Auto durch war. »War alles gerade ein bisschen viel, wir sollten uns einen genehmigen!«

Carla nickte spontan und war schon fast aufgestanden, dann hielt sie mitten in der Bewegung inne. Gott, was war denn jetzt wieder?

»Dieser Wissmuth ist mir nicht geheuer«, sagte sie und warf ihr einen fragenden Blick zu.

»Ein aufstrebender Politiker, was soll man da erwarten …«, sagte Wally leichthin, dabei hatte Carla den Nagel auf den Kopf getroffen. Bisher hatte Wally nur gewusst, dass der Mann, der hin und wieder im Eden auftauchte und bei Dirty Martinis gern Frauen belästigte, ein Geheimer Informant von Bertha war, der sie wohl im Auge behalten sollte. Denn sie hatte ihn mal am Lietzensee auf einer Parkbank mit Bertha gesehen, und weil es bei Bertha keine Zufälle gab, hatte die ganz sicher gewollt, dass Wally wusste, dass Bertha durch ihn ein Auge auf sie hatte. Doch bisher hatte sie den Namen von dem Dirty-Martini-Kerl nicht erfahren, sonst wären ihre Alarmglocken viel früher angegangen. Doch wie hing das zusammen, der Sanaritus-Verlag, Wissmuth, die Gandermanns, womöglich auch Hennys Tod?

Carla holte endlich den Cognac und die Gläser aus dem Schrank und goss ihnen ein lächerliches Pfützchen ein.

»Auf Lulu!« Wally stieß mit Carla an. »Welche Beweise gibt es denn nun genau gegen Lulu? Wir wissen ja, dass sie es auf keinen Fall gewesen sein kann, also erzähl mir alles, was du rausgefunden hast, jedes Detail.«

Carla sah auf die Uhr, zögerte, aber dann redete sie wie ein Wasserfall, offensichtlich genoss sie es, ihre Gedanken laut sortieren zu können.

Und wenn ich Carla auch alles erzähle?, überlegte Wally. Ich lege einfach die Karten auf den Tisch, erkläre, wie ich von einem GI, also dem gewöhnlichen inoffiziellen Mitarbeiter, zum GME, dem geheimen Mitarbeiter im besonderen Einsatz, geworden bin. Wie es angefangen hat und was die jetzt von mir verlangen? Ja, genau, prima Idee, seit wann bin ich so schwach, dass ich meine Probleme auf andere abwälzen will und damit riskiere, auch meine Halbschwester in Gefahr zu bringen? Geh zur Beichte, wenn du Absolution brauchst!

Sie nahm die Schultern zurück, kippte den Cognac herunter und fasste zusammen, was Carla erläutert hatte: »Also, wenn ich das richtig verstanden habe, dann gibt es dieses Tierhaar auf dem Bauch von Henny, das Achim aber leider nicht Willow zuordnen konnte. Er hat vor allem in Hennys Gallenflüssigkeit Veronal entdecken können und winzige Spuren Lidocain an der Injektion unter dem Bauchnabel festgestellt. Eine Überdosis Lidocain kann zum Herzstillstand führen und wird auch von Hebammen verwendet. Die Bücher von Sara Jakob sind verschwunden, du hast die abgewischten Gläser im Schrank gefunden und wir wissen, das alles hätte Lulu nie gemacht, erstens spült sie nicht, zweitens wusste sie, dass das Hirschglas immer an der Spüle stehen soll. Außerdem würde Lulu vielleicht jemand im Zorn die Treppe runterschubsen, aber doch wohl niemanden vergiften! Und obwohl es also keine echten Beweise gibt, die auf Lulu hinweisen, hat die Polizei sie vor allem wegen dem fehlenden Alibi und dem Testament verhaftet? Lulu ist wohlhabend und kein bisschen raffgierig. Wie sieht es mit den anderen Verdächtigen aus? Wie glaubwürdig fandest du denn diese Badminton-Gaby? Das hat doch sicher was zu bedeuten, wenn sie die Gandermanns nicht zusammen gesehen hat, immer nur eine der beiden?«

Carla nickte. Sehr gut, hoffentlich vergaß sie Dreilinden.

»Mir geht da gerade noch was durch den Kopf, was, wenn die Gandermanns diese Magen-Darm-Infektion als Gerücht in die Welt gesetzt haben, um ihre Abwesenheit mit einem verlängerten Toilettenbesuch zu erklären? Du weißt ja, wie Menschen sind, einer sagt, er fühlt sich mies, schon haben es drei andere auch.«

Carla nippte am Cognac, sah Wallys leeres Glas, zögerte, dann goss sie ihr mit einem Schulterzucken nach. »Aber wozu denn diese Spritzen, wäre doch leichter sie zu betäuben und dann zu ersticken?«

»Ersticken hätte ein aufmerksamer Hausarzt vielleicht bemerkt, aber so hat doch alles wie ein natürlicher Herzstillstand ausgesehen. Da wollte jemand auf Nummer sicher gehen.« Das kannte Wally, bei ihnen ging man immer auf Nummer sicher. Plötzlich sah sie das Fläschchen vor sich, das Bertha ihr gegeben hatte. Das Einzige, was sie wirklich darüber wusste, war, dass es nicht direkt tödlich sein konnte, denn die wollten Joachim lebend, ein Exempel statuieren, ein Gerichtsverfahren, oder wie Frieda sagen würde, einen Schauprozess.

»Jedenfalls führen alle Spuren zu den Gandermanns«, sagte Carla, »aber waren sie es zusammen oder nur eine von beiden, und wenn ja welche? Und Henny ist tot, nur weil ich behauptet habe, wir hätten echte Beweise. Lügen rächen sich immer!« Ihre Schwester nahm noch einen Schluck und musterte Wally. »Nur bei dir nicht. Wie schaffst du es bloß, so viel zu lügen und dich trotzdem gut zu fühlen?«

»Ich weiß nicht, wie du auf sowas kommst, ich sage nur selten die Unwahrheit.« Wally sah Carla aufrichtig in die Augen, was sie so gut konnte, dass nicht mal Bertha ihr je auf die

Schliche gekommen war. »Ich seh das eben wie Voltaire: Lügen ist nur dann ein Laster, wenn man damit Schaden anrichtet, aber es ist geradezu eine Tugend, wenn man jemandem oder einer Sache damit nutzt.« Einer Sache, an die sie anders als Muschka noch nie geglaubt hatte.

»Und wem nutzt es, wenn du mich oder unsere Kunden anlügst?« Carla hielt inne und kaute auf ihrer Unterlippe rum.

Was für eine hässliche Angewohnheit, das hatte sie nicht von Vati.

»Selbst die Notlügen für Mutter werden sich früher oder später rächen.«

»Du überschätzt den menschlichen Hang nach Aufrichtigkeit. Die interessiert nur, wenn sie mit dem im Einklang steht, wovon man selbst überzeugt ist. Wahrheit? Das kommt sehr auf den Betrachter an und sie wird außerdem von den Siegern bestimmt.«

»Ist es etwa keine Wahrheit, dass eins und eins zwei ergibt? Und genau deshalb fahre ich jetzt nach Dreilinden und schaue mir den Leichenwagen an.«

Wally seufzte. Sie griff nach dem Cognac, nahm den silbernen Flachmann aus ihrer Handtasche und begann ihn damit aufzufüllen. Eine solche Provokation würde Carla doch nicht einfach so durchgehen lassen?

Carla schüttelte nur angewidert den Kopf und trug die Gläser in die kleine Spülküche. Wally schraubte die Flasche zu und folgte ihr.

»Du verschwendest an dem Grenzübergang nur deine Zeit. Wie willst du eigentlich die Zollplombe aufkriegen, ohne sie zu beschädigen?«

»Das lass mal meine Sorge sein!« Carla grinste spöttisch. »Vater hat mir viel beigebracht! Außerdem bekommen wir nur im Erfolgsfall ein Honorar!« Entschieden räumte sie nun den Cognac zurück in den Schrank.

»Es ist viel wichtiger, an den Gandermanns dranzubleiben! Vergiss doch mal diesen blöden Ring! Findest du es nicht komisch, dass sich der Wissmuth so stark für seine nicht blutsverwandte Nichte macht? Womöglich weiß die etwas, von dem sie gar nicht weiß, dass sie es weiß!«

»Der Ring war ein Auftrag, den die Agentur Nachtigall angenommen hat. Wir haben einen Ruf zu verlieren! Aber von mir aus, rede du mit Elsa und wir sehen uns morgen!«

Carla ging zu dem großen Einbauschrank, in dem die Reisekoffer verstaut waren. Was wollte sie denn damit? Die Koffer waren leer. Wally hatte schließlich mehrfach das ganze Büro sorgfältig abgesucht.

Aber wie sich herausstellte, war sie nicht gründlich genug gewesen. Was für ein Glück, dass Bertha das niemals erfahren würde. Und noch mehr Glück, dass Carla offensichtlich anfing, ihr zu vertrauen, oder warum sonst zeigte sie ihr heute zum ersten Mal, dass sich hinter der Rückwand des Schranks ein Safe verbarg?

Wally unterdrückte ein bewunderndes Pfeifen. Kick an, ihre Schwester war doch nicht so dämlich, wie sie gedacht hatte. Es war ihr schon komisch vorgekommen, dass Carla im ganzen Büro neben dem abschließbaren Aktenschrank nur eine abschließbare Schreibtischschublade haben sollte, bei der Arbeit, der sie hier nachging.

Carla öffnete so routiniert und schnell den Safe, dass es Wally nicht gelang, sich die Kombination zu merken.

Dann zog Carla ein weiches Päckchen heraus. »Wenn du mich bitte entschuldigst, ich muss mich umziehen!«, sagte sie und wedelte Wally mit einer sehr amtlich aussehenden grünen Schirmmütze zu.

»Haben die im Westen überhaupt Frauen beim Zoll?«, fragte Wally perplex.

»Nö, aber das weiß keiner. Und wenn du erst mal in voller

Montur vor jemandem stehst, kommt niemand auf den Gedanken, dass du nicht berechtigt bist, den anzuhalten! Alle haben sofort ein schlechtes Gewissen.« Carla verschwand in der winzigen Toilette, und als sie uniformiert wieder rauskam, wirkte sie völlig authentisch. Klar, stellte Wally widerstrebend fest, bei dem sauertöpfischen Ausdruck im Jesicht war die Tarnung wasserfest.

»Es ist schon gleich neun!«, sagte sie. »Gott weiß, wann du dort ankommst?«

»Je später, je besser, dann sind alle schon müde und es guckt keiner mehr so ganz genau hin. Bis nachher dann. « Carla legte die Hand an die Mütze, salutierte vor Wally und verschwand aus dem Büro.

Als sie Carla die Treppe runterlaufen hörte, holte Wally den Cognac wieder raus und goss sich noch ein Glas ein. Ein Geheimfach, eine Uniform und außerdem die Tatsache, dass Carla bereit war, eine Anzeige wegen Amtsanmaßung zu riskieren.

Während Wally die karamellgoldene Flüssigkeit hin und her schwenkte, hörte sie geradezu, wie Muschka missbilligend »tzzzzz« machte. »Du hast nicht wirklich versucht, sie aufzuhalten! Du solltest der Grenzpolizei einen anonymen Tipp geben, um sie zu stoppen. Die verhaften sie und dann bist du in Sicherheit, was die Aktion Goldfisch angeht.«

Nee.

»Tzzz«, hörte sie ihre Mutter wieder, »biste verrückt jeworden? Willste lieber, dit dir die Bertha zeigt, wie sie Gott spielt?«

Wally trank aus, beugte sich zum Telefon und wählte.

# Kapitel 25

Danke, Sie haben was gut bei mir!«, unterbrach Carla den Redeschwall von Muckis Bekannten, als sie ihm kurz nach Mitternacht die Hand schüttelte. Heinz nickte verschwörerisch und legte sich den Zeigefinger vor den Mund, zum Zeichen seiner Verschwiegenheit. Seine Augen hinter dem dicken schwarzen Brillengestell blitzten fröhlich, so begeistert war er, Mucki und seinem Schützling einen Gefallen tun zu können. »Der Fahrer steckt sicher in der Sache mit drin, deshalb ist es wichtig, dass der wirklich rein gar nichts merkt, also lassen Sie ihn bitte nicht aus den Augen. Er sollte auch möglichst nicht in den Rückspiegel schauen. Und wenn er sogar Anstalten macht, auszusteigen, dann pfeifen Sie damit!« Sie reichte ihm eine Trillerpfeife. Falls Heinz die benutzen musste, würde sie dem Fahrer gegenüber behaupten, dass sie nur die Vorhut einer großen Einheit wäre, was ihn zumindest einen Moment lang einbremsen würde.

Zusammen marschierten sie vom hell beleuchteten Grenzübergang Dreilinden zurück Richtung Berlin, entlang der Schlange von Lastern, die so weit in die Dunkelheit reichte, dass sie mit ihr eins wurde.

Bis sie den Leichenwagen erreicht hatten, wusste Carla jedes Detail über Heinz' Aufgaben hier am Grenzübergang und wie wichtig die Elektrik hier in jeder Hinsicht war. Außerdem alles über seine traurige Ehe mit Erika, die er, zusammengefasst, liebte und niemals aufgeben würde, denn er war nicht der Typ, der aufgab. Schon nach fünf Minuten verstand Carla, woran diese Ehe wirklich zerbrochen war. Dieser hartnäckige Optimismus war kaum zu ertragen, jeder echte menschliche Austausch wurde durch diese überschwängliche Schmiere von Positivismus erstickt. Wahrscheinlich war das seine, vielleicht ja auch die einzige Art, so etwas Ungeheuerliches wie die Belagerung von Weschki zu überleben.

Carla legte ihre Hand auf seinen Arm und drückte entschieden zu.

»Es geht los!«, wisperte sie und deutete auf die Fahrerseite des Leichenwagens. »Nicht aufhören, bis ich zurück bin, ich verlasse mich voll und ganz auf Sie!«

Heinz nickte und klopfte an die Scheibe des Fahrers, während Carla weiter zu dem Laster hinter dem Wagen schlich. Alles war dunkel. Hoffentlich schlief der Fahrer tief und fest. Andererseits, was sollte schon passieren, selbst wenn er raus zum Pinkeln musste, würde er sicher nicht sehr scharf darauf sein, eine Zollbeamtin bei der Arbeit zu stören.

Sie widmete sich der Plombe an der Tür des Leichenwagens. Ärgerlich, dass die Grab-Müllers die Genehmigung hatten, das selbst vorzunehmen, denn sonst wurden die Laster erst hier am Grenzübergang verplombt.

Routiniert zog Carla ihr Miniwerkzeug aus der Tasche. Als sie das Schraubenzieherchen in die Hand nahm, hatte sie die warme Stimme ihres Vaters im Ohr: »Prüf erstma auf Schwachstelln. Du gloobst ja nich, watt die da manchmal fürn Kokolores machen. Wenn aber allet fix ist, denn rantasten an die seitlichen Nieten und lockern, laaaangsam, als wenn du 'n Baby operierst, janz sachte!« Nach zwei Minuten schon konnte sie den Draht rausziehen und die Tür öffnen, die Plombe an sich blieb dabei unversehrt.

Sie spähte nach vorn – Heinz rauchte eine Zigarette mit

dem Fahrer. Gut, sie drehte sich um, hinter ihr im Kühllaster war immer noch alles dunkel.

Schnell stieg Carla in den Leichenwagen und achtete darauf, die Klapptür einen Spalt offen zu lassen. Das roch hier drin viel besser, als sie erwartet hatte. Sie leuchtete den Sarg ab, ziemlich groß für eine alte Dame. Sehr groß ... und vor allem sehr hoch!

Mist!

Zwischen Sarg und Wagendecke war nicht mal eine Handbreit Platz! Wie wollte sie denn da den Sargdeckel öffnen? An alles hatte sie gedacht, aber das hatte sie übersehen! Öffnen konnte sie den Sarg also nur, wenn sie ihn aus dem Auto zog. Was für ein Risiko! Was, wenn sie erwischt wurde? Da brauchte sie selbst als Zollbeamtin eine überzeugende Geschichte. Und das Rausziehen gelang ihr nur, wenn der Sarg auf einer Schiene stand, damit waren noch längst nicht alle Leichenwagen ausgestattet. Sie leuchtete unter den Sarg und entdeckte das metallische Glitzern von Stahl. Na also, ermutigte sie sich und kletterte aus dem Leichenwagen. Sie blickte sich um, sah prüfend zu Heinz hin, der redete und redete und würde sicher erst aufhören, wenn sie ihm das vereinbarte Zeichen gab.

Hastig legte sie ihre Hände an die Schiene unter dem Sarg und fing an zu ziehen – gut geölt. Mit einem Blick schätzte sie die Größe der benötigten Schraubenzieher für die Schrauben im Sargdeckel ein und bückte sich, um den richtigen aus ihrer Tasche zu ziehen. Da hörte sie hinter sich ein Geräusch, sie konzentrierte sich, ganz klar, das war das metallische Klicken von einer Autotür, die leise zugemacht wurde.

Der Kühlwagenbrummifahrer. Verdammt! Ausgerechnet jetzt!

Sie drückte die Schultern durch, Angriff, dachte sie und drehte sich um.

Verblüfft riss sie ihre Augen auf. Damit hatte sie nun nicht gerechnet!

Eine Frau, füllig und kurvenreich wie Wally, kletterte in ihren High Heels vom Führerhäuschen auf die Straße, was sich wegen der Schuhe schwierig gestaltete. Weit und breit war nichts vom Brummifahrer zu sehen. Gut, dachte Carla, hoffentlich hatte ihn die Frau ordentlich erschöpft. Unten angekommen ruckelte die Frau mit einem gekonnten Schwung ihrer Hüften den wie nass schimmernden kurzen Lackrock zurecht, zupfte die Netzstrümpfe gerade und verstaute ihren mächtigen Busen im Dekolleté, dann erst drehte sie sich um und bemerkte Carla.

»'n Abend, wat kiekstn so? Lust auf 'n Nümmerchen?«, fragte die Frau, ohne auch nur eine Spur von Verlegenheit.

Carla war noch dabei, eine Antwort zu überlegen, da redete die Frau schon weiter. »Biste neu hier?«, fragte die Frau irgendwie amüsiert. »Sexy, die Uniform.« Sie lachte rau und zündete sich eine Zigarette an.

»Was haben Sie hier zu suchen?«, fragte Carla in ihrem strengsten Ton.

»Oh, ne janz Korrekte. Ja, also da muss ick ja direkt ma nachdenken.« Die Frau legte den Kopf in den Nacken und eine Hand an die Stirn, dabei blies sie langsam Rauchringe in die Luft, als hätte sie alle Zeit der Welt.

Carla zwang sich, ruhig zu bleiben. Jetzt bloß nicht provozieren lassen.

»Gloob, ick hab mir verlofen!«, sagte die Frau dann mit einem breiten Grinsen.

»Na, dann nichts wie weg hier oder wollen Sie, dass ich Ihren Ausweis kontrolliere?«

»Nüscht dajejen!« Herausfordernd stellte sie sich vor Carla und fing an, mit einer Hand in ihrer Tasche zu kramen.

Verdammt, Carla wollte sie einfach nur weghaben! Warum

war die Frau bloß so dreist? Plötzlich kam ihr eine Idee. Sie schaltete um und lächelte die Frau so schmierig an, wie sie nur konnte.

»Deinen Ausweis kontrolliere ich später. Vorher vergnügen wir zwei Hübschen uns mit dem hier!« Carla legte eine Hand auf den Sarg und fing an, den mit einer Hand lasziv zu streicheln, mit der anderen winkte sie die Frau zu sich heran. »Also Schluss jetzt, keine Spielchen mehr, her zu mir!«

»Mit ner Leiche?« Die Frau warf ihren Geldbeutel zurück in die Tasche, trat einen Schritt zurück und musterte Carla erschüttert. »Sieht aus wie 'n Lämmchen und denn dit. Sowat mach ick nich. Keene Kinder, keene Hunde und erst recht keene Leichen, et jiebt Grenzn, da hört bei mir der Spaß uff!«

Sie fing an, rückwärts von ihr wegzulaufen, gut, dachte Carla, so kam sie Heinz nicht in die Quere. Carla ging auf die Frau zu. »Du entkommst mir nicht!«, sagte sie herrisch. Die Frau beugte sich vor, zog hastig die Schuhe aus und nahm sie in die Hand, drehte sich um und rannte davon, als wäre der Teufel hinter ihr her.

Carla verkniff sich ein Grinsen und beeilte sich dann den Deckel abzuschrauben, hielt dabei unwillkürlich immer wieder inne und lauschte, aber bis auf das Gemurmel von Heinz beim vorderen Kohlelieferanten war nichts zu hören.

Endlich hatte sie es geschafft, aber den Deckel konnte sie allein nicht abheben, an diese Hürde hatte sie im Vorfeld gedacht, deshalb war ihr Plan gewesen, ihn ein bisschen zu drehen, sodass er schräg zur Schiene auf dem Unterteil stand und sie sich dann an die Hände von Frau Jablonsky herantasten konnte. Vorsichtig schob sie das hintere Ende des Deckels ein kleines Stück zur Seite, um zu sehen, ob das überhaupt funktionierte. Sie holte noch mal tief Luft, um wegen des Geruchs nicht atmen zu müssen, und spähte in den Sarg.

Aber was war das?

Es roch kein bisschen nach Leiche, sondern nach Plastiktüten. Sie blinzelte ein paarmal.

Unter ihr glitzerte es weiß und golden und silbern. Gab es Totenbetten, die mit Pailletten bestickt waren, oder trug Frau Jablonsky womöglich ein Ballkleid aus ihrer Jugend? Sie testete behutsam, ob der Deckel so schräg die Balance hielt, verschob ihn noch ein Stück, griff sich ihre Taschenlampe und leuchtete mit angehaltenem Atem in den Sarg.

Unmöglich!

Sie kniff die Augen zusammen und riss sie wieder weit auf. Das war keine Sehstörung, Fakt war: In diesem Sarg war keine Leiche!

Sachte schob sie den Deckel weiter zur Seite und leuchtete hinein. Der Sarg war gefüllt mit Brautkleidern und Satinschuhen, weißen Handschuhen, Brautkrönchen, Haarspangen, alles, was eine Frau für den angeblich schönsten Tag in ihrem Leben brauchte. In einem verplombten Sarg auf den Weg in die BRD, wo es das alles ganz sicher in jedem Brautgeschäft gab. Also war das für die DDR bestimmt. Lag womöglich noch tiefer im Sarg anderes, viel gefährlicheres Schmuggelgut? Sie streckte einen Arm nach unten aus, konnte aber in der Position nicht bis ganz nach unten gelangen.

Eine Minox hatte sie auch nicht dabei, weil sie noch keine Zeit gefunden hatte, nach dem Einbruch eine neue zu kaufen. Sehr ärgerlich.

Während sie den Sarg eilig wieder verschloss und zurück ins Auto schob, wirbelten die Fragen nur so durch ihren Kopf. Und zwei davon drängten sich immer mehr in den Vordergrund: Wo war die Leiche von Frau Jablonsky? Hatte Wally gewusst, was sie finden würde, und hatte sie Carla deshalb davon abhalten wollen, hierherzufahren – steckte ihre Halbschwester da irgendwie mit drin und wozu das alles?

Sie erlöste Heinz und lief mit ihm zurück zu seinem Büro.

Er redete immer noch ohne Unterlass, zusammengefasst, das Drama um seinen Stiefsohn Horst, ja, Betonung auf Stief, weil eigene Kinder, das ging seit Weschki nicht mehr, aber auch den würde er natürlich niemals aufgeben, denn er war nicht der Typ fürs Aufgeben.

Sie bedankte sich bei ihm mit einer Stange Zigaretten, die er empört zurückwies, immerhin hatte Mucki ihm damals das Leben gerettet. »Dann für die Kaffeekasse!«, sagte Carla und legte sie trotzdem auf seinen Schreibtisch, während er ein Taxi rief, mit dem sie nach Hause zurückfuhr. Gegen drei Uhr in der Nacht stieg sie vor dem Haus in der Grolmanstraße aus. Verblüfft bemerkte sie, dass das Treppenhaus hell erleuchtet war. Mit einem mulmigen Gefühl im Bauch eilte sie zum Eingang. Man hatte doch nicht schon wieder versucht einzubrechen?

Die Pallutzke polierte in ihrem Stepp-Morgenmantel die Briefkästen. Carla nahm die Schirmmütze ab und versteckte sie hastig unter ihrem Sommermantel.

»Wechseljahre!«, stöhnte die Pallutzke bei Carlas Anblick und hob die Hände nach oben, als wäre eine himmlische Macht daran schuld. »Macht eenen janz farrückt. Aba Cousinchen Waltraud sachte mir gerade, dit se heute auch nicht zur Ruhe kommt. Muss dit Wetter sein!«

»Ja!«, sagte Carla. »Das macht jeden irre!« Sie winkte der Pallutzke zu und eilte nach oben, bevor die Hausmeisterin merkte, dass sie Hosen trug. Wie gut, dass Wally noch wach war, diesmal würde sie sich nicht mit Halbheiten abspeisen lassen!

# Kapitel 26

Der Monsterpudel sprang auf und hechelte durch den Flur zur Haustür, ohne dass Wally auch nur einen Laut aus dem Treppenhaus gehört hätte. Ein paar Sekunden später betrat Carla die Küche, Fritzi wedelte heftig mit dem Schwanz, kläffte aber wenigstens nicht. Ein Blick in Carlas Gesicht verriet ihr, dass ihre Schwester es geschafft hatte, den Sarg zu finden *und* reinzuschauen!

»Gut, dass du endlich kommst!«, sagte Wally. »Kannst du dieses Ungeheuer im Zaum halten? Der Köter hat schon den halben Wohnzimmerteppich angenagt.

»Hast du ihm denn was zu fressen gegeben?« Carla zog ihren Mantel aus und hängte ihn zusammen mit der Polizeimütze an die Garderobe.

»Nee, hat ihn denn deine Mutter nicht gefüttert?«

»Sieht doch 'n Blinder, dass der Hund Hunger hat!« Ihre Halbschwester stürmte in die Küche und fischte eine Bockwurst aus dem Kühlschrank, die sie Fritzi zum Fressen gab. Sie füllte Wasser in eine kleine Resopalschüssel und stellte sie vor den Pudel.

»Wir müssen reden!«, befahl sie dann und ihr Ton passte perfekt zur Polizei-Uniform.

»Und ich wollte gerade ins Bett!«

»Das glaube ich gern, wo auch immer du warst, du riechst wie ne Schnapsdrossel, aber wir reden jetzt «

»Na denn.« Sie würde ja doch keine Ruhe geben. Wally ließ sich auf die Eckbank am Küchentisch sinken. »Also?«

»In dem Sarg war keine Leiche, aber jede Menge Brautzubehör.«

»Oh, dann macht der Horst also in Schmuggel?« Natürlich eine Idee von Bertha. Sie war großartig darin, Menschen zu illegalen Handlungen zu verführen. Eine arme Mutter wollte einfach nur was besonders Schönes für die Hochzeit ihrer Tochter und lässt sich von einem inoffiziellen Stasi-Mitarbeiter ein Kleid andrehen, das angeblich »vom Laster gefallen« ist, und schon sitzt sie als Regimegegner in der Falle und kann sich entscheiden, ob sie noch vor der Hochzeit als Systemzersetzende Verräterin in den Knast will oder doch lieber als IM arbeiten möchte. Außerdem schmuggelte Bertha auf diesem Weg natürlich auch Nachrichten und Devisen rein und raus.

»Seit wann weißt du schon, was bei den Grab-Müllers vor sich geht?«, fragte Carla.

Jetzt bloß keine Fehler. Sie hätte den zweiten Cognac nicht trinken sollen, auch wenn sie sich den redlich verdient hatte, denn ihr Besuch in der Gandermann-Villa war sehr erfolgreich gewesen, aber leider konnte sie Carla nicht alles verraten.

»Gewusst hab ich gar nichts, aber es wundert mich nicht. Soweit ich weiß, wird eigentlich eher Alkohol geschmuggelt, und zwar in die BRD, die dann günstigen Schnaps damit produziert.«

»Aber Brautmoden? Im Westen gibt es doch mehr als genug Brautmodenartikel, ich denke, dieses Zeug wird irgendwo auf der Transitstrecke in die DDR geschafft.«

»Und?« Wally gähnte demonstrativ.

»Der Schmuggel ist schon kriminell genug, aber was haben die Grab-Müllers mit der Leiche gemacht? Denn laut Peter gab es die tote Frau Jablonsky wirklich. Also was geht da vor sich?«

»Kann uns egal sein, wir sollten uns da raushalten!«, sagte Wally. »Oder glaubst du, dass du ganz dicht dran an einer kannibalistischen Verschwörung bist?« Sie lachte.

Carla verzog keine Miene. »Sich raushalten, da sind die Deutschen ganz große Klasse. Wegschauen, wenn Kriminelle am Werk sind. Außerdem brauchen wir den Ring!« Sie hob die Hände beschwörend wie eine antike Priesterin, als hätte dieser gottverdammte Ehering magische Kräfte, von denen das Schicksal der Welt abhinge.

Bertha hatte den schweren Fehler gemacht, Carla zu unterschätzen, niemals hätte sie Irma dazu verleiten dürfen, der Agentur Nachtigall diesen Auftrag zu geben! Niemals hätte sich eine Führungsoffizierin wie Bertha von Peter mit dem Ring in der Hand erwischen lassen und ihm dann auch noch den Auftrag geben dürfen, den Ring der Jablonsky anzuziehen!

»Wir müssen die Polizei informieren, über das, was da vor sich geht!«

Auf gar keinen Fall. Nicht jetzt!

»Willst du, dass Irma ihren Ehemann verliert und sie dann ganz allein mit Bertha zurückbleibt?«

»Horst und Bertha, die gehören hinter Gitter! Die machen das doch zusammen, hinter dem Rücken von Irma.«

»Mag sein, aber Irma bekommt ein Kind – willst du ihr in diesem Zustand wirklich die Polizei auf den Hals hetzen?«

»Zuallererst muss ich wissen, was da gespielt wird. Wo ist die Leiche? Wie schändlich, so respektlos mit Toten umzugehen, Tote, die ihnen von trauernden Menschen anvertraut wurden! Wirklich niederträchtig.«

»Ich könnte mir vorstellen, die verwenden zum Schmuggel nur Leichen, die gar keine Verwandten mehr haben.«

»Das macht es auch nicht besser, Leichen ohne Angehörige sind denen also schutzlos ausgeliefert. Und dann fälschen sie deren Papiere? Was passiert mit diesen Leichen?«

»Wir sollten uns da raushalten.« Noch nie war Wally so nah dran gewesen, Carla zu gestehen, was hier wirklich los war.

Mit tropfenden Lefzen trottete Fritzi zu Carla, hinterließ eine Spur aus wässrigen Pfützchen und legte sich zu deren Füßen. Dankbar deutete Wally auf sie.

»Viel wichtiger ist aber doch gerade Tante Lulus Fall!«

»Warum? Hast du da gute Neuigkeiten für mich?«

»Nachdem du vorhin weg bist, habe ich mich bei Johanna Gandermann und auch bei Freya ein bisschen ... umgesehen ...«

»Umgesehen?« Carla wirkte alarmiert. »Du meinst, du bist eingebrochen?«

»So kann man das nicht nennen, ich habe nichts gestohlen.« Nur etwas zurückgelassen, ergänzte Wally für sich.

»Was hast du dann getan?«

»Zuerst habe ich Johanna zu einem dringlichen Treffen mit Willy Wissmuth in den Zwiebelfisch gelockt und Freya gegenüber hab ich behauptet, Informationen über Wissmuth zu haben, die sie kriegt, wenn sie sich allein zu einem Spaziergang mit ihrem Hund zum S-Bahnhof Grunewald aufmacht. Mir blieb nicht viel Zeit, aber ich bin fündig geworden! In Johannas Schlafzimmer habe ich ein gültiges Flugticket nach Buenos Aires entdeckt – nur für den Hinflug! Und in Johannas Hebammenkoffer gibt's Injektionsampullen mit Lidocain.«

»Dass die Gandermanns durch die Apotheke an jedes Medikament gelangen können, wussten wir ja schon. Das ist doch kein Beweis!«

»Ich hab alles fotografiert, meine Minox hab ich ja noch. Außerdem hab ich alle Fotos abfotografiert, die auf ihrer Schlafzimmerkommode rumstanden.«

»Und?« Ihre Schwester sah sie so missbilligend an, als hätte sie armen Kindern das einzige Geburtstagsgeschenk geklaut.

»Johanna war auf jedem Bild, viele Gruppenaufnahmen, einige mit Größen aus dem Dritten Reich, ganz offen stehen diese Fotos rum.« Zwei Bilder hatten Wally besonderes Kopfzerbrechen bereitet. Auf dem einen posierte Johanna mit einer kleinen juwelenbehängten Frau vor einem Gemälde mit Herbstbäumen. Beunruhigend an dem Foto war der unscheinbare Mann zwischen den beiden, den hatte man ihr bei dem vierwöchigen Training gezeigt, damit sie wichtige Strippenzieher der BRD erkennen konnte. Denn auch dort wurden viele Entscheidungen von Leuten getroffen, die es meisterhaft verstanden, im Hintergrund zu bleiben. Ganz sicher war der Mann beim BND, aber sie hatte seinen Namen vergessen. Hinten auf dem Bild war nur vermerkt: *Große Berliner Kunstausstellung, 1958.* Das zweite Bild zeigte eine Gruppe, offensichtlich nach der erfolgreichen Prüfung, alle hatten Zeugnisse in der Hand. Johanna stand zentral in der Mitte, aber ganz unten rechts, da stand Bertha im Bild. Das musste sie erst mal verdauen.

»Wenn du mich fragst, dann hat Johanna Henny ermordet, ohne jede Skrupel. Henny war doch für die nur ein Kollateralschaden und für den Fall, dass es brenzlig wird, hat sie auch schon ihren Abgang vorbereitet. Nach Argentinien. Vorher noch schnell die Tochter unter die Haube bringen und im Ausland dann für die Rückkehr des Deutschen Reichs arbeiten! Die BRD hat kein Auslieferungsabkommen mit Argentinien.«

»Konntest du denn erkennen, wann das Ticket gekauft wurde?«

»Nein. Aber dafür habe ich in Freyas Badezimmer sehr interessante Sachen entdeckt.«

»Ein Tagebuch mit einem Geständnis?«

»Sehr witzig. Nein, Pipetten und Injektionsnadeln lagen neben einer Pralinenschachtel und einer Dose Sarotti-Kakaopulver. Und dazwischen ein Mörser, an dem noch eine hauchfeine Schicht weißes Pulver zu erkennen war.«

»Sie kokst?«

Wally schüttelte den Kopf.

Carla trommelte ungeduldig mit ihren kurzen Fingernägeln auf den Tisch. »Also was dann?«

»Freya hat die Pralinen präpariert mit Tabletten, die sie in einem Mörser fein zerstoßen hat. Ich habe sie ja nicht dabei beobachtet, aber in den Pralinen konnte ich Einstichlöcher entdecken. Hab versucht, das zu fotografieren, aber ich bezweifle, dass man diese winzigen Löcher auf dem Foto erkennen kann.«

»Einstichlöcher, das erinnert mich an Hennys Bauch«, murmelte Carla. »Aber warum tut Freya sowas? Und für wen sind diese Pralinen? Oder haben sie und ihre saubere Mutter immer welche im Vorrat, für Menschen, die sie aus dem Weg räumen wollen? Konntest du rausfinden, was sie zerstoßen hat?«

»Den Mülleimer habe ich auch durchsucht …«

»Und?«

»Da waren leere Lithiumschachteln. Die habe ich auch fotografiert, Lithium nimmt man bei psychischen Störungen. Und ich habe etwas Pulver abgekratzt und in einem Tütchen mitgenommen, falls du es Achim zum Analysieren geben willst.«

»Elsa hatte Pralinen dabei, als sie aus der Apotheke kam, und sie hat erzählt, dass Freya mit ihr unbedingt einen Kakao trinken wollte.«

»Das ist nicht wirklich ein Beweis. Aber wir sollten sie im Auge behalten«, sagte Wally. »Glaubst du, dass Elsa Willys Nichte ist?«

»Für kurze Zeit dachte ich, sie wäre seine Geliebte, aber so, wie sie von ihm spricht, glaube ich, dass er ihr Vater ist.«

»Das glaube ich auch, wer weiß schon, ob es Eltern gab oder nur eine Mutter, die bei dem Bombenangriff verstorben ist …«

»Ich bringe das Pulver morgen zu Achim.«

»Uuuund …« Wally sah Carla in die Augen und wartete einen Moment, bevor sie die Bombe platzen ließ. »In Freyas Mülleimer war noch was Interessantes.«

»Jetzt lass dir doch nicht alles einzeln aus der Nase ziehen!«

»Ein anonymer Brief aus Zeitungsschnipseln, sah aus wie ein Erpresserbrief.«

»Und was stand drin?«

*»Dein Verlobter ist nicht gut genug für dich. Er liebt dich nicht.«*

»Reizend.«

»Vielleicht sind die Pralinen und der Kakao für den oder die Briefeschreiberin«, sagte Wally. Dit lief ja alles bestens, Carlas Neugier war geweckt, die Grab-Müllers waren fürs Erste vergessen!

»Was glaubst du, wer ihr diese Zeilen geschickt hat?«, fragte Carla.

»Keine Ahnung, vielleicht eine frühere Geliebte von Wissmuth?«

»Da käme offensichtlich halb Westberlin infrage … oder …« Carla zog die Stirn kraus, wie immer, wenn sie nachdachte. »Was, wenn es die Baronin war, die hasst Johanna, vielleicht gönnt sie der keine Enkelkinder?«

»Bisschen weit hergeholt, findest du nicht?«, sagte Wally.

»Ja, du hast recht. Und wenn die von einem Mann geschickt wurden, der in Freya verliebt ist?«

»Der muss erst noch geboren werden, das kann ich mir

nicht vorstellen! Diese Frau ist unerträglich – unterwürfig zu ihrer Mutter, heimtückisch, was sie da mit den Pralinen macht, und dann selbstmitleidig. Diese ganze Familie stinkt zum Himmel.« Wally unterdrückte ein Lächeln.

Denn sie hatte bei ihrem Ausflug auch dafür gesorgt, dass die Gandermanns ein bisschen in Schwung kamen. Zersetzung und Erpressung, diese Methode funktionierte besonders gut bei Menschen, die nur eine einzige Sprache verstanden, die Sprache der Macht.

Auf der Suche nach Hinweisen hatte sie sich einen Moment lang über Johannas Bett aus dunkel gebeizter Eiche gewundert, ein Himmelbett hätte sie nicht vermutet. Aber dann dämmerte ihr, dass es hier nicht um Romantik ging, sondern um ein Zeichen dafür, dass Johanna mit den himmlischen Mächten im Einklang stand. Auf dem Nachttisch waren große gerahmte Fotografien von ihren hübschen toten Söhnen und eines von Freya und Wissmuth, kein einziges von Johannas Mann. Die hatte Wally nicht abfotografiert.

Johanna verfügte über den Luxus eines Telefons am Bett, wohl wegen der nächtlichen Geburtseinsätze. Daneben lag ein Notizblock mit Stift. In der Schublade ihres Nachttischs hatte Wally neben einer kaum gelesenen Bibel ein abgenutztes Buch von Ernst Schertel gefunden, ›Magie. Geschichte/Theorie/Praxis‹. Als sie es neugierig aufschlug, war sie überrascht, dass jemand es offensichtlich akribisch durchgearbeitet hatte. Hin und wieder fanden sich Kommentare, manches war unterstrichen. Zum Beispiel so erhabene Sätze wie: *Der Mensch mit höchster Imaginationskraft gebietet der Welt und schafft Realität nach seinem Willen, statt der Sklave einer wesenlosen Empirie zu sein.* Das Buch hätte sie am liebsten mitgenommen, aber sie legte es zurück.

*Schafft Realität nach seinem Willen,* Wally fing an zu grinsen, ein Plan nahm Gestalt an. Sie griff sich das Foto von Freya und suchte nach Werkzeug, das sie auf Johannas altmodischem Frisiertisch fand. Schwere silberne Haarbürsten und Kämme zwischen achteckigen giftgrünen und rosa Kristalldosen, die gefüllt waren mit Wattebäuschchen und goldenen Haarklammern. Seitlich über dem Spiegel hingen Ketten. Zielsicher nahm Wally eine Haarbürste und zertrümmerte mit dem Stiel den Glasrahmen des Fotos, sodass Freyas Gesicht unter dem weiß zersplitterten Glas nicht mehr zu erkennen war. Dann zerteilte sie die längste der Perlenketten und verstreute die Perlen überall im Zimmer.

Auf den Notizblock schrieb sie in Druckbuchstaben:

*Freyas Alibi ist geplatzt, sie hat sich bei deinem Lidocain bedient, wir haben auch Fingerabdrücke, die beweisen, dass sie Henny ermordet hat. Mehr Beweise als Perlen auf dem Boden hier. Deine Tochter verfügt nicht über deine Selbstbeherrschung. Willst du, dass sie im Gefängnis zugrunde geht? Diese Beweise werden morgen früh der Polizei zugespielt. Es sei denn, du gestehst vorher noch, was du getan hast.* Unterschrieben hatte sie mit: *ein Freund der Familie.*

Wally schätzte ihre Chancen auf Erfolg auf 50 zu 50. Schwer zu schätzen, ob Johanna ihre Tochter wirklich liebte oder nur als narzisstische Verlängerung ihrer selbst betrachtete.

»Was verheimlichst du?«, fragte Carla.

»Nichts.« Doch Carla ließ sich nicht abwimmeln, und weil sie immer noch Uniform trug, kam es Wally fast so vor, als würde sie verhört.

»Glaubst du, unser Vater fände es gut, dass wir uns hier derart belügen?«

*Unser* Vater. Carla zog wirklich alle Register.

Wally stand auf und lief zum Fenster, um Luft reinzulassen, schloss einen Moment ihre vor Übermüdung brennenden Augen, spürte die kühle Nachtluft auf ihrem heißen Gesicht und versuchte, sich zu konzentrieren. Unvermittelt tauchte Bruno vor ihrem inneren Auge auf und dazu der Kamm, den er ihr gegen die Unordnung in ihrem Leben geschenkt hatte.

»Wo warst du eigentlich, als Henny gestorben ist?«, fragte Carla.

Mit einem leisen Knall schloss Wally das Fenster und drehte sich um.

»Dummerchen, wir waren beide hier, erinnere dich, es gab den Einbruch.«

»Aber davor muss etwas passiert sein, du hast im Dunkeln in der Küche gesessen«, sagte Carla.

»Ist das verboten? Verstößt das gegen einen deiner Moralkodexe?«

»Irgendwas verheimlichst du mir!«

»Bockmist! Allet ist janz wie immer, mein Leben nüscht als Sex und Rock 'n' Roll!« Wally salutierte mit einem ironischen Lächeln, verließ die Küche und lief prompt Ida in die Arme, die offensichtlich schon eine Weile gelauscht hatte. »Gute Nacht!«, sagte Wally und beeilte sich, ins Bett zu kommen.

# Kapitel 27

Am nächsten Morgen wartete Carla auf Katrin, aber als die um acht Uhr immer noch nicht aufgetaucht war, machte sie sich auf den Weg zu Irma.

Während sie klingelte, probte sie noch mal die schonende Einleitung, mit der sie Irma alles erklären würde. Irmas Gutgläubigkeit wurde ausgenutzt, doch sie war kein unmündiges Kind, sie sollte wissen, zu welchen kriminellen Zwecken ihr Mann den Betrieb ihrer Eltern missbrauchte!

Das Gebell von Abra und Kadabra kam näher, Irma folgte ihnen, öffnete ihr etwas außer Atem die Tür und begrüßte sie freundlich.

Sie bat Carla herein, wollte wissen, wie es Wally mit den Windpocken ergangen war, und entschuldigte sich wortreich, dass sie ihr leider keinen Kaffee anbieten konnte, weil sie leider dringend unten noch den lieben Verstorbenen Dr. Löbl fertigmachen musste. Seine Trauerfeier fing schon in zwei Stunden an und der arme Mann war noch nicht mal rasiert, aber reden könnten sie ja auch unten, wenn es Carla nichts ausmachte.

Carla folgte ihr und setzte zweimal mit ihrer geplanten schonenden Einleitung an, doch die scheiterten immer an Irmas harmlosem Geplauder, und schließlich platzte sie einfach damit heraus, dass Irmas Ehemann die Särge der Firma für Schmuggel benutzte. Irma blieb stumm, knöpfte den hellgrünen Kittel zu, steckte seltsam aussehende Metallgeräte so ungerührt in die Seitentaschen, als hätte sie kein einziges Wort verstanden. Oder war es einfach nur die Strategie von Irma, so zu tun, als wüsste sie von nichts? Dann hatte Carla ihr mitnichten einen Gefallen getan, sondern sie vielmehr in eine unübersehbare Bredouille gebracht. Irma musste nun Stellung beziehen.

»Den Ring haben Sie nicht, aber Sie kommen mir mit sowas?«, sagte Irma nach einer gefühlten Ewigkeit und rührte in einer Metallschüssel Rasierschaum an. Leichen wurden offensichtlich nicht elektrisch rasiert. »Das sind sehr heftige Anschuldigungen, haben Sie irgendwelche Beweise?«

Carla zuckte mit den Schultern. Fotos hatte sie nicht, einen Moment lang lag es ihr auf der Zunge zu behaupten, sie hätte die kriminelle Seite der Grab-Müllers dreimal ausgependelt, mit dem immer gleichen Ergebnis, aber das verkniff sie sich.

»Warum beleidigen Sie dann meinen Mann? Ich komme auch nicht in Ihr Haus und behaupte, Wally wäre eine Verbrecherin! Horst ist nicht hier und kann sich nicht verteidigen!« Irma kam in Wallung, nahm das altmodische Rasiermesser in die Hand und schliff es wütend an einem Ledergurt. »Bertha werden solche haltlosen Anschuldigungen ganz gewiss nicht gefallen.« Sie kam mit dem Messer in der Hand näher. Carlas Puls beschleunigte sich, instinktiv sprang sie etwas zurück. Irma ging an ihr vorbei zu einer Sprechanlage seitlich an der Wand, drückte eine Tastenkombination und bat Bertha, dringend vom Büro zu ihr runterzukommen.

Dann fing sie an, den Toten zu rasieren, als wäre nichts passiert, dabei summte sie leise vor sich hin, als wäre Carla gar nicht da.

Bertha stieß die Tür auf. »Was ist? Du weißt doch, dass du mich nicht stören sollst. Es wird wirklich Zeit, dass Horst …« Da erst bemerkte sie Carla.

»Was ist denn los?«

»Sagen Sie's ihr!«, forderte Irma Carla auf, ohne mit dem Rasieren aufzuhören.

Carla nickte und erzählte Bertha dasselbe wie Irma. Doch Bertha reagierte vollkommen unbeeindruckt.

»Schmuggel?«, sagte Bertha nach einem kurzen Moment der Stille und trat zu Carla. »Die Agentur Nachtigall ist unfähig den Ring zu finden, dafür kann sie aber Verleumdungen in die Welt setzen. Haben Sie das mit Ihrer Kollegin besprochen? Findet die auch, dass man seine Kunden bei der Polizei mit haltlosen Anschuldigungen vergraulen sollte? Wissen Sie, wie verheerend sich solche unnötigen Aufregungen auf das ungeborene Leben auswirken?« Sie riss die Tür auf und bellte: »Peter, sofort hierher!«

In Sekundenschnelle tauchte Peter auf, in grünen Gummistiefeln und einer grünen Schürze mit erdigen Flecken. Bei seinem Anblick wurde Carla klar, wohin die »überflüssigen« Leichen verschwanden, es war ganz einfach – auch in einem Grab!

Mit eingezogenem Kopf stand Peter da, als erwartete er, ausgescholten zu werden, und war dann spürbar erleichtert, als sich Berthas Groll gegen Carla richtete. »Schaff sie raus!«, sagte Bertha zu ihm.

»Das würde ich mir zweimal überlegen.« Carla, schon fast aus der Tür, blieb stehen und drehte sich zu den beiden Frauen um.

»Wenn ich lüge, wie Sie behaupten, dann wird auch nicht viel passieren, wenn ich nachher meinem Kontaktmann beim Zoll in Dreilinden einen anonymen Tipp gebe. Die Schlange am Grenzübergang war heute Nacht so lang, der Wagen ist garantiert noch nicht durch. Schönen Tag auch.«

Im Rausgehen hörte sie, wie Irma anfing, bitterlich zu schluchzen.

Carla lief mit Peter wieder nach oben. Kaum waren sie außer Hörweite der beiden, wollte er wissen, ob sie die Jablonsky und den Ring noch erwischt hätte. Offensichtlich hatte er nichts von dem verstanden, was gerade vorgefallen war. Sie verneinte knapp, erklärte ihm, dass sie ganz nah dran wäre, dazu müsste sie nur noch wissen, seit wann das Grab für Dr. Löbl schon ausgehoben war. Verwirrt erklärte ihr Peter, dass Dr. Löbl kremiert wurde und seine Asche danach in einen Friedwald kam. Der Letzte, den die Grab-Müllers beerdigt hatten, war der Mallwitz gewesen. Carla ließ sich die Nummer der Parzelle von Peter geben, sie wusste, dass sie dem nachgehen würde, ganz egal, ob sie dafür bezahlt wurde oder nicht. Jetzt musste sie einfach wissen, was hier gespielt wurde.

Danach fuhr sie sofort weiter ins Untersuchungsgefängnis in die Lehrter Straße, wo Dr. Lotz schon auf sie wartete. Zusammen gingen sie in den trostlosen Raum für Anwaltsgespräche, der sich seit ihrem letzten Besuch hier kein bisschen verändert hatte. Eine laut tickende Uhr, die mittlerweile acht Minuten nach ging, flackernde, laut summende Neonröhren. In deren Licht wirkte alles wie getränkt von der Verzweiflung der Inhaftierten: Linoleumboden, Wände und Türen, der Tisch mit den vier Stühlen. Alles grau, schäbig und hoffnungslos.

Lulu hatte das Gespräch heute zwar nicht verweigert, aber sie blieb weiterhin völlig teilnahmslos. Ganz egal, was Dr. Lotz sie fragte, sie starrte mit wirrem Haar und schmuddeligen Kleidern stumm vor sich hin.

Sie reagierte erst, als Carla fragte, ob ihr klar wäre, wie selbstsüchtig Lulus Verhalten gegenüber Arnold Kliefers, dem jungen Filmemacher, sei, weil der ohne sie nun nicht weiterdrehen konnte, und wie sehr ihr so ein Verhalten in der Branche schaden würde. Lulu fing gleichzeitig an zu lachen und zu weinen, aber anders als sonst war das keine übertrieben dramatische Darbietung ihrer Schauspielkunst, sondern echt und in diesem geradezu hysterischen Zustand verlangte Lulu, sofort zurück in die Zelle gebracht zu werden.

»Ich hätte besser Fritzi ins Spiel bringen sollen!«, murmelte Carla.

»Trauer ist etwas sehr Diffiziles«, sagte Dr. Lotz und legte ihr tröstend seine Hand auf ihren Arm. »Wir müssen ihr noch Zeit geben.«

»Haben Sie denn schon einen Anwalt?«

»Darüber hatte ich mit Lulu sprechen wollen. Dr. Rickert gilt als hochkompetenter Strafverteidiger, aber er ist sehr teuer.«

»Tante Lulu kann sich das leisten!«

»Das muss sie entscheiden. Gibt es denn schon Beweise, die sie entlasten würden?«, fragte er, nahm seine Brille ab und fing an, sie hingebungsvoll zu putzen.

Sie erzählte ihm, was sie wusste, aber er schien nicht sehr beeindruckt. »Schauen wir mal, was ein Profi daraus stricken kann.« Er setzte seine Brille wieder auf und verströmte seine übliche Zuversicht.

Mit sehr viel weniger Optimismus machte Carla sich auf den Weg nach Hause.

Zwei Klientinnen, kein Honorar. Die eine war tot, da verbat es sich, eine Rechnung zu stellen, die andere kriminell. Aber die Grab-Müllers würde sie nicht so einfach davonkommen lassen. Sie musste sicher wissen, wo die Leichen entsorgt wurden, die bei dem Schmuggel im Weg waren. Und dazu brauchte sie Bruno. Er war der Einzige, den sie darum bitten konnte, ihr heute Nacht auf dem Friedhof zu helfen. Stark, zuverlässig und zu allen Schandtaten bereit. Auch wenn sie ihn seit dem Pralinenfiasko sträflich vernachlässigt hatte, hoffte sie, dass der Reiz des Abenteuers ihn dazu bringen würde, ihr zu verzeihen.

Vor der Haustür wäre sie beinahe in Elsa hineingerannt, die ihr mit Fritzi entgegenkam.

»Ich gehe eine große Runde«, sagte sie und zupfte den Schal

wieder über ihr Gesicht, sodass sie dann kaum noch zu verstehen war, »und hole davor auch Willow ab, zusammen haben die beiden bestimmt viel mehr Spaß im Park.«

»Eine gute Idee, schreib einfach auf, wie viele Stunden du mit Fritzi unterwegs bist, ich bezahle dich dann später.« Genau, dachte Carla, mit Geld, in dem die Agentur Nachtigall geradezu schwimmt!

»Mach ich«, sagte Elsa und ließ sich von der wilden Fritzi weiterziehen.

Carla zögerte einen Moment, Bruno konnte noch zehn Minuten warten. Ihr fiel ein, dass Gaby Elsas Namen erwähnt hatte, kombinierte es mit dem, was Wally gestern Abend von den Pralinen erzählt hatte, und lief hinter Elsa her. »Ich gehe eine paar Schritte mit euch, das wird mir guttun!«

Nachdem sie ein paar Minuten schweigend nebeneinander gelaufen waren, erinnerte sie sich an die Pralinen, die Elsa neulich in ihrem Einkaufsnetz gehabt hatte, und versuchte es mit einem Schuss ins Blaue.

»Schenkt Fräulein Gandermann dir manchmal Pralinen?«

Elsa wurde knallrot unter ihrem Schal. »Warum fragen Sie denn das?«

Volltreffer. »Magst du Pralinen?«

Pralinen erinnerten sie wieder daran, dass sie Bruno längst hätte anrufen müssen. Sich bedanken und dabei gleich einen Termin für den Wannsee-Ausflug verabreden.

»Jeder liebt die doch, warum fragen Sie mich das?«

»Meine Mutter wünscht sich welche, aber ich kenne mich nicht aus und weiß nicht, welche ich kaufen soll.«

»Verstehe. Es ist so, dass Fräulein Gandermann ständig welche von ihren Kunden geschenkt bekommt, sie hat nämlich so viele Verehrer.«

Carla glaubte kein Wort davon. Ob sie Elsa das erzählte, damit die es an Willy weitergab und der eifersüchtig wurde?

»Hmhmm«, sagte sie, neugierig, wohin das noch führen würde.

»Fräulein Gandermann ist das peinlich, weil sie die Pralinen nicht essen kann, denn sie hat ja leider Zucker. Aber das darf niemand wissen, weil sie doch die Apotheke führt.«

Elsa schien jede noch so abenteuerliche Geschichte für bare Münze zu nehmen.

»Deshalb schenkt sie die meistens mir.«

Sie errötete wieder, warum?

»Und wie findet das dein Onkel?«

»Das ist unser kleines Geheimnis. Er darf das mit den Verehrern nicht wissen. Und Pralinen verderben jede Figur, findet er und zitiert dann immer Coco Chanel, die hätte gesagt, eine Frau kann nie schlank genug sein.«

Natürlich, Carla schauderte, damit er seinen fetten Schmerbauch dann besser an sie dranpressen konnte!

»Zu Hause darf ich keine Schokolade essen. Es gibt auch nie Nachtisch. Aber Onkel Willy meint es ebendt gut mit mir.«

»Hast du noch mehr Geheimnisse vor deinem Onkel?«

»Natürlich nicht.« Elsa wurde wieder rot.

»Wo wirst du eigentlich leben, wenn dein Onkel verheiratet ist?«

Elsa blieb stehen. »Weiter zu Hause bei ihm natürlich, aber wir ziehen bestimmt bald nach Bonn, Onkel Willy hat große Pläne, der wird denn bestimmt Minister! Das sagen jedenfalls alle.«

Plötzlich fing Fritzi an zu bellen und zerrte an der Leine, einen Moment später lief Katrin um die Ecke von der Pestalozzistraße und stürmte auf den Pudel zu. Umarmte ihn und legte ihren Kopf in das schwarze Fell. Dann erst sagte sie »Hallo« zu Carla, während sie Elsa voller Abneigung musterte.

»Wat macht'n die mit dem Hund von Fräulein Koslowsky?«, fragte sie und Carla konnte hören, was Katrin eigentlich sagen wollte: Warum die und nicht ich?

Carla stellte die beiden einander vor, verabschiedete sich dann von Elsa und lief mit Katrin zurück zur Grolmanstraße.

»Du wolltest doch heute früh so unbedingt mit mir reden, wo warst du denn?«, fragte Carla, um das missmutige Schweigen zwischen ihnen zu unterbrechen.

»Hab's mir anders überlegt.« Katrin kaute extra bockig auf ihrem Zopf rum, weil sie wusste, wie schrecklich Carla diese Angewohnheit fand.

»Bist du sicher?«

»Nö.«

»Gestern so dringend und heute unwichtig? Wegen Elsa?«

Katrin spuckte den Zopf aus. »Nö. Wegen dir.«

»Wie meinst du das?«

»Die Leute wolln doch nur hörn, wasse schon selber gloobn, und hassn dir denn.«

»Wie kommst du denn auf sowas?«

»Erfahrung!« Katrin seufzte herzzerreißend. »In der Schule haben sie gesagt, Leute, die schlechte Nachrichten überbringen, wurden früher sogar getötet.«

»Du hast also schlechte Nachrichten für mich?« Geduld, mahnte sie sich. Geduld.

Katrin nickte vorsichtig, als könnte ihr bei einer falschen Bewegung glatt der Kopf abfallen. »Hmmm.«

»Wenn du meine Assistentin bleiben willst, dann spuck's aus!«

»Denn hasst du mir.«

Carla lachte. »Das wird nie passieren.«

Katrin holte tief Luft und ratterte dann eine wilde Geschichte von Wally und Bruno im Treppenhaus runter, offensichtlich froh, dass sie das endlich loswerden konnte. Alles, was Carla verstand, war: Wally und Bruno hatten sich geküsst, neulich schon, an dem elenden Pralinenabend. Katrin war schon eine Weile still, sah sie prüfend an und Carla gab sich alle Mühe, so zu tun, als würde ihr das nicht das Geringste ausmachen.

»Und denn hat die Wally jesacht«, Katrin blieb stehen und fiel ins Hochdeutsche, »das wäre ja nur ein Test von ihr, ob der Bruno treu wäre.«

Das war ja noch beleidigender als der Kuss, trotzdem griff Carla nach diesem Strohhalm. »Genauso ist es, Wally hat mir schon von der Sache berichtet«, log sie und schämte sich auch nicht, als Katrin sie enttäuscht musterte.

»Gloob ick nich, die hat mir heute früh uffjelauert und jesacht, dit du schon weg bist, und denn hat se mir noch 50 Pfennije jejebn.« Katrin zog das Geldstück aus der Tasche ihrer rot karierten Kittelschürze. »Aber dit ist Blutgeld, det hab ick erst hinterher kapiert, dit die mir damit schmieren wollte. Und jetz will ick dit nich mehr.«

»Behalte es ruhig!« Carla hatte sich wieder im Griff. Sie lächelte Katrin zu. »Du kannst mir immer die Wahrheit sagen, ich hasse nichts mehr, als belogen zu werden.«

»Na dit kenn ick!«, sagte Katrin, warf ihr einen anklagenden Blick zu, schleuderte die Münze vor Carlas Füße und rannte davon.

# Kapitel 28

Carla hatte noch nicht den Mantel aufgehängt, als das Telefon schon anfing, zu klingeln. Dankbar nahm sie ab. Alles, was sie von Bruno und Wally ablenkte, war willkommen, selbst mit Grieser hätte sie jetzt gern gesprochen. Es war Irma, die so verschnupft klang, als ob sie ununterbrochen weinen würde, seit Carla sie verlassen hatte.

Auch in diesem Zustand redete Irma wie bei ihrem allerersten Telefonat ohne Pause, weshalb Carla anfing, auf ihrem Telefonblock herumzukritzeln. Abra und Kadabra, die friedlich vereint mit Willow und Fritzi um einen riesigen Futternapf mit der Aufschrift *Zoll* standen, in dem Bertha lag wie ein dickes Würstchen, und über all dem schwebten Bruno und Wally auf einer Wolke. Sie zerriss das Blatt und warf es in den Müll.

Irma entschuldigte sich für Berthas unpassendes Verhalten und flehte Carla an, den Zoll nicht über die Aktivitäten von Horst zu informieren. Wenn der Horst erst mal da wäre, dann könne der bestimmt Klarheit in das alles bringen, und wenn es überhaupt zu Unregelmäßigkeiten gekommen sei, dann wäre das ganz sicher nur eine einmalige Sache. Carla solle doch bitte eine Rechnung stellen für die Stunden, die Wally und sie nach dem Ring gesucht hätten, sie würde dafür sorgen, dass das umgehend bezahlt würde. Und was den Ring anging – an der Stelle brach Irmas Stimme krächzend ab und es wurde geradezu gespenstisch still, sogar die Dackel im Hintergrund verstummten.

»Ja?«, fragte Carla schließlich in die Stille hinein.

Den Ring, den hätte sie immer noch gern zurück, aber sie würde natürlich auch ohne sofort alles bezahlen.

Carla versprach, sich wieder bei Irma zu melden und legte auf. Dann rief sie mit gemischten Gefühlen Bruno an. Sie versuchte, nicht daran zu denken, wie Bruno und Wally sich küssten, sie wollte sich nicht vorstellen, wie sie eng umschlungen dastanden und seine Hände Wallys blonde Locken zerwühlten. Sie wollte auf keinen Fall seine Hände an Wallys Hüften sehen und schon gar nicht, wie eng er sie an sich presste. Nichts von dem … Natürlich war das alles Wallys Schuld. Außerdem brauchte sie Bruno, denn er war der Einzige, den sie nachts auf dem Friedhof gern an ihrer Seite hätte.

Er war nicht da, seine Vermieterin teilte ihr säuerlich mit, dass sie nicht wüsste, wo der Herr Eisenberg sei und sie kein Auskunftsbüro für ihren Herrn Untermieter wäre.

Carla versuchte es bei Taxi-Krause in Wilmersdorf, wo er nach der Uni arbeitete, konnte ihm jedoch nur eine Nachricht hinterlassen, weil er heute die Nachtschicht fahren musste. Sie konnten also frühestens morgen, also Sonntagnacht, auf den Friedhof, falls er denn überhaupt mitkäme.

Auf keinen Fall würde sie ihn auf die Küsserei mit Wally ansprechen, denn erst wenn er wusste, dass sie es wusste, stünde das wirklich zwischen ihnen. Nur dann war es real. Momentan konnte sie ihm gegenüber noch so tun, als wäre das nicht passiert. Außerdem lag es auf der Hand, wer hier wen verführt hatte. Wie tief wollte ihre erotomanische Halbschwester eigentlich noch sinken? Bei all ihren Männern dann auch noch ausgerechnet Bruno? Um ihr eins auszuwischen?

Katrin wäre von der Sache bestimmt nicht so verstört, wenn die beiden sich so eine Art Kindergutenachtküsschen gegeben hätten, außerdem hatte er Wally später ein Geschenk vorbeigebracht. Was für ein Geschenk?

Ein Anruf von Dr. Schwaiger, der sich als Hennys Anwalt vorstellte, zwang Carla, von ihren Gedankenkarussellen abzusteigen.

Der Mann wunderte sich, dass Lulu heute nicht zu dem vereinbarten Termin wegen Hennys Testament bei ihm aufgetaucht war. Und er war fassungslos, zu hören, dass Lulu verhaftet worden war. Natürlich las er Zeitung, aber die Jugendbilder der nackten Spielplatzmörderin hatte er nicht mit der Lulu in Verbindung gebracht, die er kannte. Er bot Carla Geld an, wenn sie sich an Lulus Stelle um die Organisation der Beerdigung kümmerte. Natürlich lehnte sie das Geld ab, Henny gehörte quasi zur Familie. Beim Auflegen ignorierte sie die Stimme in ihrem Kopf, die fragte, wie die Agentur Nachtigall bei dem falschen Stolz eigentlich die Butter auf den Tisch bringen wollte.

Diese Stimme brachte sie wenigstens dazu, eine saftige Rechnung für Irma vorzubereiten, und gerade als ihr klar wurde, dass sie dazu ein paar Angaben von Wally benötigte, tauchte die mit Fritzi im Schlepptau im Büro auf.

»Nanu, ich dachte, du hasst Hunde?«

»Vorm Haus hab ich Elsa getroffen, die hat mir Lulus Hund übergeben und lässt dir ausrichten, dass die Sorte ›Feine Dame‹ ihrer Meinung nach die beste wäre. Feine Dame?« Wally lächelte. »Was meint sie denn damit?«

Carla musterte Wally, die ein wenig zerzaust wirkte. Strahlend schön und sexy unperfekt verstrubbelt. Natürlich fand Bruno das anziehend. Man musste schon blind sein, um ihren Reizen nicht zu erliegen.

»Schämst du dich eigentlich gar nicht«, platzte es aus Carla raus, »Katrin zu schmieren, damit sie mir nicht erzählt, wie du meine Freunde verführst?«

»Freund-e?« Wally betonte den Plural, lächelte und winkte mit einer Ist-doch-total-unwichtig-Geste ab, die Carlas Pulsfrequenz schlagartig verdoppelte. »Katrin bildet sich was ein. Da war nichts weiter.«

»Und weil nichts weiter war, gibst du vor, zu prüfen, ob Bruno standhaft genug für mich ist?«

»Zugegeben, damit habe ich seine kleine Verirrung viel zu sehr aufgebauscht. Sowas würde sicher nicht passieren, wenn du den armen Bruno nicht so an der kurzen Leine halten würdest.«

Carlas Puls hämmerte jetzt, in ihren Ohren war nur noch ein Rauschen. Sie sprang auf, um Wally zu schütteln und endlich aus ihrem Leben zu entfernen. Aber in der Sekunde, in der sie aufsprang, wurde ihr klar, wie lächerlich sie sich mit so einem Gefühlsausbruch machen würde, sie riss sich also zusammen, ging an Wally vorbei zum Fenster, als hätte sie von Anfang an dorthin gewollt, und riss es auf.

Der Sommer war vorüber. Die Pappelblätter hingen gelb und ohne jedes Zittern in der matten Herbstsonne. Unten kehrte die Pallutzke einige schon abgefallene Blätter zusammen, dabei blieb sie immer wieder stehen und wendete ihr Gesicht den milden Strahlen zu. Wally musste weg, wie sollte sie ein Weihnachten mit ihr überstehen?

Carla holte ein paarmal tief Luft. »Halt dich von Bruno fern!«, sagte sie und drehte sich zu Wally um. »Und du wirst ausziehen. Am besten gleich! Du hast ja zahlreiche Freund-e. Dürfte dir nicht schwerfallen, jemanden zu finden, der dir was Hübsches finanziert.«

»Du reagierst gerade ein bisschen über.« Wally wirkte ungewöhnlich beunruhigt, geradezu alarmiert. »Deine Eifersucht trübt deinen Blick!«

»Im Gegenteil, ich sehe endlich klar und ich habe genug von deinen Lügen, apropos, lass uns auch Mutter die Wahrheit beichten. Schlimm genug, dass wir sie so lange hinters Licht geführt haben.«

»Bist du sicher, dass du das willst? Würde ihr das denn nicht das Herz brechen?«

Welches Herz?, dachte Carla, wieder mal überrascht, wie anders Wally ihre Mutter wahrnahm, und genau das ärgerte sie nur noch mehr.

»Gehen wir rauf und bringen es gleich hinter uns.«

»Du scheinst mir wirklich ein bisschen, ähh, erregt. Weißt du was, ich koche uns erst mal einen Kaffee und wir reden in Ruhe über alles.«

»Die Zeit zum Reden ist vorbei. Wie eine Zecke hast du dich hier reingewanzt und uns allen das Mark aus den Knochen gesaugt.«

Wally holte tief Luft. »Es tut mir leid!«, sagte sie und schrumpfte immerhin ein wenig in sich zusammen, so als wäre sie wirklich zerknirscht. »Es stimmt, ich hätte Bruno besser nicht geküsst.«

Tatsächlich wirkte sie blasser als vorhin, der Rauswurf schien ihr Angst zu machen.

»Und ich hätte Katrin nicht solchen Unsinn erzählen sollen. Aber ganz ehrlich, ohne die kleine Göre hätte ich das längst vergessen und ich würde wetten, dass es für Bruno auch keine große Sache war.«

Keine große Sache? Für Carla wäre ein Kuss von Bruno eine unendlich große Sache, etwas Besonderes, das ihr Leben auf den Kopf stellen würde. Küssen, das war der erste große Schritt zu einem gemeinsamen »Ja, ich will«.

Sie betrachtete ihre Halbschwester. Wenn ein Kuss nicht die geringste Bedeutung für Wally hatte, was war denn überhaupt wichtig für sie?

»Ach, und um dir das Vergessen dieser so lächerlich unwichtigen Sache zu erleichtern, hat Bruno dir ein Geschenk vorbeigebracht. Wollte er dich damit schmieren, so wie du die Katrin?«

Wally lachte. »Unsinn, und das weißt du auch. Bruno ist sehr integer, er stiftet andere nicht zum Lügen an.«

Integer! Ganz genau, dachte Carla, deshalb meldet er sich nicht und geht mir aus dem Weg. Sie musste wissen, was er Wally geschenkt hatte, aber mit der Frage lieferte sie sich endgültig ihrer Gnade aus. Denn wie konnte sie sicher sein, dass ihre Halbschwester die Wahrheit sagte? Nein, auf keinen Fall. Sie musste damit leben, nicht zu wissen, ob es auch ein Gutschein für ein Wannsee-Picknick oder sexy Nylons gewesen waren oder ein besticktes Taschentuch, ein liebevoll ausgesuchtes Buch, eine Konzertkarte oder womöglich sogar Schmuck. Sie schluckte die Frage hinunter, doch dann entschlüpften ihr die Worte, als müsste ihr Körper sie ausspeien, um nicht daran zu ersticken: »Und, was hat er dir geschenkt?«

Wally zog eine Augenbraue hoch und Carla hasste dieses Zucken, hasste sie, hasste sich, weil sie damit verraten hatte, wie wichtig ihr das war.

»Nur ein bisschen Schokolade.« Wally zuckte mit einer Schulter und wedelte dazu abwertend mit einer Hand, als wäre das nicht der Rede wert.

»Schokolade?« Von irgendwoher tanzte ein Refrain durch Carlas Kopf. *»Ich will keine Schokolade«*, summte ein Rock-'n'-Roll-Takt mit der kräftigen Stimme von Trude Herr. *»Ich will lieber einen Mann, ich will einen, der mich küssen und um den Finger wickeln kann!«*

»Eine Tafel Goldnuß von Trumpf«, ergänzte Wally dann noch.

Trumpf. Trude Herrs Stimme wurde leiser, vermischte sich mit der Erinnerung an den Tag, als sie zum ersten Mal den Trumpf-Zeppelin über Berlin gesehen hatte. Ihr Vater war ganz plötzlich auf dem Kudamm stehen geblieben, hatte lachend in den Himmel gezeigt. »Schau mal, die fliegende Schokolade! Eines Tages machen wir einen Ausflug mit dem Zeppelin und schauen uns Berlin von oben an.« Und im Weitergehen hatte er erklärt, wie wichtig es für Detektive war, immer wieder mal die Perspektive zu wechseln.

# Kapitel 29

Es klingelte an der Tür, gefolgt von einem festen Hämmern. »Derart verzweifelte Klienten spülen sicher viel Geld ins Haus!«, sagte Wally zu Carla, die gerade eine Rechnung für Irma tippte, obwohl heute der Wahlsonntag war. Sie lief zur Tür und wurde von Lulu einfach zur Seite geschoben wie ein Schirmständer. Zerfleddert und schmuddelig rauschte Lulu zu Carlas Schreibtisch, als würde dort das Siegertreppchen mit dem ersten Platz für sie bereitstehen.

Kiek einer an, dachte Wally. Da hatte Johanna offensichtlich mächtig die Hosen voll gehabt! Anscheinend war sie sehr überzeugend gewesen, sonst wäre Lulu doch nicht so schnell entlassen worden. Gerade als Wally die Tür wieder schließen wollte, tauchte ein dicklicher Mann mit rotem Gesicht auf, der weniger siegreich wirkte, aber die freundliche Ehrbarkeit eines besorgten Pfarrers ausstrahlte.

Fritzi sprang und bellte um Lulu herum, als wäre sie von den Toten auferstanden. Die Wiederauferstandene tätschelte und herzte ihren Hund, dann drückte sie Carla an ihren üppigen Busen und dankte ihr überschwänglich. Für Wally hatte sie immerhin noch einen feuchten Händedruck übrig. Sie nahm es ihr nicht übel, Lulu konnte ja nicht wissen, wem sie ihre Freiheit zu verdanken hatte. Und so sollte es auch bleiben.

»Das ist Lulus Rechtsanwalt Dr. Lotz«, stellte Carla ihr den Mann vor. »Wally wollte sowieso gerade einen Kaffee kochen!« Sie schob Lulu einen der Rattanstühle hin, wartete, bis Dr. Lotz sich gesetzt hatte und nahm – ganz die Chefin – hinter ihrem Schreibtisch Platz. Wally ging in die Teeküche, setzte Wasser auf und hörte mit einem Ohr zu, was Lulu zum Besten gab.

»Johanna hat ein umfassendes Geständnis abgelegt.« Lulu drehte sich in ihre Richtung. »Wally, bringst du bitte auch ein paar Schokoladenplätzchen mit? Ich habe seit Tagen nichts Ordentliches gegessen!«

Dr. Lotz wischte sich die Stirn. »Es ist sehr erfreulich, dass man Ihre Tante entlassen hat, doch ich frage mich, woher dieses Geständnis so plötzlich gekommen ist. Soweit ich gehört habe, kann man es nicht wirklich als umfassend bezeichnen. Außerdem scheint die Beweislage insgesamt ein wenig dünn. Ohne ein Fachmann zu sein, würde ich behaupten, ein guter Anwalt für Strafrecht wird das in der Luft zerfetzen!«

Spielverderber, dachte Wally.

»Aber Johanna Gandermann hat doch als Einzige ein starkes Motiv!«, widersprach Carla. »Sie hat es für ihre Tochter getan. Als gute Mutter dachte sie, wenn Henny erst mal tot ist, wächst Gras über die Sache mit dem Sanaritus-Verlag und der Hochzeit von Freya und Wissmuth steht nichts mehr im Wege.«

Wissmuth! Wally goss das brodelnde Wasser über den duftenden Kaffee im Filter und fragte sich, ob sie womöglich einen schweren Fehler begangen hatte. Weil sie sich auf die Verbindung zwischen Henny und den Gandermanns konzentriert hatte, war die Verbindung der Gandermanns mit Willy aus ihrem Blickfeld geraten. Doch Willy war einer von Berthas Männern. Völlig unverständlich, warum die einem wie Wissmuth erlaubt hatte, sich mit Freya zu verloben. Ihre Führungsoffizierin arbeitete sonst nur mit Männern, die ihre Hose perfekt im Griff hatten und gezielt für Romeo-Aufträge eingesetzt werden konnten. Hatte Wally womöglich Berthas Pläne unwissentlich durchkreuzt? Mehr Ärger mit Bertha war nicht drin, denn die war sowieso schon außer sich, weil sich die Entführung von Joachim verzögert hatte und die Aktion Goldfisch erst am Dienstag über die Bühne gehen würde.

»Dr. Lotz, warum wollen Sie denn nicht einsehen, dass niemand außer dieser Nazihebamme Henny das angetan haben kann?«, fragte Lulu gerade.

»Ich stimme Dr. Lotz zu, vielleicht war es doch ihre Tochter, mit dieser Freya stimmt so einiges nicht.« Carla warf Wally einen Blick zu, den sie sich nicht erklären konnte. Ihre Schwester erhob sich und kam zu ihr in die Teeküche. »Ich konnte heute Morgen mit Elsa sprechen«, flüsterte sie ihr zu. »Freya ist merkwürdiger, als wir dachten. Sie hat keine Skrupel, so ein junges Mädchen wie Elsa anzulügen und für windige Zwecke zu benutzen. Was, wenn Freya Henny solche Pralinen verabreicht und sie dann mit dem Lidocain ihrer Mutter ermordet hat?«

»Wurde denn im Mülleimer eine leere Pralinenschachtel entdeckt?«, fragte Wally.

»Nicht dass ich wüsste, aber die kann man ja auch mitnehmen, wenn man geht!«

»Und wurden Reste davon in Hennys Magen gefunden?«

»Ich glaube nicht, aber ich kann nachfragen.«

»Wenn es Freya war, dann werden wir das niemals herausfinden!«, antwortete Wally und stülpte eine Wärmehaube über die Kaffeekanne. »Ist doch auch egal, wer von diesen Gandermanns es war, die Mutter hat es in jedem Fall verdient, im Gefängnis zu sitzen. Sie hat so viel mehr auf dem Kerbholz als ihre Tochter.«

Zusammen trugen sie den fertigen Kaffee und das Tablett mit Tassen, Milch, Zucker und Keksen ins Büro und stellten es auf Carlas Schreibtisch.

»Dein Dr. Schneider hat wegen Hennys Beerdigung angerufen.« Carla reichte die vollen Kaffeetassen herum.

Lulu griff sich eine Handvoll Kekse und stöhnte. »Unverzeihlich, dass ich mich so habe gehen lassen. Um ihre Beerdigung werde ich mich zuallererst kümmern!« Sie stopfte sich den dritten Keks in den Mund. »Das tut gut!«, sagte sie mit vollem Mund. »Fasten schwächt den Geist! Also, die Beerdigung wird legendär, wir werden ein wunderbares Fest feiern! Ich lasse alle Zittergirls einfliegen, quartiere sie in den besten Hotels ein und engagiere Caterina Valente, die hat Henny immer verehrt.«

»Schön, dass du wieder ganz die Alte bist!«, sagte Carla. »Wir haben uns schon Sorgen um deinen Geisteszustand gemacht.«

Genau. Wally zündete sich eine Zigarette an. Die anderen hatten nur rumgesessen und lamentiert, sie allein hatte den Mumm gehabt, etwas zu tun.

»Verrätst du uns denn jetzt, wo du in der Nacht gewesen bist, als Henny starb?«, fragte Carla.

Lulus gute Laune war wie weggewischt. »Fritzi und ich müssen gehen«, sagte sie mit finster zusammengepressten Augenbrauen. »Zeit für ein Bad! Dr. Lotz, seien Sie so gut und bringen Sie uns doch bitte nach Hause.«

»Ich muss auch los!«, sagte Wally. In einer Stunde war das finale Treffen mit Bertha, was nun leider nie mehr im KaDeWe stattfinden konnte. Und man hatte sie auch nicht zum Café Achteck in der Nähe vom Savignyplatz befohlen, sondern zu öffentlichen Toiletten auf einem Parkplatz am Wannsee, im Operationsgebiet. Wally hasste alles an diesen Pissoirs, die fiese grüne Farbe, den Geruch und das verstohlene Rein- und Rausschleichen und Bertha wusste das sehr genau. Wenigstens würden sie nicht dortbleiben, weil Bertha ihr den Mann vom Bootsverleih zeigen wollte, der ihr das präparierte Boot übergeben würde. Von keinem anderen durfte sie sich das Boot geben lassen. Sonst hatte immer ein einfaches Passwort genügt, aber das war ihr für die Aktion Goldfisch nicht sicher genug. Und dann sollte Wally ein letztes Mal mit dem Boot die Strecke abfahren und das Timing überprüfen, aber natürlich noch nicht die ganze Strecke!

Auf der Höhe der Pfaueninsel sollte Joachim bewusstlos sein, sodass sie zum Zonengrenzgebiet Richtung Glienicker Brücke fahren konnte, ohne dass er Verdacht schöpfen würde. Dort würde dann – so wäre die offizielle Version – der Motor plötzlich versagen und sie ins Zonengrenzgebiet abtreiben. In Wahrheit war das Boot so präpariert, dass es dorthin gelenkt wurde. Deshalb durfte sie auch nur in dieses Boot steigen. Im Grenzgebiet würden die DDR-Grenzschützer sie anhalten, Joachim mitnehmen, dem armen Frauchen mit dem Bootsmotor »helfen« und dann konnte Wally unbehelligt zurückfahren. Was Wally immer mehr infrage stellte: Konnten die sich eine solche Mitwisserin erlauben?

Der »Vorfall« würde natürlich auch von den BRD-Grenzern beobachtet und die sollten dann allen Grund haben, lobend zu erwähnen, wie besonnen und wenig schießwütig die Beamten sich verhalten hatten.

Offiziell würden die DDR-Zeitungen schreiben, dass Joachim freiwillig zurückgekehrt wäre, weil er schon nach kurzer Zeit im imperialistischen Westen erkannte hätte, wie korrupt, dekadent und faschistisch die BRD wäre.

Kurze Zeit später, das hatte Bertha ihr versichert, musste ein Volksverräter wie Joachim dann verhaftet und vor Gericht gestellt werden. Ende der Geschichte.

Und nach dieser Generalprobe musste sie Joachim ein letztes Mal um den Bart gehen und dafür sorgen, dass er nicht in letzter Minute noch einen Rückzieher machte.

»Denn feiert ihr mal euer Wiedersehen, ich hab noch was zu

erledigen!«, sagte Wally und verließ schweren Herzens die Agentur, um auf dem Weg zur S-Bahn noch die fertig entwickelten Fotos, die sie in der Wohnung der Gandermann-Villa gemacht hatte, abzuholen. Widerstrebend musste sie sich eingestehen, dass ihr dieser ganze Plan verhasst war, und zum ersten Mal in ihrem Leben hatte sie nicht die geringste Idee, wie sie mit heiler Haut da rauskommen könnte.

# Kapitel 30

Wegen der Wildschweine ist der Friedhof immer versperrt. Von den Schweinen hat der Sausuhlensee im Friedhof auch seinen Namen, früher waren das bloß zwei kleine Tümpel im Grunewald, wo sich die Wildschweine drin gesuhlt haben.«

Hol doch mal Luft, ermahnte sich Carla, sie klang wie Irma – Plapperplapperplapper ohne Pause –, seit Bruno sie um Mitternacht nach seiner Doppelschicht abgeholt hatte. Er wirkte weder müde noch so, als ob ihn ein schlechtes Gewissen plagen würde. Ganz im Gegenteil, er war gut gelaunt und so frisch, als wäre er eben erst aufgestanden.

Auf ihren Wunsch hin parkte er das Taxi dreihundert Meter entfernt vom Eingang in der Trakehner Allee. Sie wollte nicht, dass sich ein schlafloser Spaziergänger oder eine patrouillierende Streife darüber wunderte, was ein Taxi um diese Zeit hier zu suchen hatte.

Wenn Peter die Grabparzellennummer richtig weitergegeben hatte, dann war der Eingang auf dieser Seite der nächstgelegene zum Mallwitz-Grab.

Bruno stieg aus und streckte sich. »Juut. Dit Lüftken!«, sagte er.

Selbst im diffusen Licht der Laternen war er umwerfend in seiner Wachmannuniform, die Carla an den Tag erinnerte, als sie ihn kennengelernt hatte, am Filmset von Billy Wilder. Damals, das war am Tag vor dem Mauerbau gewesen, also noch bevor Wally sich so rücksichtslos in ihr Leben gedrängt hatte. Sie hatte ihn zuerst kennengelernt!

Aus dem Kofferraum holte Bruno den ledernen Rucksack, in den Carla neben Kaffee und Stullen auch Seile und Haken eingepackt hatte. Sie wussten ja nicht, wie tief sie graben mussten, und womöglich würde die kurze Anlegeleiter nicht genügen.

Er hängte sich den Rucksack um, nahm die Leiter, legte die zwei Schaufeln darauf und schob sich alles über seine Schultern. Lässig hielt er die Werkzeuge mit einem Arm fest und salutierte mit dem andern. »Na denn, Frau Kommissarin, ick wär so weit!« Dabei zauberte er aus den Tiefen seiner Lederjacke noch eine Taschenlampe.

Carla griff sich Brunos Fototasche mit den Blitzgeräten, die Dietriche und ein Schraubenset für den Sargdeckel, nickte ihm zu und lief los zur Eingangstür. Ihren Informationen nach wurde der Friedhof nachts nicht bewacht, vorsichtshalber hatte sie aber wieder ihre Polizeiuniform angezogen, um ihrer Mission einen offiziellen Anstrich zu geben. Und seit Bruno ihre Uniform beim Einsteigen mit einem begeisterten Pfiff kommentiert hatte, gefiel sie sich darin viel besser als sonst. Natürlich hatte er sie noch nie in Hosen gesehen.

Vor dem schmiedeeisernen Eingangstor blieben sie stehen, Carla nahm ihren Dietrich zur Hand, ging in die Knie und machte sich daran, das Schloss zu knacken.

»Sowat kannste auch?« Bruno, der seine Blicke nicht von ihr lassen konnte, pfiff bewundernd.

»Schsch … nur ein einfaches Zylinderschloss«, wehrte Carla ab, und obwohl es ihr gefiel, dass er sie anstarrte, bat sie ihn, lieber darauf zu achten, ob die Luft rein war.

»Geht klar!«

Er lehnte die Schaufeln an die Ziegelmauer und aus den Augenwinkeln sah sie, dass er dann so übertrieben in alle Richtungen spähte, als wäre er Maat in einem Schiffsausguck.

»Oh!«, sagte er alarmiert. »Da kommt eener mit'm Hund!«

»Mist!« Carla rutschten die Dietriche aus der Hand und fielen mit einem leisen Klirren auf den Asphalt. »Wie nah ist der schon?«

»War nur'n Scherz!«, sagte Bruno. »Weit und breit ist keiner nirgends.«

»Ein Scherz? Was wir vorhaben, nennt man Störung der Totenruhe, was nach § 168 StGB ein Offizialdelikt ist und mit Freiheitsstrafe von bis zu drei Jahren bestraft werden kann.«

»Störung der Totenruhe ...« Bruno verkniff sich offensichtlich ein Lachen. »Viel besser als Clärchens Ballsaal. Ich wollte mich immer schon mal fühlen wie Bonnie und Clyde. Apropos, würdest du einen Polizisten erschießen, um mich vor der Verhaftung zu retten?«

»Gerne.« Carla bückte sich, um die Dietriche aufzuheben. »Wärm doch schon mal meinen Colt Detective Special 38 an.«

»Mach ick.« Bruno ging neben ihr in die Hocke und war ihr so nah, dass sie die Wärme spüren konnte, die von seiner Stirn ausging. Sie unterdrückte den Wunsch, ihre Stirn an seine zu drücken. Sie hatten eine Mission zu erfüllen.

Er reichte ihr die zusammengeklaubten Dietriche, ihre Fingerspitzen berührten sich, und obwohl Carla sofort zurückzuckte, ging ein kribbelndes Blitzen von ihren Fingerkuppen über die Hände in ihren Bauch und verströmte dort eine helle Wärme, als wäre in ihrer Mitte gerade die Sonne aufgegangen. Unwillkürlich atmete sie schneller. Und sie hatten sich nicht mal geküsst!

Energisch erhob sich Carla, lenkte ihre Aufmerksamkeit wieder auf das Schloss, konzentrierte sich und hatte es diesmal in drei Sekunden geknackt.

»Es kann losgehen!«, sagte sie und öffnete das Eingangstor, das sie dann leise hinter ihnen wieder schloss.

»Du bist ein Genie!«, flüsterte Bruno bewundernd und folgte ihr.

Mit jedem Schritt über den nächtlichen Friedhof kam es ihr falscher vor, hier herumzuschleichen. Auch wenn es herrlich war, mit Bruno an ihrer Seite die Nacht zu verbringen, durften sie auf keinen Fall erwischt werden. Ihre Lizenz konnte sie sonst vergessen. Sie sah sich ständig nach allen Seiten um und betete, dass wirklich niemand hier herumlungerte. Keine Zeugen, das hatte oberste Priorität!

»Ich vergesse immer, wie sehr das Gelände hier zum See nach unten abfällt, von außen würde man das nie vermuten«, flüsterte Bruno. »Hör mal!«

Sie blieben stehen und lauschten. Im Gebüsch raschelte und knackste es. Das kannte Carla von nächtlichen Beschattungen mit ihrem Vater und das meiste konnte sie zuordnen: Igel, Dachse, Wildschweine, Rehe oder Vögel.

»Das sind ganz sicher nur Igel«, sagte sie.

»Nee, hör doch mal. Vom See unten, da kommt noch wat anderes. Sind dit Schritte?«

»Um drei Uhr morgens? Sicher nur der Wind oder vielleicht ein Reh, das es über die Mauer geschafft hat«, sagte Carla und schaltete ihre Taschenlampe ein, um nach dem richtigen Weg zu suchen.

»Lassen wir unsere Taschenlampen lieber aus, dann gewöhnen sich unsere Augen besser an die Dunkelheit«, schlug Bruno leise vor.

»Gleich, aber erst muss ich mich kurz orientieren, obwohl ich schon so oft hier war, wirkt nachts alles so anders«, flüsterte Carla.

»Geht mir auch so, meine Großmutter hat mich oft hergeschleppt, sie war ein bisschen verliebt in all die Berühmtheiten, die hier unter der Erde liegen. Stell dir mal vor, die kämen zu einem großen Fest aus ihren Gräbern. Wäre es nicht famos zu sehen, wie Therese Giehse mit Curt Goetz tanzt?«

»Von meiner Seite aus besteht kein Bedarf an weiteren Leichen. Ich wünsche mir, dass wir bis zur Morgendämmerung wieder draußen sind! Wir müssen so um den See rum!« Sie deutete nach links und hoffte, dass Peter ihr die richtige Parzellennummer vom Mallwitz-Grab gegeben hatte.

»Und wer liegt dort drüben?« Bruno zeigte ins Dunkle. »Mal sehen, ob du außer Schlössern auch Rätsel knacken kannst …«

»Damit verdiene ich mein Geld!«, flüsterte Carla. »Aber muss das jetzt sein?«

»Unbedingt: ›Ich küsse dich durch den langen Draht/Du Meinziges, du Liebes!/Was ich dir – nahe – je Böses tat/aus der Ferne bitt ich: Vergib es!‹«

Interessant, dachte Carla, warum dieses Gedicht?

»Das war einfach. Ringelnatz, den hat mein Vater geliebt. Stell dir vor, er hat sich ein Zitat von ihm als Grabinschrift gewünscht: ›Sicher ist, dass nichts sicher ist und selbst das nicht.‹ Seiner Meinung nach würde genau das seine Arbeit und sein Leben perfekt zusammenfassen. Meine Mutter fand das eine meschuggene Idee, sie war enttäuscht, dass er nicht mal angesichts des Todes ernst sein konnte.« Carla durchzuckte der unliebsame Gedanke, dass sie ihrer Mutter in dieser Hinsicht ziemlich ähnlich war. Bruno betrachtete sie nachdenklich von der Seite. Wohlwollend. Forschend. Ihr wurde warm.

»Tut mir leid für ihn!«, sagte er. »Doch wen juckt's, was auf so'm Grabstein steht, du kannst deinen Vater wenigstens hier besuchen, meiner ist irgendwo an der Ostfront abgestürzt. Er war Funker.«

»Oh, wie traurig«, sagte sie überrascht. Bisher hatte Bruno

Fragen nach seiner Familie abgeblockt. Wollte er damit andeuten, dass er nun bereit war, sich zu öffnen?

»Lebt denn deine Mutter noch?«

»Was für eine Mutter?« Bruno schnaubte verächtlich. »Mutter ist 1936 in die USA ausgewandert, mich hat sie bei Oma Elfriede in Wedding zurückgelassen. Später wollte sie mich nachholen, aber dieses Später kam nie, sie hat dort wieder geheiratet und weitere Kinder bekommen.«

»Das tut mir sehr leid.« Dann hatte er also auch Halbgeschwister, wie sie und Wally.

»Muss es nicht, Oma Elfriede hat eine Schachtel Nil-Zigaretten am Tag geraucht und geflucht wie ein Bierkutscher, aber sie war immer für mich da.«

Ein Geräusch ließ sie beide zusammenzucken, sie warfen sich fragende Blicke zu. Carlas Puls ging schneller. »Was war das?«

»Scheint so, als könnten es einige wirklich nicht erwarten, aus ihren Gräbern zu steigen und zu tanzen!« Bruno grinste so breit, dass Carla im Dunkeln seine Zähne sehen konnte. Hatte er denn gar keine Angst?

»Das würde sich anders anhören, das Geräusch gerade klang irgendwie technisch«, sagte Carla. »Wie klirrendes Metall. Von wo ist das gekommen?«

»Schwer zu erkennen«, sagte Bruno, »der See verändert den Schall.«

Da war es wieder. »Als würde jemand Bocciakugeln aneinanderschlagen«, sagte Bruno.

»Ich glaube, es kommt von dort!« Carla zeigte nach unten an eine der Uferseiten. Sie warteten, aber nun war nur noch Blätterrascheln zu hören.

»Merkwürdig.« Carla wandte sich ab. »Wir müssen noch ein paar Meter da rüber!«, sagte sie und lief weiter.

Nach wenigen Minuten gelangten sie an ein offensichtlich

frisches Grab mit zwei verwelkten Kränzen und einem schlichten Holzkreuz. Carla leuchtete es ab. *Mallwitz* stand da.

»Und du bist sicher, dass die Grab-Müllers hier zwei Leichen verbuddelt haben und du die ausgraben willst?«

»Ist das etwa ein Rückzieher?«, fragte Carla.

»Auf keinen Fall, Leichen ausgraben, also dit is ja nu wirklich der beste Weg, ne Frau so richtig kennenzulernen!« Bruno nickte ihr zu, krempelte die Ärmel hoch, spuckte demonstrativ in seine Hände und rammte den Spaten kraftvoll in die Erde.

Carla stellte sich ihm gegenüber und schippte voller Schwung los. Die Erde war nicht ganz so hart, wie sie befürchtet hatte, trotzdem schmerzten ihr schon nach kurzer Zeit die Hände. Nach einer Weile zog Bruno seine Lederjacke aus, wischte sich die Stirn, setzte an etwas zu sagen, verkniff es sich dann aber.

Nach einer Stunde einträchtig schweigenden Grabens, nach der man die Umrisse des Sarges schon erahnen konnte, reichte Carla ihm die Thermoskanne, die sie zusammen mit ein paar Stullen eingepackt hatte. »Kaffee?«

»Gerne.« Er schraubte den Deckel auf und nahm vorsichtig einen Schluck. »Dampft noch!« Er gab Carla die Kanne zurück und hielt dann plötzlich in der Bewegung inne.

»Hast du das auch gehört?«, fragte Bruno.

Carla erstarrte und lauschte in die Nacht. Nur ein leises Krächzen, fast als würde eine Krähe etwas Schönes träumen, dachte sie. Gerade als sie sich wieder nachgießen wollte, hörte sie ein Jaulen, dann etwas, das klang, als ob zwei dicke Bücher aneinandergeschlagen würden. Die Härchen auf ihrem Rücken stellten sich auf, was auch immer das war, sie sollten sich beeilen.

»Wie Schwäne, die unsanft auf dem Wasser gelandet sind«, stellte Bruno fest.

»Hier gibt es keine Schwäne, nicht mal Enten, wir sollten lieber schauen, dass wir fertig werden!« Carla nahm einen letzten Schluck Kaffee.

»Ich könnte ne Stulle verdrücken«, sagte Bruno. Carla reichte ihm eine, aber sie war viel zu nervös, um jetzt zu essen, und verstaute alles wieder im Rucksack.

»Juut, passt, schmeckt!«, sagte er mit vollem Mund, nickte und wedelte mit einer schon nur noch halben Stulle zu ihr hin. »Was passiert denn nun, wenn wir die Leiche von Frau Jablonsky finden?«

»Wir verständigen die Polizei.«

»Die erkennen, dass hier frische Grabspuren sind. Jeder hätte sich da zu schaffen machen können, schwierig, das den Grab-Müllers dann in die Schuhe zu schieben. Und was passiert mit der schwangeren Ehefrau?«, insistierte Bruno, leckte sich die Finger ab, zerknüllte das leere Papier und steckte es kurzerhand in seine Hosentasche. »Findest du es nicht ein bisschen scheinheilig, Irma den Ring zu beschaffen, nur um ihr dann all diese schmutzigen Details über ihren Mann zu präsentieren?«

»Scheinheilig?« Sie musterte Bruno, der erwiderte treuherzig ihren Blick, als hätte es den Kuss mit Wally nie gegeben.

»Nein, das ist nicht scheinheilig, Irma *muss* einfach die Wahrheit über ihren Mann kennen. Nur dann kann sie entscheiden, ob sie mit diesem Lügner ein Kind aufziehen will. Ihr Ehemann hat den Betrieb ihrer Eltern für seine Zwecke missbraucht und belügt sie. Für mich sieht Liebe anders aus. Man kann eine Ehe nur auf Vertrauen aufbauen.«

Dünnes Eis, dachte Carla, mal sehen, ob er anspringt …

»Nicht alle Lügen schaden jemandem!«

»Ich denke doch!«, widersprach Carla.

»Du hast eine etwas eingeschränkte Vorstellung von dem, was Liebe ist. Natürlich kann man einen Lügner lieben, womöglich ist das Leben mit ihm sogar sehr viel angenehmer. Es gibt Frauen, die lieben Kriminelle oder sogar Mörder. Die Welt besteht doch nicht nur aus verabscheuungswürdigen Schurken oder edlen Helden! Jeder macht ständig Fehler oder ist mal schwach und genau das macht uns alle so menschlich und liebenswert.«

»Sprichst du von dir?«, fragte Carla nun doch und hieb ihren Spaten fest in die Erde.

»Natürlich, ich würde mal behaupten, dass ich ein Mensch bin und also auch Fehler mache.«

»Genau wie Wally.«

Bruno hörte auf zu graben und sah hoch zu Carla. »Ich mag Wally, aber ich interessiere mich für dich.«

»Küsst du alle Menschen, die du magst?«

»Das mit Wally war ein Fehler und es hat weder ihr noch mir etwas bedeutet.«

»Und was ist eure Entschuldigung? Ihr wart ja nicht mal betrunken!« Bis eben war ihr nicht bewusst gewesen, wie sehr sie sich eine Entschuldigung von ihm wünschte. Ach was, Entschuldigung – in Wahrheit wollte sie, dass er sich in den Staub warf und sie um Vergebung anflehte.

»Lass uns das doch einfach vergessen.« Bruno klang sanft, als müsste er ein trotziges Kind beruhigen, was Carla nur noch mehr ärgerte.

»Ich weiß nicht, ob ich dazu in der Lage bin«, sagte sie.

»Doch, das glaube ich schon. Du bist immer so beharrlich und standhaft. Das bewundere ich sehr und es ist für mich unglaublich anziehend, wie absolut integer du immer handelst.« So wie er hatte sie noch nie jemand angesehen. Innig. »Aber wenn man Menschen seine Maßstäbe aufzwingen will, verletzt man ihre Würde und Autorität. Ich glaube, es ist wichtig, dass Beharrlichkeit nicht in Sturheit und Standhaftigkeit nicht im Zwanghaften endet.«

Seine letzten Worte bohrten sich wie Widerhaken in ihre Brust. »Stur und zwanghaft?«, wiederholte Carla und konnte selbst hören, wie frostig sie klang. Aber das war immer noch besser, als in Tränen auszubrechen, und das Eisige half ihr, die Kontrolle über ihre Gefühle zu behalten.

»Warum greifst du ausgerechnet ›stur und zwanghaft‹ auf? Wie schade, ich habe doch so viel mehr gesagt als nur das!« Genervt rammte er die Schaufel in die Erde.

Carla wünschte sich, sie könnte ihm erklären, wie verletzt sie sich fühlte, aber wie sollte sie das ausdrücken, ohne die Beherrschung zu verlieren?

Schweigend gruben sie weiter und je länger das Schweigen anhielt, desto unmöglicher war es, Carla auch nur nach der Uhrzeit zu fragen. Die Nachtgeräusche schienen lauter zu werden, je länger sie stumm blieben. Das Knacksen von Zweigen, das Blätterrascheln, die Rufe eines Käuzchens, eine Art Jaulen. Und Schritte, immer wieder kam es ihr so vor, als wären da weit entfernt Schritte, aber sie traute sich nicht, Bruno zu fragen, ob er die auch hörte, denn er grub so verbissen, als ob er nur noch alles schnell hinter sich bringen wollte.

Nach einer gefühlten Ewigkeit traf Brunos Spaten endlich dumpf auf das Holz eines Sarges. Das erlöste Carla aus ihrer Erstarrung, endlich wusste sie wieder, was zu tun war. Sie trat zu Bruno und half ihm, den Deckel freizulegen.

»Die Leiche liegt entweder zusammen mit dem Mallwitz im Sarg oder untendrunter«, sagte Carla. »Schauen wir erst mal rein.« Sie lehnte die kleine Leiter an die Kante der Grube und stieg zum Sarg hinunter. Schon der zweite Sarg in einer Woche, dachte sie, und damit war es nun wirklich mehr als genug für dieses Jahr. Das hier war ein einfacheres Modell als das vom Leichenwagen, aber die Schrauben sahen gleich aus. Und in diesem Sarg befand sich bestimmt auch eine Leiche. In einem schon fortgeschrittenen Verwesungsprozess, aber daran wollte sie jetzt nicht denken. Eins nach dem anderen.

»Sei vorsichtig«, sagte Bruno, der zu ihr heruntergestiegen war.

Sie holte ihr Werkzeug aus der Tasche und machte sich daran, eine Schraube nach der anderen zu lösen. Nachdem alle Schrauben entfernt waren, nickte sie Bruno zu, der daraufhin zum anderen Ende des Sarges trat.

»Auf drei!«, kommandierte sie flüsternd. Sie hoben den schweren Deckel aus weiß lackierter Fichte hoch, bestialischer Gestank schlug ihnen entgegen. Es kostete Carla fast schon übermenschliche Beherrschung, den Deckel nicht sofort loszulassen, um sich die Hände vor Nase und Mund zu halten. Sie hielt die Luft an und setzte den Deckel seitlich ab. Ein Blick auf Bruno verriet ihr, dass es ihm genauso ging wie ihr.

Nun erst wendeten sie sich dem Inneren des Sarges zu.

»Unglaublich!« Bruno schluckte ein paarmal trocken, während er fassungslos in den Sarg starrte. »Du hattest recht!«

Carla schossen Tränen in die Augen, ja, Tote hatte sie in der gerichtlichen Medizin schon oft gesehen, aber die waren in Formalin konserviert und jeder lag für sich auf einem Stahltisch. Doch hier waren zwei verwesende Leichen zusammengepfercht wie Abfall. Auf der unteren Leiche lag verkehrt herum die sehr viel kleinere und dünnere Tote in Frauenkleidern. Kleider, die sich in kleinen Wellen hin und her bewegten. Erst auf den zweiten Blick wurde ihr klar, dass die Bewegung von den Maden kam, die unter dem Kleid über die Leiche krochen. Ihr Blick fiel auf den Ring an der Hand der oberen Leiche, der unwirklich im Nachtlicht schimmerte.

»Niemand sollte so begraben sein!«, sagte Bruno, der so dicht neben ihr stand, dass sie die Wärme seines Körpers fühlen konnte.

»Verstehst du jetzt, warum wir das einfach anzeigen müssen?« Carla nahm die Gummihandschuhe aus ihrem Rucksack. »Steig du bitte wieder hoch und vergewissere dich, dass niemand kommt!«, bat sie ihn, band sich ein Tuch vor die Nase und streifte sich die Gummihandschuhe über. Für Irma, sagte sie sich und wusste doch im gleichen Moment, dass damit Irmas Leben, so wie sie es bisher gekannt hatte, vorbei sein würde. Warum konnte sie es dann nicht einfach lassen? Weil es falsch wäre, wie Betrug an ihrer Klientin. Sie beugte sich vor, versuchte, nicht zu atmen, und zog der oberen Leiche den Ring vom Finger.

Dieser Ring, der alles in Gang gesetzt hatte. Sie richtete sich wieder auf, inhalierte die frische Nachtluft geradezu und leuchtete mit der Taschenlampe die Gravur ab. Kein Zweifel, das war Irmas Ehering. Sie wischte ihn sauber, schlug ihn in ein Taschentuch und stieg wieder hoch zu Bruno. »Wir sollten uns beeilen!«, sagte sie. »Wir müssen noch die Fotos machen!«

»Ja, sofort. Aber ich verstehe einiges doch nicht so ganz.« Bruno schnappte sich den Rucksack und übergab Carla seine Kamera. »Du hast mir erzählt, diese Bertha hat Peter dazu verleitet, Irmas Ring der Jablonsky anzuziehen, aber warum hat Bertha den nicht einfach verschwinden lassen?«

Carla nickte und nahm die Kamera aus der Hülle. »Das ist wirklich rätselhaft, ich frage mich auch, warum sie den Ring nicht einfach eingeschmolzen und zusammen mit dem Brautkram in die DDR geschmuggelt hat? Soweit ich weiß, hat die DDR ein Goldproblem. Die ganze Familie muss Altgold zusammenkratzen, wenn ein neuer Ehering gemacht werden soll. Aber darüber können wir später noch spekulieren, jetzt brauchen wir noch schnell die Bilder.« Sie bat Bruno um den Blitzkoffer und steckte den Blitz an der Kamera fest.

»Muss das denn wirklich noch sein?«, fragte er.

»Danke. Die Bilder sind wichtig! Du glaubst gar nicht, wie

sehr das Gedächtnis einem Streiche spielen kann. Mein Vater war der Überzeugung, dass Gerichtsurteile, die nur auf Zeugenaussagen basieren, sehr oft Fehlurteile sind, denn seiner Meinung nach erinnern sich Zeugen oft an falsche Details.«

Sie legte einen neuen Film ein und zog ihn auf, bis die Spule eingerastet war.

»Was war das? Ich glaube, da waren Stimmen. Mist, wir sind so kurz davor, die Beweise einzutüten!«, flüsterte Carla.

»Jetzt hab ich auch was gehört!«, sagte Bruno. »Jemand hat etwas gerufen, wir müssen uns beeilen!«

»Schnell!« Sie verband die Kamera durch ein dickes Spiralkabel mit den Bleiakkus und den Blitzkondensatoren. Dann fotografierte sie die Leichen.

»Gottverdammt, ist das hell!« Bruno zuckte zusammen. »Dit strahlt ja bis über die Mauer in den Osten rüber!«

»Hab's gleich!«

»Still!«, sagte Bruno. »Da war wieder was, ich dachte, das käme vom Blitzen, aber da war wieder dieses metallische Klicken.«

Rasch trat Carla auf die andere Seite und schoss noch zwei Bilder aus verschiedenen Perspektiven. Nachdem sie den Blitzkopf wieder abgeschraubt hatte, blitzte es plötzlich wieder hell in der Dunkelheit auf. »Hast du das gesehen?«, fragte Carla. »Fotografiert da unten auch jemand?«

Ein Lichtstrahl huschte über die Baumspitzen, die um den See standen.

»Was ...« Bruno legte die Kamera in die Schutzhülle zurück. »Das kommt von unten, vom See!« Er lief ein Stück vor, näher zum See hin, um besser nach unten sehen zu können. Gegen ihren Willen folgte sie ihm.

»Ganz egal, was es ist, wir müssen das Grab sofort zuschaufeln! Wir ...« Dann verschlug es ihr die Sprache.

Unten auf dem See trieben chinesisch wirkende Laternen

mit flackernden Kerzen. Als ihre Augen sich daran gewöhnt hatten, bemerkte Carla, dass nach und nach sieben Wesen mit spitzen dunklen Kapuzen im Stil des Ku-Klux-Klan aus dem See auftauchten. Als alle Kapuzen gleich weit aus dem Wasser ragten, bewegten sie sich zusammen absolut synchron zum Ufer und stiegen dort aus dem See. Nachdem sie das Wasser verlassen hatten, ertönte das metallische Klicken, das sie vorhin schon gehört hatten. Alle sieben legten mit einer einzigen fließenden Bewegung ihre Kutten ab und im gleichen Moment warfen gleißend helle Scheinwerfer ihr Licht über die nackten Körper der Frauen und Männer.

Carla hörte das hölzerne Klatschen von vorhin und dann ein Murmeln.

»Interessant!« Bruno grinste. »Was für ein Film das wohl werden wird? Ein Erwachsenenfilm mit Friedhofsambiente? Hast du Lust mitzumachen, soll ich mal fragen, ob die eine Rolle für uns haben?«

Ich bin nicht Wally, schoss es Carla durch den Kopf. »Wirklich witzig«, sagte sie stattdessen. »Wenn wir nicht schleunigst dieses elende Grab zuschaufeln müssten, hätte ich mir natürlich längst die Kleider vom Leib gerissen!«

Sie drehte sich um und lief im Stechschritt zurück zum Mallwitz-Grab, stolperte über eine Grabeinfassung, stürzte und riss eine Keramikschale mit sich. Das Gepolter kam ihr ohrenbetäubend laut vor. Hoffentlich hatte das niemand von dem Filmteam gehört.

Bruno war schon bei ihr und half ihr auf. »Hast du dich verletzt?«, fragte er.

»Geht schon«, behauptete Carla und ignorierte den stechenden Schmerz in ihrem Knöchel. »Beeilen wir uns.«

Schon von Weitem spürte Carla voller Unbehagen, dass etwas am Grab verändert war, sie hätte aber nicht sagen können, was es war.

»Die Leiter ist weg!«, sagte Bruno und warf ihr einen alarmierten Blick zu. »Was zur Hölle …«

Wie auf Kommando fingen sie beide an, schneller zu gehen. Hatte jemand sie gestohlen? Carla begann sich umzusehen, konnte aber niemanden sehen. Wer würde so etwas tun? Vielleicht ein Witzbold von dieser seltsamen Filmcrew?

Als sie fast schon am Grab angelangt waren, hörten sie die Geräusche.

Geräusche, die aus dem Grab kamen. Es klang entsetzlich. Eine Mischung aus Hecheln, Knurpsen und Knacksen und – ja, auch ein Schmatzen. Alle Härchen in ihrem Nacken stellten sich auf, kalte Wellen liefen über ihren Rücken. Sie blieb stehen und sah zu Bruno. »Hörst du das auch?«

Er nickte, dann schnappte er sich die Schaufeln, reichte eine davon Carla und deutete mit dem Kopf zum offenen Grab hin.

Schritt für Schritt, die Schaufeln wie Waffen im Anschlag, näherten sie sich der Kante. Als sie angekommen waren, blickten sie wie auf Kommando gleichzeitig nach unten.

Carla schnappte entsetzt nach Luft. »Was …?« In dem Grab bewegte sich etwas Weißes.

Offensichtlich ein Tier mit weißem Fell, aber was für eins? Sie und Bruno sahen sich an, er griff zu seiner Taschenlampe.

»Nicht«, flüsterte Carla, »vielleicht springt es uns dann an!«

Doch da beugte sich Bruno tiefer über die Kante und leuchtete dem Vieh ins Gesicht. Es hörte sofort auf zu schmatzen und sah knurrend zu ihnen hoch.

Angewidert zuckte Bruno zurück. Carla spürte, wie die Übelkeit ihre Kehle zusammenzog.

Ein unfassbar riesiger Hund nagte am Unterarm der Jablonsky und sah nicht so aus, als ob er den jemals freiwillig hergeben würde.

Carla wurde richtig übel bei dem Gedanken daran, was das

nun wieder für Konsequenzen haben würde. Der Hund hatte die Beweise quasi vernichtet, und wie könnte sie Irma je erzählen, dass ein Hund Teile von Frau Jablonsky gefressen hatte?

»Der Hund muss sofort da weg«, sagte Bruno.

»Er hat schon alles ruiniert. Der Ärmste muss sehr hungrig gewesen sein, wenn er so ein Risiko eingeht und in diese Grube springt. Sein Instinkt hätte ihn daran hindern müssen, denn allein kommt er hier ja nicht mehr raus!«

»Was machen wir denn jetzt?«, fragte Bruno, während Carla fieberhaft nachdachte, was sie tun könnten. Schnell, schnell, schnell!

Das Giftködertraining schoss ihr durch den Kopf, immerhin hatte sie da gelernt, wie sie Fritzi etwas aus dem Maul nehmen konnte. Aber dieser Hund war ihr fremd und er war so viel größer! Trotzdem musste sie es versuchen, sie konnten auf keinen Fall zulassen, dass der Hund die Leiche noch weiter zerfledderte!

Rasch zog sie ihre Gummihandschuhe wieder an, holte ein Seil und die Stullen aus dem Rucksack. »Ich habe eine Idee, vielleicht klappt es ja!«, sagte sie und erklärte Bruno ihren Plan.

Eine halbe Stunde später hatten sie es mithilfe seines Feuerzeugs, Grabkerzen und den restlichen Stullen geschafft, den Hund aus dem Grab zu vertreiben. Aus Angst, dass er dumm genug sein könnte, das Ganze zu wiederholen, hatte Carla ihn mit Brunos Hilfe und einem der Seile an den nächsten Baumstamm geleint.

Hektisch legten sie den Deckel auf, sparten sich das Zuschrauben und schaufelten wie besessen die Erde zurück auf das Grab. Als sie eben dabei waren, die Erde festzutreten, hörten sie eine männlich klingende Stimme immer lauter »Bismarck, Biiismarck« rufen.

Fragend schauten sie sich an.

Beim dritten, noch lauteren »Bismarck!« fing der Hund an, schrecklich zu jaulen, er kratzte mit den Pfoten über die Erde, als stünde er in den Startlöchern und wollte dringend los, und dann fing er zu allem Überfluss an, zu bellen.

Laut. Sehr laut.

»Bismaarck! Mein Bester, wo bist du bloß?«

Sie banden ihn los und er stürmte davon, als wäre der Teufel hinter ihm her.

Bismarck, schoss es Carla durch den Kopf, hatte Lulu nicht erzählt, dass dieser Schaukel-Filmemacher einen verfressenen Hund hatte, der so hieß?

Bruno schnappte sich die Leiter und die Schaufeln, Carla den Rest und dann rannten sie zum Ausgang in der Trakehnerstraße. Carla ignorierte den stechenden Knöchel und versuchte Brunos Tempo zu halten. Sie wurden immer schneller, lieferten sich geradezu ein Wettrennen und obwohl Carla kaum noch Luft bekam, merkte sie, wie ihrer Kehle ein Lachen entstieg. »Bismarck!«, japste sie.

»Der Leichenfresser!«, schob Bruno nach.

»Abra Kadabra«, lachte Carla, »und Willow! Hundehaare überall!« Und sie wusste, dass hier etwas Wichtiges vor sich ging, da klingelte was in ihrem Unterbewussten.

Obwohl Bruno keine Ahnung hatte, was all die Namen zu bedeuten hatten, lachte er trotzdem aus voller Kehle mit. »Bonnie und Clyde!« Er verschluckte sich fast. »… vereint im Kampf gegen Bismarck!«

# Kapitel 31

Wally drückte ihre Zigarette aus, gähnte herzhaft und blieb trotzdem wie angenagelt in dem hellblauen VW Käfer sitzen, den ihr Bertha für Joachims Entführung übergeben hatte. Damit sollte sie Joachim morgen früh um 9 Uhr abholen und so das Startzeichen für alle geben. Laut Bertha würde es zwar nicht mehr ganz so heiß sein wie am Wahlsonntag, aber immer noch warm genug für die Aktion Goldfisch.

Nach drei schlaflosen Nächten hatte Wally sich entschieden. Sie würde Carla nicht mit reinziehen, die Aktion allein durchführen und weiter im Eden für Bertha arbeiten. Ihre Informationen würden mit der Zeit immer belangloser werden, bis sie irgendwann vollends uninteressant für die Staatssicherheit wäre.

Was Joachim anging, der war zu bedauern, doch er hatte sich das alles selbst zuzuschreiben. Ein so kluger und gebildeter Mann musste sich darüber im Klaren sein, dass man mit derartigem Insider-Wissen nicht einfach in die BRD rüberspazieren konnte. Es war *sein* Fehler, ihr zu vertrauen. Nicht *ihrer,* ihn auszuliefern.

Wally seufzte und steckte eine lockere Haarsträhne hinter die Ohren. Mumpitz! Das war alles Mumpitz, sie trug sehr wohl eine Mitschuld, denn sie hatte mit allen Tricks gearbeitet, um Joachim mürbe zu machen. Wie gerade vorhin noch, als sie ohne ihre Unterwäsche aus dem Hotelzimmer spaziert war. Mit diesem klugen Schachzug sorgte sie dafür, dass Joachim so kurz vorher keinen Rückzieher mehr machte, immerhin musste er für ihr Abenteuer seine Angst vorm Wasser überwinden.

»Dieses Höschen ziehst du mir dann auf der Pfaueninsel wieder an«, hatte sie ihm versichert, als sie es sich vom Leib gerissen und ihm zugeworfen hatte. Zum ersten Mal war es ihm schwergefallen, sie gehen zu lassen, zum ersten Mal hätte er mit ihr zusammen aufwachen wollen. Das wiederum wäre ein schwerer Fehler gewesen. Erfüllung macht satt, nur das Unerledigte, das Unerfüllte rumorte durch den Kopf und wünschte sich mehr. Nun sah er sie vor sich, angezogen, ohne was drunter, und sein Verlangen hatte all seine Ängste in Lust aufgelöst. Tja, sie war einfach gut und genau deshalb machte sie sich schuldig!

Sie zündete sich noch eine Zigarette an und nahm einen Schluck aus ihrem Flachmann dazu.

Wally inhalierte ein paar tiefe Züge. Sie hatte Joachim hinters Licht geführt, er wusste nicht, was passieren würde. Aber an sie war man damals ganz offen herangetreten, auch wenn sie genau gewusst hatte, dass sie nicht in der Position gewesen war, dieses »Angebot« abzulehnen. Nur theoretisch hätte sie ablehnen können, denn jedem war klar, wie weit der Arm der Staatssicherheit reichte. Die hätten gar nicht erst andeuten müssen, dass Mamuschs Platz in dem neuen vielversprechenden Lungenkrebs-Forschungsprogramm in der Charité gefährdet war. Dabei hätte Mamusch eigentlich die beste Versorgung zugestanden, nach allem, was sie in der Schweiz für die DDR getan hatte. Wenn ihre Mutter sich mit ihren wahllosen Affären nicht so viele Männer zu Feinden gemacht hätte, wäre das alles vielleicht nie passiert. Wäre, hätte, könnte, Sch-sch-sch-Worte, hatte Mamusch dazu gesagt und dazu eine kreisende Geste mit ihrem Zeigefinger vor der Stirn gemacht – weil in ihren Augen nur *Sch*isser sich der *sch*machvolle *Sch*ande hingaben, Möglichkeiten nachzutrauern, die sie aus Feigheit nicht ergriffen hatten. Sch-sch-sch, deine Entscheidung, Wally, ob du Joachims und dein Leben in Gefahr bringen willst. Komm hinterher nicht und behaupte, du hättest nicht gewusst, was du tust …

Direkt neben Wally hielt ein Taxi. Instinktiv drückte sie die Zigarette in den übervollen Aschenbecher und duckte sich. Lächerlich. Sie war gerade nicht im Einsatz und konnte in diesem Auto sitzen, wann immer sie wollte, außerdem war sie im Westen.

Als sie sich wieder aufrichtete, sah sie Carla in einer dreckstarrenden Polizeiuniform aus dem Taxi steigen, danach dann Bruno, deutlich weniger schmutzig. Die beiden holten jede Menge Zeug aus dem Kofferraum. Schaufeln, eine Leiter, einen Rucksack. Was hatten die denn in der Nacht damit getrieben? Einen Fluchttunnel gegraben?

Beide bewegten sich verlangsamt, als hätten sie schwer geschleppt, wie in Zeitlupe, aber ihre Gesichter leuchteten von innen, vor allem das von Carla, kein bisschen sch-sch-sch, sondern so, als würde ihre Haut erlebtes Glück ausatmen.

Weil die zwei nur Augen für sich selbst hatten, war ihnen Wally noch nicht aufgefallen. Sie könnte also noch abtauchen und so allen Fragen aus dem Weg gehen, aber ihre Neugier war größer.

Nachdem die beiden alle Werkzeuge in dem Hinterhof-Schuppen verstaut hatten, der zum Büro der Agentur Nachtigall gehörte, kamen sie zum Auto zurück. Nun standen sie sich an der Fahrertür gegenüber und lächelten sich an, als hätten sie im Lotto gewonnen.

Bruno trat näher zu Carla hin und beugte sich tiefer zu ihrer dreckstarrenden Schwester hinunter. Sie war viel kleiner als Wally und plötzlich erinnerte sie sich, wie seine Augen so direkt vor ihrem Gesicht ausgesehen hatten, und ihr stieg der Duft seiner Haut in ihre Nase ... nein! Dafür war in ihrem Leben kein Platz.

Genug!

Schluss damit!

Sie stieg aus dem VW Käfer und knallte die Tür so laut zu, dass die beiden auseinanderstieben wie Pennäler, die man beim Küssen auf dem Schulklo erwischt hatte.

»Was macht ihr denn um diese Zeit hier draußen?« Wally schlenderte zu ihnen hin und versuchte ihren Neid in Genugtuung zu verwandeln, indem sie daran dachte, wie sauber und sexy sie aussah in ihren schwindelerregend hohen Pumps und dem engen schwarzen Kleid. Unter dem sie kein Fitzelchen Unterwäsche mehr trug und von der sie sich wünschte, dass sie die Bruno gegeben hätte. Würde er sie ansehen und merken, wie nackt sie unter ihrem Kleid war? Sie schwenkte ihre Hüften mit besonders viel Energie, blieb stehen, bückte sich lasziv, um ein nicht vorhandenes Stäubchen auf ihrem Schuh wegzureiben, und sorgte so dafür, dass nicht nur Bruno, sondern auch Carla sehen konnte, dass sie keine Unterwäsche trug. Es gefiel ihr, dass sich Carlas eben noch so strahlendes Gesicht bei diesem Anblick in düstere Asche verwandelte.

»Und wo kommst du denn jetzt her?«

»Anders als ihr beiden komme ich natürlich aus meinem Bett!«, log sie und warf Bruno einen herausfordernden Blick zu. »Ich habe mir nur schnell was übergeworfen, um meine Handtasche zu holen. Die hatte ich in dem Auto vergessen, das mir Edgar geliehen hat!« Wally schwenkte ihre Handtasche. »Also, verratet ihr mir jetzt, wo ihr herkommt?«

»Wir haben den Ring!«, sagte Bruno und wich kaum merklich nach hinten aus, als sie näher auf ihn zukam.

Er hatte Angst vor ihr. Angst, die er besser vor seinem eigenen Verlangen haben sollte.

»Da wird sich Irma aber freuen!«, sagte Wally, während sie blitzschnell überlegte, was das nun für die Aktion Goldfisch bedeutete.

»Willst du denn gar nicht wissen, wo wir ihn gefunden haben?«, fragte Carla, der die Schmutzflecken auf Nase und Wangen eigentümlich gut zu Gesicht standen.

»Du sagst es mir sicher gleich!«

Das taten sie, beide gleichzeitig, sie fielen sich immer wieder ins Wort und lachten dann, als hätte diese Nacht auf dem Friedhof sie geradezu glückstrunken gemacht.

»Ekelhaft!«, sagte Wally, meinte aber nicht nur den Hund im Grab, sondern auch diese neue Innigkeit zwischen den beiden. »Und was willst du jetzt tun?«, fragte sie.

»Die Grab-Müllers bei der Polizei anzeigen und Irma den Ring zurückbringen. Ich denke, Irma und Peter sind nicht in das alles involviert, deshalb haben sie ja auch nichts zu befürchten!«

»Ich muss dann!«, sagte Bruno, stand einen Moment vor ihnen und wusste offensichtlich nicht, wie er sich verabschieden sollte. Schließlich nickte er ihnen einfach nur zu, setzte sich in sein Taxi und fuhr davon.

»Was für ein Mann!«, schwärmte Carla. »Ohne ihn hätte ich das nicht geschafft.«

»Aber vielleicht war das alles umsonst. Wenn ich das richtig verstanden habe, ist durch eure Aktion und den Hund die Beweismittelkette sowas von im Eimer!«, sagte Wally. »Man wird euch kein Wort glauben, trotz der Fotos, wenn sie denn was geworden sind.«

Auf gar keinen Fall durfte Carla zur Polizei. Die würden dem nachgehen und fänden die überzählige Leiche im Sarg, das würde ja direkt zu Bertha und Horst führen.

Selbst wenn man den Grab-Müllers nicht direkt ein Fehlvergehen nachweisen konnte, war dieses Operationsgebiet damit verbrannt. Die Aktion Goldfisch durfte nicht gefährdet werden, sonst wäre Wallys mühsame Arbeit mit Joachim umsonst gewesen. Danach konnte Carla das alles melden, ja Wally gefiel sogar der Gedanke, dass Bertha schäumen würde. Das hatte die sich schließlich selbst zuzuschreiben, sie hätte niemals aus ihrer Deckung rauskommen dürfen.

Sie musste also nur dafür sorgen, dass ihre Schwester erst nach der Aktion aktiv wurde, aber die war nicht zu bremsen. Im schlimmsten Fall muss ich sie irgendwo wegsperren, überlegte Wally.

Der ehemalige Arzt, der neulich Edgars Verletzung so gut behandelt hatte, verfügte über einen Keller, in dem man jemanden gut verstecken konnte.

Sie betrachtete ihre Halbschwester, klein und zart, wie sie war, bräuchte es nur wenige Tropfen, um sie außer Gefecht zu setzen. Für Joachim bliebe mehr als genug übrig.

Nur bis morgen Abend, bis dahin würde auch Ida keinen Verdacht schöpfen. 24 Stunden im Keller würde Carla schon überleben. Aber wie sollte sie Carla dorthin schaffen? »Lass uns doch zuerst zu Irma fahren und mit ihr reden, bevor wir zur Polizei gehen?«, schlug Wally vor und machte sich auf ein Gefecht gefasst.

»Sie weiß ja schon Bescheid über den Schmuggel, eigentlich wollte ich die Bilder abwarten. Wir haben sie vorhin noch zu Mucki ins Ullsteinhaus gebracht. Könnte natürlich sein, dass sie die nicht sehen will, ihr ist ja so schon dauernd übel. Aber bestimmt tut es ihr gut, wenn sie wenigstens ihren Ring wiederbekommt«, sagte Carla. »Also gut, von mir aus, bringen wir ihr den Ring und dann gleich weiter zu Grieser.«

»Prima!«, sagte Wally, während sie darüber nachdachte, mit welcher Erklärung sie Carla zu dem Arzt locken könnte. Sie könnte sagen, dass der Mann ein Zeuge im Zusammenhang mit Hennys Tod war, aber womöglich würde sie ihn wiedererkennen und Verdacht schöpfen.

Was, wenn sie Carla bei Irma betäubte und in einem der Särge parkte, bis alles vorbei war? Peter würde ihr jede Geschichte abkaufen, wenn sie sich nur tief genug vor sein Gesicht beugte, und Bertha würde das sicher auch unterstützen.

In jedem Fall sollte sie ihren Flachmann schon mal entsprechend präparieren. Immer besser, man war vorbereitet!

»Irma wird sich freuen«, sagte Carla da gerade, »dass du so schnell von den Windpocken genesen bist.« War das etwa ein Grinsen da auf dem Gesicht ihrer Schwester?

»Kann ich dich was fragen?«

»Klar!«

»Ist dir untenrum nicht ein bisschen kalt, so ohne Höschen?« Carla gab sich Mühe, ernst auszusehen, doch dann fing sie tatsächlich an zu kichern.

»Du solltest öfter mal Leichen ausbuddeln, das macht dich wahnsinnig witzig!«

»Was ich eigentlich von dir wissen will, ist«, schon war Carla wieder so gesetzt wie immer, »glaubst du, eine Ehefrau kriegt von alldem wirklich nichts mit?«

»Bei einem guten Lügner hat man keine Chance!«, sagte Wally und dachte an Carlas Mutter. Die hatte bisher auch keinen Verdacht geschöpft oder tat sie nur so, um weiter Spaß mit Wally haben zu können, ohne ihr Gesicht zu verlieren?

»Denkst du nicht, dass die Wahrheit am Ende doch immer ans Licht kommt?«

Licht? Unwillkürlich erinnerte sich Wally an den Durchschlag in Joachims Schuhsohle, die sie heute Nacht endlich geknackt hatte. *Aktion Licht* hatte da draufgestanden. Ein reichlich merkwürdiger Name für Mielkes Plan, die Inhalte der Safes und Schließfächer in den Banken der DDR, die schon länger von niemandem mehr eingesehen worden waren, per Beschluss dem Staatsvermögen einzuverleiben. Licht?

Carla musterte sie immer noch, sie wollte ernsthaft eine Antwort.

»Wenn das Netz der Lügen nur dicht genug gewebt ist«, sagte Wally trocken, »dringt das Licht der Wahrheit nur selten hindurch.«

# Kapitel 32

Vor der Agentur Nachtigall saß Freya auf einer Treppenstufe. Sie wuchtete sich hoch, als sie beide näher kamen, und starrte Carla dann verwundert an. »Wie sehen Sie denn aus?«, fragte sie zur Begrüßung.

Carla kaute noch auf der richtigen Antwort herum, da erklärte Wally schon souverän, dass sie gerade eben von einem wichtigen Regierungsauftrag zurück seien und leider überhaupt keine Zeit hätten. Dabei wirkte sie in ihrem schwarzen Kleid angriffslustig wie ein hungriger Bullterrier, der Freya am liebsten zum Frühstück verspeisen würde.

Freya, die so müde aussah, wie Carla sich fühlte, musste schon sehr verzweifelt sein, wenn sie sich von Wallys Grobheit nicht abschrecken ließ. Sie bestand darauf, angehört zu werden, drohte vor dem Büro zu kampieren. Als das bei keiner von ihnen eine Wirkung zeigte, versprach sie hoch und heilig, mit dem Sanaritus-Verlag zu reden und alles zu tun, um Sara Jakob zu ihrem Recht zu verhelfen. An dem Punkt lenkte Carla ein, gemeinsam betraten sie das Büro.

Carla ging zur Toilette, um sich Hände und Gesicht zu waschen, und Wally bot an, einen Kaffee für alle zu kochen.

Während Carla noch im Bad war, klingelte das Telefon, sie rannte mit nassen Händen hin, bevor Wally ihr zuvorkommen konnte, und nahm ab. Es war Mucki, er hatte den Film und die Abzüge schon fertig, obwohl es mächtigen Ärger gegeben hatte. Er hatte nämlich in letzter Sekunde neue Bilder aus dem Archiv herzaubern müssen, weil die heutige Schlagzeile der ›Berliner Morgenpost‹ kurz vor Schluss geändert worden war. »Also deine Abzüge, dit war'n harter Tobak!«, sagte er. »Haben die auch wat mit den Gandermanns zu tun? Über die wolltste doch neulich so viel wissen?«

»Hmm«, sagte Carla, weil sie die neugierigen Blicke von Wally und Freya auf sich spürte. »Warum fragst du?«

»Na weil in der Schlagzeile, die gekippt wurde, ging's genau um die: *»Die mörderische Horrorhebamme«*. Aber denn musst ick Bilder von General Lucius Clay und Adenauer besorgen. Weil die diesen Auflagen-Bringer getauscht habn jejn *»Der Held der Luftbrücke auf Stippvisite bei Adenauer«*, also wenn dit nich verrückt ist! Grüß Lulu von mir. Wann holst'n du die Bilder?«

»Gegen Mittag!«, sagte Carla und legte auf. Seltsam. Verfügte die Polizei schon über neue Beweise? Immerhin saß Freya hier und beteuerte, ihre Mutter wäre unschuldig. Waren Wally und sie womöglich auf dem komplett falschen Dampfer?

»Ja, ganz genau, Ihre Mutter ist genauso unschuldig wie die Babys, die sie zur Welt bringt!«, sagte Wally da gerade, während sie den Kaffee verteilte. Und gerade als Carla einhaken wollte, schob sie noch hinterher: »Deshalb hat Ihre Mutter ja auch ein Geständnis abgelegt.«

»Ich kann mir das nur so erklären – sie scheint zu glauben, dass ich diese arme Frau auf dem Gewissen habe, aber ich war das nicht. Wir sind beide unschuldig. Niemals würden wir so etwas tun. Meine Mutter rettet Babys und ich helfe Menschen mit meiner Apotheke.«

»Natürlich, Sie beide sind so gute Menschen!«, sagte Wally. »Zucker?« Sie wedelte mit der Zuckerdose. »Und wem schenken Sie dann die vergifteten Pralinen?«, fragte sie.

»Was?« Freyas Wangen verfärbten sich fleckig rot. Sie stand so abrupt auf, dass der Rattanstuhl nach hinten kippte, schnappte sich ihre Handtasche, blieb dann aber wie angenagelt stehen.

Carla erhob sich, stellte den Stuhl wieder hin und funkelte ihre Schwester an, die hingebungsvoll in ihrem Kaffee rührte. So kamen sie auf keinen Fall weiter!

»Die Frage ist doch, warum sollten wir überhaupt etwas für Sie tun?«, stellte Carla fest. »Sie und Ihre Mutter haben sich geweigert, Sara Jakob das zu geben, was ihr gehört. Erst unter Druck haben Sie versprochen, dafür zu sorgen, dass alles in Ordnung kommt!«

»Und solange das nicht passiert, werden wir alles tun, um den Gandermanns das Leben schwer zu machen!«, sagte Wally. »Ich verstehe nicht, warum Sie überhaupt hier sind, Berlin ist voll von Detektivagenturen und hungrigen Anwälten. Wenden Sie sich doch an jemand von denen!«

Freya setzte sich langsam wieder hin, sackte in sich zusammen, als hätte man ihre Knochen in Pudding verwandelt. »Das kann ich nicht.«

»Warum nicht?«

»Die Baronin hat gesagt, ich darf nur mit Ihnen reden.«

Aha, dachte Carla. Interessant, daher wehte der Wind.

»Die Baronin?« Wally sah fragend zu Carla.

»Sie meint die Baronin von Rodenheim, ich habe im Kempinski mit ihr gesprochen, aber sie schien mir nicht gerade sehr eingenommen von Ihrer Mutter.«

»Die beiden sind beste Freundinnen!«, sagte Freya.

»Das bezweifle ich!«, sagte Carla.

»Und was haben Sie uns mitzuteilen, außer Ihren wenig hilfreichen Unschuldsbeteuerungen?«, fragte Wally.

»Mutter kann es unmöglich gewesen sein, sie hat ein Alibi!«

»Und das wissen Sie, weil?« Wally verdrehte gereizt die

Augen und Carla fragte sich verwundert, was ihre Schwester so ungnädig machte. An der fehlenden Unterwäsche lag es ja sicher nicht.

»Die treffen sich einmal im Monat und das dauert bis in die Dämmerung.«

»Was sind das für Treffen?« Wally richtete sich etwas auf und schlug mit der flachen Hand zu jedem Fragewort auf den Tisch. *Bäm:* »Wer?«, *Bäm:* »Wo?« und *Bäm:* »Wozu?« Und *Bäm:* »Woher wollen Sie wissen, ob Ihre Mutter wirklich dort war?«

»Sie ist die Protokollführerin, man hätte ihre Abwesenheit gemerkt und nachgefragt. Aber das ist nicht passiert und ich weiß, dass Mutter dort sofort nach ihrer Rede bei der Hebammengala angekommen ist.«

»Sie machen es aber spannend, was ist denn das für eine Vereinigung?«, fragte Carla, die Freya nun auch am liebsten geschüttelt hätte, weil es so mühsam war, ihr jede Information einzeln aus der Nase ziehen zu müssen.

»Mutter ist die Bundesführerin der Jungmädels bei der Wiking Jugend.«

»Ist die Wiking Jugend illegal?«, hakte Wally nach.

»Nein.«

»Warum verschweigt sie das dann bei der Polizei?« Wally verdrehte die Augen und sah genervt zu Carla hinüber.

»Das weiß ich nicht.«

Mit einem Ruck stand Carla auf. »Das hier ist doch Zeitverschwendung!« Wally nickte ihr zu und erhob sich ebenfalls.

»Nein, warten Sie, ich vermute, sie wollte das geheim halten, weil zu diesem Treffen ein Amerikaner vom Ku-Klux-Klan erwartet wurde. Und weil der bei der Army stationiert ist, mussten sich alle zu absoluter Geheimhaltung verpflichten. Dazu will niemand Presse.«

Carla erstarrte. Natürlich war auf dem Friedhof niemand

vom echten Ku-Klux-Klan gewesen, die trugen schließlich weiße Kapuzen und hatten andere Ziele, als in einem Berliner Friedhofssee zu baden und sich dann zu entblättern. Entweder hatte dieser Filmemacher sehr gute Informanten und wollte sich über den Klan lächerlich machen oder er setzte sich womöglich künstlerisch mit all den rassistischen Gräueln auseinander, die in der BRD nicht wirklich aufgearbeitet worden waren, wie zum Beispiel auch die Rolle der Gandermann im Zusammenhang mit den Zwangsarbeiterinnen für Soltit. Sie musste unbedingt mehr von Lulu über dieses Projekt erfahren.

»Und woher wissen dann Sie davon?«, fragte Wally ungläubig. »Ku-Klux-Klan? Was denn noch?«

»Ich habe versehentlich ein Gespräch belauscht.«

»Aha, und wo waren Sie an dem Abend? Und wenn sich unsere Unterhaltung weiter so dahinschleppt, vergessen wir das Ganze!« Wally zündete sich eine Zigarette an, ohne zu fragen, ob jemand sonst eine wollte, und inhalierte tief. Offensichtlich war sie mit ihrer Geduld am Ende.

»Ich war ... bei der Friseurin wegen der Hochzeitsfrisur.«

»Es reicht. Genug Lügen für heute. Die Polizei wird alles in ihrer Macht Stehende tun, um Ihrer Mutter gerecht zu werden.« Carla erhob sich. »Ich muss zu einem wichtigen Termin, für den ich mich noch umziehen muss. Wally bringt Sie gerne raus!«

»Wenn wir etwas Schriftliches vom Sanaritus-Verlag haben, können wir gern weitersprechen!«, fügte Wally hinzu und zog Freya geradezu den Stuhl unter ihrem Po weg.

»Aber ...«, sagte Freya. »Ich weiß nicht, wie es weitergehen soll!«

»Dann fragen Sie doch Ihren Verlobten!«, sagte Carla.

Freya fing an zu schluchzen. »Sie haben ja keine Ahnung!«, flüsterte sie.

»Seien Sie aufrichtig und kümmern Sie sich um den Verlag!« Wally schob Freya aus der Tür und warf sie hinter ihr ins Schloss.

»Diese Frau hat überhaupt kein Rückgrat, da ist mir ihre Mutter noch lieber, die glaubt wenigstens an etwas und steht dazu!«

»Vielleicht ist es ein besonders abgefeimter Trick von den Gandermanns«, sagte Carla.

»Wie meinst du das denn?«

»Wenn sich beide für schuldig erklären und keine von beiden zweifelsfrei verurteilt werden kann, weil die Schuld nie eindeutig geklärt wird, dann würden beide davonkommen«, sagte Carla und erinnerte sich daran, dass sie genau deshalb jedem Hinweis nachgehen mussten. Deshalb sollten auch die Dackelhaare überprüft werden. Auch wenn sie sich nicht vorstellen konnte, warum jemand aus Irmas Umfeld Henny ermordet haben sollte. Sie gähnte, die durchwachte Nacht machte sich bemerkbar, aber bevor an Schlaf auch nur zu denken war, musste sie die Bilder abholen, Irma den Ring bringen und vor allem endlich die Polizei informieren!

# Kapitel 33

Eine Stunde später waren sie in der Küche der Grab-Müllers. Irma hatte noch kein Wort gesprochen und saß schweigend am Tisch. Geradezu unheimlich, fand Carla. Die Dackel schlichen stumm um Irma herum, stupsten sie abwechselnd mit ihren Schnauzen freundlich an und wedelten auffordernd mit dem Schwanz, aber Irma reagierte nicht. Vielmehr verschränkte sie gerade ihre Unterarme auf dem Tisch, legte ihren Kopf darauf ab und fing an zu schluchzen.

Carla trat zu ihr. »Die gute Nachricht ist, wir haben Ihren Ring gefunden!« Sie legte den Ring vor Irma.

Die fegte ihn mit einem Aufschluchzen und einer Handbewegung vom Tisch, aber Wally reagierte schnell und erwischte ihn, bevor er zu Boden ging.

Carla setzte sich neben Irma und legte ihre Hand auf deren Schulter.

»Es tut mir wirklich leid, aber niemand hat wissen können, wohin das alles führt!«

Irma lachte trocken, es klang wie Husten. »Es ist alles aus und das ist allein Ihre Schuld. Bertha hat gesagt, dass mein Horst nicht wiederkommt, sondern im Westen bleibt und dort auf mich wartet.«

»Warum haben Sie nicht selbst mit Ihrem Mann gesprochen?«, fragte Wally.

»Er hat angerufen, als ich beim Arzt war, zum Glück war

Bertha da und hat ihm erzählt, was Sie vorhaben. Ich hätte es mir nie verziehen, wenn er nur wegen meiner Schusseligkeit ins Gefängnis gemusst hätte! Hätte ich Sie doch nie angerufen! Was soll denn jetzt aus all dem hier werden? Was mache ich mit Vaters Firma und mit Peter?«

»Apropos Schusseligkeit!«, sagte Carla. »Sie haben gar nichts verschusselt, es war Ihre Schwägerin, die den Ring verschwinden hat lassen. Sie gab ihn Peter mit dem Auftrag, ihn der Jablonsky anzulegen. Sie ist diejenige, die das alles in Gang gesetzt hat!«

»Aber die Jablonsky war doch ne alte Jungfer ...« Irma hob den Kopf und sah verwirrt von Carla zu Wally. Rotz lief über ihr Gesicht, wie bei einer Dreijährigen. Unwillkürlich zog Carla ihr Taschentuch heraus und reichte es ihr. Erst als sich Irma laut schnäuzte, wurde ihr klar, dass sie darin Haare von den Dackeln hatte einwickeln wollen. Wenn auf Hennys Leiche ein Hundehaar war, das weder von Willow noch von Fritzi war, dann musste es von jemand anderem in ihrem Umfeld stammen. Carla glaubte weder an Zufälle noch an den großen unbekannten Mörder.

Irma tupfte ihre rote Nase ab. »Aber warum sollte Bertha so etwas tun?«

»Wahrscheinlich war sie eifersüchtig auf Ihre gute Ehe und wollte ein bisschen Unruhe reinbringen«, sagte Wally.

Das hatte Carla ganz zu Anfang vermutet, aber jetzt wusste sie, dass mehr dahintersteckte. Wally und Bertha verband ein übles Geheimnis, sonst hätte Wally anders auf Bertha reagiert, als sie das erste Mal bei den Grab-Müllers gewesen waren. Danach hatte Wally darauf bestanden, sich persönlich um die Ringsache zu kümmern, de facto aber rein gar nichts getan. Und Katrin hatte Wally »irgendwie komisch« mit einer älteren Frau am Lietzensee gesehen, jede Wette, dass das Bertha gewesen war. Außerdem kannte Wally den Verlobten von

Freya. Wenn Wally den kannte, dann ja vielleicht auch Bertha. Das hing alles zusammen, aber irgendein wichtiges Puzzlestückchen fehlte Carla noch, vielleicht waren es nicht die Dackelhaare, aber sie musste jeder Spur nachgehen.

»Wo ist Bertha denn eigentlich?«, fragte sie.

»Bei sich in ihrer Wohnung«, sagte Irma.

»Und wo ist das?«, fragte Wally.

»In Neukölln irgendwo. Horst hat die Adresse, wir waren da noch nie, weil es nur ein kleines Zimmer zur Untermiete ist. Sie musste schon ein paarmal umziehen und meistens ist sie sowieso bei uns. Ich hätte nichts dagegen gehabt, dass sie hier wohnt, aber das wollte Horst nicht. Ich verstehe das alles nicht. Warum sollte sie denn meinen Ring dem Peter geben?« Irma schüttelte den Kopf. »Sie hat mich doch auf die Idee gebracht, Sie anzurufen.« Sie erstarrte. »Dann hat sie also immer gewusst, dass mein Ring weg ist und auch, wo er ist, aber sie hat so getan, als würde sie mir glauben, dass meine Freundin ihren Ehering vermisst. Warum macht man denn sowas? Oh Gott ...« Irma wurde blass. »Hat sie das dem Horst verraten?«

Carla unterdrückte ein Stöhnen und erklärte Irma, dass Bertha sicher nicht so dumm gewesen war, Horst von ihrem Streich zu erzählen. Außerdem wüsste Bertha auch von dem Schmuggel und hätte es nie riskiert, dass jemand im Sarg nachschauen würde.

»Aber was mache ich denn jetzt?« Irma weinte wieder.

»Alles verkaufen und auch in den Westen gehen!«, sagte Wally.

»Mein Vater hat dieses Unternehmen schon in dritter Generation weitergeführt und der Horst und ich haben so viel Arbeit in alles reingesteckt!«

»Dann vom Horst scheiden lassen und hierbleiben!«

Irma wurde noch blasser. »Ich würde doch dem Kind niemals seinen Vater wegnehmen!«

»Ich glaube nicht, dass ein krimineller Vater gut für ein Kind ist«, sagte Carla.

»Aber ich liebe meinen Horst!«

»Tja dann müssen Sie ihm folgen und hier weg. Veränderungen gehören zum Leben!«, sagte Wally und klang ungewöhnlich gereizt. »So ein Kind ist ja auch etwas Neues!«

»Jedenfalls werden wir von hier direkt zur Polizei gehen und alles Material, was uns vorliegt, dort aushändigen«, sagte Carla leise. »Ich muss das tun, sonst mache ich mich strafbar und verliere meine Lizenz.«

»Vielleicht warten wir noch so lange damit, bis Irma auch sicher im Westen ist?«, fragte Wally.

»Sicher im Westen? Erstens hat Irma nichts damit zu tun und zweitens ist das doch Unsinn! Für Horst gilt doch hier wie in der BRD das gleiche Strafgesetzbuch. Warum sollte eine Flucht aus Westberlin daran etwas ändern? Da müsste er schon in den Osten flüchten und ob die Straftäter aus der BRD aufnehmen wollen, ist fraglich.« Nachdenklich musterte Carla ihre Halbschwester. »Wenn der Horst mit seiner Schwester aus der DDR erst vor ein paar Jahren rübergekommen ist, wird man ihn vielleicht nicht mit offenen Armen zurücknehmen, es sei denn, er würde …«

Plötzlich durchzuckte Carla eine Idee, was das fehlende Puzzlestück sein könnte.

Sie stand auf, entschuldigte sich kurz, holte sich in der Toilette etwas Klopapier, lockte die Dackel zu sich und zupfte ihnen jeweils ein paar Haare aus. Einen Mord traute sie weder Irma noch Peter zu, aber Bertha war undurchsichtig. Trotzdem würde sie auch noch überprüfen, ob der unsympathische Verleger vom Sanaritus-Verlag einen Hund hatte.

Als sie zurück in die Küche kam, saßen Wally und Irma eng beisammen, Irma hielt ein Kristallpendel in der Hand, das über einer Tafel mit Ja und Nein hin- und herpendelte.

»Irma ist dabei, ihr Leben auszupendeln. Sie fragt, wie das Universum zu einer Scheidung steht.« Wally wirkte seltsam begeistert, ja geradezu selbstzufrieden, als sie aufstand und auf Carla zukam. »Wie es scheint, sieht es nicht sehr gut für Horst aus!«

»Aber besser für Irma!«

»Wir sind hier fertig und sollten jetzt sofort los!« Wally klang geradezu entschlossen.

»Das sehe ich auch so!« Carla nickte erleichtert. Dann wusste Ihre Schwester also doch, was richtig und was falsch war!

# Kapitel 34

Nur noch wenige Minuten bis zum Taxistand um die Ecke am Friedhof. Wally blieb nicht mehr viel Zeit, Carla davon abzuhalten, zur Polizei zu gehen.

Glücklicherweise hatte Irma sie beim Pendeln auf eine Idee gebracht. Sie hatte Wally erklärt, wie sie ihre homöopathischen Medikamente auswählte. Wenn jemand bei den Grab-Müllers Schmerzen hatte, stellte Irma alle Fläschchen ihrer Kügelchen-Apotheke im Halbkreis auf und pendelte so lange, bis klar war, welches Medikament für diese Schmerzen das Richtige war, und bisher hatte das immer funktioniert, sogar bei Bertha. Während Irma mit vor Konzentration hochrotem Gesicht versuchte, ihre Zukunft auszupendeln, war Wally die Eingebung gekommen, die sie so dringend gebraucht hatte: Schmerzen und Krankheit, das waren ganz wunderbare Manipulationsinstrumente, mit denen sie Carla drankriegen würde.

»Du wirst sehen, der Grieser wird völlig aus dem Häuschen sein, wenn wir ihm von dem Schmuggelweg berichten. Die Fotos vom Friedhof sind wirklich sehr aussagekräftig!«, sagte Carla gerade.

Aus dem Häuschen? Wie naiv ihre Schwester sich manchmal anhörte!

»Und deshalb wird er davon absehen, der Agentur Nachtigall Probleme zu machen, vielmehr wird er sich mit den Informationen beim BND beliebt machen. Immerhin geht es hier um innerdeutsche Grenzen!«

»Da hast du sicher recht! Grieser wird begeistert sein«, log Wally und seufzte bedauernd. »Ich wäre wirklich gern dabei und würde sein Gesicht sehen, aber leider musst du alleine zu ihm fahren!« Sie war gespannt, ob ihr Schachzug funktionieren würde.

»Wieso kommst du nicht mit?« Carla klang enttäuscht. »Oh, ja, verstehe, mal wieder ne wichtige Verabredung?«

»Das stimmt, mit deiner Mutter! Wegen all der Neuigkeiten, die du vom Friedhof mitgebracht hast, und dem Besuch von Freya habe ich völlig vergessen, dass ich versprochen hatte, deine Mutter heute Mittag zum Zahnarzt zu bringen.«

»Du hast was?« Carla blieb abrupt stehen.

Die Partie war eröffnet!

»Mutter hat seit der Beerdigung das Haus nicht verlassen!«

»Dann wird es heute das erste Mal sein!«

»Mit keinem Wort hat sie vorhin ihre Zähne erwähnt!«

»Wahrscheinlich ging es da gerade wieder, weißt du, ich habe ihr von meinen Schmerztabletten gegeben. Heute Nacht warst du ja nicht da, als sie diese entsetzlichen Zahnschmerzen hatte. Ich habe sie mehr oder weniger wimmernd gefunden ...«

War das vielleicht zu übertrieben? Eher nicht, denn Carla erblasste gerade.

»... und Ida wollte partout nicht damit rausrücken, was los war, aber dann konnte ich sie überreden, einen Termin beim Zahnarzt zu vereinbaren.« Wally sah auf ihre Armbanduhr. »Oh, ich muss mich wirklich beeilen. Es wird wahrscheinlich eine Weile dauern, bis ich deine Mutter und den Rollstuhl nach unten gebracht habe. Aber die Pallutzke wird mir sicher gern dabei helfen!«

»Warum kommst du denn erst jetzt damit raus? Ich wäre

dann doch nie zu Irma gefahren … und warum hat Mutter nichts zu mir gesagt?«

War Carla misstrauisch oder sprachen nur Schuldgefühle aus ihr? Mit dem nächsten Zug hoffte sie, dem Schachmatt näher zu kommen.

»Du wirst doch der armen Ida nicht vorwerfen, dass sie nicht gern über ihre Schmerzen redet? Mir tut es leid, dass mich eure Friedhofsgeschichte davon so abgelenkt hat, natürlich hatte ich dir davon erzählen wollen, ach, Zahnschmerzen, Gott, die arme, arme Ida!«

»Und bei wem hast du den Termin denn vereinbart?«

Verdammt! »Das war eine Empfehlung von der Pallutzke, irgendwo in der Pestalozzistraße, glaub ich. Ich habe es aufgeschrieben, mach dir keine Sorgen, geh du ruhig zur Polizei, das ist wirklich wichtig. Und ich kümmere mich um deine schmerzgeplagte Mutter.«

Mit schneebleichem Gesicht winkte Carla ab. »Nein, nein, das kommt nicht infrage! Die Polizei kann warten. Natürlich begleite ich dich. Wie gut, dass du da warst. Merkwürdig nur, dass sie nicht zu Dr. Merkle wollte, auf den schwört sie.«

»Ja, das tut sie, aber der war im Urlaub«, log Wally, ohne mit der Wimper zu zucken. »Ich fürchte, sie braucht eine Wurzelbehandlung, Muschka hatte das öfter mal, das müssen wirklich heftige Schmerzen sein.«

»Dann sollten wir uns lieber beeilen! Wir müssen das zu zweit machen, es ist nicht leicht, Mutter die Treppe runterzubekommen. Wie du bestimmt schon gemerkt hast, hasst sie es, auf Hilfe angewiesen zu sein, allerdings verabscheut sie es noch mehr, die Krücken zu benutzen.«

Die Partie war damit immerhin halb gewonnen.

Zwei Minuten später saßen sie im Taxi Richtung Grolmanstraße. Zeit, Carla final schachmatt zu setzen. Sie tastete nach dem Flachmann in ihrer Handtasche.

»Sie hasst mich eben …«, flüsterte Carla und lehnte sich mit einem Seufzen zurück.

»Du siehst sehr blass aus, du wirst mir doch nicht umkippen?«, fragte Wally, zog den Flachmann aus der Tasche, schraubte die Kappe ab und tat so, als würde sie einen Schluck nehmen. »Nimm es dir nicht so zu Herzen, meine Mutter war auch nicht einfach.« Sie reichte Carla die Flasche. »'n Schluck?«

»Nein danke.«

Zeit, das Finale einzuläuten. »Deine Mutter und ich wussten schon, dass so etwas passieren würde.«

»Ach ja?« Carla biss sich auf ihre Unterlippe.

»Ida hat es im Kaffeesatz gelesen: Spüre zu deinen Wurzeln hin!«

»Was soll das denn heißen? Mutter lehnt solche abergläubischen Praktiken ab.«

»Nein, sie liebt das und hält es nur geheim, weil Vater und du immer solche Loblieder auf die Ratio gehalten und ihr jeden verachtet habt, der sich Unterstützung beim Universum holt. Neulich erst haben wir …«

Carla fiel ihr ins Wort. »Willst du mich auf den Arm nehmen? Meine Mutter?«

»Nein und was ist denn auch schon dabei? Alle Menschen machen das, deine Mutter liest aus dem Kaffeesatz, die Pallutzke glaubt an Horoskope, Achim glaubt an Gott, meine Muschka hatte es mit Tarotkarten – und du hast doch bestimmt auch Glücksbringer, oder nicht?«

»Sie liest aus dem Kaffeesatz, meine Mutter, ja?«

»Als Detektivin müsstest du davon wissen, auch wenn sie es hinter deinem Rücken macht! Die Pallutzke kommt nur deshalb so gern zu deiner Mutter! Ida arbeitet mit Räuberkaffee. Wenn der Kaffee ausgetrunken ist, dreht man mit Schwung die leere Tasse um. Sie betrachtet dann das Muster vom Kaffeesatz und kann dir die Zukunft vorhersagen. Sie sagt, das wäre eine alte Tradition der Familie Nachtigall, für die der Koslowski-Zweig leider kein Verständnis hat.«

»Aber du, ja?«

»Nimm's dir nicht so zu Herzen. Mamusch hatte auch viele Geheimnisse vor mir.«

Noch ne Lüge, ihre Mutter hatte bedauerlicherweise rein gar nichts vor ihr verborgen. Seufzend nahm Wally einen weiteren Pseudoschluck aus ihrem Flachmann und reichte ihn auffordernd zu Carla hin.

»Das hilft dir, wach zu bleiben, nach allem, was du heute Nacht schon durchgemacht hast!«

Carla zögerte, nahm ihn ihr dann aber doch ab.

Jetzt trink, flehte Wally innerlich, trink endlich!

»Und hat sie dir auch was prophezeit?«

»Ja, dass ich mich vor falschen Freunden hüten soll, aber dass sich die echten Freunde immer auf mich verlassen können, wenn es hart auf hart kommt. Und damit hat sie den Nagel doch voll auf den Kopf getroffen.«

»Klar, dass du auf derart banales Zeug abfährst. Ich sehe euch zwei direkt vor mir. Aber diese Vorhersage hat doch überhaupt keine Relevanz für gar nichts, wenn es hart auf hart kommt … dieses Blabla arbeitet mit dem Barnum-Effekt.«

Der Barnum-Effekt! Diese Angeberin war verletzt und konnte trotzdem nicht aufhören, sie zu belehren. Ich muss mich nicht schlecht fühlen, dachte Wally, sie bekommt nur das, was sie verdient. Wenn Carla anders wäre, hätte ich vielleicht mit offenen Karten spielen können!

»Menschen neigen dazu, sich mit vagen Aussagen zu identifizieren, so funktionieren Astrologie-Texte. Auch Zauberkünstler und angebliche Mentalisten arbeiten beim Cold Reading damit«, Carla hielt inne, »ach was soll's, ich werde Mutter einfach nie verstehen.« Sie schüttelte den Kopf, schloss die Lider und nahm endlich einen langen, seehr langen Schluck.

Schachmatt. Halleluja!

Doch plötzlich setzte Carla sich gerader hin und riss die Augen weit auf. »Was ist denn da drin?«, fragte sie.

Egal, dachte Wally, sie hatte es runtergeschluckt, kein Grund, nervös zu werden.

»Das weißt du doch, du warst neulich Abend dabei, als ich euren Cognac reingefüllt habe.«

»Das ist ja schon wieder eine Weile her …«

»Hältst du mich etwa für ne Säuferin?«

Carla musterte sie, als wäre sie nicht sicher. »Das Zeug brennt in der Kehle, aber ich fühl mich tatsächlich besser.«

»Schön! Aber ich glaube, jetzt ist es genug, nicht, dass du noch betrunken wirst«, sagte Wally und hoffte, dass das Mittel nicht schon anfing zu wirken, bevor sie ausgestiegen und im Büro angekommen waren.

Carla schraubte den Deckel zu und nickte. »Früher war ich durch die vielen Observationen mit Vater deutlich besser trainiert, was den Schlafmangel angeht.« Sie wirkte viel entspannter. »Na dann wollen wir uns mal um Mutter kümmern!«

# Kapitel 35

Kaffeesatz lesen? Carla fing an zu kichern. Vielleicht sollte sie ausziehen und ihre Mutter einfach Wally überlassen, die beiden kamen so viel besser zurecht.

Das Taxi hielt vorm Haus in der Grolmanstraße. Sie griff nach ihrer Handtasche, um zu bezahlen, aber sie war zu langsam, Wally erledigte das gerade schon.

Mann, die bewegte sich vielleicht schnell!

Das entspannte Sitzen im Taxi und der Alkohol hatten ihre Müdigkeit unglaublich verstärkt, dachte Carla, während sie zur Tür rutschte, die Wally schon für sie aufhielt.

Als sie endlich ausgestiegen war und sich aufgerichtet hatte, winkte ihr von der anderen Straßenseite jemand zu. Ach ja, das war doch die Dings, die Abscheuliche mit den Brüdern. Sie hob ihre Hand, nanu, komisch, die reagierte gar nicht.

»Komm schon, wir müssen uns beeilen, wenn wir deine Mutter pünktlich beim Arzt abliefern wollen.« Wally legte ihren Arm um Carla und schob sie geradezu über die Straße zum Haus hin.

»Mir ist komisch!«, murmelte sie, griff nach Wallys Hand und legte sie auf ihre Brust. »Fühl mal, mein Herz schlägt so schnell und ich schwitze, glaub ich.«

Wally zog die Hand weg und legte wieder den Arm um sie. »Das ist ganz normal, du bist einfach nur völlig übermüdet.«

Vor Carlas Augen drehte sich alles, aber ihr fiel das Wort

nicht ein, mit dem sie das Wally beschreiben könnte. Das Bild vor ihren Augen krisselte an den Rändern, zerfiel vom Rand nach innen wie in glitzernde Staubkörner im Sonnenlicht.

»Ups!« Sie war über etwas gestolpert, aber Wally hatte sie aufgefangen. Wally ist so ein lieber Mensch, ich mag sie wirklich, danke Vati, dachte Carla, dass du mir so eine Schwester geschenkt hast!

»Carla, wir müssen die Treppe hoch!« Wally klang jetzt nicht mehr so nett, sondern mehr wie so gefährlich, so zischig.

»Zisch, zisch!«, sagte Carla und fing an leise zu lachen. »Zisch, zisch, zisch!« Das Lachen perlte nur so durch ihre Kehle, als würde sie Lachen trinken.

Jemand kam ihnen entgegen und sie roch dessen Duftwolke. Sie erkannte alten Teppich, nassen Putzlappen, Elnett-Haarspray. Sie würgte leicht.

»Du stinkst«, sagte sie, »mir wird schlecht.«

Es würgte sie heftiger. »Geh doch weg!«, sagte sie und hörte, wie Wally nicht mehr zischte, sondern das Wesen anzirpte mit einem säuseligen Flüstern, dann zog die sie weiter.

»Bin müde.« Carla wusste nicht, ob sie das gerade gedacht oder gesagt hatte.

»Weiter! Achtung Stufe!«, kommandierte Wally dann plötzlich wieder streng wie Mutter beim Zöpfeflechten. »Schneid ich ab, alles ab. Dann isses vorbei!«, murmelte Carla und freute sich, dass Wally anfing zu lachen. »Äätsch!«

»Du machst das gut«, sagte Wally und lehnte Carla an eine Wand. »Gleich hast du's geschafft und dann kannst du so richtig lange schlafen, sehr, sehr lange schlafen.«

»Nicht müde!«, sagte Carla und sah zu, wie ihre Schwester den Schlüssel aus Carlas Mantel zog und das Büro aufsperrte.

Wally zerrte sie in das Büro. »Wenn du nicht müde bist, dann spielen wir Verstecken!«, sagte sie. »Deine Mutter hat sich versteckt, was denkst du, wo sie ist?«

Carla gähnte. »Sschpieln is Sünde!«, sagte sie und hörte sich kichern. »Sünde!«

Wally legte den Zeigefinger an ihren Mund. Schsch, machte sie. Hübscher Mund, so rot. Schschsch, schwebte es aus diesem hübschen Rot, Carla konnte es sehen, das Schsch kam auf sie zu wie eine wild gewordene Schafherde, wurde groß und größer, zerstob in Punkte, die wurden schwarz-weiß, drehten und verwirbelten sich zu einem gigantischen Strudel, der sie einsog, tief hinein ins Dunkle.

# Kapitel 36

Schwer atmend schloss Wally die Bürotür von innen ab und musterte Carla, die seltsam verdreht am Boden lag. Ihre Brust hob und senkte sich gleichmäßig, sie atmete also trotz der Bewusstlosigkeit ganz regelmäßig. Aber natürlich konnte sie nicht hier im Gang liegen bleiben. Am besten ab in die Besenkammer mit ihr, in der Wally anfangs hatte schlafen müssen, bevor sie von Ida oben aufgenommen worden war.

Sie stieg über Carla und suchte in der Kammer nach der Luftmatratze, sie würde sich besser fühlen, wenn ihre Schwester die nächsten 24 Stunden nicht auf dem nackten Boden verbrachte. Sie fand die Matratze, aber keine Luftpumpe. Seufzend nahm sie das Kopfteil und begann, Luft in das Ventil zu blasen. Na bravo, dit konnte ja ewig dauern. Und wenn man dit richtig flott machte, wurde es einem schwummerig davon.

Als das Telefon klingelte, zuckte sie überrascht zusammen, die Matratze fiel ihr aus der Hand und die ganze Luft strömte wieder raus, Mist! Dieses Schrillen könnte Tote aufwecken, sie eilte zu Carla, aber die gab keinen Mucks von sich.

Wally nahm den Hörer ab und meldete sich mit »Agentur Nachtigall«.

»Seit wann lässt meine Nichte dich an ihr Telefon gehen?«, fragte Lulu.

»Seit wir so viel zu tun haben, dass wir eigentlich eine Assistentin gebrauchen könnten!«, konterte Wally, ohne Carla aus den Augen zu lassen.

»Zwei Sachen, zum einen ist Elsa mit meiner Fritzi schon vor Stunden weg, habt ihr das so mit der vereinbart oder muss ich mir Sorgen machen? Und zum anderen erwarte ich endlich Ergebnisse, was den Mord an Henny angeht. Carla hat mir heute Morgen gesagt, dass sie eine vielversprechende Spur verfolgt, kannst du mir Näheres dazu verraten?«

»Noch nicht, Carla will keine falschen Hoffnungen wecken …«, log Wally.

»Und plant schon mal ein, dass wir am 1. Oktober ein großes Fest anlässlich von Hennys Tod feiern werden. Die Zittergirls kommen alle und …«, Lulu klang äußerst selbstzufrieden, »Caterina Valente auch!«

»Gratuliere!«, sagte Wally. »Ich sage deiner anderen Nichte, dass du angerufen hast!« Sie legte auf, bevor Lulu einhaken konnte, und lief zu Carla, die immer noch tief zu schlafen schien. Unglaublich, dabei hatte sie nur vier Tropfen in ihren Flachmann gegeben! Das musste sie gleich mal auf die Statur von Joachim hochrechnen, damit er im Boot mitten auf dem Wannsee bewusstlos wurde und nicht schon lange vorher.

Es klopfte an der Tür. Wally warf einen Blick in Carlas Terminkalender, da war niemand eingetragen. Jetzt klingelte und klopfte es abwechselnd.

Das schien sehr dringend zu sein, trotzdem entschied sich Wally nicht aufzumachen.

»Ich weiß ganz genau, dass ihr da seid, ich hab euch gesehen!«, rief Katrin durch die Tür.

Sie würde sich von dieser Göre nicht ausbremsen lassen, aber es war vielleicht besser mit ihr zu reden, bevor sie die Palutzke mit ihrem Gebrüll noch auf sich aufmerksam machte. Reinlassen würde sie diese Nervensäge auf keinen Fall.

Wally bückte sich zu Carla und zog sie an den Füßen über

das Parkett in die Kammer. Gott, war dieser Winzling schwer, es ging nur zentimeterweise voran. Schweiß trat ihr auf die Stirn. Bewegung, Beeilung!

»Ich komme gleich!«, rief sie zu Katrin hin.

Endlich hatte sie es geschafft. Sie verschloss die Kammertür und lief zum Eingang.

Sie hatte die Hand schon an der Klinke, als ihr klar wurde, dass Carla wieder zu sich kommen und auf sich aufmerksam machen könnte.

Dann wäre nichts gewonnen. Jetzt war sie schon so weit gegangen, um die Aktion Goldfisch nicht zu gefährden, da musste sie es auch konsequent durchziehen. Es blieb ihr nichts anderes übrig, dieses Haus hatte Ohren.

Wally holte Paketschnur vom Schreibtisch.

Derweil klopfte und klingelte Katrin munter weiter. Dieses Gör hatte wirklich Nerven, na der würde sie gleich sowas von den Marsch blasen!

»Momentchen noch!«, sagte sie, während sie Carla die Hände am Rücken zusammenband, dann holte sie aus der Miniteeküche ein Geschirrtuch und stopfte es ihr in den Mund. »Tut mir leid!«, flüsterte sie, weil es sich wirklich nicht gut anfühlte.

Schschsch, dachte sie, schschsch …

Sie schloss die Besenkammer wieder ab, war so geistesgegenwärtig, noch die Klospülung zu ziehen und ihre Hände nass zu machen.

»Wat solln dit?«, fragte sie Katrin, öffnete die Tür aber nur einen Spalt, auf keinen Fall würde sie die Kleine hereinlassen, die war imstande, hier alles auf den Kopf zu stellen.

»Spionierst du mir schon bis zum stillen Örtchen nach? Was ist denn so Dringendes?«, fragte sie. »Wieso bist du nicht in der Schule?«

»Ist denn Carla nicht da?«

»Die hilft ihrer Mutter gerade beim Baden!«, sagte Wally. »Und sie wäre ganz sicher begeistert, wenn du hochrennst und auch dort Sturm klingelst!«

»Dit is ja …«

»Was gibt es denn?«

»Nüscht!«

»Na denn!« Wally schloss die Tür und lehnte sich erleichtert von innen dagegen. Das Telefon klingelte schon wieder.

Sie eilte zum Apparat und nahm den Hörer ab und meldete sich als Carla.

»Ich habe Sie überschätzt!«, sagte eine angenehm tiefe Frauenstimme, die Wally noch nie in ihrem Leben gehört hatte und die sich nicht mehr jung anhörte.

Wally wäre beinahe in die Falle getappt und hätte der Frau die Meinung gegeigt, aber sie konnte sich gerade noch auf die Zunge beißen und reagierte dann so defensiv wie ihre Schwester.

»Wie bedauerlich …«, sagte sie.

»Ich erwarte, dass Sie Ihre Fehler umgehend ausradieren«, sagte die Stimme.

»Fehler?« Hektisch überlegte Wally, wovon die Rede sein konnte. Was denn für Fehler, keine im Zusammenhang mit den Grab-Müllers, da wusste sie ja eindeutig mehr als Carla. Also musste es mit Hennys Fall zu tun haben. Jemand vom Sanaritus-Verlag, eine Anwältin vielleicht?

»Bei unserem Treffen hatte ich Sie für eine kluge Frau gehalten, bringen Sie das in Ordnung. Sorgen Sie dafür, dass Johanna so schnell wie möglich aus dem Licht der Öffentlichkeit verschwindet.«

Sie mich auch, dachte Wally, aber Carla würde das niemals von sich geben, nein, es musste etwas Unverbindliches und was mit Gerechtigkeit sein. Sie überlegte kurz. »Wir werden ja sehen, was das Richtige ist!«

Ein sanftes Klicken beendete das Gespräch. Jemand schützte Johanna – aber warum, wer um Himmels willen konnte ein Interesse daran haben, so einen unverbesserlichen Nazi zu schützen? Vielleicht war doch viel mehr von dem, was in der DDR-Presse stand, wirklich wahr. War der Westen wirklich nicht viel mehr als eine faschistisch unterwanderte Pseudodemokratie? Was, wenn sich das alles wiederholen würde?

Ein Blick auf die Uhr verriet ihr, dass es schon Zeit war für das frühe Abendessen, das Ida so liebte. Und sie sollte das nutzen, um eine Erklärung für Carlas Wegbleiben abzugeben, denn Ida würde es bemerken, wenn ihre vernünftige und anständige Tochter nicht nach Hause kam, ohne ihr Bescheid zu geben.

Carlas Mutter war entzückt, dass Wally so früh schon zum Essen auftauchte. Sie trug den rosa Pullover, den Wally ihr geschenkt hatte, und präsentierte stolz das Paprikagulasch, das sie nur deshalb gekocht hatte, weil Wally ihr vor ein paar Tagen erzählt hatte, wie sehr sie dieses Essen mit dem schönen Teil ihrer Kindheit verband.

»Wir können gleich anfangen«, sagte Wally, »Carla hat berufliche Termine und muss die ganze Nacht eine Wohnung überwachen.«

»Die letzten beiden Nächte musste sie ja auch schon ran. Hoffentlich schläft sie nicht ein, was für ein scheußlicher Beruf für eine Frau!« Ida betrachtete Wally voller Wohlgefallen.

Von ihrer Arbeit als Bardame im Eden hatte sie Ida natürlich nichts verraten. Ida glaubte tatsächlich, sie würde als freiberufliches Mannequin arbeiten und war völlig blind für die Tatsache, dass allein Carla die Kriterien dafür mitbrachte. Wally hätte niemals als lebende Kleiderstange gearbeitet, selbst dann nicht, wenn sie weniger füllig um die Hüften gewesen wäre.

»Natürlich ist es schön, dass meine Tochter die Tradition der Familie Nachtigall weiterführt, aber ich würde mir doch wünschen, dass sie bald einen Mann findet, der sie da entlasten kann«, sagte Ida, während sie Wallys Teller mit selbst gemachten Spätzle und Gulasch vollhäufte. »Sie sollte endlich eine Familie gründen. Ich wäre doch eine gute Oma, oder nicht?«

Wally nickte begeistert. »Wie aus dem Bilderbuch!«

»Familie ist das Wichtigste im Leben, oder? Wie hat denn deine Mutter über Familie gedacht?«

In Wallys Paprikagulasch mischte sich ein bitterer Geschmack. Mamuschs Familie und einzige Konstante war allein die Partei gewesen und um die herum hatte sie ihr Leben arrangiert. Männer hatten Muschka nur interessiert, solange sie Aufregung und Erotik in ihr Leben brachten. Sobald einer anfing, sie zu langweilen, verließ sie ihn und ersetzte ihn durch einen neuen. Bürgerliche Kleinfamilien wie die der Koslowskys waren ihr immer ein Gräuel gewesen.

»Natürlich sah sie das genauso wie du!«, log Wally. Was würde eigentlich passieren, wenn sie öfter mal die Wahrheit sagen würde? Es war eben doch nicht nötig gewesen zu lügen.

»War es nicht schrecklich für deine Mutter, in der DDR eingesperrt zu sein? Was, denkst du, hätte aus ihr werden können, wenn sie nach dem Krieg von der Schweiz nach Westdeutschland gegangen wäre?«

»Für sie war das in Ordnung, Muschka hat Rosa Luxemburg sehr bewundert, deshalb ist mein zweiter Vorname ja auch Rosa.«

»Wie hübsch, genau wie der Pullover!«, sagte Ida und strich mit einer Hand über die Wolle. »Danke nochmals!« Sie nickte ihr mit einem beglückten Lächeln zu und ignorierte den anderen Teil von Wallys Antwort. Darin war Carlas Mutter eine Meisterin.

Flüchtig kam ihr Joachim in den Sinn, der ihr den Pullover

geschenkt hatte und der ihr vertraute und dessen Leben in Kürze eine sehr unangenehme Wendung nehmen würde. So unangenehm wie das, was Carla gerade durchmachte. Die Kleine mit dem Stock im Arsch lag jetzt mit einem Knebel im Mund und eingesperrt in ihrem eigenen Büro.

Wally griff zu ihrem Wasserglas und nippte daran. Knebel fühlten sich schrecklich an, in ihrem vierwöchigen Ausbildungslehrgang zum Geheimen Mitarbeiter im besonderen Einsatz hatten sie sich gegenseitig fesseln und knebeln müssen. Sie schluckte schwer. Vielleicht sollte sie doch mal runter, nach ihr schauen. Nur zur Sicherheit.

»Ich glaube, Carla hat dich sehr ins Herz geschlossen.« Ida nickte. »Es tut ihr gut, eine Freundin zu haben!«

»Hmmm.« Momentan sicher eher nicht, dachte Wally.

»Es ist mir immer schwergefallen, meine Tochter zu verstehen, aber ich merke doch, wie sehr es ihr gefällt, dass du hier bist. Könntest du dir vorstellen, vielleicht noch mehr in der Detektei mitzuarbeiten, damit sie nicht mehr so ganz allein ist?«

»Ahh …« Wally gab sich einen Ruck und lachte Ida breit an, bloß nicht sentimental werden, denk an deine Mission! »Ida, dann ist dieses wunderbare Gulasch wohl nur ein Bestechungsversuch!«, scherzte Wally und wusste, dass ihr nun jedes weitere Stück Fleisch im Hals stecken bleiben würde.

Ida errötete. »Keine Bestechung, das habe ich gern getan, es ging mir nur gerade so durch den Kopf.«

Ida hatte wirklich keine Ahnung, was in ihrer Tochter vor sich ging, nur weil sie selbst Wally ins Herz geschlossen hatte, galt das noch lange nicht für Carla.

Wally konzentrierte sich voll und ganz auf das Essen und auf Ida, so wie sie es gelernt hatte, aber heute kam ihr das Abendessen wie eine Ewigkeit vor. Sie verzichtete mit viel Bedauern und dem Hinweis auf ihre Arbeit als Mannequin auf einen Nachschlag und forcierte das Abräumen bis fast an die Grenze zur Unhöflichkeit.

Nach dem Abspülen behauptete sie, dass sie Carla versprochen hätte, im Büro die letzten Schäden von dem Einbruch zu beseitigen und dann noch mal gründlich durchzuwischen, was Ida erwartungsgemäß großartig fand. Aber die ließ sie erst gehen, nachdem sie ihr eine Packung Dor inklusive Anweisungen zum perfekten Putzen aufgezwungen hatte.

Wally stürmte geradezu nach unten und in die Besenkammer, um sich davon zu überzeugen, dass Carla noch atmete.

Oh ja, da war sie, sie atmete nicht nur, sie war bei Bewusstsein und funkelte Wally so mordlüstern an wie eine Bärenmutter, deren Junges man versehentlich bedroht hatte.

# Kapitel 37

Wally stand vor ihr und glotzte. Was war nur los, wie war das passiert? Carlas Schädel drohte zu platzen bei dem Versuch, sich zu erinnern. Hinter ihren Augen puckerte ein Schmerz, während sich ihr Hinterkopf anfühlte, als wäre er in einen Schraubstock eingespannt. Ihr Mund war durch den widerlichen Knebel völlig ausgetrocknet und ihre Hände, die auf dem Rücken stramm zusammengefesselt waren, spürte sie gar nicht mehr.

Sie versuchte, sich noch besser aufzurichten, doch in ihrem Kopf schwappte alles hin und her, als wäre sie auf einem Schiff. Der elende Schwindel, der sie nach dem Unfall so lange außer Gefecht gesetzt hatte, war zurück, danke Wally!

Sie sparte es sich, irgendetwas durch den Knebel sagen zu wollen, und legte ihre ganze Kraft in ihre Augen. Diese Irre musste gebremst werden. Was hatte sie vor?

Offensichtlich wollte sie nicht, dass Carla ihr Material über die Grab-Müllers zur Polizei brachte. Die Grab-Müllers sollten nicht in den Fokus der Aufmerksamkeit geraten, weil etwas sehr viel Größeres dahintersteckte, mit dem auch Bertha zu tun hatte, und dieser Joachim bestimmt auch, denn ihre früheren Liebhaber hatte Wally nie geheim gehalten.

Offensichtlich wollte sich Wally noch länger an ihrem Anblick weiden oder warum stand sie einfach nur vor ihr wie ein

Ölgötze, anstatt ihr den Knebel rauszunehmen und sie loszubinden.

Höchste Zeit also, dachte Carla, zu handeln. Sie riss die Augen weit auf, dann verdrehte sie ihre Augen so, dass nur noch das Weiße zu sehen war. Diese Scharade hatte sie als Kind sehr oft vor amerikanischen Soldaten aufgeführt und war jedes Mal mit einer Kleinigkeit zu essen belohnt worden. Nun sank sie dramatisch in sich zusammen und kippte einfach um. Weil sie sich nicht mit den Händen abstützen konnte, tat es mehr weh, als sie gedacht hätte, wirkte deshalb aber sicher umso überzeugender. Mit geschlossenen Augen und wild klopfendem Herzen blieb sie stocksteif liegen. Wally war kein GI und sie kein dürres Kind mehr, es gab also nur eine 50-zu-50- Chance, dass Wally ihr helfen würde.

Keine Sekunde später spürte sie, wie der Knebel vorsichtig aus ihrem Mund gezogen wurde, doch es war besser, die Ohnmacht noch länger vorzutäuschen.

Wally seufzte schwer, löste aber ihre Fesseln nicht. Vielmehr stand sie auf und ging weg.

Ich habe meine Karten falsch ausgespielt, dachte Carla. Wasserplätschern in der Küche ließ hoffen, dass sie sich geirrt hatte. Schritte, die wieder näher kamen.

»Hey, Carla!« Wally rüttelte sanft an ihrer Schulter. »Komm zu dir, ich hab was zu trinken für dich!«

Carla zuckte mit den Augenlidern.

»Komm schon, komm schon, komm schon!«

Carla gab ein paar röchelnde Laute von sich, was ihr nicht schwerfiel, denn ihre Mundhöhle war trocken wie die Sahara. Dann schlug sie die Augen auf und sah direkt in die von Wally, die neben ihr kniete, in einer Hand ein Wasserglas.

»Tut mir leid!«, sagte sie und deutete fragend zum Wasser.

Carla nickte, räusperte sich, um zu sagen, dass sie ihr gefälligst die Fesseln abnehmen sollte, damit sie selbst trinken konnte, brachte aber keinen Ton raus, außerdem fing Wallys Bild gerade an, sich aufzulösen, wie Splitter in einem Kaleidoskop.

Ihre Halbschwester beugte sich über sie, legte eine Hand unter ihren Hinterkopf und führte mit der anderen das Glas an ihren Mund.

Und wenn da nur wieder Betäubungsmittel drin war? Carla verweigerte das Wasser und versuchte mit ihrer Stirn, das Glas aus Wallys Hand zu kicken.

»Hey, hey!« Wally betrachtete sie überrascht. »Das ist nur Wasser, wird dir guttun.«

»Hmm.« Carlas Kehle war noch sehr rau.

»Wirklich nur Wasser!«

»Nur wenn du mich losbindest!«, krächzte Carla.

»Du bist zu schlau und würdest versuchen, mich auszutricksen!«

»Ich muss mal!«, sagte Carla. Im Klo war ein Stielkamm, den sie als Waffe benutzen, und ein Handspiegel, den sie runterwerfen konnte. Mit den Scherben konnte sie sich schnell befreien. Wenn nur diese Bildfetzen aufhören würden durch ihren Kopf zu wirbeln. Sie durfte jetzt keinen Fehler machen.

»Netter Versuch, aber ich bin nicht blöd«, sagte Wally. »Falls es kein Trick ist, gehen wir zusammen, wenn du erst mal auf der Klobrille sitzt, brauchst du keine Hände.«

»Fühlt sich das richtig für dich an?«, fragte Carla. »Willst du so weiterleben?«

»Trink lieber was!«

»Nur wenn du mir die Hände losmachst!«

»Du wiederholst dich!«

Wallys Gesicht war direkt vor ihr, trotzdem sah sie immer nur Teile davon, da trieb eine Augenbraue in Zeitlupe auf sie zu, dann zuckte pfeilschnell das Mittelstück der Lippe vorbei, ein Wimpernkranz. Sie schloss die Augen, aber dann wirbelten schwarze Wolken umeinander, bestimmt Nachwirkungen von dem Zeug, das Wally ihr verabreicht hatte.

Als sie die Augen öffnete, war Wallys Gesicht immer noch dicht vor ihr. Diese Oberlippe, wie die von Vati. Aber sonst war da nichts von ihm, kein Mitgefühl in den Augen, nichts. Also dann noch eine Scharade, eine bessere diesmal.

Carla verdrehte die Augen, krümmte sich dieses Mal, zuckte mit den Beinen wie ein Huhn, dem gleich der Kopf abgeschlagen werden soll, und stöhnte, als wäre sie gerade tödlich verwundet worden.

# Kapitel 38

Atmete ihre Schwester noch? Carla war schon wieder bewusstlos. War sie zu weit gegangen?

»Verdammt, los du Zwerg, du bist doch sonst so zäh!«, fluchte sie, beugte sich über Carla und fühlte nach ihrem Herzschlag.

Kaum spürbarer, aber rasender Puls. Puls über hundert, Blutdruck unter hundert, war das etwa ein Kreislaufschock? Sie hatte kein Messgerät, aber lieber kein Risiko eingehen.

Hastig drehte sie Carla auf den Bauch, holte die Schere vom Schreibtisch und einen der Rattanstühle, schnitt die Fesseln durch, drehte sie wieder auf den Rücken und lagerte ihre Unterschenkel auf dem Stuhl, in der Hoffnung, dass sich ihr Kreislauf stabilisieren würde und sie schnell wieder zu sich käme.

Sie fächelte ihr Luft zu, kam sich albern dabei vor, wusste aber gerade nicht, was sie sonst noch tun konnte. Bruno anrufen, der studierte ja Medizin, oder einen Arzt, aber wie hätte sie ihm oder sonst wem erklären können, was passiert war? Und Bertha hatte sehr klare Direktiven ausgegeben: kein weiteres Aufsehen so kurz vor der Aktion Goldfisch.

»Komm zu dir, Carla!«, sagte sie und rüttelte ihre Halbschwester erst sachte, dann stärker. »Ich habe das doch nur zu deinem Schutz getan. Es ist besser für uns alle!«

»Argg«, ein kaum hörbares gurgelartiges Geräusch.

»Gut so, weiter so, komm zu dir!«

»Mir ist, mir ist …«, stammelte Carla, »sooo übel!« Sie gab würgende Laute von sich.

Wally sprang auf und sah sich nach einem Gefäß um. Nichts, da blieb nur der Emailleeimer aus der Teeküche. Sie sprang auf und stürmte los.

Als sie keine Minute später zurückkam, stand ihre Schwester schwer atmend am Fenster im Büro, in der einen Hand den dolchartigen Brieföffner aus der Sammlung von der Kommode, in der anderen die Schere. Das Miststück, bleich und zitternd, aber sehr lebendig!

»Wenn du näher kommst, mach ich auf und schreie oder springe, du kannst es dir aussuchen.«

»Das wollen wir alles lieber mal sein lassen!«

Carla griff den Brieföffner so, dass sie dabei noch den Knauf des Doppelfensters drehen konnte.

Schade, dass Bertha meine Waffe einkassiert hat, dachte Wally, dann erschrak sie über sich selbst. Wollte sie wirklich eine Waffe auf diesen blassen Zwerg am Fenster richten? Außer Tante Lulu war das ihre einzige Blutsverwandte und Carla hatte nie ein Verbrechen begangen, außer dass sie manchmal so gähnend langweilig war.

Wally trat näher zum Fenster.

Carla atmete schwer und taumelte, sah ihr aber trotzdem unverwandt in die Augen, während sie geübt mit einer Hand das Doppelfenster öffnete.

»Machen wir uns nichts vor, du springst sowieso nicht!«, sagte Wally.

»Erst schreie ich, was das Zeug hält!«, flüsterte Carla. »Keinen Schritt näher!«

Nie im Leben, dachte Wally, Carla doch nicht. Im gleichen Moment hob Carla den Arm und holte aus.

Der Dolch schoss auf Wally zu, reflexartig riss sie ihre Arme hoch, um ihren Oberkörper zu schützen, doch zu spät.

Die Spitze des messerscharfen Dolchs bohrte sich in ihren linken Unterarm, steckte für einen Moment fest, wurde dann von der Schwerkraft nach unten gezogen und fiel polternd auf das Parkett.

Verwundert betrachtete Wally ihren Arm, Blut quoll hervor, erst nur ein Tropfen, dick und merkwürdig dunkel, dann mehr und mehr, ein kleines Rinnsal. Seltsam fühlte sich das an, als ob mit jedem Tropfen auch etwas von ihrer Selbstbeherrschung davonflösse. Als ob das, was sie immer zusammengehalten hatte, auf und davon wäre.

Sie musste sich setzen, fand eine Ecke vom Schreibtisch, sank darauf und sah hinüber zu Carla, die nicht länger ein Zwerg war, vielmehr ein bleicher Todesengel.

# Kapitel 39

Und?« Carla war zwar erleichtert, dass der Brieföffner nicht in Wallys Herz gelandet war, bedauerte aber kein bisschen, ihn geworfen zu haben.

Wally starrte abwechselnd von ihrer Wunde zu Carla. Es ging ihr nicht gut, das konnte Carla deutlich erkennen. Schweißperlen glitzerten auf Wallys Stirn.

»Reicht dir das jetzt?« Carla räusperte sich, immer noch heiser von dem elenden Knebel. »Ich hoffe, es tut richtig weh!«

Wally bewegte sich nicht. Blut tropfte auf den Boden. Egal, dachte Carla, egal.

»Du ist wirklich das Letzte!«

»Es gab keinen anderen Ausweg!«

»Du hättest mit mir reden können!«

Wally schnalzte abwertend mit der Zunge. »Tzz.«

»Was heißt hier ›tzz‹?«

»Komm mal runter von deinem hohen Ross, ich wollte dich schützen!«

»Betäuben? Fesseln? Knebeln? Oh ja, ich fühle mich sehr beschützt!«

Wally schien nicht mal zu bemerken, dass ihre Wunde stark blutete, sie wirkte tatsächlich erschüttert auf Carla.

»Deine Wunde sollte verbunden werden, bevor die Schweinerei noch größer wird!«, sagte sie. »Ich könnte das machen, aber nur, wenn du dich entschuldigst.« Und ich werde nicht zimperlich mit dem Jod sein, dachte sie voller Genugtuung.

Wally nickte wie fremdgesteuert.

Carla taumelte mehr in die Küche, als dass sie lief, gierig trank sie ein großes Glas Wasser, behielt dabei aber mit einem Auge Wally im Blick. Die rührte sich nicht vom Fleck. Carla trank noch mehr, goss Wasser für Wally ein, versuchte sich zu sammeln und ruhiger zu atmen, während sie das Verbandszeug aus dem abschließbaren Schrank in der Toilette holte.

Damit näherte sie sich Wally, die wie katatonisch in sich zusammengesunken auf der Ecke der Schreibtischplatte saß. Carla bückte sich, hob den blutverschmierten Brieföffner auf, legte ihn außer Reichweite und zog einen Stuhl neben Wally.

»Was für ein Chaos«, murmelte Carla und legte sich mit immer noch zitternden Händen Verbandszeug und Jodtinktur zurecht. »Du kannst von Glück sagen, dass mich Vati zu einer Ausbildung in Erster Hilfe verdonnert hat, und ich bin darin verdammt gut.«

»Danke Vati«, murmelte Wally. »Natürlich bist du auch darin perfekt und vor dem Frühstück operierst du am offenen Herzen!«

»Dann halt nicht.« Carla stand wieder auf.

»Warte, nein!« Wally legte ihre Hand auf Carlas Arm und drückte ihn. »Tut mir leid. Alles.«

»Das ist ja wohl das Mindeste!« Carla seufzte, tropfte Jod auf eine sterile Kompresse und betupfte die Ränder der immer noch stark blutenden Wunde.

Wally zuckte zusammen und biss sich auf die Lippen. »Ich meine es wirklich ernst, ich hätte dir das unter gar keinen Umständen antun dürfen. Glaubst du, du kannst mir das irgendwann mal verzeihen?«

»Vielleicht. Irgendwann. Aber nur, wenn du mir jetzt die

Wahrheit sagst: Warum hast du das getan? Was ist los? Oder werde ich das nie erfahren, weil du mich bei nächster Gelegenheit dann final vergiftest, damit ich ganz sicher aus dem Weg bin?« Und ihre Mutter, schoss Carla durch den Kopf, würde Wally sofort adoptieren.

»Final vergiften, dit is schwierig bei dir.« Wally verzog ihr Gesicht zu etwas, das vielleicht ein Grinsen sein sollte. »Unkraut vergeht ja bekanntlich nicht.«

»Deine Witze waren schon mal besser, muss der Blutverlust sein. Apropos, die Wunde ist ziemlich tief, sollte besser von einem Arzt genäht werden. Aber wir gehen nirgendwohin, bevor du mir nicht verraten hast, was hier eigentlich los ist!«

»In Ordnung.« Wallys Augen wirkten wie dunkle Löcher in ihrem Gesicht, das jetzt so durchscheinend hell war, dass Carla blaue Äderchen unter der Haut sehen konnte.

»Komm hier weg«, schlug sie nun etwas milder gestimmt vor, »setz dich in einen Stuhl mit Rückenlehne und halte den Arm hoch. Wenn das nicht bald aufhört zu bluten, müssen wir in jedem Fall zum Arzt. Du hältst ganz still, ich mach uns erst mal Kaffee und dann reden wir.«

Eine halbe Stunde später hatte Wally wieder etwas mehr Farbe im Gesicht, dafür war es Carla übel von all dem, was Wally ihr erzählt hatte. Offensichtlich war nichts echt an ihrer Schwester, alles nur Lüge. Wie konnte sie so leben?

»Mal sehen, ob ich das richtig verstanden habe, du arbeitest bei der … Staatssicherheit? Diese Bertha ist deine Chefin, die du sonst als Sybille kennst. Und die hatten dir versprochen, dass deine Mutter dann in dieses besondere Lungenkrebsprogramm in der Charité kommen wird.«

Wally nickte.

»Deine Mutter ist doch tot oder war das auch gelogen?«

»Nein, aber damals war sie noch am Leben und es gab eine kleine Chance, zu überleben.«

»Wenn deine Mutter schon vorher für die Staatssicherheit gearbeitet hat, warum wurde sie dann nicht automatisch bestens versorgt?«

»Weil sie es sich mit all ihren Männern verdorben hat, sie hatte ständig neue Affären, tauschte sie aus wie abgenutzte Bettwäsche. Es waren auch Vorgesetzte dabei, die ihre Erkrankung dann benutzt haben, um sich zu rächen. Außerdem gab es da noch einen mysteriösen Vorfall in der Schweiz, wo wir eine Weile gelebt haben. Muschka wollte mir nie verraten, was genau da los war, zu meinem eigenen Schutz. Sie hat zwar immer an den Sozialismus geglaubt, aber am Ende nicht mehr an das System und deshalb wollte sie unbedingt verhindern, dass ich für die arbeite. Aber wie es so geht, wenn Mütter gegen irgendwas sind, ich war neugierig und wild auf Abenteuer. Anfangs musste ich langweilige Ferngespräche abhören und war schon kurz davor, meiner Mutter zu sagen, dass sie recht gehabt hätte. Aber dann hat Sybille mich für das Eden angeworben, im Westen für den Osten arbeiten, das war dann wirklich interessant und aufregend.«

»Aufregend?« Carla hatte Mühe, das alles mit der Wally, die immer noch wie ein Häufchen Elend und blutend neben ihr saß, in Einklang zu bringen.

Wally nickte.

»Fandest du es auch aufregend, dich als meine Schwester auszugeben und unsere Familie reinzulegen?«

»Nein.« Wally holte tief Luft. »Meine Geschichte ist auf dem Einzigen aufgebaut, was nicht gelogen war. Wir haben den gleichen Vater. Du bist …« Wally brachte plötzlich kein Wort mehr raus, blinzelte hektisch, atmete schwer, versuchte wieder etwas zu sagen, aber es drang nur eine Art Schluchzen aus ihrer Kehle und das klang so unelegant, so wenig witzig, so wahr, dass es Carla mitten ins Herz traf.

»Verdammt, ich …« Wally rang nach Luft, räusperte sich

und sagte schließlich: »Du elender Zwerg bist wirklich meine Halbschwester.«

Carla schluckte schwer, kein Grund zum Heulen, nicht jetzt, nicht hier. Nicht nach all dem, was gerade passiert war.

»Eine Mata Hari zur Schwester, genau das, was ich mir schon als Kind vom Weihnachtsmann gewünscht habe.« Carla konzentrierte sich auf Wallys Schnittwunde. »Du musst den Arm hochhalten!«, sagte sie streng und baute dann kurzerhand aus ein paar Aktenordnern und einem Handtuch eine Stütze für Wallys Arm.

»Dir ist schon klar, dass ich dich sofort verraten müsste und wie sehr ich mich strafbar mache, wenn ich dichthalte?«

»Deshalb wollte ich dir nie etwas sagen. Glaub mir, ich habe oft darüber nachgedacht.«

»Und hast du auch darüber nachgedacht, dass du Joachim mit dieser Bootsfahrt zum Tode verurteilst? Du glaubst doch nicht im Ernst, dass der einen fairen Prozess bekommt und es mit ein paar Jahren Haft getan ist?«

Wally setzte an, etwas zu sagen, hielt inne, eine Träne rollte über ihre Wange, doch sie wischte mit dem unverletzten Unterarm so schnell über ihr Gesicht, dass Carla nicht sicher war, ob sie das richtig gesehen hatte. Ihre Schwester musste ja wirklich immens viel Blut verloren haben.

»Es gibt keine Alternativen. Nach Muschkas Tod wollte ich aussteigen, aber das funktioniert so nicht. Unter keinen Umständen gehen die das Risiko ein, dass ehemalige Mitarbeiterinnen die Seiten wechseln.«

»Wär das nicht die bessere Alternative?«

»Von wegen, vom Regen in die Traufe!«

»Ich kann nicht zusehen, wie du diesen Mann zum Tode verurteilst!«

»Wenn du mich verrätst, kann mir das auch blühen.«

»Wie wäre es, wenn du offiziell tot wärst und wir dir eine neue Identität beschaffen könnten?«, schlug Carla vor.

»Vergiss es, dazu haben wir nicht die richtigen Kontakte und wissen deshalb nicht, wem wir einhundert Prozent vertrauen können. Außerdem will ich auf keinen Fall ins Exil!« Wally schnäuzte sich, als wollte sie damit ein Ausrufezeichen setzen, sie kam offensichtlich langsam aus ihrer Schockstarre.

»Verstehe. Und wir können diesen Joachim nicht warnen, weil du dann als Verräterin dastehen würdest, was dich in Gefahr bringt.«

Wally nickte.

»Du musst also einen anderen Weg finden.«

»Ich wüsste nicht wie.«

»Umkommen«, überlegte Carla laut.

»Ich habe nicht vor, zu sterben!«

»Schsch, warte, warte, warte, vielleicht habe ich noch eine andere Idee.«

Carla dachte an den Wannseeausflug, den Bruno ihr vorgeschlagen hatte, und langsam verwandelte sich der Gedanke zu einem Plan. Wenn sie sich beeilten und Bruno ihnen half, konnten sie es schaffen, den auch umzusetzen. Allerdings musste Wally bereit sein Bruno einzuweihen.

Die Aktion Goldfisch zu stoppen war fürs Erste das Wichtigste, aber sobald Wally und Joachim in Sicherheit waren, mussten sie endlich den Mörder von Henny finden und die Sache mit Sara Jakobs Buch in Ordnung bringen.

Carla gähnte.

36 Stunden wach, das forderte jetzt seinen Tribut. Die meisten Fehler passierten, wenn man übermüdet war, und das durfte auf keinen Fall passieren, wenn sie Joachim und Wally aus dem Netz der Lügen befreien wollte.

# Kapitel 40

Wally parkte den Käfer auf dem Parkplatz, den sie mit Bertha vereinbart hatte. Es war so weit. Leuchtend blau lag der Wannsee vor ihnen, nur leicht gekräuselt von dem warmen Sommerwind, der ihr Haar beim Aussteigen sanft umwehte und den verheißungsvollen Duft von Seewasser, abgefallenen Pappelblättern und Frittiertem mitbrachte.

Mit einem Blick auf ihre Armbanduhr vergewisserte sie sich, dass ihr Timing perfekt war. Halb zehn und schon jetzt waren es fast 25 Grad, ein später Sommertag, bestens geeignet für eine Bootstour am Wannsee. Alles absolut unverdächtig. Die Wunde an ihrem linken Unterarm war gut verpflastert und pochte auch nicht mehr. Sie hoffte, der Verband würde auch einen Ausflug ins Wasser überstehen. Joachim hatte sie die Verletzung damit erklärt, dass sie mal wieder vergeblich versucht hätte, zu kochen.

Sie winkte Joachim zu, drehte eine übermütige Pirouette zum Kofferraum hin, die ihren Rock und die Petticoats vielverheißend aufbauschte, blieb dann plötzlich starr stehen und presste wie erschrocken den wirbelnden Rock mit den Armen flach gegen ihre Beine und fragte ihn, ob er denn auch bestimmt ihre Unterwäsche dabeihatte, was er mit einem breiten Grinsen bejahte. Er griff sich den Picknickkorb, den Wally vorbereitet hatte, und die Tasche mit ihrem Badezeug.

»Wohin?« Er sah sich suchend um.

»Wir müssen nach links, dort drüben!« Sie zeigte auf den Bootsverleih, dessen Boote mit vielen rot-weißen Berlin-Wimpeln geschmückt waren, die träge im lauen Wind schwangen.

»Der Besitzer ist mein Cousin, er berechnet uns nur eine Stunde, aber wir können das Boot so lange haben, wie wir wollen!«

»Du hast beneidenswert viele Verwandte, einen Onkel, der dir die Arbeit im Kempinski besorgt hat, die Schwester einer Tante, die dir ihr Auto überlässt, und ein Cousin mit Boot. Meine Frau war da ganz anders, die hat einfach jeden, den sie kennengelernt hat, in die Flucht geschlagen«, sagte Joachim, fing an zu singen und lief los. *»Pack die Badehose ein, nimm dein kleines Schwesterlein und dann nischt wie raus nach Wannsee, schau dir mal den Himmel an, blau so weit man sehen kann …«*

Wally holte die Sonnenbrille aus ihrer Handtasche und setzte sie auf. So lange hatte sie dieses Lied schon nicht mehr gehört. Muschka und sie hatten es gern zusammen gesungen, aber die Parodie davon. Sie summte mit Joachim mit, während sie im Geiste mit ihrer Mutter sang. *»Schließ die Badehose lieber ein, lass das Baden lieber sein, denn der Ami schießt am Wannsee …«* Tatsächlich waren Badegäste am Wannsee beinahe zu Tode gekommen, weil die Amerikaner in der Nähe einen Truppenübungsplatz eingerichtet hatten, von dem Querschläger bis zum Strand geflogen waren. Erst nachdem ein kleines Mädchen getroffen worden war, wurde der Übungsplatz besser gesichert. Und sie erinnerte sich ganz genau an den Namen des Mädchens. Karla, wie ihre Schwester, denn sie hatte Muschka damals gefragt, ob das die Carla von Vatis anderer Familie wäre.

Warum kam ihr das ausgerechnet jetzt in den Sinn? Weil etwas in ihr sie warnen wollte? War das ein Omen? Blödsinn, sie wurde einfach nur weich in der Birne. Das kam davon, wenn man sich von Ida die Zukunft aus dem Kaffeesatz vorhersagen ließ und dann Irma beim Pendeln zusah.

»Bist du bereit?«, fragte Joachim, trat neben sie und legte seinen Arm um ihre Schultern, was er bisher in der Öffentlichkeit noch nie getan hatte. Wally schaffte es, ihr Zusammenzucken in ein wohliges Anlehnen zu verwandeln.

»Scherzkeks, ick freu mir'n Ast!« Sie sah sich nach dem Mann um, von dem sie das Boot übernehmen sollte. »Ah, da is er ja, der Martin!« Sie winkte ihm zu und lief dann mit Joachim im Schlepptau über die Planken des schmalen Holzsteges zu einem der kleinen weißen Motorboote, drückte dem Mann einen Zehnmarkschein in die Hand und half Joachim auf das Boot.

»Jibt et Schwimmwesten?«, fragte Wally und hoffte, dass der Mann sich nicht genötigt fühlen würde, Bertha davon in Kenntnis zu setzen. Das war nicht die Losung, die vereinbart war.

»Unter den Sitzen.«

»Gut. Ist ja tolles Wetter heute, muss ich irgendwas Besonderes beachten?« Das war *der* Satz und je nach Antwort ging es dann los oder auch nicht. Sie fragte sich, von wo aus Bertha sie beobachtete, denn Bertha würde das niemandem sonst überlassen. Die Aktion Goldfisch war ihre Fahrkarte für eine Beförderung.

»Nee, allet klar fürs Wannseeschippern. Et is uffjetankt und allet nach Vorschrift erledicht.«

Das war die richtige Antwort. Es ging los!

Sie stieg ein und reichte Joachim die Hand, aber er sprang allein vom Steg aufs Boot, kam aber stark ins Schleudern, was er mit einem beherzten Lachen kaschierte.

Sie sah sich um und begab sich zum Steuer, nur wegen Joachim ließ sie die kurze Einführung von Martin über sich ergehen. Natürlich hatte sie das Fahren mehrfach geübt, denn sie musste für die Aktion der Kapitän sein. Als sie Joachim gesagt hatte, dass sie am Steuer sitzen würde, hatte er nur gelacht und gemeint, er wäre immer schon ein Abenteurer gewesen. Aber es würde ihn doch wundern, hier im Westen eine Frau am Steuer zu erleben, wo die Damen doch eher zu Hause herumsaßen und darauf warteten, dass die Männer von der Arbeit heimkamen.

Wally musterte ihn von der Seite, er hatte aufgehört zu pfeifen und war unter seiner leichten Sommerbräune blass geworden. Das kleine Boot schwankte tatsächlich viel mehr als bei Wallys Trainingseinheiten.

Wally dankte Martin, wartete, bis der runter vom Boot war, dann schaltete sie den Motor ein und sie tuckerten langsam von der Bootsanlegestelle weg.

»Lust, mir ne Schwimmweste anzulegen?«, fragte Wally mit einem koketten Augenaufschlag, so als wäre das ein Dessous. Sie wollte nicht, dass er aus Scham keine Weste anzog und später womöglich vor ihren Augen ertrank.

»Nur wenn du im Bikini fährst!« Joachim gab sich lässig, hielt sich aber krampfhaft am Bootsrand fest, dabei wurden sie gerade von einem weißen Tretboot in Schwanenform überholt, das schneller vorankam als sie.

»Jetzt ist es mir noch zu früh für Bikini, denn is ja auch nachher dit Ausziehen nur der halbe Spaß!«, sagte Wally. »Wenn wir weiter draußen sind, stoßen wir erst mal an! Mach du doch schon mal ein Fläschchen für uns auf!«

Nach Berthas Plan sollten sie erst auf der Pfaueninsel anfangen zu trinken, aber Carlas neuer Plan sah vor, dass es jetzt losging. Und weil Bertha sicher dafür gesorgt hatte, dass einige Teleobjektive auf sie gerichtet waren, war es nötig, Joachim als den Initiator hinzustellen.

Er holte den Sekt aus dem Picknickkorb. »Hältst du das für eine gute Idee?«, fragte er.

»Ist Gagarin Astronaut? Wird dit hier ne Feier oder 'n Trauerspiel?« Sie fuhr schneller und war erstaunt, wie sehr sie trotz allem die Schönheit genießen konnte, die von diesem großen grünen See ausging. Wie gut, dass sie unter der Woche hier waren, da war es viel ruhiger.

Joachim ließ den Korken knallen, es schäumte so mächtig, dass er sich die Flasche gleich an den Mund hielt und alles abtrank.

»Schade um jedet Tröpfcken!« Er reichte den Sekt an Wally weiter, die nur so tat, als würde sie was trinken, bevor sie ihm die Flasche zurückgab.

»Lass uns die Westen anziehen«, schlug sie vor. »Nur falls wir zu tief ins Glas fallen.«

»Wozu? Ehrlich, du machst dit richtich juut. Hätt ick längst schon mal machn solln.«

»Na denn!«, sagte Wally mit einem mulmigen Gefühl. Auch wenn sie ihn nicht bewusstlos machen und mit ihm über die Zonengrenze Richtung Glienicker Brücke fahren würde, war er in Gefahr.

Aber Joachim wurde mit jedem Schluck mutiger und fing wieder an, zu pfeifen.

»Kiek ma, da drüben, die Fähre!«

»Da kommen gleich größere Wellen, vielleicht doch ne Weste?«, versuchte es Wally noch einmal.

»Allet juut. Du, noch wat Sektchen?« Er wedelte mit der schon halb leeren Flasche.

Schon rollten die Wellen heran und das Boot geriet stark ins Schwanken.

Joachim legte die Flasche in den Picknickkorb und hielt sich wieder mit beiden Händen an der Reling fest.

»Wie war denn gestern das Treffen mit deinem Freund?«, fragte Wally, um ihn abzulenken.

Joachim sah sie überrascht an. »Dit haste dir jemerkt?«

Wally nickte, während sie einem Ruderachter auswich, den die Wellen seitlich näher ans Boot gedrängt hatten.

»Bevor ich meine endgültigen Papiere nicht habe, stellt mich niemand ein. Und die gibt es erst, wenn meine Überprüfung durch ist. Ein Problem ist, dass die Scheidung noch am Laufen war, als ich rüber bin. Wenigstens jibt et keene Bälger nich.«

Wally nickte. Nahe Verwandte machten einen erpressbar. Sie dachte an die Unterlagen in seinem Schuh, seine Lebensversicherung, hoffentlich war er so schlau gewesen, das heute nicht mit sich rumzutragen. Selbst wenn das wasserfest war, konnte so ein Schuh jederzeit ins Wasser fallen.

»Und warum hast du dann nicht gewartet?«

»Weil mein Leben in Gefahr war. Ich weiß einfach zu viel. Das ist der einzige Grund, warum ich mit dir bisher kaum in der Öffentlichkeit unterwegs war. Ich wollte nicht, dass du ins Visier von Leuten kommst, mit denen nicht zu spaßen ist!«

Die Wellen waren verebbt, das Boot hatte sich wieder beruhigt, Wally steuerte weiter plangemäß die Pfaueninsel an, alles sollte so aussehen, als ob die Aktion Goldfisch voll nach Plan liefe.

»Leute, mit denen nicht zu spaßen ist?« Wally ermahnte sich, nicht dauernd aus der Rolle zu fallen. Sie war ein naives Zimmermädchen. »Berlin ist doch nicht der Wilde Westen!«

»Von wegen, hier wimmelt es nur so von Hilfssheriffs und Desperados. Hoffentlich kann ich hier bald verschwinden.«

»Und wohin?«

»Nach Bayern.«

»Bayern, wieso dat denn?«, hakte Wally nach.

»Schuhplatteln!«, sagte Joachim leichthin.

Zufall? Eher nicht, sie tippte darauf, dass es ihn in die Nähe von München zog, nach Pullach zum BND, in die Zentrale des Bösen.

»Siehst du das?« Joachim sprang auf und deutete nach links. »Da rast aber jemand ganz schön!«

Na endlich!

Wally kniff die Augen zusammen, die waren ziemlich schnell. Vielleicht doch lieber vorsorgen. Sie ließ das Steuer los und bückte sich nach den Schwimmwesten, zerrte zwei unter den Sitzen hervor, warf eine Joachim zu und stülpte sich die andere selbst über den Kopf.

»Was?« Joachim starrte sie mit offenem Mund an.

»Was ist hier los?«, stammelte er.

Das Boot raste unvermindert schnell auf sie zu. Das Motorbrummen wurde lauter, die Oberfläche vom Wannsee begann sich stärker zu kräuseln.

»Rüber, rüber, rüber, diese Hornochsen können offensichtlich nur geradeaus brettern«, brüllte Joachim.

Stimmt, alibimäßig 'n bisschen ausweichen, dachte Wally, nur für den Fall, dit die uns noch im Blick haben sollten. Sie fuhr eine kleine Schleife, trotzdem wurde das Brummen noch lauter, Wally konnte den Mann am Steuer sehen.

»Oh Gott, sind die blind?« Joachim starrte wie gelähmt auf das näher kommende Boot.

»Zieh sofort die Weste an!«, brüllte Wally. Doch es war zu spät.

# Kapitel 41

Dahinten.« Carla zeigte auf das Boot mit den Berlin-Wimpeln rechts von ihnen und nahm das Fernglas runter. »Das sind sie. Gib Gas!«

»Hast du wirklich ne Versicherung für sowas? Dit jibt jewaltigen Ärjer.«

»Komm mir nicht jetzt mit Zweifeln, du hättest Nein sagen können!«, sagte Carla. »Und deshalb haben wir auch ein Boot gemietet und nicht das von deinem Kumpel genommen!« Sie spähte wieder durch das Fernglas.

»Diese Vollidioten haben keine Schwimmwesten angezogen!«

»Vielleicht gab's keine an Bord oder die warn kaputt?«

»Ahh, jetzt zieht sich Wally eine über, aber die kann ja auch schwimmen. Ich mach mir mehr Sorgen um den anderen.«

»Noch können wir das Ganze abblasen!«, sagte Bruno und ging vom Gas. »Hast du das wirklich durchdacht?«

»Hab ich. Abblasen – auf keinen Fall! Wir müssen das Boot bei vollem Tempo rammen, sonst funktioniert das alles nicht!«

»Das wird einen gewaltigen Aufprall geben und einen Totalschaden verursachen und nebenbei bemerkt, wenn's blöd läuft, wir könnten auch alle komplett draufgehen!«

»Wenn du Angst hast, das durchzuziehen, dann mach ich das alleine!« Carla versetzte Bruno einen Stoß in die Seite, der in seinem muskulösen Körper aber wirkungslos verebbte.

»Auch wenn dann rauskommt, dass es ein abgekartetes Spiel der Agentur Nachtigall war und kein Unfall.«

»Angst?« Bruno lachte und legte den Schalter auf volle Kraft um. »Kenn ick nich! Leichen ausgraben, Boote mit lebenden Menschen drauf rammen und zum Kentern bringen, also ich sach ma so: Langweilig isset mit dir nicht!«

Das Boot sprang ruckartig nach vorn, Carla musste sich festhalten und nun wurde ihr doch etwas mulmig, als sie stetig näher auf die anderen zurasten.

»Festhalten oder springen?«, rief Bruno.

»Witzbold!«, dachte Carla und sah gerade noch, wie Wally Joachim neben sich zerrte, nur Zehntelsekunden, bevor die beiden Boote zusammenprallten.

Carla wurde weit nach vorn geschleudert, mit der Stirn gegen die Reling, und fiel dann rückwärts ins Wasser. Sie hörte einen gewaltigen Schlag, das Splittern von Metall und Holzteilen und das seltsame Spucken der Motoren, all das vermischte sich dann mit dem Gluckern von Wasser in ihren Ohren. Sie ging unter, verschluckte sich, strampelte dann instinktiv mit den Füßen, von denen sich ihre schwarz-weiß gepunkteten Ballerinas gerade verabschiedeten und nach unten strudelten.

Aber sie tauchte nun wieder auf. Schwer und kalt klebten die Kleider an ihrem Körper und zogen sie nach unten. Sie japste und rang nach Luft, während sie sich nach den anderen umschaute. An ihren Augen fühlte sich was komisch an, aber sie konnte alles sehen.

Die ineinander verkeilten Boote trieben sehr viel weiter entfernt von ihr, als sie gedacht hatte. Wo war Wally? Bruno? Joachim? »Wally!«, rief sie. »Bruno! Joachim!«

Hatte sich jemand verletzt, war jemand bewusstlos? Hektisch schwamm sie zu den Booten hin, tauchte untendrunter durch.

Da schwebte jemand im schlammigen Grün des Sees. Sie kraulte auf die Gestalt zu, ein Mann, doch hoffentlich nicht Bruno? Ihr wurde schlagartig noch kälter, was, wenn Bruno ernsthaft verletzt war? Keine Sekunde hatte sie gedacht, dass so ein vorgetäuschter Unfall echte Opfer kosten könnte. Sie kraulte schneller, dann erkannte sie, dass es Joachim war, komischerweise saß seine Sonnenbrille noch auf der Nase.

Sie griff unter seine Achseln und zog ihn mit sich nach oben, wie sie es bei den Rettungsschwimmern gelernt hatte. Das hatte sie ihrer Mutter zu verdanken, die früher überzeugte Eisbaderin gewesen war und fand, dass jeder bei der DLRG eine Ausbildung zur Rettungsschwimmerin machen sollte. Bei dem Manöver rutschte die Brille von Joachims Nase und strudelte davon. Aber dafür hatte sie jetzt keine Zeit, sie musste ihn hochbringen. Nur weil sie das früher oft geübt hatte, schaffte Carla es, den schweren Mann nach oben zu ziehen. Verdammt, wo waren Bruno und Wally?

Nachdem sie Joachim an die Oberfläche gebracht hatte, fiel ihr auf, dass ihre Sicht verengt war, irgendetwas war mit ihren Augen passiert, aber jetzt war es das Wichtigste, ihn wach zu kriegen. Sie ohrfeigte ihn, aber er reagierte nicht. Was, wenn er beatmet werden musste? Hier allein mit ihm im Wasser konnte sie das nicht schaffen, sie musste sich irgendwo festhalten.

Sie schwamm mit ihm zum Boot hin und suchte etwas, woran sie sich einen Moment ausruhen konnten. Oder war das dämlich? Was, wenn längst Benzin ausgetreten war? Gleich alles in die Luft fliegen würde? Daran hatte sie noch überhaupt nicht gedacht, vielleicht lieber zu einer weiter entfernten Boje?

Forschend musterte sie die Wasseroberfläche, nirgends verdächtig schillernde Regenbogenschlieren auf dem Wasser, es roch auch nicht nach Benzin, nur nach Wannseeschmodder.

Sie hob den Nacken und spähte auf das Boot. Wasser tropfte

ständig in ihre Augen, die sich komisch anfühlten, und sie konnte nichts tun, weil ihre Hände damit beschäftigt waren, Joachim festzuhalten.

Da lag etwas.

Füße?

Sie kniff die Augen zusammen, ahh, das tat weh, trotzdem konzentrierte sie sich.

Ja, das waren Füße, große Füße, aber eindeutig die von einer Frau.

Wally!

Sie zog einen Arm unter Joachims Achsel weg und hämmerte mit der Faust auf das weiße Metall vor ihr. »Wally!«, keuchte sie. »Wally! Wally! Komm, wach auf, hilf mir!«

Nichts. Sie hämmerte, so fest sie konnte. Joachim rutschte ihr weg, sie musste ihn wieder mit beiden Armen halten. Aber sie rief weiter.

Ein Geräusch, ein Stöhnen.

»Wally!«, brüllte sie jetzt.

Hinter ihr plätscherte es. Sie drehte den Kopf und sah Bruno, der zielstrebig auf sie zukraulte. Er schien unverletzt, seine dunklen Locken klebten am Kopf, wodurch das Gesicht mit den starken Wangenknochen und seinen großen Augen noch viel eindringlicher wirkte. Stark und klar. Unglaublich, schoss es ihr durch den Kopf, wie kann mir das ausgerechnet jetzt auffallen, wo doch Menschen in Gefahr sind.

Mit einem leisen Schnaufen hielt er vor ihr inne, hob sein Gesicht zu ihr und sah voller Sorge in ihre Augen, er wirkte bestürzt.

»Oh«, sagte er und schnappte nach Luft. »Kannst du überhaupt irgendetwas sehen?«

»Ja, dich«, dachte Carla, Wassertropfen perlten über sein Gesicht, glitzerten bei jedem Atemzug in der Sonne, strahlend wie ein Gott des Wassers, und sie wünschte sich nichts mehr,, als Joachim einfach loszulassen und sich wortlos an Brunos Brust zu schmiegen.

»Geht schon«, sagte sie hastig. »Ich mach mir Sorgen um Joachim. Kannst du erkennen, ob er atmet? Sein Herz schlägt, das kann ich fühlen, aber sein Puls rast. Und ich glaube, dort oben liegt Wally, aber sie rührt sich nicht!«

Bruno paddelte sachte noch näher und beugte sich über Joachim, den Carla immer noch festhielt, während sie mit den Füßen strampelte, um nicht zu sinken.

»Er atmet«, sagte Bruno, »aber es wäre besser, wenn er zu sich käme! Warte, ich nehme ihn dir ab, dann kannst du dich um Wally kümmern!«

Er schwamm neben Carla, griff nach Joachims Schultern und rüttelte ihn. »Ich mach das schon!«

Carla wendete sich wieder den Booten zu. Die Füße waren immer noch zu sehen, wirkten aber genauso leblos wie vorhin. Sie versuchte sich hochzustemmen, schaffte es aber erst im dritten Anlauf. Dann streckte sie ihre Hand aus und verpasste knapp die nähere Fußsohle. Sie biss die Zähne zusammen, holte tief Luft und schaffte sich noch ein paar Zentimeter weiter vor, bis sie mit einer Hand eine Ferse erreichte.

Kalt. Sehr kalt!

»Hey«, rief sie, »Wally, wenn du meine Hände fühlen kannst, wenn du mich hören kannst, dann beweg deine Zehen!«

»Wally?«

Es blieb still.

Carla starrte die Zehen an. Unwillkürlich vermischte sich dieser Anblick mit dem Fuß ihrer Mutter, mit der Ofenkachel drin, bevor man ihr das Bein hatte abnehmen müssen.

»Wally! Bitte, wenn du mich hören kannst, beweg deine Füße!«

Eine große Zehe zuckte kaum wahrnehmbar, vielleicht

hatte sie sich das nur eingebildet? Sie hielt die Luft an und starrte ganz genau hin. Da! Jetzt bewegten sich beide Großzehen, dann wackelten auch ein paar von den anderen Zehen.

Erleichterte Tränen schossen Carla in die Augen und nun sah sie einen Moment lang gar nichts mehr. »Wie geht es dir?«, rief sie.

»Nicht gut.« Wally ächzte mehr, als sie sprach. »Ich bin komisch eingeklemmt! Ein Arm hängt über Bord im Wasser, der andere hängt irgendwie fest. Ich kann mich nicht rühren!«

Carlas Puls ging schlagartig noch schneller, hatte ihr ach so guter Plan schon wieder einen Menschen zum Krüppel gemacht?

»Tut es weh?«, fragte sie. »Kannst du denn deine Hände fühlen?«

»Die im Wasser schon, dit is kalt ... mir ist übel und schwindelig, dit is komisch, ick lije doch schon, oder?«

Ein sehr schlechtes Zeichen, auf gar keinen Fall durfte Wally auch noch ohnmächtig werden.

»Tut mir sehr leid, versuch unbedingt ruhig weiter zu atmen, ich schwimme jetzt auf die andere Seite! Da komme ich vielleicht besser an dich dran!«

»Carla!«, rief Bruno hinter ihr. »Haltet durch, ihr zwei, da kommt ein Motorboot auf uns zu, ich glaube, das ist jemand von der DLRG!«

Gott sei Dank, dachte Carla, während sie um das Boot herumschwamm. Auf der rechten Seite hing etwas ins Wasser, ein bleicher Ast, wie angespültes Treibgut. Sie versuchte ihre Augen stärker zu fokussieren, aber ihre Lider waren zu sehr angeschwollen. Erst als sie näher herankam, erkannte sie Wallys Arm, der, den sie mit dem Briefmesser verwundet hatte.

»Wally!«, rief sie, doch es rührte sich nichts, der Arm bewegte sich nicht. Carla fröstelte und fing an zu zittern, aber das kam nicht von außen, nicht vom kalten Wannseewasser.

Panik vereiste ihren Magen, während ihre Brust schwer wurde von den frostigen Schlägen ihres Herzens. Wally musste am Leben bleiben, sie gehörten doch jetzt zusammen.

Durch das dunkle Rauschen in ihren Ohren hörte sie ein Brummen, das näher herankam, Rufe hallten über das Wasser, jemand packte sie an ihren Oberarmen, zog sie aus dem Wasser und dann versank alles in Dunkelheit.

# Kapitel 42

Am nächsten Morgen würgte Carla unter den anklagenden Blicken und dem eisigen Schweigen ihrer Mutter ihr Frühstück runter. Ja, sie hatten es mit ihrer waghalsigen Aktion wirklich geschafft, Joachim zu retten, und das, ohne Wally zu verraten, doch ihre Mutter wusste ja von alldem nichts und war überzeugt, dass Wally allein durch Carlas Schuld beinahe gestorben wäre.

Als Carla gestern Abend nach Hause gekommen war, hatte ihre Mutter beim Anblick ihrer Tochter tatsächlich einen Moment lang die Fassung verloren. Nachdem sie dann jedoch erfahren hatte, dass Wally noch im Krankenhaus unter Beobachtung stand, hatte sie Carla wortlos eine Tube mit Make-up in die Hand gedrückt. Auf Carlas überraschtes Fragen hin hatte sie ihr erklärt, dass sie damit die scheußlichen Blutergüsse unter ihren Augen abdecken sollte, aus Rücksicht auf die Menschen, die sie ansehen mussten.

Carla zwang sich trotz der empörten Blicke ihrer Mutter etwas zu essen, weil sie wusste, dass ein harter Tag vor ihr lag. Wegen des Unfalls musste sie noch mal zum Bootsverleih und dann ins Krankenhaus zu Wally und Joachim. Auf dem Weg dorthin wollte sie bei Mucki vorbeigehen und durchlesen, was er im Archiv über die Miss-Berlin-Wahl gefunden hatte. Außerdem hatte Achim ihr die Ergebnisse zu den Dackelhaaren versprochen, die sie gestern Morgen auf dem

Weg zum Wannsee noch bei seinem Assistenten abgegeben hatte.

Gestern Abend war sie von Lulu vom Krankenhaus abgeholt worden. Nachdem die sich vergewissert hatte, dass Carla keine bleibenden Schäden davongetragen hatte, hatte sie wissen wollen, warum ausgerechnet ihre arbeitswütige Nichte unter der Woche einen Ausflug zum Wannsee unternahm, wo doch der Mord an Henny immer noch nicht zweifelsfrei geklärt war.

Der stellvertretende Polizeichef hatte Lulu verraten, dass man in Kürze Johanna freilassen würde, weil die ein unerschütterliches Alibi hatte. Denn an dem Treffen der Wiking Jugend, bei dem Johanna gewesen war, hätten auch Kollegen aus seiner Abteilung teilgenommen. Kollegen, die empört waren, als ihnen zu Ohren gekommen war, dass man eine so ehrbare Frau wie Johanna Gandermann in der Haft behielt, obwohl klar war, dass ihr Geständnis falsch war. Nur ein Beweis für den edlen Charakter einer deutschen Mutter, die alles gegeben hatte, um ihre Tochter zu beschützen. Und nebenbei bemerkt sei der Grieser sehr enttäuscht, dass Carla immer noch keinen Termin für das Ricci bestätigt hatte.

Hektisches Klopfen an der Wohnungstür durchdrang die stumme Frühstückshölle und riss Carla aus ihren Gedanken. Sie sprang geradezu auf, eilte durch den Flur zur Tür und öffnete.

Vor ihr stand die kleine Katrin, in der einen Hand ihren ledernen Schultornister, in der anderen eine Zeitung und starrte sie an, als wäre sie ein Geist. Bei Carlas Anblick wurde ihr Gesicht schlagartig so farblos wie ausgebleichte Knochen. Stumm schluckte sie ein paarmal, dann wedelte sie mit der rechten Hand, mit der sie die Titelseite der ›Morgenpost‹ – *»Frau am Steuer: ungeheuer und mordsteuer«* – hielt. Dann brach es rau aus ihr hervor: »Die Abscheulichen ham jesacht, dit ihr zwee det seid und mausetot im Wannsee liecht.« Sie fing an zu schluchzen, ließ mit einem Knall den Tornister und die Zeitung fallen, trat vor und umklammerte Carlas Taille. Mit aller Kraft presste sie sich an sie dran, zitterte am ganzen Körper und beruhigte sich nur langsam.

Ein Gemisch von zartem Kinderschweiß und Heu und Kakao stieg in Carlas Nase.

»Dit wär ja …« Katrins Stimme erstickte nun völlig, weil sie ihr Gesicht so fest in Carlas Bauch presste. »Wenn du …«

»Du darfst nicht alles glauben, was in der Zeitung steht! Uns geht's gut, der Wally auch.« Hoffentlich, dachte Carla. Hoffentlich.

»Und wat is'n mit deim Jesicht?«

»Das nennt man ein Brillenhämatom!« Carla benutzte den Fachbegriff, weil sie wusste, dass Katrin besondere Worte sammelte. »Ist nur ein fieser Bluterguss unter beiden Augen, nichts Schlimmes.«

»Und der Bobbermann?«

»Der hat eine Prellung am Knie und muss es schonen.«

Katrin schluchzte noch einmal hingebungsvoll auf, dann ließ sie Carla wieder los. »Die Pallutzke kommt auch jleich, hat se mir jesacht und die is in ihrm schwarzen Sonntagsstaat und denn dacht ick, die Abscheulichen ham recht und ihr seid hin. Und vor deim Büro sitzt wer.« Sie schniefte und wischte mit ihrem Unterarm die Tränen weg.

»Jetzt weißt du ja, dass alles gut ist. Geh doch rein zu meiner Mutter und sag ihr, dass die Pallutzke auf dem Weg ist und ich mal eben ins Büro schaue und sie dir ein Stück Kuchen für die Schule mitgeben soll. Da gehste jetzt nämlich schleunigst hin! Heute Nachmittag bin ich zurück, dann kommst du noch mal bei mir vorbei und ich erzähl dir alles, ja?«

»Aber …«

»Nee keen aba nich, du holst den Kuchen und denn ab in

die Schule!« Carla schob Katrin in die Wohnung, schnappte sich den Schlüssel, Mantel, Handschuhe und ihre Tasche und lief runter zur Agentur.

Es war Freya, die schon wieder auf der Treppe kauerte. Die Haare ganz und gar nicht mehr wie von René Waltz frisiert und ihr Tweed-Kostüm wirkte, als ob sie darin geschlafen hätte.

»Ich habe sehr viel zu tun!« Carla schloss hastig die frisch lackierte Agenturtür auf, weil sie von unten schon die leise ächzende Pallutzke ranschlurfen hörte.

Freya folgte ihr und setzte sich vor ihren Schreibtisch. Überrascht reagierte sie erst jetzt auf die tiefblauen Flecke unter Carlas angeschwollenen Augen, wahrscheinlich waren ihr die im spärlich beleuchteten Treppenhaus entgangen.

»Arnica D 12 Globuli! Das sieht böse aus und ich weiß, dass Ärzte nicht dran glauben. Auch wenn Sie mit Homöopathie nichts am Hut haben, kann ich das nur wärmstens empfehlen. Ich lasse Ihnen welche liefern. Dreimal täglich 5 Globuli unter die Zunge, dann heilt das viel schneller.«

»Das ist nicht nötig.« Carla dachte an die präparierten Pralinen. »Was wollen Sie?«

»Ich habe mit dem Verlag gesprochen. Sie bieten an, das Buch ab der nächsten Auflage unter dem Namen von Sara Jakob erscheinen zu lassen und anfallende Tantiemen an deren Erben auszuzahlen.«

»Da fehlt aber eine öffentliche Entschuldigung sowohl vom Verlag als auch von Ihrer Mutter. Außerdem das klare Eingeständnis von Ihrer Mutter, dass sie das Buch nie geschrieben hat und sie ihren Ruf auf einer Expertise aufgebaut hat, die sie einer jüdischen Hebamme gestohlen hat. Außerdem bestehen wir auf einer finanziellen Entschädigung für die entgangenen Tantiemen.«

»Die Baronin sagt, dass niemand so etwas drucken wird.«

»Sie hat nicht die Kontrolle über jede Zeitung in der Welt.«

»In dieser Sache teilt Willy die Meinung seiner Patentante.«

Diese Neuigkeit erwischte Carla kalt. Er war ihr Patenkind, natürlich! Nur weil sie behauptet hatte, es ginge der Partei um Recherchen zu Willys Leben, hatte sie überhaupt erst mit ihr geredet. Aber wenn die Baronin nicht wollte, dass man über Johanna, die Horrorhebamme, schrieb, warum hatte sie Carla dann auf deren Spur gelockt?

»Und Sie finden das richtig, was Ihre Mutter treibt?«

»Sie ist eine gute Hebamme.«

»Das ist keine Antwort. Die Wiking Jugend? Der Ku-Klux-Klan? Wirklich?«

»Das nennt man Meinungsfreiheit. Steht im Grundgesetz. Tolerare kommt doch von ertragen. Toleranz bedeutet, die Meinung der Andersgläubigen ertragen zu können.«

Freya drehte die ganze Zeit an ihrem Verlobungsring, ohne ihn anzuschauen. Bei dem Anblick des goldenen Rings dachte Carla wieder an Irma und daran, dass sie Wally versprochen hatte, die Grab-Müllers erst bei der Polizei zu melden, wenn Joachim sicher in Bayern angekommen war.

»Bitte«, sagte Freya, »*ich muss* mit jemandem sprechen, dem ich vertrauen kann.«

»Es gibt keinen Grund, mir zu vertrauen, wir stehen auf verschiedenen Seiten.«

»Soll meine Mutter für etwas verurteilt werden, was sie gar nicht getan hat?«

Warum nicht, Justitia geht manchmal seltsame Wege, dachte Carla und blieb stumm.

»Sie würden den wirklichen Mörder Ihrer Klientin also davonkommen lassen?«

»Nein, das auf keinen Fall!«, sagte Carla. Plötzlich sah sie Henny vor sich, glücklich und verschwitzt, wie sie plante, das geerbte Vermögen in Stiftungen zu verwandeln, und dann so zart und tot auf dem Stahltisch von Achim. Ihr fielen die Dackelhaare wieder ein.

»Also machen Sie es kurz, ich werde im Krankenhaus erwartet!«

»Ich war in meinem ganzen Leben noch nie so verliebt, ich wusste nicht, dass man so fühlen kann.«

»Die Kurzversion bitte!«

»Es geht um Willy. Schon seit einiger Zeit habe ich anonyme Briefe erhalten, in denen es hieß, Willy wäre viel zu gut für mich, ich wäre nicht die Richtige für ihn, denn er würde andere mehr lieben als mich. Ich habe das abgetan, gedacht, das wäre von einer abgelegten Freundin oder von einem neidischen Parteikollegen. Doch genau wie Rost, der sich in den härtesten Stahl fressen kann, haben diese Briefe mir zugesetzt. Ich fing an, ihn beobachten und mir fiel auf, wie viel Zeit er mit seiner angeblichen Nichte verbracht hat. Zu ihr war er immer sehr zärtlich, er brachte ihr einfach so Geschenke und hörte ihr zu, wenn sie etwas erzählte. Ich fing an zu glauben, Elsa wäre seine Geliebte und sie hätte mir die Briefe geschickt, um mich zu vergraulen, damit sie ihn ganz für sich allein haben kann.«

»Haben Sie Elsa deshalb mit vergifteten Pralinen und Kakao gefüttert? Wollten Sie dieses minderjährige Kind umbringen?«

Freya errötete und sah auf ihre Hände »Nein, natürlich nicht!«

»Sondern?«

»Ich schäme mich wirklich. Ich war verzweifelt. Sie hätten sie sehen sollen, als er sie aus der DDR hierhergebracht hat. Eine solche Schönheit! Mutter fand, es wäre ein Zeichen für seinen Familiensinn, wenn ein viel beschäftigter Mann sich so um seine Verwandten kümmert, er hat Gott weiß was in Bewegung setzen müssen, um Elsa hier rüberzukriegen.«

Carla stand auf. »Kommen Sie heute noch mal auf den Punkt, was haben Sie ihr gegeben?«

»Nein, bitte, bleiben Sie. Also, ich … wollte ihr ja nichts Böses, nur dass sie etwas weniger ansehnlich ist.«

»Es ist böse, jemandem ohne sein Wissen Lithium zu verabreichen.«

Freya riss überrascht die Augen auf. »Woher wissen Sie das?«

Carla zuckte mit den Schultern und forderte sie ungeduldig mit der Hand auf weiterzureden.

»Schon gut, ja, ich habe ihr Lithium gegeben, manche reagieren mit einer Lithium-Akne darauf.«

Was für eine reizende Familie, dachte Carla.

»Aber auch das hat nichts an Willys Hingabe für sie geändert.«

»Warum erzählen Sie mir das? Ich müsste längst im Krankenhaus sein!«

»Weil ich wegen meiner dummen Eifersucht Willy an dem Abend der Hebammengala verfolgt habe. Seit dem Treffen mit Henriette Hirschel und Ihrer Tante war er wie ausgewechselt und redete plötzlich mehr mit meiner Mutter als mit mir. Einmal habe ich gehört, wie sie ihm gesagt hat, dass sie nicht immer alles für ihn in Ordnung bringen kann. Ich hatte von den Gerüchten gehört, dass sie ihm früher mal geholfen hatte, bei so einer Sache …« Freya starrte ihren Verlobungsring an, als wäre er verhext.

»Mit *dieser Sache* meinen Sie, dass Ihre Mutter sein unerwünschtes Kind abgetrieben hat. Kondome kommen wahrscheinlich für Ihren Verlobten nicht infrage, eine Abtreibung aber schon. Und weiter?«

»Jedenfalls hat er Henriette Hirschel an dem Abend einen Besuch abgestattet. Er hat sein Auto ein paar Straßen entfernt abgestellt, ich wusste erst gar nicht, wo er hinwollte. Normalerweise fährt er bis vor die Tür. Denn er hasst jeden Millimeter, den er zu Fuß gehen muss. Das ist so ein Kriegsding. Ich bin ihm dann gefolgt.«

Wissmuth war bei Henny, aber warum? Der hatte doch nichts mit dem Hebammenbuch zu tun, oder hatten ihn die Gandermanns bevollmächtigt?

»Willy war bestimmt eine Stunde drin bei ihr, aber sie hat noch gelebt, als er ihr Haus verlassen hat. Ich habe ihre Silhouette durch die Gardinen im Wohnzimmer gesehen, nachdem er wieder draußen war. Weil ich nicht wollte, dass er mich bemerkt, bin ich schnell ein Stückchen weiter in die entgegengesetzte Richtung gegangen und habe eine Zigarette geraucht. Dann erst habe ich mich wieder umgedreht und bin zurück zu meinem Auto.

Als ich an Frau Hirschels Haus vorbeigegangen bin, kam mir eine Frau mit ihren Hunden entgegen. Ich habe sie angesprochen und die netten Dackel gestreichelt, die waren so viel hübscher als Willow. Dann bin ich weitergegangen, an der Ecke hab ich mich noch mal umgedreht und gesehen, dass die Frau rein ist, ins Haus von der Frau Hirschel.«

»Was meinen Sie denn mit rein?«

»Sie hatte einen Schlüssel, deshalb dachte ich, es wäre die Haushälterin.«

Interessant, dachte Carla. Dackel.

»Können Sie sie beschreiben? Wie alt war sie?«

»Viel älter als ich. Obwohl sie reichlich Speck um die Hüften hatte, trug sie Hosen.« Freya überlegte einen Moment, bevor sie weiterredete. »Und so eine Jacke wie diese Eiskunstlauf-Trainerinnen aus dem Ostblock und sie hatte eine schreckliche Dauerwelle, so eine, wie sie René nie machen würde, graue Würmer, die sich um den Kopf schlängeln.«

Schlüssel, das könnte Lulu sein, vielleicht verkleidet für diesen Jungfilmer. Die Dackel und die Haare, das passte eher auf

Bertha, doch das ergab zumindest auf den ersten Blick nicht den geringsten Sinn.

»Warum haben Sie keine Aussage bei der Polizei gemacht?«

»Sollte ich schlafende Hunde wecken? Bis jetzt weiß niemand, dass Willy dort war. Und wenn ich behaupte, Frau Hirschel hätte noch gelebt, als er gegangen ist, wer würde mir glauben? Wir stehen kurz vor der Hochzeit! Denken Sie doch nur mal an diesen Film mit Marlene Dietrich, ›Zeugin der Anklage‹.«

»Und warum sind Sie dann hier?«

Freya traten Tränen in die Augen. »Ich wusste immer, dass ich ihn mehr liebe als er mich. Willy ist ein großartiger Mann, weshalb er vielen Versuchungen ausgesetzt ist. Heute zum Beispiel trifft er sich ab mittags mit den Veranstaltern der Miss-Berlin-Wahl im Berlin Hilton am Tiergarten und in der Jury mit dabei ist Petra Schürmann, die Miss World von 1956, und Gott weiß wer noch alles. Verstehen Sie, ich bin endlich aufgewacht und möchte alle seine Geheimnisse vor der Ehe kennen.«

Nicht empfehlenswert, dachte Carla.

»Ich will alles wissen und ich kann Ihnen sofort einen großen Vorschuss bezahlen.«

»Das geht leider nicht«, sagte Carla, stand auf und reichte Freya die Hand. »Da besteht ein Interessenkonflikt. Ich empfehle Ihnen gern jemanden. Jetzt muss ich wirklich dringend los.«

Auf dem Weg zum Ullsteinhaus überlegte Carla, was ihr neues Wissen zu bedeuten hatte. Ganz sicher hatten die beiden etwas mit Hennys Tod zu tun, aber was hatten sie bei Henny gewollt? War einer von beiden Hennys Mörder? Oder war das Ganze nur eine perfide Räuberpistole, die Freya ausbaldowert hatte, um von ihrer Mutter und sich selbst abzulenken?

# Kapitel 43

Eine aufreizend gut gelaunte Krankenschwester hatte Wally gefühlt kurz nach Mitternacht mit einem zwitschernden »Guten Morgen« geweckt, um Puls, Blutdruck und Fieber zu messen. Seitdem lag sie wach in ihrem Einzelzimmer und nach dem Frühstück – Schrippe, Scheiblettenkäse mit schwachem Hagebuttentee – lechzte sie erst recht nach einem Kaffee und Gesellschaft, konnte aber nirgends hin, weil sie fest am Tropf hing.

Wenigstens, dachte sie, hat die Zusammenarbeit mit Carla dieses Mal nicht zu einem Holzkreuz in der Schulter geführt, das so ungewöhnlich war, dass man wie eine Monstrosität den Studenten im Hörsaal gezeigt werden muss.

Bei dem Bootsunfall hatte es ihr rechtes Handgelenk erwischt und jeder – beim Untersuchen, beim Röntgen und beim Eingipsen – hatte ihr zu dem wunderbar unkomplizierten Bruch gratuliert.

Tatsächlich war der Problemarm der linke, die Schnittwunde von dem Brieföffner hatte sich im Wannseewasser entzündet und nur deshalb lag sie hier unter Beobachtung und wurde mit Penicillin vollgepumpt.

Immerhin war Joachim gerettet und befand sich ein Stockwerk weiter oben, stand aber wegen der schweren Gehirnerschütterung auch unter Beobachtung. Glücklicherweise war Bruno mit einer Knieprellung davongekommen, den hatten sie dann gleich nach Hause geschickt, genau wie Carla.

Der Polizei gegenüber hatten Carla und sie erfolgreich die Dummchen gespielt, die zu schnell gefahren waren und deshalb leider die Kontrolle über das jeweilige Steuer verloren hätten. Die Beamten kauften ihnen das anstandslos ab und ermahnten Bruno und Joachim, weil sie sich zu »sowas« hatten breitschlagen lassen. Erfreulicherweise war Joachim von der Gehirnerschütterung so durcheinander, dass er still blieb und Bruno reden ließ. Bruno! Sie seufzte. Tropfnass von oben bis unten hatte er, anders als Joachim, kein bisschen lächerlich gewirkt, sondern stark und mächtig wie ein wütender Neptun, den man gezwungen hatte, sein Element zu verlassen.

Die Polizisten hatten ihn sofort als Anführer akzeptiert und nichts von dem hinterfragt, was er über seine temperamentvolle und eigensinnige Freundin zum Besten gegeben hatte.

Die Tür wurde ohne Anklopfen aufgerissen, leise quietschende Schritte kamen näher, Wally musste nicht hochschauen, um zu wissen, dass das eine Krankenschwester war, denn Ärzte glitten auf Ledersohlen heran. Aber sonst bewegten sich die Schwestern immer viel schneller, sie sah hoch.

»Mittagessen!« Die Schwester wedelte mit einem Tablett. Wally riss die Augen auf, vergewisserte sich, dass das keine Fata Morgana war, und tastete hektisch mit der rechten Hand nach dem Rufknopf.

Die Schwester war schneller und zog den Rufknopf aus der Buchse. Wallys Puls erhöhte sich schlagartig, aber sie gab sich ruhig, zuckte mit der Schulter und musterte Bertha.

Die bewegte sich in der Schwesterntracht, als wäre sie darin geboren. Schlagartig erinnerte sich Wally an das Gruppenfoto vor der Krankenschwesternschule in Johannas Schlafzimmer, von dem sie Carla noch immer nichts erzählt hatte. Dabei war das vielleicht viel wichtiger, als sie zuerst gedacht hatte.

Bertha trat näher, schwenkte routiniert die seitliche Platte vom Nachttisch vor Wallys Bauch und stellte mit einem Knall das hässliche graue Plastiktablett darauf ab. Ein schwacher Geruch von Brühwürfeln und Spülwasser stieg in Wallys Nase.

Als Meisterin der Tarnung hatte Bertha dafür gesorgt, dass sich tatsächlich ein Teller dünne Linsensuppe mit zwei Scheiben Graubrot auf dem Tablett befanden, ein Schälchen mit kupfergrünem Wackelpudding als Nachspeise und ein Glas mit dünnem Orangensaft.

Natürlich war es klüger, nichts davon zu essen, immerhin kam das von Bertha. Entschieden schob Wally das Tablett mit dem eingegipsten Arm von sich weg.

»Hab keinen Hunger!«

»Ist nicht vergiftet, obwohl du es verdient hättest!«, sagte Bertha in dem bemühten Ton, mit dem sie Irma oder Peter gern die Welt erklärte. »Ich hab's der kleinen Schwesterschülerin im Gang abgenommen. Genieß es lieber, denn du bist nur noch am Leben, weil ich mich bei meinem Vorgesetzten für dich starkgemacht habe.«

Falls das stimmte, dann brauchte man sie noch für etwas.

Bertha griff sich den Wackelpudding und einen der Blechlöffel, setzte sich vertraulich auf die Bettkante und fing an davon zu essen.

»Nicht übel.« Sie nickte wohlwollend. »Ich sage es nur ungern, aber es war ein Fehler, den Ring nicht einfach einschmelzen zu lassen.«

Wally fand es noch beängstigender, wenn Bertha in einem launigen Plauderton mit ihr redete, als wären sie alte Freundinnen.

»Weißt du, Peter hat mich überrumpelt und ich hab getan, was immer schlecht ist – improvisiert und von der Jablonsky gefaselt, ohne die Konsequenzen zu bedenken.« Sie lächelte so, dass Wally die vom Wackelpeter grünen Zähne sehen konnte.

»So dumm wie das, was du auf dem Wannsee versucht hast. Allerdings habe ich trotz allem immer noch die besseren Karten. Hier ist deine Option: Du hältst zu deinem eigenen Schutz den Mund und sorgst dafür, dass die andere Nachtigall kein bisschen singt. Dazu lieferst du uns jeden Fitzel von dem Material, was Joachim uns gestohlen hat. Versuch nicht, dich rauszureden. Wenn du mir nichts bringst, zwingst du mich, hier noch mehr aufzuräumen.« Sie stellte das leere Schälchen zurück aufs Tablett.

Oder Gott zu spielen, ergänzte Wally. Ihr wurde ein bisschen flau und das kam nicht von ihrem leeren Magen.

»Lass dir die Suppe lieber schmecken!«, sagte Bertha mit diesem Marionettengrinsen »Essen hält Leib und Seele zusammen! Wir sehen uns, aber bis dahin gibt es viel zu erledigen!« Beim Rausgehen schloss sie leise die Tür.

Angewidert schob Wally den Nachtisch zur Seite. Sie atmete tief durch und versuchte sich zu beruhigen. Was hatte Bertha vor? Wo wollte sie hin? Joachim würde sie natürlich für eine Pflegeschwester halten und ihr vertrauen und Gott allein wusste, was sie mit ihm vorhatte. Bis Bertha zur Tür reingekommen war, hatte Wally tatsächlich geglaubt, sie wären hier in Sicherheit.

Mit der rechten Hand schlug sie die Bettdecke zurück, schob mit der linken den Tropf um das Bett herum und schwang die Beine über die Bettkante. Das dauerte alles ewig, sie war verdammt noch mal ganz schön schlapp.

Sie betrachtete den Zugang in ihrem Arm, seufzte, dann zog sie mit einem Ruck die Kanüle aus ihrer Vene und drückte, eingeschränkt von dem Gips am anderen Arm, ein bisschen zu spät auf die Wunde, um den Blutfluss zu stoppen. Das lief sehr viel schneller, als sie gedacht hatte, was für eine elende Sauerei, aber sie musste los und Joachim warnen.

Sie hielt sich nicht damit auf, die feuchten Sachen von gestern anzuziehen, und machte sich barfuß und im Krankenhausnachthemd auf den Weg zu Joachims Zimmer.

Als sie aus der Tür trat, stand Bertha mit einem leeren Rollstuhl davor und schüttelte den Kopf. »Taxi gefällig?«

# Kapitel 44

Bei Carlas Anblick zog Mucki eine seiner Augenbrauen hoch, dann schüttelte er den Kopf. »Juut, dit der Vati det nich mehr erleben muss! Hoffentlich sieht der andere schlimmer aus …«, sagte er grinsend, behielt aber die Mappe mit den Artikeln und wollte ihr die erst geben, wenn sie ihm verriet, welcher Trottel diesen Bootsunfall verursacht hatte. Sein Freund Heinz, der vom Grenzübergang, und er, sie würden sich den mal so richtig vornehmen, denn man wüsste ja, dass die Reichen immer davonkämen.

Zum ersten Mal seit dem Unfall musste Carla lachen. Natürlich glaubte Mucki ihr kein Wort, als sie ihm versicherte, dass die Schlagzeilen stimmten. Wally und sie wären wirklich selbst schuld gewesen.

Erst als sie ihm erklärte, dass sie in Eile war, weil sie leider noch zu Wally ins Krankenhaus musste, reichte er ihr die Mappe mit den Unterlagen. Traurig sei das alles, sagte er mit einem leichten Kopfschütteln und Carla dachte zuerst, dass er damit ihren Unfall meinte, aber dann zeigte er auf eine zweite Mappe. »Allet zur Miss-Berlin-Wahl haste ja angeschafft … So schöne junge Mädchen und denn doch so unglücklich. Schönheit ist ebendt auch nicht alles!«, sagte er und klopfte dann demonstrativ auf sein leeres Hosenbein.

Carla hätte das Material am liebsten mitgenommen, aber das war verboten, und sie wollte auf keinen Fall, dass Mucki wegen ihr Ärger bekam. Er brachte ihr einen Kaffee und ein paar Schweineohren, damit sie schnell wieder zu Kräften käme. »So viel Zeit muss sein!«, sagte er.

Carla biss in den zuckrigen Blätterteig, spülte mit viel Kaffee nach und bedankte sich. Dann schaute sie zügig die Artikel durch, aber es dauerte viel länger, als sie gehofft hatte, denn sie musste bis in die kleineren und älteren Lokalmeldungen reinlesen, um die Namen von allen Teilnehmerinnen zu finden. In den Artikeln über die eigentliche Wahl fanden sich nämlich nur die Namen der drei vorderen Plätze.

Bis die Liste mit den Namen endlich vollständig war, hatte Mucki ihr zweimal nachgeschenkt und auf dem Teller waren nur noch ein paar Krümel übrig.

Bei einem Namen wurde sie stutzig. Den kannte sie. Niki Niemöller, das war der Name, den Ingrid, eine ehemalige Klientin, gern für ihre Abenteuer benutzt hatte. Seltsam, dass Ingrid nicht längst mit diesem Billy-Graham-Anhänger verheiratet war. Oder sie hatte geschummelt, denn an der Wahl durften nur unverheiratete Frauen teilnehmen. Ingrid war jedenfalls sicher nicht die Geliebte von Wissmuth, denn als Pharmavertreterin für Anovlar wusste sie, wie man eine Schwangerschaft verhindern konnte.

Aber jede der übrigen sechs konnte die gesuchte Nummer fünf sein. Beate Mager, Trischa Becker, Manuela Trost, Ricarda Lohr, Eva Klimm, Renate Dessau.

Lohr, da klingelte was. Ricarda Lohr, den Namen hatte Carla schon mal gehört. Aber wo?

Sie widmete sich dann der Mappe, bei der Mucki so traurig ausgesehen hatte. Es war ein Artikel über den Selbstmord einer jungen Tänzerin, die erst kürzlich an der Miss-Berlin-Wahl teilgenommen hatte. In dem Artikel wurde darüber spekuliert, ob der vermeintliche Misserfolg von einem nur fünften Platz zu ihrem Tod geführt hatte und was solche Misswahlen für die Psyche junger Frauen bedeuteten. Im Artikel stand der Name der Tänzerin nur abgekürzt. Ricarda L.

Tänzerin! Carla starrte auf den Artikel und erinnerte sich wieder … Henny, wie sie mit ihrem Anwalt telefonierte! *»Nein nicht mit zwei o, mit o-h wie die Stadt am Main!«* Das war eindeutig kein Zufall.

Aufgeregt überdachte sie die Fakten: Ricarda hatte an der Wahl teilgenommen, Henny wollte die Stiftung für Tänzerinnen mit Kindern Ricarda-Lohr-Stiftung nennen. Also war Ricarda schwanger gewesen, und auch wenn sie nicht sicher sein konnte, dass Ricarda die Nummer fünf war, von der Gaby erzählt hatte, so passte doch alles zusammen: Wissmuth hatte Ricarda zur Abtreibung gezwungen, die hatte das nicht verkraftet und Selbstmord begangen. Deshalb war Henny an dem Abend so wütend geworden, weil sie da erst den Namen von Freyas Verlobtem gehört hatte und ihr klar geworden war, dass es Wissmuth und Johanna gewesen waren, die Ricarda das angetan hatten. Aber was war danach passiert?

Allein schon die erzwungene Abtreibung hätte das Ende von Wissmuths Freundschaft mit Adenauer bedeutet, dieser Selbstmord wäre jedoch das Ende jeglicher Polit-Karriere. Adenauers zweite Frau war an den Folgen eines missglückten Selbstmordversuchs gestorben. Dazu war es zwar unter anderen tragischen Umständen gekommen, aber Adenauer würde sicher höchstpersönlich dafür sorgen, dass Wissmuth in der Politik erledigt war. Das wog viel schwerer als die Hochzeit mit der Tochter einer Nazihebamme. Es war für Wissmuth also um sehr viel mehr gegangen, als sie geahnt hatten.

Ihre Hände zitterten vor lauter Aufregung. Sie bat Mucki, das Material für sie abzufotografieren. Dann beschloss sie das Gespräch mit dem Bootsverleih zu vertagen und direkt mit dem Taxi ins Krankenhaus zu Wally zu fahren, um sie auf den neuesten Stand zu bringen.

# Kapitel 45

Carla bezahlte und verlangte eine Quittung, was der Taxifahrer mit einem Seufzen kommentierte. Während sie auf ihren Beleg wartete, fuhr ein Krankenwagen mit eingeschaltetem Blaulicht und ständig lauter werdendem Martinshorn vor die Notaufnahme, wo gerade ein Leichenwagen in die andere Richtung über den Parkplatz davonfuhr. »Vielleicht sattel ick denn um«, murmelte der Fahrer, als er ihr mit Blick auf den Leichenwagen die Quittung reichte. »Da haste sowat denn alles nich mehr an der Backe!«

Carla sparte sich einen Kommentar, griff nach der Tasche mit der Wechselkleidung, die sie für Wally mitgenommen hatte, und stieg aus.

Nachdenklich schritt sie durch die Eingangshalle zum Aufzug. Der Bootsunfall hätte auch anders ausgehen können. Sie hatten alle Glück gehabt, aber was, wenn Wallys Sepsis schlimmer geworden war? Was, wenn Joachim doch nicht nur eine Gehirnerschütterung hatte, sondern ein schweres Schädel-Hirn-Trauma? Was, wenn Brunos Bein beeinträchtigt blieb?

Nein, Bruno war stark und zuverlässig und er brachte sie zum Lachen und sicher vertrödelte er seine Zeit nicht damit, sich ständig alles rabenschwarz auszumalen. Sie wünschte sich, er wäre hier an ihrer Seite.

Der Aufzug kam immer noch nicht. Sie lief die Treppen zu Wallys Zimmer nach oben. Als sie etwas atemlos die Tür zu ihrem Zimmer öffnete, traute sie ihren Augen kaum. Schlimmer als eben gerade in ihrer Fantasie! Ihre Schwester lag fahl wie ein Höhlenfisch im Bett, all ihr Blut schien sich in die Flecken auf ihrem Nachthemd verabschiedet zu haben.

»Um Gottes willen, was ist denn hier los?«, fragte Carla.

»Bertha war hier! Und ich konnte nichts tun!« Wally hob müde ihren bandagierten linken und den eingegipsten rechten Unterarm gleichzeitig. »Sie weiß, dass wir hinter dem Unfall stecken!«

Carla trat näher an Wallys blutbesudeltes Bett. »Hat sie dir das angetan?«

»Nicht direkt. Sie kam als Krankenschwester rein und hat mir gedroht. Deshalb fing ich an, mir Sorgen um Joachim zu machen. Nachdem sie weg war, wollte ich ihn warnen. Ich hab mir die Kanüle rausgezogen und bin los, aber Bertha hat geahnt, was ich tun würde. Vor der Tür hat sie mir aufgelauert und mir die Oberschwester auf den Hals gehetzt. Die hat mich hier wieder reinbugsiert, während Bertha mit einem Rollstuhl abgehauen ist. Ich wollte mir das nicht gefallen lassen, hab mich gewehrt und um mich geschlagen. Die haben mir eine Beruhigungsspritze reingehauen und beinahe hätten die mich auch noch ›fixiert‹ wie so ne Irre, nur damit die renitente Patientin nicht noch mehr Schweinereien anrichten kann. Danach habe ich sie angefleht, dass die dich anrufen oder Bruno, aber keine Chance!«

»Und wo ist Bertha jetzt?«

»Das weiß ich nicht, aber du musst sofort nachschauen, ob mit Joachim alles in Ordnung ist! Ich ziehe mich in der Zwischenzeit an und bestehe darauf, mich zu entlassen, die können mich doch nicht gegen meinen Willen hierbehalten oder ist das in der BRD etwa möglich?«

»Natürlich nicht, aber du solltest bleiben, deine Wunde hat sich entzündet, Mutter hat so ihr Bein verloren!«

»Darum kümmer ich mich später!«

»Nur über meine Leiche, ich lasse nicht zu, dass noch mal sowas passiert!«

»Ich verspreche, mich mit allem Zeug vollzustopfen, was die Ärzte mir verordnen, aber erst wenn wir wissen, dass Joachim in Sicherheit ist!«

»Na gut!« Carla reichte Wally die Kleider, die sie mitgebracht hatte, und eilte in die Abteilung für Unfallchirurgie im zweiten Stock, wo sie Joachim gestern Abend das letzte Mal gesehen hatte.

Sein Bett war leer, die anderen drei Patienten dämmerten vor sich hin und waren nicht ansprechbar. Um die Schwestern nicht unnötig nervös zu machen, überprüfte sie zuerst, ob Joachim angesichts seiner trostlosen Zimmergenossen auf einen Kaffee und eine Zigarette unten in die Cafeteria gegangen war. Sie lief ins Erdgeschoss, weil der Aufzug wieder ewig nicht kommen wollte, aber auch dort keine Spur von Joachim.

Sie stürmte erneut nach oben und fragte bei der Stationsschwester nach ihm. Die schien fasziniert von Carlas Brillenhämatom und hielt ihr einen kleinen Vortrag darüber, wie wichtig es sei das zu kühlen, weil ihre Augen sonst womöglich noch völlig zuschwellen würden. Und Schwellungen waren nie gut. Dann teilte ihr die Schwester lapidar mit, dass Joachim schon vor über einer Stunde zum Röntgen abgeholt worden war. Mit einem abschließenden Kopfnicken erklärte sie das Gespräch für beendet.

Erst nachdem Carla eine Schachtel Zigaretten für die Kaffeekasse spendiert hatte, konnte sie die Schwester dazu bringen, in der Röntgenabteilung anzurufen. Doch dort ging niemand ans Telefon.

Mittlerweile sehr alarmiert ließ Carla sich erklären, wo sie die Abteilung finden würde: zwischen Bettenzentrale und Pathologie, vor der Leichenhalle im Untergeschoss. Den Leichen würde die Strahlung ja dann nichts mehr ausmachen, hatte die Schwester kichernd festgestellt und sich eine Zigarette angezündet.

Prompt lief Carla dann im Keller in die falsche Richtung, weil die Beschilderung sehr unübersichtlich war. Als sie die Röntgenabteilung endlich gefunden hatte, reagierte man dort verwundert. Von der Unfallchirurgie waren heute nur zwei Frauen mit Oberschenkelhalsbrüchen zum Röntgen dagewesen. Niemand hatte einen Mann im Rollstuhl gesehen.

Als Carla zurück zum Aufzug ging, öffneten sich die Aufzugtüren und zwei Pfleger schoben munter plaudernd ein leeres schmutziges Krankenhausbett Richtung Bettenzentrale.

Bettenzentrale, Leichenhalle …

Carla lief den beiden Pflegern nach.

»Entschuldigen Sie, gibt es hier unten einen Ausgang, an dem die Leichen mit dem Auto abgeholt werden?«

»Wieso, willste wen mit heimnehmen?«, fragte einer der beiden und lachte über seinen Witz. Der andere betrachtete sie missbilligend. »Hier unten hat nur Pflegepersonal Zutritt!«

»Danke«, sagte Carla und war sicher, dass die Antwort »ja« lautete. Sie eilte zum Aufzug und zurück zu Wally, die in ihren knittrigen Kleidern aussah wie jemand, der nur knapp einen Fliegerangriff überlebt hat.

»Wo ist Joachim?«, fragte Wally.

»Weg!«

»Dann hat Bertha den mitgenommen! Er hätte sich ganz sicher von mir verabschiedet«, sagte Wally. »Aber wie hat sie das geschafft? Klar kann sie so tun, als würde sie mit ihm zum Röntgen fahren, aber spätestens wenn sie nach zehn Minuten nicht in der Abteilung gewesen wären, wäre ihm das trotz seiner Gehirnerschütterung doch komisch vorgekommen. Er ist clever.«

Carla nickte. »Ich bin nicht ganz sicher, aber ich glaube, ich weiß, wie Bertha ihn rausgeschafft hat. Die Röntgenabteilung ist in der Nähe von der Leichenhalle und vorhin, als ich angekommen bin, fuhr gerade ein Leichenwagen weg!«

»Dann nichts wie los!« Wally seufzte und zeigte mit dem Gipsarm auf die Tüte mit den Kleidern neben sich. »Falls du dich gefragt hast – ich ziehe das erst an, wenn ich geduscht habe und mich wieder wie ein Mensch fühle und wenn Joachim in Sicherheit ist. Aber vorher brauchen wir noch seine Sachen! Die konnte Bertha nicht zum Röntgen mitnehmen, das hätte ihre Tarnung in Gefahr gebracht.«

»Dann schätze ich mal, sein Zeug ist noch in seinem Spind. Ist das denn so wichtig?«

»Und wie!«

»In Ordnung, dann gehe ich zurück in sein Zimmer und sehe nach.«

»Schau unbedingt nach seinen Schuhen!«

»Und du gehst runter und schnappst dir schon mal ein Taxi!«

Wally nickte. »Beeil dich, ich hab ein ganz mieses Gefühl!«

Angesichts der Menschenansammlung vor dem Aufzug nahm Carla lieber gleich die Treppe und hetzte nach oben in Joachims Zimmer, wo die anderen Patienten genauso apathisch wie vorhin in ihren Betten lagen. Die Spinde waren rechts und links an den Wänden und immerhin musste sie keinen davon knacken, denn in allen Türen steckten Schlüssel.

Sie begann bei dem Spind neben dem leeren Bett, in der Hoffnung, dass das der von Joachim wäre, aber dieser giftgrüne Trainingsanzug gehörte ihm sicher nicht. Im nächsten Schrank war ein zeltartiger Mantel, dann endlich im letzten Schrankabteil fand sie sein knittriges Leinensakko und feuchte Lederschuhe. Schnürschuhe hatten offenbar eine bessere Überlebenschance als Ballerinas. Sie wickelte die Schuhe in das Sakko und beeilte sich, nach unten zu kommen, wo Wally schon im Taxi auf sie wartete.

# Kapitel 46

Peter öffnete ihnen die Tür. Leicht verwirrt betrachtete er Carla, aber als er Wally erkannte, ging ein begeistertes Strahlen über sein Gesicht, die lädierten Arme schien er gar nicht zu bemerken.

»Wo ist Bertha?«, fragte Wally im Befehlston.

Gut, dachte Carla, wir haben keine Zeit zu verlieren! Nachdem sie sich im Taxi gegenseitig auf den neuesten Stand gebracht hatten, wusste sie nun auch das, was Wally ihr bisher verschwiegen hatte, und sie konnte nur hoffen, dass Wally nicht noch mehr Überraschungen in petto hatte. Joachims Leben war in Gefahr und sie mussten sich Bertha und Wissmuth so schnell wie möglich vorknöpfen.

»Wo ist Bertha?«, wiederholte Wally, diesmal mit sanfter Dringlichkeit.

»Is keener nich da«, antwortete Peter endlich, ohne den Blick von Wally zu wenden.

Carla und Wally sahen sich an.

»Ausgeflogen!«, sagte Carla.

»Nee, nich jeflogen, die Chefin is mit die Dackels zum Doktor!«

»Und Bertha?«

»Die is mit dem Walter los, ’n wichtijen lieben Verstorbenen rüberbringen, deshalb sollt ick hier bleibn, falls wer kommt. Aba jestorben is heut noch keen Aas nich.«

»Was machen wir jetzt?«, flüsterte Carla zu Wally hin.

»Käffchen?«, fragte Peter.

Wally fing an zu lachen. Carla verdrehte die Augen und zog Wally etwas weg von Peter.

»Wir müssen die Polizei verständigen«, sagte Carla. »Dir ist ja wohl klar, wohin sie mit Joachim unterwegs ist. Sie wird ihn auf dem gleichen Weg wie sonst das Schmuggelgut in die Zone schaffen!«

»Das glaubt uns doch kein Mensch!«, sagte Wally. »Wir haben nicht den kleinsten Beweis. Außerdem ist mir nicht wohl, Bertha zu verraten, wir wissen nicht, welche Folgen das für mich haben kann.«

»So oder so müssen wir sie stoppen! Hast du denn nicht verstanden, dass sie auch in Hennys Tod verwickelt ist? Ich schätze, ich muss wieder mal Grieser anrufen.« Und wie der Mann es genießen wird, mich runterzuputzen, dachte Carla. »Den musst du bald kennenlernen, ich glaube, ihr zwei seid euch besser gewachsen.«

»Klingt vernünftig.« Wally wandte sich wieder Peter zu und lächelte ihn mit gespitzten Lippen an, als wollte sie ihn gleich küssen. »Peter, könnten wir bitte mal telefonieren?«

Peter wackelte mit dem Kopf und schnaufte, während er im Geiste etwas abzuwägen schien. Schließlich straffte er seine Schultern und wirkte gleich noch viel größer.

»Juut, nur keene Fernjespräche nich!«, sagte er dann und strahlte erleichtert, als Wally ihm versicherte, dass es sich nur um ein Ortsgespräch handelte.

Also dann Grieser! Carla stöhnte innerlich. Aber weiter unten in der Hierarchie brauchte sie gar nicht erst anzufangen. Sie nickte Wally zu, die sie wortlos verstand und Peter mit der Frage nach einem Glas Wasser in die Küche lotste, sodass Carla im Flur unbehelligt telefonieren konnte.

Es gelang Carla, zu ihm durchgestellt zu werden, aber als

sie Grieser erzählte, dass jemand vom Staatssicherheitsdienst einen betäubten Mann im Leichenwagen am Grenzübergang Dreilinden in die DDR entführen würde, gestattete er sich ein herzhaftes Lachen und fragte, ob er auch was von dem haben könnte, was sie getrunken hätte. Gerade hätte man Johanna Gandermann entlassen müssen, im Riccis waren sie beide bis jetzt auch noch nicht gewesen, aber sehr gern könne sie ihm bei Gelegenheit persönlich den Buckel runterrutschen. Ende des Gesprächs.

»Unsere Geschichte klingt wirklich wie die reinste Räuberpistole«, sagte sie zu Wally, die Peter mit einem Glas Wasser in der Hand zuprostete.

»Und was schlägst du jetzt vor?«, fragte Wally.

»Wir müssen nach Dreilinden/Drewitz, vorher ruf ich Heinz an, Muckis Freund. Er kann uns in jedem Fall sagen, ob der Wagen wirklich dort ist, und ihn für uns im Auge behalten, dann wissen wir, wie weit vorn der in der Warteschlange ist. Danach muss ich dann wohl Achim mobilisieren, der geht mit dem Chef vom Grieser einmal die Woche zum Tennisspielen. Weil Achim mir ja schon so viele Sonntage geschenkt hat, habe ich das noch nie ausgenutzt. Aber das ist ein Notfall, er vertraut mir und weiß, dass ich ihn nur behellige, wenn es keinen anderen Weg gibt.«

»Na, worauf wartest du dann noch?«

Heinz ging nicht an sein Telefon, sondern ein Kollege, der ihr erklärte, dass Heinz heute die Frühschicht gehabt hatte und schon auf dem Weg nach Hause wäre. Der Kollege war hilfsbereit, sagte, er könnte ihn durchs Fenster sehen, wie er gerade über den Parkplatz ginge. Auf Carlas Bitte hin riss er das Fenster auf und rief ihn zurück. Heinz war Feuer und Flamme und würde sich sofort an den Wagen ranpirschen und nachschauen, wer drinsaß. Enthusiastisch versprach er auch das Nummernschild zu notieren und auf sie zu warten.

Doch dann scheiterte Carla an Achims Sekretärin, denn Fräulein Bauer hielt es nicht für nötig, sie durchzustellen. Achim sei beschäftigt. Sie würde ihm gern ausrichten, dass sie angerufen hatte. Carla fing an, ins Telefon zu schluchzen und redete davon, dass ihre Mutter schlimm gestürzt war und sie dringend Achims Hilfe brauchte. Aber Fräulein Bauer ließ sich erst erweichen, als Carla noch mal betonte, dass ihre Mutter ja nur das eine einzige Bein hatte.

Achim versprach dann ihr zu helfen, wollte aber wissen, inwiefern das denn mit Henny zu tun hatte. Als sie ihm sagte, dass sie ihm alles ausführlich erklären würde, dazu jetzt aber keine Zeit hatte, weil es um Leben und Tod ginge, teilte er ihr in einem ironischen Unterton mit, auch er hätte einige interessante Neuigkeiten wegen Henny, aber die würde es dann leider auch erst später geben. Carla dankte ihm, legte auf und eine halbe Stunde später erreichten Wally und Carla den Grenzübergang Dreilinden, wo Heinz schon aufgeregt auf sie wartete. Carla stellte die beiden einander vor. Heinz zeigte auf die bandagierten Arme. »Wohl die Hände im Sarg eingeklemmt?«

»So was in der Art!«, sagte Wally.

Heinz wurde wieder ernst. »Da sollt ick keen Witz nich machen, ist nicht so lustig, so ein Unfall, und et stimmt nich, wenn die Leute denn immer sagen, das wird schon wieder. Tut's nicht. Dit macht was mit einem!«

Dann erzählte er ihnen, dass er den Fahrer sofort wiedererkannt hatte. »Aber wieso hat der ne Krankenschwester mit Häubchen neben sich sitzen?« Er lachte. »Wat solln dit? Ner Leiche das Blut abnehmen?«

Momentan war der Leichenwagen der Grab-Müllers nur noch zehn Lkws vom Übergang entfernt.

Achim hatte Carla versprochen, alle Hebel in Bewegung zu setzen, aber bis jetzt waren hier nur die üblichen Grenzbeamten, die die Autos zügig abfertigten. Der Stau entstand überhaupt nur, weil bei der Einreise in die Transitstrecke auf der Ostseite ganz genau hingeschaut wurde. Auch mit Hunden. Die würden anschlagen, wenn da jemand im Auto versteckt war, darauf waren die doch trainiert, überlegte Carla, die mit einem Auge den Übergang beobachtete.

»Machen wir dit jetzt jede Woche?«, fragte Heinz und zwinkerte Carla zu. »Nüscht dajejen, nur montachs jeht et nich, da trainier ick denn die Kleenen vom BFC Victoria.«

»Und jetzt?«, fragte Wally.

»Wir müssen verhindern, dass das Auto rüberfährt.«

»Ich sehe drei Optionen, entweder ich rede mit einem Grenzbeamten oder du tust es oder am besten dieser nette Mann hier. Denn so wie ich gerade aussehe«, Wally hob ihre lädierten Arme und deutete damit auf den formlosen knittrigen Rock über den schlapp hängenden Petticoats, »würde das heute nicht gerade meine beste Vorstellung. Außerdem gehen die Beamten ganz sicher eher dem Hinweis eines Mannes nach.«

»Ich hätte noch eine andere Idee. Heinz, könnten Sie vielleicht den Sicherungskasten zur Stromversorgung des Grenzübergangs manipulieren, sodass es zu einem Stromausfall kommt?«, schlug Carla vor, unsicher, wie Heinz darauf reagieren würde.

»Aber wozu das denn?«, fragte Wally. »Bei der Lkw-Abfertigung auf der Westseite gibt es keine elektronisch gesteuerten Schranken, die dann blockiert wären. Da werden die Autos einfach durchgewunken. Außerdem ist heller Tag, da fällt es doch niemandem auf, wenn plötzlich die Lichter ausgehen.«

»Ne, nee, neee, dit stimmt so nicht!«, widersprach Heinz und der Gedanke schien ihm zu gefallen. »Fernschreiber, Funkgeräte, Telefone, Schreibtischlampen, Kaffeemaschinen,

Kühlschränke und die Pissoirbeleuchtung, allet wär ja denn hinne.«

»Klingt wunderbar!«, sagte Carla. »Gefällt mir sehr gut.«

»Würde das nicht auch einen Alarm auslösen?«, fragte Wally. »Und dann geraten alle in Panik!« Wally wedelte nun geradezu begeistert mit ihren Armen. »Und die nutzen wir dann!«

Als hätte Heinz ihr ein Aufputschmittel verabreicht, dachte Carla. Aber Wallys Begeisterung schien Heinz wieder zu ernüchtern.

»Alarm, hmm, dit hab ich noch nie erlebt, weil der Strom in meiner Schicht bisher noch nie ausgefallen ist. Dafür sind wir ja auch hier. Und wenn kein Saft mehr aus der Dose kommt, denn müsst ick ja sofort umschalten auf den Notstromgenerator. Die Umschalte hätte schon vor den Sommerferien automatisiert werden sollen, na ja und seit dem 13. August ist denn auch wieder alles ganz anders. Nee, tut mir leid, Fräulein Koslowsky, aba wenn ick da so drüber nachdenke, denn isset doch ne Schnapsidee.«

»Jetzt sind nur noch fünf Lkws vor dem Wagen der Grab-Müllers«, sagte Wally. »Und wenn die erst mal drüben sind, haben wir verloren! Dann war alles umsonst!«

Carla starrte hinüber zu dem Leichenwagen, der sich in ihrem Kopf mit anderen Bildern vermischte, mit dem vom bewusstlos im dunkelgrünen Wasser schwebenden Joachim, mit dem glänzenden Zellophan von den Brautkleidern und Schuhen im Sarg und dem weißen Hund im Grab mit dem Unterarm der Jablonsky und zwischenrein taumelten immer wieder die tätowierten Füßchen von Henny.

»Also, offensichtlich hat Achim niemanden erreicht. Was machen wir jetzt?« Carla dachte fieberhaft nach. »Ein Stromausfall würde Heinz in die Bredouille bringen und ich habe meine Uniform nicht dabei. Wir müssen anders vorgehen.«

Der einzige Mensch, der offensichtlich noch bessere Kontakte als Achim hatte, war die Baronin Rodenstein.

Aber warum sollte die ihr helfen?

Nur wenn es für sie von Nutzen war … und was könnte ihr mehr am Herzen liegen als ihr Patensohn? Carla würde ihr vormachen, dass Wissmuth in Gefahr war. Aber was, wenn der ihr gerade gesund und munter im Kempinski gegenübersaß …

»Bist du wirklich sicher, dass Wissmuth und Bertha zusammenarbeiten?«, fragte sie Wally.

Die zog überrascht beide Augenbrauen hoch. »Wie kommst du denn jetzt auf den?«

»Sag schon!«

»Ja und nachdem, was Freya erzählt hat und was du über ihn rausgefunden hast, bin ich noch überzeugter. Allerdings wissen wir nicht, ob er freiwillig für Bertha arbeitet oder gezwungen wurde, und wir wissen auch nicht, was er genau macht.«

»Dann spielen wir jetzt mal Russisches Roulette.«

Wally starrte Carla an, als wäre sie verrückt geworden. »Was hast du vor? Hab ich was verpasst?«

»Ich meine das im übertragenen Sinn, keine Sorge, ich habe nicht vor, mich zu erschießen …« Sie fragte Heinz, ob sie in seinem Büro telefonieren könne. Drei Minuten später hatte Carla die Baronin Rodenstein am Apparat und hielt sich alle Daumen, dass die nicht auch noch eine Standleitung ins Berlin Hilton hatte, wo Wissmuth heute ja wegen der Miss-Berlin-Wahl zu tun hatte.

Sie teilte der Baronin mit, dass eine Frau vom Staatssicherheitsdienst gerade dabei war, ihren Patensohn über die Grenze in den Osten zu entführen, offensichtlich war bei seiner Zusammenarbeit mit denen ordentlich was schiefgelaufen. Und ob sie ihm vielleicht helfen wolle?

Die Baronin reagierte überraschend anders, als Carla gedacht hätte.

Erst blieb es einen Moment lang still. Dann bat sie Carla, ihr zu sagen, was sie neulich bei ihr getrunken hatte, und als sie »Earl-Grey-Tee« antwortete, wollte die Baronin wissen, wie sie den getrunken hatte. Nachdem Carla erklärte, sie hätte Milk-First erst durch die Baronin kennengelernt, durfte sie den genauen Hintergrund ihres Anrufes mitteilen. Schlau, dachte Carla, sie vergewissert sich, dass wirklich ich die Anruferin bin. Sie wollte wissen, wo Carla war, ließ sich Autokennzeichen und Automarke geben und versprach, dafür zu sorgen, dass das Auto umgehend rausgewunken wurde. Carla sollte sich gegenüber den Beamten als Kollegin Rodenstein ausgeben, zum Auto hingehen, Wissmuth befreien und in den Krankenwagen verfrachten, den sie ihnen auf der Stelle schicken würde. Die Verhaftung vom Fahrer und der Komplizin solle sie den Beamten überlassen, und wenn all das vollbracht sei, wieder anrufen und nur diesen einen Satz sagen: »Die neue Lieferung Earl Grey ist unbeschadet im Hafen angekommen.«

Als sie wieder draußen bei Wally und Heinz ankam, waren nur noch zwei Autos vor dem Wagen der Grab-Müllers.

»Keine Ahnung, ob das klappt!«, sagte sie zu den beiden und holte tief Luft, um Wally zu erklären, was sie getan hatte.

Plötzlich geschah alles auf einmal. Ein Grenzbeamter winkte den Leichenwagen auf einen seitlichen Parkplatz, gleichzeitig hörte Carla, wie die Sirenen von Einsatzwagen heranrasten, dicht gefolgt von dem ätzend quengelnden Martinshorn des Krankenwagens.

»Wartet hier!«, sagte Carla und eilte zu dem Beamten, der gerade den Fahrer und Bertha aufforderte, auszusteigen.

»Kollegin Rodenstein«, stellte sie sich vor. »Öffnen Sie sofort den Sarg.«

»Soll das ein Witz sein?«, mischte sich Bertha ein. »Wir leben in einem Rechtsstaat, der Sargwagen ist ordnungsgemäß verplombt worden. Haben Sie einen Durchsuchungsbefehl?«, schäumte sie und stellte sich drohend vor die Ladeklappen des Leichenwagens. Der Grenzer zog seine Trillerpfeife raus und benutzte sie, woraufhin sofort drei Männer in Uniform angerannt kamen, die sich um Bertha kümmerten.

»Bei Gefahr im Verzug brauchen wir keinen Durchsuchungsbefehl«, sagte Carla dankbar für die Grundlagen, die sie im Jurastudium gelernt hatte. »Wir dürfen die Beweise auch ohne richterliche Anordnung sichern. Ich kann deutlich hören, dass in dem Sarg jemand um sein Leben kämpft! Schneiden Sie die Plombe durch!«

Der Grenzer nickte einem der drei Männer zu, der davoneilte und kurz darauf mit einem Bolzenschneider zurückkam und die Plombe durchtrennte, die die Ladeklappen versiegelt hatte.

Der Grenzbeamte zwang den Fahrer, die hintere Ladenklappe aufzumachen und den Sarg auf der Schiene herauszuziehen.

»Mit welchem Recht gibt Ihnen diese Frau Befehle? Was für ein Mann sind Sie eigentlich? Haben Sie überhaupt deren Ausweis überprüft?«

Der Fahrer hielt den Kopf gesenkt und schwieg.

»Aufmachen!«, sagte der Grenzer zum Fahrer, der den Kopf schüttelte und murmelte, dass er keine Ahnung hätte, wie man einen Sarg aufmachte, er würde die ja nur rumfahren.

Carla konnte das nicht länger mitansehen, griff sich ihr Werkzeug aus der Handtasche und fing routiniert an, den Sargdeckel aufzuschrauben. Zum dritten Mal schon.

In der Zwischenzeit waren die Einsatzfahrzeuge und der Krankenwagen eingetroffen, eine Kakofonie von Sirenengeheul jaulte über die gesamte Grenzkontrollstelle. Alle hatten aufgehört, zu arbeiten, Carla spürte, dass sämtliche Blicke auf ihr und dem Sarg lagen, und sie betete innerlich, dass Joachim wirklich drin war, und vor allem, dass er noch lebte. Nach allem, was sie von Bertha wusste, wäre der zuzutrauen, dass das hier nur ein gigantisches Ablenkungsmanöver war, während Joachim sich in einem Sarg bei den Grab-Müllers befand.

Nachdem die letzte Schraube gelockert war, nickte sie dem Grenzer zu, der zwei von seinen Männern befahl, den Deckel hochzuheben.

Carla war auf alles gefasst.

# Kapitel 47

Mit jedem Streifenwagen, der noch dazukam, stieg die Beklemmung in Wallys Brust. Wenn Bertha verhaftet wurde und sie belastete, welche Strafe würde ihr dann blühen? Sie spürte den Drang, einfach zu verschwinden.

»Richtig was los heute!« Heinz kraulte begeistert sein Kinn. »Also dit werd ick mir nich entgehen lassen!« Er lief rüber zu dem Parkplatz, an dem sich der Leichenwagen mit den Grenzbeamten und Carla befand.

Wally folgte ihm und betrachtete Bertha, die immer noch mit verschränkten Armen in ihrer weißgestärkten Schwesterntracht regungslos neben dem Leichenwagen stand. Im gleichen Moment entdeckte Bertha sie auch.

Was hatte dieser Blick zu bedeuten? Es war kein Hass oder Abscheu wegen ihres Verrats, es war etwas anderes, etwas Nachdenkliches, aber nichts Gutes. Bertha lächelte nicht, trotzdem dachte Wally an das Marionettengrinsen, mit dem sie immer die Dackel betrachtet hatte, bevor sie die aus dem Weg kickte.

Plötzlich verstummten die Sirenen und es wurde gefühlt totenstill.

Zwei der Polizisten hoben den Sargdeckel an und legten ihn am Boden ab. Carla und ein Grenzer beugten sich über das Innere des Sarges. Wally hielt die Luft an.

Carlas Oberkörper verschwand fast völlig im Sarg, tastete

sie vielleicht nach einem Puls? Sie kam wieder hoch, nickte dem Grenzer zu, der umgehend die Sanitäter heranwinkte.

Zusammen mit den anderen Polizisten hob er einen Mann aus dem Sarg.

Joachim! Er lebte, doch sein Gesicht erinnerte Wally an Camembert, wattiges Schneeweiß mit seltsamen Abdrücken auf den Wangen, wahrscheinlich von der Sargmatratze. Carla begleitete Joachim zum Krankenwagen, dort sah sie sich suchend um und als sie Wally erspähte, bedeutete sie ihr, herzukommen.

»Du solltest mitfahren, vielleicht ist es auch besser, hier zu verschwinden, findest du nicht? Womöglich bringen die ihn in ein privates Krankenhaus.«

»Wieso denn das?«, fragte Wally.

Hastig erklärte Carla, wen sie angerufen hatte. »Die Baronin glaubt ja, dass es sich um Wissmuth handelt, und hat bestimmt die beste medizinische Versorgung für ihn arrangiert. Sie wird nicht begeistert sein, wenn sie merkt, dass wir sie reingelegt haben. Ich kann nicht einschätzen, wie sie darauf reagieren wird, daher ist es besser, wenn du bei ihm bleibst. Er ist ziemlich schwach. Immerhin kennst du ihn doch am besten! Wir treffen uns später zu Hause. Ich bleibe hier und erkläre den Polizisten, was los ist, hoffe, dass sie Bertha verhaften, und versuche rauszukriegen, ob sie versucht, einen Deal auszuhandeln und dich verrät. Du solltest Joachim klarmachen, dass du ihn gerettet hast, möglichst ohne zu verraten, dass du für die Stasi gearbeitet hast, denk dir was aus, im Lügen bist du ja brillant. Je weniger er weiß, desto besser!«

»Wo sind denn seine Sachen aus dem Krankenhaus?«, fragte Wally, ohne auf diesen Seitenhieb einzugehen.

»Das hab ich alles – auch die Kleider, die ich dir mitgebracht hatte – bei Heinz im Spind eingeschlossen.«

»Gar kein so übles Versteck, dort sollten wir die fürs Erste auch lassen«, sagte Wally im Hinblick darauf, dass sie nicht wussten, wer sonst auf Joachim angesetzt war und wann er endlich den Schutz erhalten würde, den er brauchte. Und es schadete auch nicht, eine kleine Rückversicherung für sich selbst zu haben, dachte sie.

»Nur damit ich sie erkenne, falls sie wirklich dort auftaucht – wie sieht denn die Baronin Rodenstein aus?«

»Wie eine geschrumpfte Version von Marika Rökk, mit angeklebten Löckchen, aber du solltest sie nicht unterschätzen.«

»Wenn du so lange wie ich in einer Bar gearbeitet hättest, wüsstest du, dass es immer ein Fehler ist, Leute in Schubladen zu stecken! Aber danke für deinen Hinweis!«

Zuerst wollte man Wally nicht erlauben, im Krankenwagen mitzufahren, aber sie benutzte ihre verletzten Arme, um das Mitgefühl der Sanitäter zu wecken, und schaffte es, dass sie vorn beim Fahrer mitfahren durfte. Der raste mit Blaulicht und Sirene durch die Stadt und genoss es, über jede Ampel zu brettern, und dabei erzählte er Wally einen schmutzigen Witz nach dem anderen. Mit Schwung fuhr er in die Einfahrt einer schlossartigen Villa in Zehlendorf. Das war kein öffentliches Krankenhaus. Carla hatte recht gehabt.

Aus einem seitlichen Eingang stürmten zwei Schwestern und zwei Männer in weißen Kitteln mit einer Rollbahre heran. Sie übernahmen Joachim und schoben ihn durch einen seitlichen Eingang in das Haus. Ihr schenkte niemand Beachtung. Wally verabschiedete sich vom Fahrer, stieg aus und streckte sich. Ihr war ein bisschen schwummerig, schwer zu sagen, ob von der rasanten Fahrt oder ob das von ihrem linken entzündeten Arm kam, der sich heiß anfühlte.

Der Kontrast zum Grenzübergang könnte nicht größer sein. In dem gepflegten Vorgarten duftete es nicht nach Autoabgasen, sondern spätsommerlich nach Lavendel und Rosen, frisch gemähtem Gras und Fallobst. Und es war so still, dass sie Bienensummen hören konnte. Wo waren sie hier? Neugierig sah sie sich um, auf dem dezenten goldenen Schild am Haus stand diskret *Rosenberg Privatsanatorium*. Eine Klapsmühle für Reiche, eine Entzugsklinik für Prominente?

Zwei Männer eilten auf sie zu. Ohne weiße Kittel, aber mit Bizepsen, die die Ärmel ihrer dunklen Sakkos zu sprengen drohten. Sie teilten ihr mit, sie würde drinnen erwartet, und es war vollkommen klar, dass ein »Nein, danke« hier nicht angebracht war.

Mit einem mulmigen Gefühl folgte Wally den beiden durch einen gefliesten Flur mit Seidentapeten und opulenten Stillleben in Goldrahmen in einen Raum, der aussah, wie sich Wally die Bibliothek eines englischen Landadeligen vorstellte. Die Wände waren rundum mit Bücherregalen verkleidet, die bis unter die Decke reichten. Nur an der linken Wand war mittig eine Lücke ausgespart. Dort hing ein Ölgemälde mit traurigen Herbstbäumen, das Wally seltsam bekannt vorkam. In der Mitte des Raumes befanden sich vier kastanienbraune Chesterfieldsofas, die um einen großen eckigen Glastisch arrangiert waren, auf dem ein Tablett mit Teegeschirr und Keksen stand.

Erst als Wally näher kam, bemerkte sie die kleine ältere Dame, die in einer der Sofaecken mit einer Tasse Tee in der Hand saß und ihr stirnrunzelnd entgegensah. Mit ihrer freien Hand schnickte sie die beiden Männer aus dem Raum.

»Baronin Rodenstein!«, sagte Wally, die sie dank Carlas treffender Beschreibung sofort erkannt hatte. Wie eine juwelenbehängte Zwergenversion von Marika Rökk. Und sie wusste, dass sie diese Frau schon mal gesehen hatte, genauso wie dieses Bild mit den Bäumen. Das hing irgendwie zusammen, doch sie kam nicht drauf, wie.

»Fräulein von Tilling, bitte setzen Sie sich.« Die Baronin

nahm einen Schluck Tee und musterte sie über den Rand der Teetasse.

»Dieser Mann ist nicht Willy Wissmuth«, stellte sie fest.

»Nein.« Wally wünschte, sie wüsste, was genau Carla der Baronin erzählt hatte, dann könnte sie besser improvisieren. Und sie wünschte, sie würde ihr Tee oder Wasser anbieten. Ihr linker Arm hatte nun wieder angefangen, zu pochen und ihr war immer noch schwummrig.

»Ich verlasse meine Suite im Kempinski nur äußerst selten und es missfällt mir, dass ich benutzt und hinters Licht geführt worden bin.«

»Wir bedauern das sehr und haben das nur ungern getan. Doch wir sind erleichtert, dass Joachim Klotzeck jetzt bei Ihnen in Sicherheit ist.«

Der Name brachte die Baronin dazu, sich kaum merklich aufrechter hinzusetzen, ihre prachtvollen Ohrgehänge blitzten dabei in dem Dämmerlicht der Bibliothek auf.

»Warum sollte mich das interessieren?«

Zu spät, dachte Wally, du hast schon angebissen.

»Joachim Klotzeck hat die DDR mit einigen Materialien verlassen, die von Interesse für Sie oder Ihre Freunde sein könnten. Wenn Sie für seine Sicherheit sorgen, könnten wir Ihnen das Material aushändigen.«

»Aha.« Sie stellte die Teetasse ab und griff nach einem Keks, den sie wie eine Maus anknabberte.

»Wir können auch beweisen, dass Ihr Patensohn für die Stasi arbeitet.«

Keine Reaktion, kein Aufblitzen, nichts, die Baronin knabberte entspannt weiter.

Das wusste sie also schon.

Wallys Gehirn arbeitete endlich wieder auf Hochtouren. Wenn die Rodenstein das wusste, dann konnte das nur eines bedeuten: Wissmuth war Doppelagent, er arbeitete für den BND.

Und da endlich klickte es. Das Bild mit den Bäumen war auf dem Foto der Berliner Kunstausstellung gewesen. Der unscheinbare Mann und die Baronin arbeiteten beide für den BND und Johanna womöglich auch.

Die Baronin hatte befürchtet, Wissmuth wäre als Doppelagent aufgeflogen, und nur deshalb hatte sie so schnell Himmel und Hölle in Bewegung gesetzt, um seine Entführung zu verhindern.

»Eine Entschuldigung wäre angebracht, finden Sie nicht?« Endlich steckte die Baronin den Rest vom Keks in den Mund.

»Mit Joachim geben wir Ihnen die Möglichkeit, Ihre Position zu stärken und weiterhin im Hintergrund die Fäden in der Hand zu halten.«

Die Baronin lächelte amüsiert.

»Denn Ihr Patensohn Wissmuth ist leider aus dem Rennen. Sie haben auf den Falschen gesetzt.«

Offensichtlich lag der Baronin ihr Patenkind sehr am Herzen, sie schien unwillkürlich zu zittern, überall fing es an zu funkeln, Ketten, Armreifen, die Ohrgehänge.

»Seine Karriere ist zu Ende, bevor sie angefangen hat.«

»Eine Bardame aus dem Eden«, sagte die Baronin mit einem dünnen Lächeln, »die meines Wissens in ihrem Leben bisher nicht das Mindeste geleistet hat, ist natürlich eine Expertin auf dem Gebiet der Karrieren.«

Das bedeutet, dachte Wally, sie weiß nichts von meiner Arbeit für Bertha. Wissmuth wurde von Bertha zwar ins Eden geschickt, aber sie hat ihm nicht verraten, wen er beobachten soll und warum. Sie hat ihn also nur dazu benutzt, mir Druck zu machen.

»Seine Verlobte wird ihn verlassen.« Wally versuchte eine weitere Breitseite.

»Gepriesen sei Gott!« Die Juwelen glitzerten geradezu wie begeistertes Lametta.

»Warum treffen Sie sich regelmäßig mit der Mutter der Verlobten, wenn Ihnen deren Tochter als Verlobte nicht gepasst hat?«

»Unser Gespräch endet hier.« Die Baronin griff nach einem Glöckchen, das auf dem Tisch hinter der Teekanne verborgen war.

»Ihr Patensohn ist ein Mörder!«, sagte Wally.

Die Baronin lächelte herablassend.

»Er hat eine junge Frau in den Selbstmord getrieben und wollte mit diesem Mord verhindern, dass seinem angeblichen Duzfreund Adenauer das zu Ohren kommt.«

»Willy Wissmuth hat vielleicht ein paar Schwächen, doch mein Patensohn ist ganz sicher kein Mörder!«

Sie bewegte das Glöckchen, silberhelles Klingeln brachte die beiden Männer in den Sakkos zurück.

»Fräulein von Tilling möchte gehen«, sagte die Baronin.

# Kapitel 48

Carla ließ sich erschöpft auf ihren Schreibtischstuhl fallen. Die Polizei hatte es gestern versaut. Bertha hatte sich mit dem ältesten Trick der Welt über die Grenze abgesetzt. Sie hatte behauptet, sie müsste zur Toilette, und weil keine weiblichen Beamten anwesend waren, hatten die Herren freundlich vor der Tür auf sie gewartet und sie war in einer neuen Verkleidung entkommen.

Die Schwesterntracht fand man im Papierkorb der Toilette. Carla vermutete, dass sie unter der Tracht andere Kleider getragen hatte, und wie sie von ihrem Vater wusste, waren Frauen im mittleren Alter nahezu unsichtbar. Ein großer Vorteil in Berthas Beruf. Der Fahrer blieb stumm wie ein Fisch. Das Haus der Grab-Müllers war durchsucht worden. In einem Schuppen hatte man Unmengen von Brautaccessoires gefunden und neben den arteriellen Einbalsamierungsflüssigkeiten in einer großen Plastikdose mit Paraformaldeyhd-Granulat, das hochgiftig ist und zur Fixierung von menschlichem Gewebe benutzt wird, fand man mehrere Ampullen Lidocain.

Irma war verhört und wieder auf freien Fuß gesetzt worden, niemand glaubte ernsthaft, dass sie oder Peter in die Sache verwickelt waren.

Wally war gestern Abend von der Baronin mit riesigen Augen und einem fieberglühenden Gesicht zurückgekommen. Carla hatte sie sofort ins Bett verfrachtet und den Arzt gerufen, Mutter saß jetzt neben ihr und hielt ihr das Händchen, was Carla in 22 Jahren kein einziges Mal erlebt hatte.

Bevor der Arzt aufgetaucht war, hatte Wally ihr erzählt, dass Wissmuth Doppelagent war und die Baronin davon wusste. Wahrscheinlich hatten sie die Ausbürgerung von Elsa dazu benutzt, um die Stasi auf ihn aufmerksam zu machen. Die Baronin war nur deshalb so schnell bereit zu helfen, weil sie Angst gehabt hatte, ihr Patensohn wäre enttarnt worden.

Und Wally meinte, sie würde schwören, dass die Baronin keine Ahnung davon hatte, was mit Ricarda passiert war und wie ihr Patenkind von Johanna zur Ehe mit Freya erpresst worden war. Die Baronin war sich zwar darüber im Klaren, dass ihr Willy ein Casanova war, doch alles andere hatte sie ausgeblendet.

Am nächsten Morgen hatte Carla mit Achim telefoniert und ihm jedes Detail haarklein berichtet, woraufhin er ihr verriet, dass das Haar auf Hennys Bauch identisch mit den Dackelhaaren war, die sie zuletzt vorbeigebracht hatte. Und dass es sich hierbei um einen sehr stichhaltigen Beweis handelte, weil diese spezielle Haarfarbe in Kombination mit den anderen Faktoren einzigartig sei. Carla verschwieg ihm, dass die dazugehörige Verdächtige sich in den Osten abgesetzt hatte. Noch hatte sie die Hoffnung, dass Bertha und Wissmuth für den Mord an Henny bestraft werden würden. Denn auch wenn Wissmuth Henny nicht selbst die tödliche Spritze gegeben hatte, war er doch der Auslöser von alldem.

Dazu hatte sie sich eine Strategie überlegt, die Fotos abgeholt, die Wally bei Johanna gemacht hatte, und Bruno gefragt, ob er ihr ein neues Koffertonband mit einem guten Mikrofon besorgen könnte.

Er hatte sogar die Uni geschwänzt, um ihr zu helfen. Als er mit den Geräten auftauchte, gab er sich Mühe, sein Hinken vor ihr zu verbergen, aber es gelang ihm nicht, sein Entsetzen angesichts ihrer gelbgrünblau schillernden Blutergüsse zu unterdrücken.

»Aber nu sollten wir mal einen Gang runterschalten, oder?«, hatte er festgestellt, während er ihr half, Mikrofon und Tonband zu installieren.

»Das werden wir, aber vorher muss ich noch ein paar Dinge klären!«, sagte Carla und bat ihn, wieder zu gehen. Für ihren Plan musste nicht nur das Tonband unbemerkt mitlaufen, Wissmuth sollte sich als einziges Männchen unter Frauen auch sicher fühlen.

Dann hatte sie Elsa zu sich eingeladen, angeblich, um mit ihr über die Hunde zu sprechen, Wissmuth wiederum hatte sie erzählt, dass Elsa ins Büro käme, um all die unappetitlichen Details seines Lebens zu erfahren.

»Schön, dass du so schnell kommen konntest, Elsa, bitte nimm doch Platz. Ich brauche deine Hilfe.«

Um ganz sicherzugehen, dass sie die Zusammenhänge richtig verstanden hatte, zeigte Carla ihr das Foto von Bertha in der Krankenschwesterntracht. »Siehst du hier irgendwo die Bille, die dir bei der Umsiedelung geholfen hat?«

Neugierig betrachtete Elsa das Bild. »Denn war sie also mal Krankenschwester«, stellte sie fest und tippte auf den rechten unteren Bildrand. »Ja, das ist die Bille. Onkel Willy war so froh, dass sie mir geholfen hat. Hat sie was mit den Hunden zu tun?«

»Es geht gar nicht um Hunde, es geht um dich! Es gibt da einiges, das du wissen solltest.«

Es klingelte Sturm.

Alles lief nach Plan. Carla schaltete das Tonband ein und öffnete die Tür. Wissmuth drängte sich an ihr vorbei und wirkte erleichtert, als er seine Nichte erspähte. »Elsa? Komm, wir gehen auf der Stelle nach Hause!«

Elsa stand tatsächlich so brav und still auf, als wäre sie sechs Jahre alt.

»Das halte ich für keine gute Idee!«, sagte Carla. »Elsas Leben ist in Gefahr. Wenn Sie sich nicht hinsetzen und meine Fragen beantworten, werde ich diese Informationen für mich behalten. Wollen Sie das?« Sie streckte die Hände nach Wissmuths Hut und seinem Mantel aus und sah ihn fragend an.

»Mein Leben?«, fragte Elsa, die faszinierenden hell- und dunkelgrünen Augen vor Schreck geweitet.

»Liebes, ich bin sicher, Fräulein Koslowsky übertreibt.« Trotzdem reichte er Carla mit einem bissbilligenden Stirnrunzeln seine Kleider und setzte sich neben Elsa in einen der Rattanstühle, der unter seinem Gewicht deutlich ächzte.

»Ich denke, sie macht sich hier nur wichtig, doch du liegst mir am Herzen, also hören wir uns an, was sie zu sagen hat.«

»Bevor ich dazu komme, möchte ich gern darüber sprechen, warum Sie Henny ermordet haben.«

Wissmuth sprang auf. »Das ist infam!«

Elsa war ebenfalls aufgestanden und hatte den Schal losgelassen, mit dem sie ihr Gesicht immer umhüllte. Sie war so blass geworden, dass ihre Akne leuchtend rot aufflammte. Hastig legte sie sich das Tuch wieder um den Hals.

»Wenn Sie lieber gehen wollen, dann nur zu!«, pokerte Carla. »Aber denken Sie nicht, dass Ihre Nichte es verdient hätte, endlich die Wahrheit über Sie zu erfahren?«

»Sie wollen doch ein junges Mädchen nicht wirklich mit politischen Verwicklungen belästigen?«, fragte Wissmuth beunruhigt.

»Ich rede nicht von Politik, sondern von Menschen. Sie haben ein junges Mädchen – übrigens eine Tänzerin«, Carla sah Elsa unverwandt ins Gesicht, »ja, dein Onkel hat eine Vorliebe für Tänzerinnen –, *geschwängert* …«

»Ich muss doch sehr bitten, das ist wirklich nichts für die zarten Ohren meiner Nichte!«

Carla ließ sich nicht beirren. »Geschwängert«, wiederholte sie, »und sie dann zu einer Abtreibung gezwungen, die die Mutter Ihrer Verlobten durchgeführt hat. Ricarda Lohr war übrigens der Name der jungen Frau, die sich dann aus Verzweiflung das Leben genommen hat.«

»Stimmt das?«, fragte Elsa so ungläubig, als hätte Carla gerade behauptet, Adenauer hätte sich mit Micky Maus verlobt.

Wissmuth rang mit sich. Carla beobachtete ihn voller Spannung – wie würde er sich entscheiden? Wie ein Politiker die Fakten verdrehen oder wie ein Doppelagent einfach alles leugnen? Oder wie ein Vater lügen, um die Liebe seiner Tochter nicht zu verlieren, oder wie ein Vater die Wahrheit sagen, weil er sich eine echte Beziehung zu seiner Tochter wünschte? Auf was würde Wally wohl tippen?

»Eine Tänzerin?«, murmelte Elsa in die beklemmende Stille. »Das ist so traurig«, sagte sie.

Wissmuth kämpfte immer noch mit sich. Gut, dachte Carla, dann legen wir noch eine Schippe drauf.

»Und weil Henny Hirschel drauf und dran war, all das an die Öffentlichkeit zu bringen, haben Sie sie an dem Abend der Hebammengala ermordet! Sie wurden am Tatort beobachtet.«

»Was erlauben Sie sich!« Wissmuth stand so wütend auf, dass sein Stuhl nach hinten umkippte. Er legte eine Hand auf Elsas Arm. »Wir gehen! Das ist absolut unwahr. Ich bin vielleicht nicht der beste Mensch, aber ich bin kein Mörder. Ich könnte doch eine so alte Frau nicht umbringen.«

Elsa blieb wie gelähmt sitzen und starrte Wissmuth an wie eine Fata Morgana.

»Dann hast du sie gekannt?«

»Das stand ja in allen Zeitungen.«

»Bille behauptet was anderes!«, sagte Carla.

»Bille?«, wiederholten Elsa und Wissmuth gleichzeitig.

»Sie hat Ihnen das Lidocain besorgt, die Betäubungsmittel hatten Sie natürlich von Ihrer Verlobten.«

»Das stimmt nicht!«, sagte Wissmuth etwas ruhiger.

»Wie war es denn dann?«, fragte Elsa mit sehr sanfter Stimme. Sie stand auf, der Schal rutschte auf ihre Schulter, sie schien es nicht zu bemerken, stellte den Stuhl wieder ordentlich hin und nickte Wissmuth zu. »Du bist der beste Mensch, den ich kenne, das ist ganz bestimmt nur ein Missverständnis. Sag ihr doch einfach, was wirklich passiert ist.«

Wissmuth hatte plötzlich feuchte Augen, zerrte hektisch ein Taschentuch aus seiner Hosentasche und tat so, als würde er sich den Schweiß von der Stirn abwischen.

»Ich kann das alles nicht länger.« Er atmete tief ein und aus und setzte sich wieder. »Gibt es hier nicht mal was zu trinken?«

Carla holte für ihn und Elsa ein Glas Wasser aus der Küche und stellte es vor sie hin.

»Elsa, zuerst muss ich dir etwas verraten.« Er kippte das ganze Glas Wasser runter, stellte es ab und gab sich einen Ruck. »Elsa, du bist meine Tochter.«

Carla schnappte innerlich nach Luft, das entwickelte sich ein bisschen anders als nach ihrem Plan, noch viel besser. Als Vater würde er doch nicht wie ein Mörder vor seiner Tochter dastehen wollen.

Niemand sagte etwas. Carla nippte nun auch an ihrem Wasserglas. Schweigen war immer gut, sie betrachtete Wissmuth und versuchte eine Ähnlichkeit zwischen den beiden zu erkennen. Die Form der Augenbrauen, der Schwung der Oberlippe.

Wissmuth räusperte sich. »Elsa, es tut mir wirklich leid, dass ich so lange nicht für dich da war. Ich habe dich all die

Jahre sträflich vernachlässigt. Das war nicht in Ordnung. Jetzt bitte, sag doch was!«

Elsa blieb stumm, aber sie verzog ihre vollen rosafarbenen Lippen zu einem Lächeln. Wegen ihres Schals hatte Carla dieses Lächeln noch nie gesehen. Es war so voller Güte, so madonnenhaft, so strahlend glücklich und ansteckend, dass Carla merkte, wie auch sie anfing zu lächeln. Jetzt! Hier! In dieser Situation! Nun verstand sie noch besser, warum Wissmuth so vernarrt in seine Tochter war. Warum er auf einmal Vater sein wollte und warum er sich schämte.

Er starrte Elsa ungläubig an und wischte sich noch mal über sein Gesicht.

Dann endlich fing Elsa an zu reden. »Dit is … Ich bin so froh, weil jetzt wees ick, dit ick nich verrückt bin. Mir kam's nämlich immer schon so vor, als wärst du mein Vater, 'n dummer Kindertraum, hab ick mir jesacht.«

Wissmuth schnäuzte sich und legte seine Hand auf ihren Arm, sie legte ihre Hand auf seine und drückte sie fest.

»Diese Familienzusammenführung freut mich sehr!«, sagte Carla. »Und wo Sie gerade reinen Tisch machen, gehen wir doch bitte zurück zu dem Abend der Hebammengala. Was genau ist da passiert?«

Wissmuth und Elsa wechselten einen langen Blick, dann fing Wissmuth an, zu erzählen.

Henny hatte ihn angerufen, nachdem die Gandermanns bei ihr gewesen waren. Sie wollte mit ihm reden. Das hatte ihn kalt erwischt, er hatte gedacht, über die Sache mit Ricarda wäre Gras gewachsen, an der Stelle warf er einen kurzen Blick zu seiner Tochter, vielleicht wurde ihm gerade klar, dass Ricarda keine Sache war, sondern dass es hier um den Selbstmord einer jungen Frau ging.

Trotzdem hätte Carla ihn am liebsten geohrfeigt. Dieser selbstherrliche Gockel!

Er war überrascht, dass Ricarda jemanden eingeweiht hatte, aber er hatte gehofft, er könnte Henny mit seinem Charme einwickeln. Das lief schief. Henny Hirschel wollte partout diese Stiftung mit Ricardas Namen gründen und würde auch jedem berichten, wie es dazu gekommen war. Damit war seine Karriere beendet.

Das hatte er Bille berichtet, angeblich, damit die das nicht aus der Zeitung erfahren musste, denn – und da suchte er wieder Elsas Blick und drückte deren Hand – er hätte nie gedacht, dass die Bille, die ja so gut zu Elsa gewesen war, einer alten Frau so etwas antun würde.

»Haben Sie mit Bille später über das gesprochen, was passiert ist?«

»Sie sagte, sie wäre sehr human vorgegangen, Frau Hirschel hätte nicht leiden müssen.«

»Wie human ist Mord?«, fragte Carla. Sie brauchte mehr Details auf Band. »Sie hat ihren ›humanen Mord‹ an Frau Hirschel Ihnen gegenüber also zugegeben?«

Wissmuth zögerte, Elsa nickte ihm ermutigend zu.

»Ja, ich habe sie unter Druck gesetzt. Habe ihr erklärt, dass ich Freya erst heiraten kann, wenn ich sicher weiß, wer der Mörder gewesen ist. Die Ehe mit einer Mörderin wäre für meine Karriere nicht sehr förderlich. Und Bille wollte unbedingt, dass ich Freya heirate. Sie war davon überzeugt, dass die sich gut als Politikergattin in Bonn machen würde. Sie hat erklärt, sie hätte Frau Hirschel erst betäubt und dann hätte sie Lidocain in den Nabel injiziert, dann hat sie gedroht, Elsa könnte etwas zustoßen, wenn ich das irgendwem erzähle.«

»Dann hast du nur wegen mir angefangen für die Staatssicherheit zu arbeiten?«, fragte Elsa und sie klang sehr beeindruckt. »Für mich?«

Wissmuth nickte, ohne Carla anzusehen, was sie nicht wunderte, denn das war eine Lüge. Wissmuth hatte seine Doppelagententätigkeit genossen, er war ein Draufgänger, aber Elsa war seine Achillesferse.

»Was kannst du jetzt tun, damit Bille bestraft wird?«, fragte Elsa voller Vertrauen.

»Ehrlich gesagt, das ist unmöglich, solange sie im Osten ist.«

»Du findest einen Weg!«, sagte Elsa, als wäre etwas anderes undenkbar. »Ist Frau Hirschel schon beerdigt, kann ich ihr Grab besuchen?«, fragte sie Carla, und dann an Wissmuth gewandt: »Und wo liegt Ricarda?«

Er lief rot an, weil er nicht die leiseste Ahnung hatte.

»Das finde ich in Hennys Unterlagen für dich raus!«, sagte Carla. »Ich bin sicher, sie hat auch die Beerdigung bezahlt.«

»Ich habe auch einen Kranz geschickt!«, murmelte Wissmuth, dann fügte er wieder lauter hinzu: »Und warum ist denn nun Elsas Leben in Gefahr?«

»Freya glaubt, Elsa wäre Ihre Geliebte, und vergiftet sie mit Lithium, nur davon hat Elsa auch diese Akne bekommen.«

Elsa griff instinktiv an ihr Kinn und zog sich den Schal wieder um ihr Gesicht. Tränen kullerten über ihre Wangen. Wissmuth legte seinen Arm um seine Tochter.

»Das ist doch Blödsinn!«

»Leider nicht, es ist in den Pralinen und im Kakao.«

»Meine Tochter isst keine Süßigkeiten!«

»Jede Familie hat ihre Geheimnisse«, sagte Carla.

Doch nicht alle waren so gefährlich.

# Kapitel 49

Eine Woche später half Carla Tante Lulu einen Imbiss in Hennys Haus vorzubereiten, weil es trotz allem, was passiert war, einigen Grund zum Feiern gab.

Im nächsten Programm des Sanaritus-Verlages erschien Sara Jakobs Buch mit einer Richtigstellung wieder unter ihrem Namen. Von Freya hatte Carla erfahren, dass Johanna nach Argentinien geflogen war. Ihre Tochter war vorbeigekommen, um Carla einen Brief für Willy und einen für Elsa zu übergeben. Freya wollte ihrer Mutter ins Ausland folgen, weil ihr klar geworden war, was ihre Mutter aus falsch verstandener Mutterliebe alles für sie getan hatte: Johanna hatte nicht nur Wissmuth zu der Ehe mit ihr erpresst, sondern sie war noch dazu bereit gewesen, für ihre Tochter einen Mord zu gestehen, den keine von ihnen begangen hatte.

Offensichtlich hatte sogar eine so harte Frau wie Johanna eine Achillesferse, hatte Carla erstaunt bemerkt und sich überlegt, dass es womöglich auch Vorteile hatte, wenn einen die eigene Mutter nicht in einer fast schon kriminellen Weise liebte.

Wissmuth hatte sich von allen politischen Ämtern verabschiedet und war auch nicht mehr in der Jury der Berliner Misswahl. Man munkelte, er würde jetzt als Sponsor einer Badmintonmannschaft auftreten.

Die Ricarda-Lohr-Stiftung hatte angefangen, zu arbeiten und Lulu hatte Elsa als ihre Assistentin engagiert.

Wally hatte sich von der Blutvergiftung erholt. Zusammen hatten sie beschlossen, das Material, das Joachim mitgebracht hatte, der Baronin nur zu übergeben, wenn man ihr schriftlich garantierte, dass Wally nie für ihre Stasitätigkeit angeklagt werden würde. Doch die wollten ihr das erst schriftlich geben, wenn sie zustimmte, weiter im Eden zu arbeiten, und zwar für den BND. Offensichtlich war das Eden für alle Geheimdienste eine Fundgrube von Informationen. Wally und Carla hatten sich eine ganze Nacht lang darüber die Köpfe heiß geredet, bevor sie sich darüber einig wurden, dass Wallys Straffreiheit diesen Preis unbedingt wert war.

Die Leiche von Henny war endlich freigegeben und durfte beerdigt werden.

Lulu selbst hatte vorgeschlagen, dass sie sich heute treffen und ein bisschen amüsieren sollten, aber auf Carla wirkte ihre Tante alles andere als feierlustig. Ihr Humor war seit Hennys Ermordung wie erloschen, neuerdings nahm sie alles wörtlich, immer wieder hielt sie mitten in einer Bewegung inne wie unter einer großen Last und seufzte dann schwer.

Während sie zusammen die Gläser polierten, dachte Carla an Hennys Kristallbecher mit dem Hirsch. Unvermittelt stiegen ihr Tränen in die Augen. »Ist es nicht furchtbar, dass wir die Mörderin von Henny kennen und nichts tun können, damit sie dafür bestraft wird?«, fragte sie.

Lulu stellte das Glas auf dem Tresen ab, das sie gerade poliert hatte. »Henny war kein sehr rachsüchtiger Mensch, jede Kleinigkeit war für sie ein Grund zur Freude. Sie wäre begeistert, wie schnell wir die Stiftung zum Laufen gebracht haben. Es würde sie glücklich machen, dass der Verlag das Buch jetzt endlich wieder mit Saras Namen herausbringt und dazu Stellung nimmt! Sie war so eine gute Seele!« Lulu schniefte und nahm sich das nächste Glas.

»Und was ist mit deiner Seele? Ich glaube, du bist sehr wütend«, sagte Carla.

»Ich hasse die Frau, die Henny das angetan hat!« Lulu rieb so fest an dem Glas, dass Carla Angst bekam, sie würde es entzweibrechen. »Henny war meine älteste Freundin. Meine Rache wird furchtbarer sein als alles, was der Graf von Monte Christo angerichtet hat. Ich weiß, meine Chance dazu kommt noch, man sieht sich wirklich immer zweimal im Leben.« Sie stellte das Glas ab, legte das Tuch daneben und suchte Carlas Blick.

»Du solltest dir mein Gefasel über Rache nicht anhören, ich weiß nicht, wem ich hier eigentlich was vormachen will. In Wahrheit verabscheue ich mich selbst noch sehr viel mehr!« Sie drehte den Wasserhahn auf, goss Wasser in das Weinglas, das sie gerade abgestellt hatte, und nahm einen Schluck.

Sie sah schrecklich traurig aus, Carla wollte die alte Lulu zurück, das unberechenbare verrückte Huhn. »Warum bist du so streng mit dir?«

»Weil ich, wie du ja weißt, in dieser Nacht nicht hier war.«

»Und wäre es nicht besser, endlich darüber zu sprechen, wo du gewesen bist?«

»Ja, Kindchen, nun bin ich bereit, es dir zu sagen. Ich sehe es als einen Teil meiner Buße.« Lulu lächelte müde. »Du weißt, ich dachte, dieser Filmemacher …«

»Arnold Kliefers?«

»Arnie, ja genau der, ich dachte, der wäre so verliebt in mich wie ich in ihn. Ja, nenn mich eine alte Närrin, aber da waren diese Signale. Er hat sich mit mir verabredet, an dem Abend. ›Lass uns zusammen das wundervolle Material sichten‹, hat er gesagt und mich auf die Wangen geküsst. Außerdem bräuchte er meinen Rat für eine gewagte Szene am Sausuhlensee.« Sie hielt inne und vergewisserte sich, dass Carla wusste, wovon sie redete. »Du weißt schon, das ist der im Friedhof, wo auch dein Vater liegt. Also wo war ich wohl? Ja, er wollte meinen Rat! Gottverdammt, ich war so gebauchpinselt.«

»Lass mich raten …« Die absurden Bilder der Nacht auf dem Friedhof strömten vor Carlas inneres Auge und sie musste sich sehr beherrschen, nicht zu lachen. »… hatte die Szene etwas mit dem Ku-Klux-Klan zu tun?«

Erstaunt musterte Lulu ihre Nichte. »Was für eine gute Detektivin doch in dir steckt! Dann hast du wohl auch gehört, dass der Klan bei den Rechten seine Fühler ausgestreckt hat. Damals fand ich das zwar etwas unglaubwürdig, aber ich hätte mich auch mit ihm getroffen, wenn er verkündet hätte, er sei ein Außerirdischer. Ich hab mich also aufgetakelt, und als ich dort ankam, war die Bude voll junger Leute und dazwischen noch der riesige Hund, der alles vom Tisch gefressen hat, was in seiner Reichweite war. Die nennen das eine Kommune, alle teilen alles mit allen. Das klang interessant, auch wenn die Möbel eher improvisiert waren. Du weißt schon, ein bisschen wie nach dem Krieg damals. Arnie hat mich sehr nett begrüßt und allen vorgestellt und mir mangels Gläsern«, Lulu hob ihr Wasserglas und versuchte ein Lächeln, was ihr herzzerreißend schlecht gelang, »eine Tasse mit Rotwein gegeben und ne Haschzigarette. Natürlich wäre ich lieber mit ihm alleine gewesen, immerhin hab ich ja gedacht, es wäre ein Rendezvous. Aber ich hab mir nichts anmerken lassen und auch nichts gesagt, als die sich meinen wundervollen Hut geschnappt haben, um ihn diesem Hund aufzusetzen und zu fotografieren.«

Carla wusste nicht, wen sie mehr bemitleiden sollte, Lulu oder den armen Hund.

»Das wäre doch pure Objektkunst. Später hat Arnie dann alle zusammengerufen und das Material gezeigt, also die Filmsequenz, in der ich nackt auf der Schaukel sitze.« Lulu hielt inne, als wäre ihr ein bisschen übel.

»Cognac?«, fragte Carla.

Lulu schüttelte den Kopf. »Katharsis! Da muss ich durch. Also«, sie holte tief Luft, »… danach hat er gefragt, wie sie's denn so fanden. Alle waren sich einig, dass diese – ich zitiere jetzt mal wörtlich – alte fette Schachtel nackt auf einer Schaukel abstoßend wäre, er sollte das doch lieber mit ner Jungen noch mal drehen. Selbst wenn das Geld kosten würde, wäre es das allemal wert.

Darüber wurde dann ganz basisdemokratisch abgestimmt. Als basisdemokratisch klar war, dass ich rausgeschnitten werde, diskutierten sie, welche von den vier jungen Mädels der Kommune wohl am besten aussehen würde. Die wurden aufgefordert, sich auszuziehen, damit man das so besser beurteilen könnte. Da bin ich dann weg in die nächste Kneipe, die offen hatte, und habe mich sinnlos betrunken.«

Carla umarmte Lulu. »Das tut mir sehr, sehr leid!«

»Wenn Henny nicht in dieser Nacht ermordet worden wäre, könnte ich das als eine Lektion in Demut verstehen und vielleicht irgendwann darüber lachen.

Aber das geht nicht, denn bevor ich an dem Abend weggegangen bin, wollte ich von Henny nur wissen, ob ich das kleine Schwarze von Uli Knecht oder das Paillettenkleid aus dem Filmfundus der Bavaria anziehen soll. Dabei habe ich doch ganz genau gemerkt, dass mir Henny etwas Wichtiges erzählen wollte. Denn alles an ihr roch nach Problemen und ich wollte glücklich sein, ich wollte meine lächerliche Wolke sieben nicht verlassen und war nicht da, als sie meine Hilfe so dringend gebraucht hätte.« Lulu rollten Tränen über die Wange.

»Selbstmitleid ist absolut nicht angebracht, da bin ich lieber wütend!« Sie wischte mit dem Handrücken ihre Wangen trocken. »Und jetzt lass uns einen gigantischen Käseigel machen, Henny hat die immer so geliebt!«

# Kapitel 50

Bis heute Abend dann!«, sagte Carla und legte den Hörer sanft auf die Gabel.

»Das war Bruno!« Wally saß ihr gegenüber und kratzte mit einem Stielkamm unter dem Gips an ihrem rechten Arm herum. »Ein Rendezvous?«

Carla lächelte. »Sowas in der Art.«

»Was soll das denn sein?« Wally gab das Kratzen auf und musterte sie neugierig.

»Wir schauen uns eine Theateraufführung in Katrins Schule an.«

»Dass die ne sehr begabte Schauspielerin ist, ist ja wohl klar!«

»Die Arme darf gar nicht auf die Bühne, der neue Freund ihrer Mutter hat das verboten, das Stück ist viel zu unsittlich.«

»Oh, und was spielen die?«

»Shakespeare, ›Romeo und Julia‹.«

Wally lächelte. »Das verdirbt die Jugend allerdings, der ganze pompöse Quatsch von ewiger Liebe. Wenn Katrin gar nicht auftritt, warum geht ihr dann hin?«

»Katrin ist die Souffleuse und hat uns eingeladen!«

»Wie herzzerreißend, Bruno ist wirklich ein Heiliger, du solltest ihn hin und wieder mal als Mann betrachten!« Sie hielt inne und schlug sich übertrieben mit der Hand auf den Mund. »Geht mich nichts an.«

»Stimmt und wir sollten uns auf den Weg zu Irma machen. Lulu besteht darauf, dass sie die Beerdigung von Henny übernimmt, sie will Irma unterstützen. Immerhin ist die schwanger und allein mit dem Betrieb und muss Geld verdienen. Lulu möchte, dass wir den passenden Sarg und alles andere Zubehör für Henny aussuchen.«

»Warum übernimmt sie das nicht selbst?«, fragte Wally.

»Särge findet Lulu deprimierend.«

»Wer nicht?« Wally grinste vielsagend. »Nur du scheinst sie ja sehr zu lieben!«

»Witzig!« Carla lächelte ironisch. »Lulu konzentriert sich lieber auf das große Fest mit Caterina Valente, das sie für die Zittergirls und alle Freunde von Henny veranstalten will. Du musst unbedingt auch Edgar einladen, mein Gefühl sagt mir, dass er und Lulu sich sehr gut verstehen werden. Vielleicht könnte er ja auch als Lucky Angel auftreten?«

Wally nickte. »Eine wunderbare Idee, das würde ihm bestimmt guttun, das Eden wird erst in zwei Wochen wieder eröffnet. Deshalb sitzt er jeden Abend zu Hause und macht sich ständig mehr Sorgen um seine Schwester. Ich hatte versprochen, ihm zu helfen, aber bisher ohne jeden Erfolg.«

Carla stand auf. »Willst du wirklich so vor die Tür gehen?«, fragte Wally und deutete auf Carlas Blutergüsse, die mittlerweile ein fahles Giftgrün angenommen hatten.

»Wer bist du, meine Mutter?«

»Glücklicherweise nicht. Ich bin deine Schwester!« Wally grinste und winkte ihr demonstrativ mit den lädierten Armen zu. »In guten wie in schlechten Tagen!«

Wenig später öffnete Peter ihnen die Tür, wie immer hocherfreut Wally zu sehen.

»Wo sind denn die Dackel?«, fragte Carla.

»Abra hat es nich geschafft, nu gibt et nur noch den Kadabra.« Aus Peters Mund klang das wie »Kadaver«. »Janz bedröppelt hockt er bei den Füßen von der Chefin. Die macht gerade Pause in der Küche.«

Irma saß am Tisch und war so in ein Buch vertieft, dass sie nicht einmal aufsah, als sie sich zu ihr setzten.

»Hallo!«, sagte Carla. »Alles in Ordnung?«

Nun erst hob Irma den Kopf und nickte ihnen zu. »Die Polizei hat alles durcheinandergebracht, aber Peter und ich haben geschuftet wie die Ochsen und jetzt ist hier wieder alles bereit für unsere lieben Verstorbenen. Wir können gleich nachher rübergehen und uns den Sarg für Frau Hirschel anschauen, ich habe schon einen ausgesucht, etwas ganz Besonderes.«

»Wo ist denn Ihr Ehering?«, fragte Wally und zeigte mit einem enttäuschten Gesichtsausdruck auf die Hände von Irma, an denen kein Ring zu sehen war.

»Den hab ich einschmelzen lassen, ich meine, wir werden uns ja scheiden lassen, der Horst und ich.«

Carla wusste nicht, ob sie lachen oder weinen sollte, all der Wahnsinn wegen dieses Rings und jetzt das!

»Ich hab mir ein Pendel draus machen lassen.« Irma zog eine großgliedrige Kette aus ihrem Dekolleté und zeigte ihnen den goldenen Kegel, der daran hing. »Damit hab ich heute Morgen meinen Bauch ausgependelt. Es wird ein Mädchen! Ist das nicht ein Glück? Dieses Kind wird mich also nie an diesen feigen Lügner und Betrüger von Vater erinnern.«

»Hmm«, sagte Wally und vermied es, Carla anzuschauen.

»Sybille hatte der Horst ein Mädchen nennen wollen, aber das hat mir noch nie gefallen. Ich habe über alles, was passiert ist, sehr lange nachgedacht …« Sie blickte zwischen Carla und Wally hin und her, rieb über ihren noch völlig glatten Bauch und pausierte dann, als käme jetzt eine ganz besondere Ankündigung. »Und ich werde sie Henriette nennen. Meine Henny – das klingt schön und es fühlt sich richtig an!«

Carla hatte einen Kloß in der Kehle und war froh, als Wally sofort das Reden übernahm.

»Was für eine wunderbare Idee, ich bin sicher, das wird unsere Henny, wo auch immer sie jetzt ist, bestimmt sehr freuen«, sagte Wally.

»Dann schauen wir doch jetzt mal nach einem Sarg für die liebe Verstorbene!« Irma schlug das dicke Buch mit einem leisen Knall zu.

Unwillkürlich fiel Carlas Blick auf den Titel: ›Hausschatz der natürlichen Geburt und Säuglingspflege‹ von Johanna Gandermann. Es hatte an genau der gleichen Stelle wie das verschwundene aus Hennys Bibliothek einen Knick an der rechten Ecke. Zufall? Eher nicht!

»Woher kommt denn dieses Buch?«, fragte sie.

»Das lag heute Morgen vor der Tür auf der Fußmatte mit einer Karte von Bertha«, antwortete Irma. »Nett von ihr, das ist ein wirklich nützliches Buch.«

»Können wir die Karte mal sehen?«, fragte Wally.

Irma reichte sie ihnen. »War nicht viel Text, ganz typisch für Bertha.«

*Wir sehen uns!,* stand da in etwas schief nach links gekippten Druckbuchstaben. Carla drehte die Karte um und betrachtete die Vorderseite. Ein handkoloriertes Aquarell. Eine Nachtigall mit offenem Schnabel, singend auf einem Zweig voll zarter rosa Blüten.

# Statt eines Nachworts ...

Sehr gerne möchte ich Ihnen an dieser Stelle etwas ausführlicher erzählen, wie es zu dem Handlungsstrang um Sara Jakob und Johanna Gandermann gekommen ist. Denn auch wenn mein Roman fiktiv ist, basiert er auf einem authentischen Hintergrund und es gibt einige reale Frauen, die mich zu diesem Band der Serie inspiriert haben.

Ich war auf dem Weg nach Berlin, um für den ersten Band noch einige letzte Details zu recherchieren, ausnahmsweise mal nicht allein im Zug, sondern zusammen mit meinem Mann im Auto. Wir standen im Stau und hörten einen Radiobeitrag von Deutschlandradio Kultur, der mich auf Anhieb in Bann zog. Ich wusste, dieses Thema *muss* in einem meiner Romane einen wichtigen Platz erhalten.

Um was ging es?

In dem Beitrag wurde am Beispiel der Geschichte von Alice Urban darüber berichtet, wie deutsche Verlage zur Zeit des Nationalsozialismus gut eingeführte und erfolgreiche Sachbücher jüdischer Autor:innen unter arisch klingenden Namen neu veröffentlicht haben. Alice Urban hat mich ganz besonders interessiert, weil sie eine emanzipierte Frau war. Ihr Ehemann, ein alkoholsüchtiger Spieler, mit dem ihre Eltern sie zwangsverheiratet hatten, starb früh und hinterließ ihr und den beiden kleinen Söhnen nichts als Schulden. Deshalb musste sie sich eine Erwerbsquelle suchen. Da sie sich immer schon für Kochen und Haushaltsführung – aus einem emanzipatorischen Blickwinkel heraus – interessiert hatte, gründete sie 1920 eine Kochschule in Wien und hielt Vorträge zu Themen wie: »Die Schnellküche der berufstätigen Frau« und »Das Girl am Herd«. Dass sie damit einen Nerv der Zeit traf, zeigte sich am rasch einsetzenden Erfolg.

1935 erschien ihr 500 Seiten starkes Kochbuch ›So kocht man in Wien‹, das zu einem Megabestseller mit internationalen Rezepten und sehr fortschrittlichen Gedanken zum Thema Haushaltsführung und Leben avancierte. Bis 1938 wurden drei Ausgaben vom Ernst Reinhard Verlag in München publiziert.

Nach dem Anschluss Österreichs 1938 strich der Verlag die emanzipatorisch klingenden Stellen und gab das ansonsten unveränderte Buch unter dem Autorennamen Rudolf Rösch neu heraus, der als »langjähriger Küchenmeister und Mitarbeiter des Reichsnährstandes« vorgestellt wurde.

Unter dem Namen Rösch wurde es allerdings auch *nach* 1945 weiter veröffentlicht und in hoher Auflage verkauft, ohne dass auf die eigentliche Urheberin und ihr Schicksal hingewiesen oder sie überhaupt erwähnt wurde. Als die Autorin das herausfand und Einspruch erhob, wurde sie vom Verlag erst ignoriert und dann mit lächerlichen Ausreden abgespeist.

Erst ihrer Enkelin Karina Urbach, einer angesehenen Historikerin, die in Princeton forscht und in London lehrt, gelang es, dieses Unrecht minutiös aufzuzeichnen und publik zu machen. Dank ihrer Arbeit wurde deutlich, dass ihre Großmutter Alice nicht die einzige jüdische Autor:in in Deutschland war, der ein solches Schicksal widerfahren ist.

Ich möchte Ihnen das sehr berührende Buch unbedingt ans Herz legen, das Karina Urbach darüber geschrieben hat: Karina Urbach: ›Das Buch Alice. Wie die Nazis das Kochbuch meiner Großmutter raubten‹. Propyläen Verlag, Berlin Oktober 2020.

Es erschien mir geradezu paradox, dass ausgerechnet das Kochbuch einer so emanzipierten jüdischen Frau gestohlen und nationalsozialistisch »eingefärbt« wurde. Dabei sah die nationalsozialistische Ideologie Frauen doch eher als Gebärmaschinen am Herd, die »Schnellküche von berufstätigen Frauen« war nicht erwünscht.

Kurz nach dem Radiobetrag habe ich mich in Berlin dann mit einflussreichen Frauen in der Charlottenburger Geschichte befasst und stieß auf Nanna Conti, eine begeisterte Nationalsozialistin, die in Charlottenburg als Hebamme tätig war. Nicht alle Hebammen waren Anhänger der Nationalsozialisten, doch viele schätzten es, dass ihrem Berufsstand plötzlich so viel mehr Achtung entgegengebracht wurde.

Nach der Machtergreifung 1933 übernahm Nanna Conti die Leitung der – auf ihr Betreiben hin – neu gegründeten *Reichsfachschaft Deutscher Hebammen*. Sie engagierte sich, genauso wie ihr Sohn Leonard Conti, der schnell zum Reichsgesundheitsführer aufstieg, für eine Neugestaltung der Hebammengesetze. Das *Reichshebammengesetz* trat am 1. September 1939 in Kraft. Nun musste jede Hebamme Zwangsmitglied bei der Reichshebammenschaft werden, um ihren Beruf weiter ausüben zu dürfen. Außerdem wurde gesetzlich vorgeschrieben, dass bei jeder Geburt eine Hebamme dabei sein musste, auch wenn bereits ein Arzt oder eine Ärztin vor Ort war. (Das gilt übrigens bis heute!)

Hebammen wurden nun als sehr wichtige Personen angesehen, die ständig durch rassenhygienische Fortbildungen geschult werden sollten, besonders zu den Themen: Was sind rassegesunde, was sind erbkranke Säuglinge oder wie können arische Mütter dazu gebracht werden, mehr Kinder zu bekommen.

Während mich all diese historischen Frauen und Fakten beschäftigten, tauchte bei einem Spaziergang im Grunewald plötzlich unvermittelt Johanna Gandermann vor meinem inneren Autorinnen-Auge auf und mit ihr der Geburtshilferatgeber von Sara Jakob. Beide Figuren sind frei erfunden, aber Johanna ist eindeutig von Nanna Conti inspiriert.

Mit dem Handlungsstrang um Johanna Gandermann möchte ich ein wenig dazu beitragen, unsere Erinnerung an ein menschenverachtendes System wachzuhalten, damit wir aufmerksam bleiben und verhindern, dass es je wieder so weit kommen wird.

Viele Menschen haben mich auch bei der Arbeit am zweiten Band dieser Serie unterstützt und ihnen allen gilt mein tief empfundener Dank. Ohne meine wunderbare Agentin Petra Hermanns, die vom ersten Moment an meine Ideen geglaubt hat, würde es diese Serie nicht geben. Ich danke dem Team von dtv und ganz besonders meiner inspirierenden Lektorin Nadine Jendrusch für die großartige Zusammenarbeit.

Ganz herzlich möchte ich Claudia Volmerhaus danken, der engagierten Wirtin vom *Zwiebelfisch* in der Berliner Grolmanstraße für ihre Unterstützung bei der Suche nach Zeitzeugen. Durch sie habe ich auch Hartmut Moldenhauer, Polizeidirektor a. D., kennengelernt, dem mein besonderer Dank gilt. Er hat mir als Zeitzeuge nicht nur sehr viel seiner Zeit geschenkt, sondern auch den Zugang zu den Archiven und Akten der Polizeihistorischen Sammlung Berlin ermöglicht, die sowohl für den ersten als auch für diesen zweiten Band der Serie von Bedeutung waren.

Schreiben Sie mir: Was hat Sie beim Lesen bewegt, was mögen Sie an Carla und Wally? Ich freue mich immer über ein Feedback meiner Leser:innen!

Kontakt unter www.beatrix-mannel.de oder auf Instagram: gurianbeatrixmannel